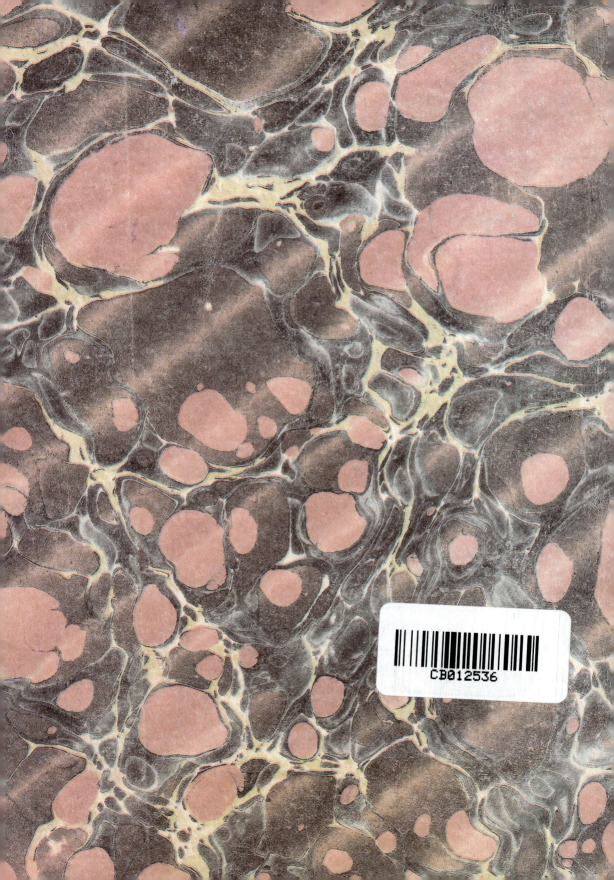

DICIONÁRIOS GARNIER

1. DICIONÁRIO LATINO-PORTUGUÊS - F.R. dos Santos Saraiva
2. VOCABULÁRIO DA LÍNGUA GREGA - Ramiz Galvão
3. DICIONÁRIO ESPANHOL-PORTUGUÊS - A. Tenório de Albuquerque
4. FRASES E CURIOSIDADES LATINAS - Arthur Vieira de Rezende e Silva
5. DICIONÁRIO ITALIANO-PORTUGUÊS - João Amendola
6. DICIONÁRIO INGLÊS/PORTUGUÊS-PORTUGUÊS/INGLÊS - João Fernandes Valdez e Levindo Castro Lafayete
7. DICIONÁRIO FRANCÊS/PORTUGUÊS-PORTUGUÊS/FRANCÊS - João Fernandes Valdez
8. VOCABULÁRIO LATINO-PORTUGUÊS - Ernesto Faria
9. DICIONÁRIO DAS DIFICULDADES DA LÍNGUA PORTUGUESA - Cândido Jucá (Filho)
10. DICIONÁRIO TÉCNICO INDUSTRIAL - Michel Feutry-Robert M. de Mertzenfeld-Agnès Dollinger
11. NOVO DICIONÁRIO ENCICLOPÉDICO ILUSTRADO DA LÍNGUA PORTUGUESA - Simões da Fonseca -
Inteiramente Refundido, Acrescentado, Melhorado e Atualizado por: João Ribeiro - Aires da Mata Machado Silva -
Mário Casasanta - José Mesquita de Carvalho - Sami Sirihal - Hénio Tavares
12. DICIONÁRIO DE PALAVRAS CRUZADAS E CONHECIMENTOS GERAIS - M. L. Juncker Rivellino
13. DICIONÁRIO TÉCNICO INDUSTRIAL - J. Arthur Hanks
14. DICIONÁRIO DE ELETRICIDADE, ELETRÔNICA ,TELECOMUNICAÇÕES E ENERGIA NUCLEAR - J.W. Chalmers
15. DICIONÁRIO DE SINÔNIMOS E ANTÔNIMOS DA LÍNGUA PORTUGUESA - Simões da Fonseca
16. DICIONÁRIO INGLÊS-PORTUGUÊS - Oswaldo Serpa
17. DICCIONÁRIO PRACTICO DI LENGUA ESPANOLA - J. H. e R. F. M.
18. DICIONÁRIO PORTUGUÊS-ITALIANO - Carlos Antônio Lauand
19. DICIONÁRIO DE VOCÁBULOS BRASILEIROS - Beaurepaire-Rohan

DICIONÁRIO
DE VOCÁBULOS
BRASILEIROS

DICIONÁRIOS GARNIER

Vol. 19

LIVRARIA GARNIER
BELO HORIZONTE
Rua São Geraldo, 53 — Floresta — Cep. 30150-070
Tel.: 3212-4600 — Fax: 3224-5151
e-mail: vilaricaeditora@uol.com.br
Home page: www.villarica.com.br

Beaurepaire-Rohan

DICIONÁRIO DE VOCÁBULOS BRASILEIROS

(EDIÇÃO FAC-SIMILAR)

LIVRARIA GARNIER
Belo Horizonte

FICHA CATALOGRÁFICA

Beaurepaire-Rohan

B383d Dicionário de vocábulos brasileiros / Beaurepaire-Rohan
— Belo Horizonte : Garnier , 2007.

248 p. —(Dicionários, 19)

1.Língua portuguesa-dicionários. I.Título. II.Série.

ISBN 978-85-7175-104-0   CDU 811.134.3(038)

2007

Direitos de Propriedade Literária adquiridos pela
LIVRARIA GARNIER
Belo Horizonte

Impresso no Brasil
Printed in Brazil

APRESENTAÇÃO

A lexicografia brasileira teve início em 1832, com a publicação da obra de Luís Maria da Silva Pinto, goiano radicado em Ouro Preto, o *Diccionario da Língua Brasileira*, por ele escrito e impresso em sua tipografia, naquela cidade. Sintomaticamente, ao nomear 'língua brasileira', Silva Pinto estava dando início a um movimento que nasceu com ele e perdurou até quase meados do século XX, sendo os últimos dos defensores dessa idéia, os famosos escritores Mário de Andrade e Monteiro Lobato. Nesses cem anos, outros escritores e lexicógrafos também abraçaram a causa, como José de Alencar — que incluiu no romance *DIVA*, um *Léxico de Brazileirismos* e os dicionaristas Braz da Costa Rubim, com seu *Vocabulário Brazileiro para servir de complemento aos diccionarios da lingua portugueza*, de 1853, além de Ernesto Ferreira França, com a *Chrestomathia da Língua Brazílica*, 1859 e de A. J. Macedo Soares, autor de um *Diccionario Brazileiro da Língua Portugueza*, de 1888. Devem, ainda, ser mencionadas as obras de cunho regionalista, de Antonio Álvares Pereira Coruja, 1852, *Coleção de vocabulos e frases usados na Província de São Pedro do Rio Grande do Sul*, e de Romaguera Correa, 1889, *Vocabulario sul-riograndense*.

Em 1889, o Visconde de Beaurepaire Rohan encerra o ciclo das obras lexicográficas, ditas *brasileiras*, com a publicação deste *Diccionario de Vocabulos Brazileiros*, fruto de sua cultura humanística e da observação acurada, em trabalho de campo, fazendo a recolha de vocábulos e frases que ouvia em suas andanças pelo Brasil, onde foi, dentre outras atividades públicas exercidas, ocupante dos cargos de Presidente das Províncias do Pará, Paraná e Paraíba.

Em que pesem os mais de cem anos desta publicação, quem vive, principalmente, no interior do país, não desconhece e certamente ainda usa muitos dos vocábulos aqui registrados, como: *camumbembe, cangapé, caritó, corrimboque, enxerido, mamulengo, pantim, rebordosa e sungar.*

O Editor.

DICCIONARIO

DE

VOCABULOS BRAZILEIROS

PELO TENENTE-GENERAL

VISCONDE DE BEAUREPAIRE-ROHAN

NATURAL DO MUNICIPIO DE NITEROY

Conselheiro d'Estado e de Guerra, Gran-Cruz da Ordem de Aviz, Dignatário da Rosa, Commendador da de Christo, condecorado com a medalha de campanha da rendição de Uruguayana, Gentil-homem da Imperial Câmara, Presidente da Sociedade Central de Immigração, Membro honorário do Instituto Histórico e Geographico Brazileiro, correspondente de outras sociedades scientificas e litterarias, nacionaes e estrangeiras, etc.

RIO DE JANEIRO
IMPRENSA NACIONAL
1889

(FAC-SIMILE DA 1.ª EDIÇÃO)

A SUA MAGESTADE IMPERIAL

O SENHOR D. PEDRO II

IMPERADOR CONSTITUCIONAL E DEFENSOR PERPETUO DO BRAZIL,

Como expressão do mais profundo respeito

O. D. e C.

O Visconde de Beaurepaire-Rohan.

Principais abreviaturas

adj.	adjetivo.	*Serg.*	Sergipe
adj. f.	adjetivo feminino.	*S. Cat.*	Santa-Catarina
adj. m.	adjetivo masculino.	*s.*	substantivo.
Adv.	Advérbio.	*s. f.*	substantivo feminino.
Amaz.	Amazonas.		
Esp. Santo.	Espírito-Santo.	*s. f. pl.*	substantivo feminino plural.
Etim.	Etimologia.		
Fig.	Figuradamente	*s. m.*	substantivo masculino.
gen.	genero.		
Mat. Gros.	Mato-Grosso.	*s. m. e f.*	substantivo masculino e feminino
Obs.	Observação.		
Par. do N.	Paraíba do Norte.	*s. m. pl.*	substantivo masculino plural.
Pern.	Pernambuco.		
provs. merid.	províncias meridionais.	*Sin.*	Sinônimo.
		V.	veja-se.
provs. do N.	províncias do Norte.	*Vale Amaz.*	Vale do Amazonas.
R. de Jan.	Rio de Janeiro.	*v. intr.*	verbo intransitivo.
R. Gr. do N.	Rio-Grande do Norte	*v. pron.*	verbo pronominal.
R. Gr. do S.	Rio-Grande do Sul.	*v. tr.*	verbo transitivo.
		voc.	vocábulo.

Relação das pessôas que contribuiram com informações, e cujos nomes estão citados no correr d'êste Dicionário

Abreu e Lima	General José Ignacio de Abreu e Lima, já falecido.
Alberto	Felippe José Alberto, já falecido.
Aragão	Dr. Francisco Pires de Carvalho e Aragão.
Aranha	Themistocles Aranha, já falecido.
B. de Geremoabo	Barão de Geremoabo.
B. Homem de Mello	Barão Homem de Mello.
B. de Jary	Barão de Jary.
B. de Maceió	Barão de Maceió, já falecido.
B. de Marajó	Barão de Marajó.
B. de Mattoso	Barão de Mattoso.
B. de Campos	Barão de S. Salvador de Campos.
B. Marcondes	Coronel Benedicto Marcondes Homem de Mello.
C. de Albuquerque	Tenente honorário Francisco de Paula Cavalcanti de Albuquerque.
Cesar. C. da Costa	Tenente-coronel honorário Cesario Corrêa da Costa.
Chagas	Conselheiro Francisco Manoel das Chagas.
Chagas Doria	Major Luiz Manoel das Chagas Doria.
Claudiano	Claudiano Xavier de Oliveira.
Colonia	José dos Santos Colonia.
Correia de Moraes	João José Correia de Moraes.
D. Braz	D. Braz de Souza da Silveira.
E. Barbosa	Vice-almirante Eliziario José Barbosa.
E. de Souza	Dr. Antonio Ennes de Souza.
F. Rocha	Conselheiro Antonio Ladislau de Figueiredo Rocha, já falecido.

F. Tavora	Dr. João Franklin da Silveira Tavora, já falecido.
Glaziou	Dr. Augusto Francisco Maria Glaziou.
Göldi	Dr. Emilio Augusto Göldi.
H. Barbosa	Chefe de divisão Hermenegildo Antonio Barbosa de Almeida, já falecido.
J. Alfredo	Conselheiro João Alfredo Corrêa de Oliveira.
J. A. de Freitas	Dr. João Alfredo de Freitas.
J. Przewodowsky	João Przewodowsky, já falecido.
João Ribeiro	João Ribeiro Fernandes, da Biblioteca Nacional.
J. S. da Fonseca	Dr. João Severiano da Fonseca.
J. Norberto	Comendador Joaquim Norberto de Souza e Silva.
J. Serra	Joaquim Maria Serra, já falecido.
Lima e Silva	Ten.-coronel João Manoel de Lima e Silva.
L. de Beaurepaire	Tenente-coronel Luiz de Beaurepaire Rohan.
L. D. Clève	Dr. Luiz D. Clève.
Marinho Falcão	Alferes honorário Ismael Marinho Falcão.
Meira	Dr. Olintho José Meira.
M. Brum	Dr. José Zeferino de Menezes Brum, da Biblioteca Nacional.
Monteiro Tourinho	Capitão Francisco Antonio Monteiro Tourinho, já falecido.
Moreno	D. Enrique B. Moreno, ministro plenipotenciario da República Argentina.
Müller Chagas	Engenheiro Daniel Pedro Müller Chagas.
Neves Leão	Dr. Theophilo das Neves Leão.
Paula Souza	Conselheiro Bento Francisco de Paulo Souza.
Pereira de Carvalho	Tenente-general Luiz José Pereira de Carvalho.
Ramos	Dr. Francisco da Costa Ramos.
Sagastume	D. José Vasques Sagastume, ministro plenipotenciario da República Oriental do Uruguai.
Saldanha da Gama	Dr. José Saldanha da Gama.
Santiago	Dr. Galdino Tude de Assumpção Santiago.
Santos Souza	Dr. Antonio Alvares dos Santos Souza.
S. C. Gomes	Saturnino Candido Gomes.
S. Villalva	Engenheiro Saturnino Francisco de Freitas Villalva.
Severiano da Fonseca	Dr. João Severiano da Fonseca.
S. Coutinho	Dr. João Martins da Silva Coutinho.

Silva Pontes	Dr. José Marciano da Silva Pontes.
Soriano	Dr. João Soriano de Souza.
Souza	Comendador Manoel José de Souza
Souza Rangel	Dr. Francisco Lucas de Souza Rangel.
S. Romero	Dr. Sylvio Romero.
Valle Cabral	Alfredo do Valle Cabral, da Biblioteca Nacional.
Velarde	D. Juan Francisco Velarde, ministro residente da República de Bolivia.
Vianna	J. E. Vianna.
Villaça	Dr. Antonio Francisco Villaça de Azevedo, já falecido.
Villas Boas	José Diniz Villas Boas.
V. de S. Christovão	Visconde de S. Christovão.
V. de Souza Fontes	Visconde de Souza Fontes.

Relação dos autores mencionados

Agostinho Joaquim do Cabo, *Memoria sôbre a mandioca ou pão do Brasil*, Ms. da Biblioteca Nacional.

Alencastre, *Memória cronológica, histórica e geografica da província do Piauí*, no tomo XX da *Revista* do Instituto Histórico.

Anchieta, *Arte da gramática da língua mais usada na costa do Brasil.*

Araripe Junior, *Luizinha.*

Arruda da Camara (Manoel), *Dissertação sôbre as plantas do Brasil que podem dar linhos próprios para muitos usos da sociedade e suprir a falta do canhamo.*

Arte de furtar, obra que se atribui geralmente ao padre Antonio Vieira.

Aulete (F. J. Caldas), *Dicionário contemporaneo da língua portuguêsa.*

Autran, *A Borracha*, na *Revista Amazoniense*, tomo II, pág. 79.

Azevedo Marques, *Apontamentos históricos, geográficos, biográficos, estatísticos e noticiosos da província de S. Paulo.*

Baena, *Ensaio corográfico sôbre a província do Pará.*

Baptista Caetano, *Apontamentos sôbre o abañeenga.*

Blest Gana (Alberto), *El rodeo y la aparta*, na *América literária.*

Camara (Antonio Alves), *Ensaio sôbre as construções navais indigenas do Brasil.*

Cannecatim (fr. Bernardo Maria de), *Dicionário da lingua bunda ou angolense.*

Capello e Ivens, *De Benguella ás terras de Iacca.*

Castelnau, *Expédition dans les parties centrales de l'Amérique du Sud.*

C. A. Marques (Dr.) *Dicionário histórico-geográfico da provincia do Maranhão;* e *Dicionário histórico, geográfico e estatístico da provincia do Espírito Santo.*

Cesimbra, *Ensaio sôbre os costumes do Rio Grande do Sul.*

Chesnel (le comte de), *Dictionnaire des armèes de terre et de mer.*

Correia Netto (Luciano), Artigo inserto no *Jornal do Commeroio,* de 17 de fevereiro de 1887.

Coruja, *Coleção de vocábulos e frases usados na provincia de S. Pedro do Rio Grande do Sul,* na *Revista* do Instituto Histórico.

Costa Rubim, *Vocabulário brasileiro.*

Costa e Sá, *Dictionnaire Français-Portugais.*

Couto de Magalhães (Dr.), *O Selvagem.*

Dic. Mar. Bras. — Dicionário Marítimo Brasileiro.

Dic. Port. Bras. — Dicionário Português-Braziliano.

Escr. Taunay (senador), *Estudos críticos.*

F. Denis, *Lettre sur l'introduction du tabac en France.*

Fernandes de Souza (André), *Noticias geográficas da capitania do Rio Negro,* na *Revista* do Instituto Histórico, vol. X, pág. 411.

Ferreira Moutinho, *Notícia sôbre a provincia de Mato-Grosso.*

Ferreira Penna (Domingos Soares), *A ilha de Marajó.*

Figueira (Padre Luiz), *Arte da gramática da língua do Brasil.*

Flor. Bras. — Flora Brasiliensis.

F. Bernardino (conego), *Lembranças e curiosidades do Vale do Amazonas.*

F. Alemão (Dr.), Artigos diversos sôbre os vegetais do Brasil.

G. Soares, *Roteiro do Brasil.*

J. C. da Silva, *L'Oyapoc et l'Amazone.*

J. F. dos Santos (Dr.), *Acayacá.*

J. L. de Vasconcellos, *Dialetos interamnenses,* na *Revista de Guimarães.*

J. de Alencar (Dr.), Obras diversas.

José Coriolano de Sousa Lima, *Impressões e gemidos.*

J. Verissimo, *Cenas da vida amazônica.*

J. Galleno, *Lendas e canções populares.*

Koster (Henri), *Voyages dans la partie septentrionale du Brésil.*

Lacerda, *Dicionário da língua portuguêsa.*

Leite Moraes (Dr.), *Apontamentos de viagem.*

Le Maout et Decaisne, *Traitè génêral de botanique.*

Léry (Jean de), *Histoire d'vn voyage fait en la terre du Brésil.*

L. Amaz. (L. Amazonas), *Dicionário topográfico, histórico e descritivo do Alto Amazonas.*

Macedo Soares (Dr.), *Estudos lexicográficos do dialeto brasileiro,* na *Revista Brasileira.*

Marcgrave, *História rerum naturalium Brasiliae.*

Mart., Martius, *Glossaria linguarum brasiliensium.*

Montoya, *Vocabulário y Tesoro de la lengua guarani.*

Moraes, *Dicionário da língua portuguêsa.*

Neuw. (Principe Maximiliano de Neuwied), *Voyage au Brèsil.*

P. Nogueira, *Vocabulário indígena em uso na província do Ceará.*

P. de Frontin, *Minas de Assuruà,* no jornal *O País* de 8 de Julho de 1886.

Piso, *De medicina brasiliensi,* lib. IV.

Rebouças (André e José), *Ensaio de índice geral das madeiras do Brasil.*

S. Luiz (Fr. Francisco de), *Glossário de vocabulos portuguéses derivados das línguas orientais e africanas, exceto o árabe.*

St. Hil., S. Hilaire, Saint-Hilaire (Auguste de), *Voyages dans le Brèsil.*

Saturnino e Francina, *Elementos gramaticais da língua nbundu.*

Seixas, *Vocabulário da língua indígena geral.*

Serpa Pinto, *Como eu atravessei a África.*

Silva Braga, *A Bandeira de Anhangoèra a Goyaz,* na *Gazeta Literária.*

Tesouro do Amazonas, pelo padre João Daniel, na *Revista trimensal* do Instituto Histórico, tomo II, pág. 321.

Thevet (Fr. Andrè), *Les singularitez de la France antarctique.*

T. Pompeo, *Dicionário topográfico e estatistico da província do Ceará.*

Valdez (Manuel do Canto e Castro Mascarenhas) *Dicionário español-português.*

Vasconcellos (Padre Simão de), Obras diversas.

Vieira (Fr. Domingos), *Dicionário da língua portuguêsa.*

V. de Porto Seguro, *Breves comentários à obra de Gabriel Soares.*

Voc. Bras., *Vocabulário da língua brasílica,* Ms. da Biblioteca Nacional e da Biblioteca Fluminense.

Yve d'Evreux, *Voyage dans le nort du Brèsil.*

Zorob. Rodriguez, *Dicionário de chilenismos.*

PROLOGO

Apresento-me em público a sombra do seguinte conceito de Gresset: *On doit s'honorer des critiques, mèpriser la satire, profiter de ses fautes et faire mieux.*

Em tais condições, não venho implorar a indulgência, senão a mais rigorosa censura, e a considerarei como um ato de benevolência da parte daquêles que, interessando-se por assuntos dêste gênero, se dignarem dirigir-me suas observações, no sentido de melhorar o meu trabalho.

Algumas prevejo que são credoras de antecipada satisfação.

Reconheço que o meu *Dicionário de Vocábulos Brasileiros* melhor preencheria seu título se compreendesse a totalidade das denominações vulgares dos nossos produtos naturais, das tribos dos aborígenes que existiram e ainda existem em nosso país, e das localidades, cuja etimologia é tão rica de poesia. Não foi certamente por me faltarem materiais que deixei de o fazer: foi pelo receio de perder o meu trabalho, se não me apressasse em publica-lo, no pé em que se achava. Na minha avançada idade, não é licito confiar muito na vida. Tal qual o dou ao prelo, poderá servir de base a obra de mais desenvolvimento; e não faltará quem disso se encarregue, com grande proveito da nossa literatura.

Poder-me-ão arguir de pouco sistemático, quanto á ortografia das palavras derivadas do tupí. A êsse respeito farei apenas observar que esta língua, apezar de suas belezas sintaticas, que a fizeram, mais de uma vez, comparar ao grego, era meramente falada e não escrita pelas tribos selvagens que a praticavam. Os Europeus, que primeiro a estudaram e lhe organizaram gramáticas e vocábulos, se viram certamente em grave dificuldade para representar sons completamente extranhos ao nosso alfabeto, e daí nasceram as convenções ortográficas que cada um procurava justificar a seu modo. Ha sobretudo uma vogal gutural cuja pronuncia só póde ser adquirida por uma longa prática. Montoya a representa por *ĩ*, alguns jesuitas portuguêses por *ig*; e Anchieta ora por *i* com um ponto em baixo, quando êsse *i*, a que êle chama *aspero*, se acha no meio da dicção, e ora por *ig* no fim da palavra. Eu a substitui em qualquer caso por *ÿ*. (1) Os jesuitas, tanto espanhóis como portuguêses, no intuito de acomodarem aos diversos dialetos da língua tupí o nosso alfabeto, suprimiram a letra *s* e a substituiram por *c* e *ç*. O *ç*, quando o escritor se esquecia da indispensável cedilha, foi causa do estropeamento de muitos vocábulos, tais como *araçari, jaçanân, çavià*, convertidos hoje, na linguagem científica, em *aracari, jacanân, caviá*, etc. Em lugar do *ç* inicial, uso eu francamente do *s*, como em *sapéca, sapiranga, sapiróca* e outros mais; e se não escrevo *arasari jasanân* é pelo receio de induzir em êrro o meu leitor, obrigando-o a pronunciar *arazari, jazanân*, pela regra bem conhecida de que, salvo poucas exceções, o *s* entre vogais tem o som de *z*.

_____

(1) A dificuldade de composição gráfica levou-nos a conservar nestes casos, a grafia Jesuita de *ig*. Também conservamos nos verbetes a ortografia original para não prejudicar a unidade da presente obra. N. dos Editores.

Não é muito de espantar êste estado de desordem na ortografia de idiomas iletrados, quando na nossa própria e formosa língua se observa a tal respeito a maior incúria. Não faltam certamente dicionários; mas cada autor indica um modo de escrever e pronunciar diverso dos outros. Parece incrível que a língua portuguêsa não tenha ainda um dicionário oficial, que nos sirva de autoridade.

A respeito de etimologias, não menciono senão aquelas que me pareceram racionais. Procura-las na méra semelhança de palavras é um erro que nos conduz a verdadeiros despropositos. Temos um exemplo disso naquelas de que tratou Martius no seu *Glossaria Linguarum Brasiliensium.*

Martius é um sábio digno da justa veneração de tôdo o universo, pelos seus serviços á ciência; e nós Brasileiros lhe devemos particular gratidão pela publicação da *Flora Brasiliensis,* êsse soberbo monumento da nossa riqueza vegetal; mas como etimologista claudicou de um modo lamentavel. Seu *Glossaria,* verdadeiro desserviço feito á linguística, é infelizmente a norma por onde se guiam certos romancistas, que, sem estudos especiais, se julgam autorizados a interpretar vocábulos de que nem sequer conhecem a genuína significação.

Não me extenderei mais sôbre êste assunto, não obstante o interêsse que nos pode inspirar, e terminarei dirigindo meus gerais agradecimentos a todos aquêles amigos que me auxiliaram com suas informações.

DICIONÁRIO

DE

VOCÁBULOS BRASILEIROS

A

ABA

ABACATE, *s. m.* fruta do Abacateiro, árvore do gênero *Persea (P. gratissima)* da família das Lauraceas, oriunda do México e de outras partes da América, geralmente cultivada, não só no Brasil, como em todos os países compreendidos na zona intertropical. || *Etim.* Corruptela do mexicano *Aguacáte.*

ABACAXI, *s. m.* primorosa variedade do Ananás, da qual se contam diversas qualidades, geralmente cultivadas no Brasil. Dantes essa cultura limitava-se ao Pará e Maranhão; mas nos primeiros anos dêste século o naturalista Arruda, em suas excursões botânicas, trouxe do Maranhão para Pernambuco mudas desta planta, e daí se propagou a outras províncias || *Etim.* Em relação a êste assunto, farei

ABA

apenas observar que há um afluente do Amazonas chamado rio Abacaxis. Não sei se desta circunstância deveremos inferir que as margens daquêle rio são a pátria desta fruta.

ABAJÊRÚ, *s. m.* nome primitivo do Guajêrú.

ABARÁ, *s. m. (Bahia, R. de Jan.)* comida feita da massa de feijão cosida em azeite de dendê e temperado com Pimenta da Costa e Pijerecum. Dão-lhe a fórma de bolas e são envoltas em folhas de bananeira, do mesmo modo e com a consistência do Acaçá, mas em ponto menor (Alberto). || *Etim.* E' vocábulo da língua yorúba (Neves Leão).

ABARBARADO, *adj. (R. Gr. do S.)* temerário.

ABE

ABERÊM, *s. m. (Bahia, R. de Jan.)* bolo feito de massa de milho ou de arroz moído em pedra, ordináriamente um tanto fermentado, envolto em muitas folhas de bananeira, dentro das quais é cozido a vapor e se conserva (Alberto). || *Etim.* E' vocábulo da língua yorúba (Neves Leão).

ABESTRUZ, *s. m. (R. Gr. do S.)* v. *Ema.*

ABICHORNADO, A, *adj. (R. Gr. do S.)* acobardado, acabrunhado, desanimado, aborrecido, envergonhado, vexado: Com a falência daquela casa comercial, onde se achava a maior parte da minha fortuna, fiquei *abichornado.* O chefe tratou tão desabridamente o seu ajudante, que ò deixou *abichornado.*||*Etim.* E' vocabulo derivado do castelhano *abochornado,* havendo também nesta língua o verbo *abochornar,* que, além de outras significações, tem, no sentido figurado, a de fazer corar de vergonha, irritar, estimular; e mais o adj. *bochornoso,* com a acepção de vergonhoso, que causa vergonha e vitupério (Valdez). O voc. *bochorno,* que é tanto português como castelhano, é certamente o radical de todos êsses termos.

ABIO, *s. m.* fruta do Abieiro *(Lucuma Caimito),* arvoreta da família das Sapotaceas, natural da América equatorial, e cultivada no Brasil, desde o Pará até o Rio de Janeiro.

ABIORANA, *s. m. (Vale do Amaz.)* fruta de uma árvore do mesmo nome *(Lucuma lasiocarpa),* da família das Sapotaceas. ||*Etim.*

ACA

E' voc. tupí, significando *semelhante ao Abio.*

ABOMBAR, *v. intr. (R. Gr. do S.)* diz-se que o cavalo *abombou,* quando, tendo feito grande viagem em dia de calor, fica em estado de não poder mais caminhar; mas, depois de refrescar, póde continuar a marcha (Coruja). || Em outras províncias do Brasil servem-se no mesmo caso do verbo *afrontar.* || *Etim.* Nas indagações a que tenho procedido nada pude encontrar de muito satisfatório a respeito da origem do verbo *abombar.* Cheguei a pensar que fosse de procedência guaraní; mas estou hoje convencido do contrário. Entre os *Chilenismos* apontados por Zorob. Rodrigues, encontra-se o v. pron. *abombarse,* e o adj. *abombado,* significando: 1.º perder em parte a lucidez das faculdades mentais; 2.' ébrio ou antes ligeiramente embriagado, dizendo-se também *bomba* na fráse *estar em bomba.* O nosso verbo *abombar* será por acaso o resultado da comparação do cavalo, que, por fatigadissimo, não pode caminhar, com o homem a quem outro tanto acontece no estado de embriaguês?

ACABOCLADO, A, *adj.* que tem origem, feições ou côr de caboclo: Tomei a meu serviço um rapaz *acaboclado* de muita inteligência. Fulano casou-se com uma rapariga *acaboclada.*

ACAÇÁ, *s. m. (Bahia, R. de Jan.)* espécie de bolo de arroz ou de milho moído em pedra, fermentado ou não, cozido em ponto de

DICIONÁRIO DE VOCÁBULOS BRASILEIROS

ACA

gelatina consistente e envolto, enquanto quente, em folhas verdes de bananeira dobradas em forma retangular, de modo a ficar o bôlo protuberante no centro e achatado para as bordas. Esta comida, oriunda da África, acha-se de todo vulgarisada entre as famílias baianas, as quais dela se servem á guiza de pirão para comer o *Vatapá* e *Carurú*, ou dissolvida ligeiramente em água e açúcar, como bebida refrigerante e substancial, a que chamam *Garapa de Acaçá*, mui aconselhada ás mulheres que amamentam. Há também o *Acaçá de leite*, que é em ponto menor, sòmente de fubá de arroz com açúcar e leite de côco, cosido em ponto menos consistente como uma gelatina trêmula e mui grata ao paladar (Alberto). || Em Pernambuco dão ao *Acaçá* o nome de *Pamonha de garápa*. || Nas colonias francêsas da América dão a certo preparado de mandióca o nome de *Cassave*, que parece pertencer ao mesmo radical.

ACAIÁ, *s. m.* *(Mato-Grosso)* o mesmo que *Cajá*.

ACAJÚ, *s. m.* antigo nome tupí do *Cajú*.

ACARÁ (1.º), *s. m.* *(Bahia, R. de Jan.)* o mesmo que *Acarajé*.

ACARÁ (2.º), *s. m.* nome vulgar de diversas espécies de peixes, tanto do mar, como dos rios. || *Etim.* E' voc. tupí. Também dizem *Cará* (2.º).

ACARAJÉ, *s. m.* *(Bahia, R. de Jan.)* espécie de comida feita de massa de feijão cozido, tendo a for-

ACU

ma de bolas, e fritas em azeite de dendê com pimenta malaguetà *(Capsicum sp.)* Também lhe chamam *Acará*. Distingue-se do Abará em ser mais apimentado e não ser envolto em folhas de bananeira (Alberto). || *Etim.* E' voc. da língua *yorúba* (Neves Leão).

ACAUÃN, *s. m.* espécie de ave de rapina *(Falco cachinans* Lin. ex Mart.) que ataca particularmente os Ofidios. || *Etim.* E' voz onomatopaica derivada do canto dessa ave. || Também lhe chamam *Macauân*.

AÇOITEIRAS, *s. f. plur.* *(R. Gr. do S.)* ponta das redeas com que o cavaleiro açoita o cavalo (Coruja). || *Etim.* Deriva-se do voc. americano- espanhol *Azotera*, que significa açoite, espécie de disciplinas de vários ramos presas ás redeas do freio, e com que se supre o chicote, para fazer apressar o passo ás cavalgaduras (Valdez).

ACOLHERAR, *v. tr.* *(R. Gr. do S.)* ajoujar, atrelar entre si os animais, sobretudo os cavalos, por meio da *colhéra* (Coruja). || *Etim.* Do castelhano acollarar.

AÇOUGUEIRO, *s. m.* proprietário de um açougue, carniceiro.

ACUÉRA, *adj. m. e f.* *(Pará)* antigo, velho, abandonado, extinto. Aplica-se a cousas passadas em tempo mais ou menos remoto, mas cujos vestigios ainda existem. || *Etim.* E' voc. do dialeto tupí do Amazonas. Os aborigenes daquela região dão o nome de *oca-acuéra* a uma casa que de velha caíu em ruinas. || Ha casos em que *acuéra*

AFU

póde ser empregado como advérbio, significando *antigamente*.

AFURÁ, *s. m. (Bahia)* bolo do tamanho de uma laranja ordinária feito de- arroz fermentado moído em pedra, o qual, diluido em água adoçada, forma uma bebida refrigerante usada entre os naturais da África pertencentes á nacionalidade dos Nagôs (Alberto). E' quasi o mesmo que o *Mócóróró* do Maranhão. || *Etim.* E' voc. da língua yorúba (Neves Leão).

AGAUCHADO, *adj. (R. Gr. do S.)* que tem hábitos de *Gaúcho* (Cesimbra).

AGREGADO, *s. m.* lavrador pobre, que, em falta de terras próprias, se estabelece nas fazendas alheias, com permissão dos respectivos proprietários, mediante condições que variam de um lugar para outro. || Em algumas províncias do norte, estende-se esta denominação a tôda a sorte de empregados livres que um proprietário tem a seu serviço, para os trabalho da lavoura, da pescaria e ocupações domesticas. Nestes casos equivale ao que nas provincias meridionais chamam *Camarada*.

AGUACHADO, *adj. m. (R. Gr. do S.)* diz-se do cavalo que, depois de muitos mêses de repouso, se acha mui gordo e descansado, e como tal impróprio para uma longa marcha. || *Etim.* Deriva-se de *Guácho*, ao qual se assemelha o cavalo bem tratado (Zorob. Rodrigues).

AGUAPÉ, *s. m.* nome que dão ás diversas espécies de vegetações que

AIP

se criam á superficie dos lagos e outras águas mortas. || *Etim.* E' voc. comum a todos os dialetos da língua tupí. || Morais não o menciona. No seu artigo AGUA, encontra-se *Agua pé* significando uma espécie de vinho mui aguado e fraco, produzido pela mistura da água com o suco da uva já expremida. Aulete escreve *Agua-pé,* tanto no sentido português, como no sentido brasileiro da palavra, e nêste último caso é erro manifesto.

AGUATÁ, *v. intr. (Litoral)* o mesmo que *auatá*.

AGULHAS, *s. f. pl. (R. Gr. do S.)* pedaços de carne unidos ao osso do espinhaço do boi. Cada pedaço dêsse osso com a carne correspondente é o que se chama *Agulhas* (Coruja).

AHIVA, *adj. m. e f. (S. Paulo, Paraná)* máu, ruim, sem valôr, sem prestimo. || *Etim.* E' voc. tupí. || Também se pronuncia *ahiba*. Algum uso ainda se faz dêste adjetivo naquelas províncias. No Paraná perguntando eu a um rústico como se achava de saúde, respondeu-me: A's vêzes bem e ás vêzes *ahiva*.

AICUNA!, *int. (R. Gr. do S.)* expressão de admiração: *Aicuna!* que valente militar (Cesimbra).

AIPIM, *s. m. (Provs. merid.)* planta brasileira da família das Euforbiaceas *(Manihot Aypi)*, cuja raiz assada ou cozida é excelente alimento. Em Pernambuco e daí até o Pará lhe chamam *Macaxeira*. || *Etim.* Do tupí Aipi, que Montoya e Léry escreveram *Aypi*.

DICIONÁRIO DE VOCÁBULOS BRASILEIROS 25

AIR

AIRÍ, *s. m. (R. de Jan.)* Palmeira do gen. *Astrocaryum (A. Ayri)*. || *Etim.* E' voc. tupí. || Em São-Paulo lhe chamam *Brejaúba*.

ALAGADICEIRO, *adj.*, *boi* alagadiceiro é o que come as ervagens e pastos dos alagadiços (Moraes). Êste autor não menciona a província em que é usual êste voc., e contenta-se em dizer que é termo do Brasil. Aulete não trata dêle; e eu pela minha parte declaro que nunca o ouvi pronunciar.

ALAGOâNO, A, *s.* natural da provincia de Alagôas: Os *Alagoânos* são mui dados á agricultura. || *adj.*, que pertence áquela província: A lavoura *alagoana* consiste principalmente na cultura da cana de açúcar e do algodão.

ALAMBRADO, *s. m.* e *adj. (R. Gr. do S.)* terreno cercado por meio de fios de arame: Tenho um extenso *alambrado*. Aquêle campo *alambrado* pertence ao meu visinho. || *Etim.* E' voc. importado das repúblicas platinas e cujo radical é *Alambre*.

ALAMBRAR, *v. tr. (R. Gr. do S.)* cercar um terreno com fios de arame.

ALÇADO, *adj. (R. Gr. do S.)* amontado. Diz-se dos gados e outros animais domesticos que se metem pelos matos, e vivem desgarrados á laia de animais bravios. || *Etim.* Provavelmente origina-se do verbo *alçar-se*, que, entre outras significações, tem a de levantar-se, rebelar-se, sublevar-se; ou do verbo castelhano *alzarse*, que tam-

ALD

bém significa retirar-se, apartar-se de algum sítio, o que cabe bem ao gado amontado. || No Piauí e outras províncias do norte dão, nêste caso, ao gado bovino o nome de *barbatão;* e em Alagôas e sertões da Bahia dizem á portuguêsa *amontado*, ou, incorretamente *montado*.

ALCAGÜÊTE, *s. m.* e *f. (R. Gr. do S.)* alcoviteiro (Cesimbra). || *Etim.* Do castelhano *Alcahuete*. Com a mesma significação ha em português alcaiote, *s. m.* e alcaiota *s. f.* Sem a menor dúvida, tanto em uma como em outra língua, são vocábulos derivados de um radical comum.

ALDÊIA, *s. f.* nome especial das povoações compostas exclusivamente de aborígenes, quer vivam submissos ao regimen civilisado, quer vivam independentes nos sertões. || *Etim.* E' o nome português de povoação rústica (Aulete). || No Paraná, dão á aldeia dos aborigenes o nome de *toldo;* e no vale do Amazonas o de *malóca*. No Brasil chamam simplesmente *Povoação* áquilo que corresponde á *Aldeia* de Portugal.

ALDÊIAMENTO, *s. m.* o mesmo que *Aldeia:* A' margem esquerda do rio existe um importante *aldeiamento* de índios bravíos. || Ato de reunir em aldeia os aborígenes que vivem dispersos: O govêrno trata do *aldeiameito* dos índios que vivem errantes nas margens do Araguai.

ALDÊIAR, *v. tr.* reunir em aldeia os índios que vivem dispersos.

ALF

ALFAFA, *s. f.* nome vulgar da luzerna *(Medicago sativa)*. || *Etim.* do castelhano *Alfalfa.*

ALIBAMBADO, *adj.*, prêso ao Libambo; acorrentado. || Êste voc. caíu completamente em desuso.

ALIBAMBAR, *v. tr.* prender ao Libambo; acorrentar. || Êste voc. caíu completamente em desuso.

ALOTADÔR, *s. m. (Provs. do N.)* cavalo de lançamento, a 'cujo cargo fica um lote de eguas: E' bom *alotadôr* aquêle cavalo que impede a dispersão das eguas (Meira). || No R. Gr. do S. lhe chamam *Pastor.*

ALOTAR, *v. tr. (Provs. do N.)* exercer a necessária vigilância para impedir que se dispersem as eguas que formam um lote, a cargo de um cavalo de lançamento (Meira).

ALQUEIRE, *s. m. (Provs. merid.)* medida agrária de dimensão variável. No R. de Jan. é de 10.000 braças, quadradas = 4.84 hectares; no Paraná e S. Paulo é de 5.000 braças quadradas = 2,42 hectares. Em certos municípios do R. de Jan. e Minas-Gerais há alqueires de outras dimensões.

ALUÁ *s. m.* bebida refrigerante feita de arroz cozido, açúcar e sumo de limão. Também a fazem de *fubá* de milho. || No Ceará preparam o *Aluá* com a farinha do milho torrado e açucar (J. Galeno). || No Maranhão dão a uma bebida semelhante o nome de *Mócóróró;* em S. Paulo o de *Caramburú;* e

AMA

em Pernambuco o de *Quimbembé,* || *Etim.* De *Ualúa,* voc. da língua bunda que se aplica a uma espécie de cerveja feita de milho e outros ingredientes (Capello e Ivens). Segundo êstes ilustres viajantes, também lhe chamam *quimbombo* e *garápa,* conforme ao terras. || Moraes e outros lexicógrafos escrevem *Aloá.* Lacerda consagra um artigo a *Aloa* e outro a *Aluá.* São da maior extravagância as etimologias com que enfeitam os artigos respectivos. Aulete não menciona êste vocábulo.

ALVARENGA, *s. f. (Pern. Bahia, Maranhão, Pará)* espécie de lancha grande de pouco pontal, de que usam para embarque e desembarque do carregamento de navios, e transporte de materiais pesados. Corresponde, quanto ao efeito, á *Gabarra* e *Batelão* de Portugal, e ao *Saveiro* do R. de Jan. || *Etim.* Como apelido de família, *Alvarenga* é nome tanto português como espanhol. Com outra qualquer significação, não o encontro em dicionário algum. Só Vieira o menciona com a significação que tem no Brasil. Aulete não trata dêle de modo algum. Não duvido que fosse algum senhor Alvarenga que instituisse êsse gênero de transporte e daí lhe provenha o nome.

AMADRINHAR, *v. tr. (Provs. merid.)* acostumar uma tropa de animais muares a viver em companhia de uma égua, á qual dão por isso o nome de *madrinha,* e a acompanha-la nas viagens. || *(R. Gr. do S.)* acostumar os cavalos a

AMA

persistirem junto da *égua madrinha* (Coruja). || *(Riba-Tejo, em Portugal)* é jungir o touro com um boi manso, afim de afaze-lo ao trabalho (Aulete).

AMARRAR, *v. tr. (R. Gr. do S.)* ajustar ou apostar corridas de cavalos. Feito o ajuste, e ás vezes com papel de trato, fica a corrida *amarrada.* No mesmo sentido, também dizem *atar uma carreira* (Coruja). || *Etim.* é verbo português tomado nêste caso em acepção figurada.

AMAZONIENSE, *s. m.* e *f.* natural da provincia do Amazonas: Na indústria extrativa consiste principalmente a riqueza dos *Amazonienses.* || *adj.* que pertence áquela provincia: O comercio *amazoniense* está em via de prosperidade. || No sentido o mais geral o voc. *Amazoniense* cabe a toda a região banhada pelo Amazonas, compreendendo desta sorte as nossas duas provincias do Pará e Amazonas e parte da república vizinha do Perú.

AMBROSNATO, *s. m. (Serg.)* espécie de creme (Villas-Boas).

AMBROSÓ, *s. m. (Pern.)* espécie de comida feita de farinha de milho, azeite de dendê, pimenta e outros temperos (S. Roméro). || *Etim.* Devemos crer que ao sabôr primoroso desta comida deve ela o nome que tem. Não sei porém se os ingredientes que entram na sua composição justificam a sua comparação com a Ambrosia dos deuses.

AMO

AMEIXA, *s. f.* nome que, acompanhado sempre de algum epiteto, se dá a diversas frutas, embora não tenham a menor afinidade com as plantas do gênero *Prunus,* que nos vieram da Europa; tais são: a *Ameixa* de Madagascar *(Flacourtia Ramontchi)* da fam. das Bixineas; *Ameixa* da terra *(Ximenia americana)* da fam. das Olacineas; *Ameixa* do Japão a que também chamam *Ameixa* amarela e *Ameixa* do Canadá *(Eriobotrya japonica)* da fam. das Rosaceas; *Ameixa* de Porto-Natal *(Carissa Carandas)* da fam. das Apocineas; *Ameixa* do Pará, do gen. *Eugenia,* fam. das Myrtaceas; e outras mais.

AMENDOEIRA, *s. f.* nome vulgar da *Terminalia Catappa,* árvore exótica, geralmente cultivada no Brasil, como planta ornamental, e de cujas frutas são mui avidas as crianças. A verdadeira amendoeira *(Amygdalus communis)* é escassamente cultivada nas Provs. merid.

AMENDOIM, *s. m.* o mesmo que *Mandubi.*

AMILHAR, *v. tr. (Provs. merid.)* tratar os animais a milho, isto é, dar-lhes rações regulares dêste cereal.

AMISTOSAMENTE, *adv.* amigavelmente. || *Etym.* De amistoso.

AMISTOSO, *adj.* amigável. || *Etim.* E' voc. castelhano.

AMOCAMBADO, *adj.* o mesmo que *aquilombádo.*

AMO

AMOCAMBAR, *v. tr.* o mesmo que *aquilombar.*

AMOSTRINHA, *s. f. (R. de Jan.)* espécie de tabaco de pó.

ANACÁN, *s. m. (Pará)* espécie de ave pertencente á família dos Psittacideos, ordem dos Trepadores.

ANANAZ, *s. m.* fruta do Ananazeiro *(Ananassa sativa)* da família das Bromeliaceas, indigena do Brasil e em geral da América intertropical, e não da Ásia, como erroneamente o dizem Moraes, Aulete e outros autores. || *Etim.* Do tupí *Nanã (Voc. Bras.,* Thevet). Os Guaranís lhe chamavam *Nãnã* (Montoya). Léry escreveu *Ananas.*

ANDÁCA, *s. f. (Pern.)* o mesmo que *Trapoerába.*

ANDADÔR, *s. m. (R. Gr. do S.)* o mesmo que *esquipadôr.*

ANDADÚRA, *s. f. (R. Gr. do S.)* o mesmo que *esquipádo.*

ANDIRÓBA, *s. f. (Pará)* fruta oleosa da Andirobeira *(Carapa gujanensis)* da família das Meliaceas. || *Etim.* E' corruptela de *Jandiróba,* que, em língua tupí, significa *óleo amargo.* || Na Bahia e outras províncias do norte há outra planta chamada indiferentemente *Andiróba, Jandiróba,* e *Nhandiróba,* pertencente ao gênero *Fevillea* da família das Cucurbitaceas, e cuja fruta tem as mesmas propriedades que a antecedente.

ANDORINHA, *s. f. (R. de Jan.)* espécie de carro destinado ao transporte de mobilias.

ANG

ANDÚ, *s. m. (Bahia)* o mesmo que *Guando.*

ANGAREIRA, *s. f. (Bahia)* pequena rêde retangular de malhas miudas, com as cabeceiras cosidas em pequenas varas em' que seguram os canoeiros e fixam no fundo da canôa, para nela baterem as tainhas, quando saltam por cima da rêde que as cêrca, e cairem dentro da canôa (Camara).

ANGATURÁMA, *s. m. (Vale do Amaz.)* espírito protetor dos selvagens Muras. || *Etim.* E' vòcábulo da língua tupí, significando franco e liberal, sinônimo de *Moçacára (Voc. Bras.),* apelidos êstes que davam os Tupinambás ás pessoas bemfazejas e hospitaleiras. Em guraní dizem, no mesmo sentido, *Angaturã* e *Angaturana,* palavra composta de *Anga-catú-rana,* significando *cousa semelhante a boa alma,* formosa, de boa aparência, e, por metafora, honrado, principal (Montoya).

ANGÚ, *s. m.* espécie de massa feita de farinha de mandioca cozida em panela ao lume, e serve, á guisa de pão, para se comer com carne, peixe e mariscos. Também lhe chamam *Pirão. Angú* de milho ou de arroz é a massa identicamente feita do *fubá* destas gramíneas. *Angú de mandioca puba* é aquêle que se faz com a mandioca fermentada, depois de sovada em gral. *Angú de quitandeira,* no R. de Jan., é o nome de uma comida, que consiste em Angú, a que se ajunta qualquer iguaria bem api-

DICIONÁRIO DE VOCÁBULOS BRASILEIROS

ÁNG

mentada, temperada com azeite de dendê, e muito do gosto dos gulosos. | |Em Pernambuco dão o nome de *bolão de angú* á porção dêle arredondado, que se vende com guisado de carurú, que é o conduto (Moraes).

ANGUHITE, *s. m. (Maranhão)* espécie de comida semelhante ao *carurú.*

ANGUZÁDA, *s .f.* nome que dão a qualquer fenômeno moral em que se observa a maior confusão. Uma sociedade que se reune com determinado fim, e se compõe de membros de opiniões opostas, sem se poderem entender, forma uma *Anguzáda.* E' a sarrabulhada dos Portuguêses, no sentido figurado.

ANGUZÔ, *s. m. (Pern.)* espécie de esparregado de ervas, semelhante ao *carurú,* que se come de mistura com o angú.

ANHÁNGA, *s. m.* nome genérico do diabo na língua tupí, e do qual são espécies o *Curupira, Jurupari,* e *Tagoaigba (Voc. Bras.).* || Em Minas-Gerais as amas tiram proveito do *Anhanga,* para compôr os contos com que entretêm os meninos (Couto de Magalhães).

ANHÚMA, *s. f.* nome comum a duas espécies de aves ribeirinhas do genero *Palamedea (P. cornuta* e *P. Chavaria).* || No vale do Amazonas lhe chamam *Inhuma* (Baena).

ANÍNGA, *s. f. (Pará)* espécie de Aroïdea que cresce á beira dos rios e lagos, e produz uma fruta comes-

ANT

tivel (Baena). || E' provavelmente o *Philodendron arborescens.*

ANÓQUE, *s. m. (R. Gr. do S.)* espécie de aparêlho destinado á fábricação da decoada. Consiste em um couro quadrado preso lateralmente a quatro varas mais curtas que os lados respectivos, e assentadas sôbre quatro forquilhas, de sorte a formar uma concavidade onde se deita o líquido (Coruja). ||Em outras partes do Brasil chamam a isso Banguê || *Etim.* E' vocábulo português, e designa nos cortumes a valla ou tanque onde se maceram os couros para se pelarem ou descabelarem (Moraes).

ANTA, *s. f.* nome vulgar do *Tapirus americanus,* mamifero da ordem dos Paquidermes, indigena do Brasil e de outras partes da América meridional, e do qual se conta mais de uma espécie. || *Etim.* Anta é o nome europeu de um Ruminante de espécie grande pertencente ao gênero *Cervus (C. Alce).* Os Espanhóis e Portuguêses o impuzeram, bem desacertadamente, ao nosso paquiderme, o qual tinha na língua tupí o nome de *Tapiira.* V. êste nome.

ANTÂN, *adj.* voc. tupí significando *duro.* Só se manifesta nos nomes de certas madeiras notáveis pela sua rigidez, como *Ubantân, Jacarandátân, Inhuibatân,* etc. || Êste adjetivo varia muito de forma de um para outro dialeto: no Guaraní *Hátá, Tátá* (Montoya); no antigo tupí de norte *Santan (Dic. Port. Bras.);* e ainda atualmente

ANU

dizem *Santá* no dialeto amazoniense (Seixas).

ANÚ (1.°), *s. m.* nome comum a duas espécies de aves trepadoras do gênero *Crotophaga:* Anú-guassú, Anú-mirim. || Há também, com o nome de *Anú-branco ou Alma--de-gato,* uma ou mais espécies pertencentes ao gênero *Cuculus.*

ANÚ (2.°), *s. m. (R. G. do S.)* nome de uma das variedades desses bailes campestres a que chamam geralmente *Fandango* (Coruja).

APARAS, *s. f. plur. (Provs. do N.)* o mesmo que *Raspas.*

APENDOAR, *v. intr. (diversas Provs. do N.)* manifestar-se o pendão do milho: Meu milharal começa a *apendoar* (B. Homem de Mello). || *Obs.* Segundo Moraes, o verbo *apendoar,* hoje antiquado, significava d'antes ornar, guarnecer com pendões: Apendoar as náus. Aulete nem sequer o menciona. || Na Bahia, em relação ao milho, dizem *pendoar* (Aragão); e em Portugal *embandeirar-se* o milho (Moraes, Aulete).

APEREÁ, *s. f.* nome vulgar de uma espécie de pequeno mamífero áo gênero *Cavia (C. Apereà)* da ordem dos Roedores. || *Etim.* E' vocábulo tupí, vulgarmente usado sob a forma *Preá.*

APICÚ, *s. m.* o mesmo que *Apicum.*

APICUM, *s. m.* nome que dão aos alagadiços que se formam no

AQU

litoral com os transbordamentos do mar, nas ocasiões da enchente da maré. || *Obs.* na língua tupí, *Apêcú* significa língua (orgão principal da fala). Montoya o menciona com a mesma significação e também com a de guelra de peixe, *pirá-apêcú.* Não descubro nisto a etimologia do nosso vocábulo. || Também dizem *Apicú.*

APLASTRADO, *adj. (R. Gr. do S.)* o mesmo que *abombado.*||*Etim.* Do verbo castelhano *aplastar,* significando amassar, machucar, esmagar, achatar (Valdez). Tomamo-no em acepção figurada.

APORREADO, *adj. (R. Gr. do S.)* diz-se do cavalo mal domado, ou que não se tem conseguido domar: Cavalo aporreado (Cesimbra). || *Obs.* O verbo aporrear é tanto português (Moraes) como castelhano (Valdez), no sentido de espancar. Aulete não o menciona.

APUÁVA, *adj. (R. Gr. do S., Paraná)* o mesmo que *aruá.*

AQUERENCIAR-SE, *v. pr. (R. Gr. do S.)* afeiçoar-se, acostumar-se, a um certo e determinado lugar. Dizem isto especialmente dos animais. Também se diz que um animal está *aquerenciado* com outro, quando se acostumou a viver com êle e o acompanha a tôda a parte. || *Etim.* Do castelhano *aquerenciarse* (Coruja).

AQUILOMBÁDO, *adj.* refugiado em quilombo. Também se diz, no mesmo sentido, *amocambado.*

AQU

AQUILOMBAR, *v. tr.* reunir em quilombo escravos fugitivos: Aquêle malvado conseguiu *aquilombar* grande número de escravos, e tem com êles praticado toda a sorte de atentados. || *v. pr.*, ocultar-se, refugiar-se em quilombo: Os escravos *aquilombaram-se* no deserto, além da serra. || Também se diz *amocambar, amocambar-se.*

ARAAN! *int.* *(Pará)* expressão de saudade ou de surprêsa agradável (B. de Jary). || *Etim.* E' voc. do dialeto tupí do Amazonas. || *Obs.* Em guaraní, *araá* tem referência a sofrimentos produzidos por febres (Montoya).

ARAÇA. V. *Arassá.*

ARAÇAO, *s. f. (Serg.)* fome excessiva. || Ato de comer com precipitação: Que aração! diz-se de um menino ou de qualquer pessôa que devora ás pressas seu prato de comida (S. Roméro).

ARAÇARI. V. *Arassari.*

ARACAMBUZ (1.º), *s. m. (Bahia)* cruzeta feita de páus encavilhados nos *bordos* da jangada, onde descansa a verga da mezena (Camara).

ARACAMBUZ (2.º), *s. m. (Alagoas, Pern., Ceará)* armação de páus fincados nos da jangada, com um no centro com forquilha, onde penduram os utensílios da pesca. || No Ceará chamam *Espeques* aos páus que formam o *Aracambuz* (Camara).

ARACATí, *s. m. (Ceará)* nome que na ribeira de Jaguaribe dão ao

ARA

vento do nordeste, que, no verão, entre sete e oito horas da noite, aparece de repente e com grande fôrça. || Êste nome foi dado pelos Pitaguares, e depois passou a designar a povoação, hoje cidade de Aracatí (Thomaz Pompeo).

ARADO, A, *adj. (Serg. e outras Provs. do N.)* esfomeado, esfaimado: Depois de muitas léguas de marcha, cheguei á minha casa *arado* (S. Roméro). || Também se diz *esgurido* (João Ribeiro).

ARANQUÁN, *s. m. e f.,* o mesmo que *Araquân.*

ARAPAPÁ, *s. m. (Provs. do N.)* ave de ribeirinha, pertencente ao genêro *Cancroma (C. cochlearia).* || *Etim.* E' voc. tupí.

ARAPONGA, *s. f.* ave do gênero *Chasmarynchus (C. nudicolis)* da ordem dos Passeres, notável pelo som metálico do seu canto. Em Minas-Gerais lhe chamam *Ferrador.* || *Etim.* E' corruptela de Guirapong, voc. tupí composto de *Guirá*, ave, e *pong,* onomatopéa do canto ruidoso dessa ave.

ARAPÚCA, *s. f.* espécie de armadilha para apanhar passaros. || *Etim.* Considero-a palavra tupí, mas não a vi ainda mencionada em obra alguma relativa áquela língua. || No vale do Amazonas dizem *Urapúca* (Seixas).

ARAQUÁN, *s. m. e f.* nome comum a três espécies de Galináceas, sendo uma do gênero *Penelope,* e duas do gênero *Ortalida.* || *Etim.*

ARA

E' voc. tupí. || Tenho ouvido pronunciar também *Aranquân*.

ARARA, *s. f.* nome comum a diversas espécies de aves do gen. *Ara,* da família dos Psittacideos, ordem dos Trepadores.

ARARÁ, *s. m. (R. de Jan.)* nome que dão ao Cupim sexual *(Termita),* cujos enxames, em certa época do ano, saem a voar, com o fim de propagar a espécie.

ARARÚNA, *s. f. espécie* de Arára, de côr azul ferrete. || *Etim.* E' voc. tupí significando *Arára preta.*

ARASSÁ, *s. m.* fruta do Araçazeiro, nome comum a diversas espécies de plantas do gênero *Psidium,* da família das Myrtaceas. || *Etim.* E' voc. tupí. || Geralmente se escreve *Araçá;* mas eu prefiro a ortografia que adotei, a qual fica ao abrigo dos êrros a que a outra tem dado lugar.

ARASSANGA, *s. f. (Ceará)* cacete curto de que usam os jangadeiros, para matar o peixe já ferrado no anzol, quando chega perto da jangada, para poder colocalo sôbre ela, sem perigo (Camara).

ARASSARÍ, *s. m.* nome comum a diversas espécies de aves do gênero *Pteroglossus* da ordem dos Trepadores. || *Etim.* E' voc. tupí || Geralmente se escreve *Araçari;* mas essa ortografia tem dado lugar a se escrever *Aracari,* como ainda o faz Aulete.

ARATACA, *s. f.* espécie de armadilha para apanhar animais sil-

vestres. || *Etim.* E' voc. da língua tupí (Vasconcelos). || Em guaraní dizem *Aratag* (Montoya). || *Obs.* As dimensões desta armadilha dependem da dos animais que se pretende apanhar, e as ha com destino a capiváras, veados, porcos e até onças.

ARATANHA, *s. f. (Piauí)* vaca de pequena estatura (Alencastre).|| Ha no Ceará a serra de Aratanha; mas isto não me explica a origem do vocábulo. || Na província de Alagôas é o nome vulgar, não só de uma espécie de camarão de corpo pequeno, com as duas patas dianteiras mui desenvolvidas, como igualmente de uma especie pequena de sapo também chamado *entanha* (B. de Maceió). Será por uma comparação burlesca que se terá dado no Piauí o nome de *Aratanha* ás vacas de pequena estatura?

ARATICÚ, *s. m.* fruta do Araticuzeiro, de que há diversas espécies pertencentes ao gênero *Anona* e *Rollinia,* da família das Anonaceas. || *Etim.* E' voc. tupí.

ARATÚ, *s. m.* espécie de carangueijo do gênero *Grapsus,* o qual vive nos mangues.

ARAXÁ, *s. m.* alto chapadão, *plateau* (Couto de Magalhães). Eis o que a respeito dêste vocábulo nos diz o ilustre autor do *Selvagem:* "A palavra *Araxá* é tupí e guaraní, vem das duas raizes *ara,* dia, e *xá* ver: dão o nome de *Araxá* á região mais alta de um sistema qualquer, como sendo a pri-

DICIONÁRIO DE VOCÁBULOS BRASILEIROS

ARA

meira e última ferida pelos ráios do sol, ou a que por excelência vê o dia; essa palavra no português, como nome de lugar, é nome do mais alto pico da Tijuca, e de uma cidade de Minas; eu o aceito em falta de vocábulo português, que exprima a idéia com a mesma precisão". O ilustre autor não nos indica a região do Brasil em que é usual êste vocábulo, nem eu o tenho podido descobrir, apesar das diligências a que tenho procedido, interrogando neste sentido a naturais de nossas diversas províncias. O que sei e o que todos sabem é que ha em Minas Gerais a cidade de Araxá, cuja etimologia interessou muito o sábio Saint-Hilaire, sem resultado satisfatório. Quanto ao pico mais alto da Tijuca, se lhe dão realmente o nome de *Araxá,* o que aliás nunca me constou, não lhe pode de modo algum caber, por causa de sua forma cônica, a definição do *chapadão* do Brasileiros, do *plateau* dos Francêses, nem tampouco do *planalto* dos Portuguêses. Esta questão interessa tanto a etimologia, como a geografia, e eu desejaria ve-la bem elucidada. Entretanto direi que um nosso distinto viajante, o Dr. Severiano da Fonseca, serviu-se amplamente do vocábulo *Araxá* na sua *Viagem ao redor do Brasil.*

ARAXIXÚ, *s. m. (S. Paulo)* nome tupí da Herva-Moura *(Solanum sp.)*

ARAYAUÉ! *int. (Vale do Amaz.)* expressão de aborrecimento causado pela repetição enfadonha de

ARR

qualquer. notícia já de todos sabida: Arayaué! tu me cansas com a narração de um fato, que ninguém mais ignora. || Corresponde á frase vulgar *morreu o Neves* (B. de Jary).

ARIRANHA, *s. f.* mamifero do gen. *Lutra,* a que os Tupinambás chamavam *Areran,* e são maiores que outra espécie congênere, a que davam o nome de *Jaguarapéba,* e nós o de *Lontra.*

ARMARINHEIRO, *s. m. (R. de Jan.)* proprietário de um armarinho. || E' aquilo a que chamam em Lisbôa *Capelista.*

ARMARINHO, *s. m. (R. de Jan)* casa de negócio em que se vendem miudezas, como cadarços, linhas, agulhas, sabonetes e outros objetos de pequeno valôr. Corresponde ao que na Bahia chamam *Loja de capelista;* em Pernambuco *Loja de miudezas;* e em Lisbôa *Loja de capela* || Obs. D'antes cabia bem a êsses estabelecimentos a denominação que lhes dão no Rio de Janeiro, porque eram com efei to, lojas de pequenas dimensões, como aquelas que ainda se observam em diversas ruas, e principalmente no começo da rua do Hospício; hoje porém tornou-se ela extensiva a grandes estabelecimentos, onde, a par de toda a sorte de miudezas, se encontram objetos de luxo, para o vestuário das senhoras.

ARRASTÃO, *s. m.* rêde de *arrastão* é a rede varredoira, a rede de arrastar, que apanha grande quan-

ARR

tidade de peixe, tendo todavia o inconveniente de trazer á praia, de envolta com o peixe grande, o peixe ainda pequeno, que se não aproveita.

ARREGANHAR, *v. intr. (R. Gr. do S.)* cerrar os queixos o cavalo cansado, de tal sorte que não se lhe pode tirar o freio, além de que lhe bate fortemente o coração e distendem-se-lhe as ventas. Isto acontece ao cavalo que sujeitaram a uma viagem forçada em dia de grande calôr. Com muito descanço pode o cavalo *arreganhado* prestar-se a exercícios moderados, mas nunca a serviço rigoroso.

ARREIOS, *s. m. pl. (R. Gr. do S.)* no sentido de jaezes, é êste vocábulo perfeitamente português; mas os *Arreios* usados naquela província diferem dos que são geralmente empregados para aparelhar as cavalgaduras. A sela é substituida por um conjunto de peças sobrepostas umas ás outras nas costas do animal. Estas peças são: o suadouro, a xerga, a carona, o lombilho, a cincha, o coxonilho ou pelego, a badana, a sobrecincha ou cinchão. Êste modo de arreiar os animais é certamente muito mais complicado que o da sela ordinária; mas, além de outras vantagens que lhe atribuem, tem ainda mais a de servir de cama ao cavaleiro, em falta de cousa melhor. Para isso estende de certo modo estas peças no chão, serve-lhe de cabeceira o lombilho, cobre-se com aquela espécie de capa a que chamam poncho, e assim dormem.

ARR

ARRIADOR, *s. m.* o mesmo que *Arrieiro.*

ARRIEIRO, *s. m.* gerente de uma tropa de animais de carga. O bom *Arrieiro* deve reunir um certo número de conhecimentos práticos, que o tornem hábil na sua especialidade. Seus deveres são inspeccionar diariamente os animais, antes e depois do trajeto do dia; curar os que estão doentes; *atalhar* as cangalhas; manter a boa ordem nas marchas; examinar os maus passos para os evitar; escolher os pousos; e, finalmente, comandar os demais empregados da tropa. || Em Portugal o *Arrieiro* é um simples condutor de bestas de cargas ou de cavalgaduras, ou que se ocupa em as alugar (Aulete).

ARRINCONAR, *v. tr. (R. Gr. do S.)* meter animais em um rincão. || *Etim.* E' verbo de origem castelhana (Coruja). || Em português se diz arrincoar, mas é pouco usado (Moraes, Aulete).

ARROZ-DE-AUSSÁ, *s. m. (Bahia)* espécie de comida, que consiste em arroz cozido sem tempero, e sobre o qual se deita carne-seca frita em bocadinhos e molho de pimenta (Loyola). || *Etim.* Deve, sem dúvida, seu nome a ser uma comida dos negros da nação Aussá.

ARROZ-DE-CUXÁ, *s. m. (Maranhão)* é o arroz simplesmente cozido, que se come de mistura com o *Cuxá* (D. Bras.)

ARRUADOR, *s. m. (R. de Jan.)* empregado municipal que tem a seu

ARU

cargo fazer com que nas edificações se atenda sempre á melhor direção que deve ter a rua, impedindo que as casas a construir saiam fora do alinhamento. || Em Portugal, a palavra *Arruador* se aplica ao vadio quebra-esquinas, amotinador (Aulete). || Em Pern. e Par. do N. ao *Arruador* municipal chamam *Cordeadôr.*

ARUÁ, *adj.* *(R. Gr. do S., Paraná)* desconfiado, espantadiço, indocil. Aplica-se aos cavalos inquietos, que não se deixam facilmente apanhar, e antes correm quando os vão prender. No mesmo sentido dizem *fuá, apuava* e *puáva.* || *Etim.* Em guaraní ha *aruâ* e *háruâ* com a significação de danoso, tendo também por sinônimos nocivo, pernicioso, além de outras acepções, que deixarei de citar, por não terem relação alguma com o vocábulo *aruá,* qual o empregamos no Brasil. Quanto a *apuáva* e *puáva,* não lhes pude descobrir a etimologia, bem que me pareçam de origem guaraní.

ARUBÉ, *s. m. (Pará)* o mesmo que *Uarubé.*

ARUPEMBA, *s. f. (Serg.)* corruptela de *Urupemba.*

ASSAHÍ, *s. m. (Vale do Amaz.)* Palmeira do gen. *Euterpe (E. oleracea)* de que ha mais quatro espécies determinadas *(Flor. Bras.).* Também lhe chamam, em algumas regiões do Brasil, *Jissára, Jussára* e *Palmito.* Com a polpa da fruta macerada em água, fazem uma es-

ATA

pécie de alimento, a que chamam também *Assahí,* ao qual ajuntam açúcar e farinha de tapióca ou de mandióca, e passa por ser nutriente e é agradável á generalidade dos paladares, apesar de um certo gosto herbaceo, que repugna aos novatos. || *Etim.* Do tupí *Uassahi,* nome ainda mui usado, tanto no Vale do Amazonas, como na província de Mato-Grosso.

ASSENTADA, *s. f. (R. Gr. do S.)* partida falsa, ou pequena corrida dada do ponto de partida, pelos cavalos parelheiros, antes de começarem a correr. E' de costume haver primeira, segunda, terceira e ás vezes mais *assentadas* conforme o trato com que se *amarrou* a carreira (Coruja). || *Obs.* Há em português o vocábulo *assentada,* que nenhuma relação tem com o vocábulo rio-grandense. || *Etim.* Derivação do verbo assentar, no sentido de convencionar, ajustar, convir, etc.

ASSOLEAR, *v. intr. (R. Gr. do S.)* fatigar-se, por ter andado ao sol ou em dia de calôr. Diz-se do animal, principalmente se é gordo. E' quasi o mesmo que *assonsar* (Coruja). || *Etim.* Do castelhano *asolear.*

ASSONSAR, *v. intr. (R. Gr. do S.)* é quasi o mesmo que *abombar,* mas não tanto (Coruja).

ASSÚ, *adj.* o mesmo que *guassú.*

ATA, *s. f. (Ceará, Maranhão, Pará)* fruta da Ateira, planta do gênero *Anona (A. squamosa)* da

ATA

família das Anonaceas. Nas colonias francêsas chamam-lhe *Atte;* no Rio de Janeiro *Fruta de conde;* na Bahia e Pernambuco *Pinha.*

ATALHAR, *v. tr. (S. Paulo, Minas Gerais, Goiás e Mat-Grosso)* concertar as cangalhas, de modo que não firam os animais. E' obrigação dos arrieiros ou arriadores. || *Obs.* Ha na língua portuguêsa o verbo atalhar com a significação de cortar, interromper, embaraçar, estorvar, impedir, encurtar o caminho, e em todos êstes sentidos é também usado no Brasil; mas, em relação ao serviço das cangalhas, é expressão exclusivamente brasileira.

ATAPÚ, *s. m. (Ceará)* o mesmo que *Uatapú.*

ATAR, *v. tr. (R. Gr. do S.)* o mesmo que *amarrar* (Coruja).

ATARAHÚ, *s. m. (Ceará)* furor: Nêste meu *atarahú;* isto é, quando me acho em estado de furor (Araripe Junior).

ATÍLHO, *s. m. (Par. do N., R. Gr. do N.)* o mesmo que *Cãibro.*

ATOLÊDO, *s. m. (S. Paulo)* atoleiro.

ATROPILHAR, *v. tr. (R. Gr. do S.)* reunir cavalos em tropilha (Coruja).

ATURÁ, *s. m. (Pará)* espécie de cesto cônico ou cilindrico de perto de dois metros de altura, servindo nas roças para transportar mandióca e outros quaisquer produtos

AZE

rurais. Parecem-se com os poceiros, de que usam os vindimadores de Portugal. Também pronunciam *Uaturá* (Baena). || *Etim.* Do dialeto tupí do Amazonas (Couto de Magalhães, Seixas), e tem por sinônimo *Urussacanga.* || *Obs.* Usam traze-lo ás costas, suspenso por uma embira passada entre a testa e o alto da cabeça, e também nos ombros (J. Verissimo).

AUATÁ, *v. intr.* andar, caminhar. || *Etim.* E' voc. puramente tupí. Hoje porém o empregam exclusivamente em relação á caçada dos *Ussás* ou carangueijos dos mangues, os quais, em certa estação do ano, saem das tocas e andam errantes estonteadamente, o que facilita muito a sua apreensão: dizem então que os carangueijos andam *auatá.* Em linguagem tupí se diz indiferentemente *auatá* ou *aguatá.* Não posso porém afirmar que esta segunda forma seja ainda usual em alguma parte do litoral.

AVESTRUZ, *s. m. (R. Gr. do S.)* V. *Ema.*

AXI!, *int. (Pará)* expressão de tédio ou repugnância para com alguma cousa ou dito desagradável (B. de Jary). Corresponde ao português *apre! fóra!* Também dizem *Exe!*

AYUÁRA, *s. f. (Pará)* o mesmo que *Uyára.*

AZEITE-DE-CHEIRO, *s. m. (Bahia)* azeite de dendê fabricado no país, por um processo diferente do da África.

AZE

AZEITE-DE-DENDÊ, *s. m.* óleo extraído da fruta do Dendezeiro *(Elaeis guineensis)*. E' aquilo a que os Portuguêses chamam *óleo de palma*.

AZULÊGO, *adj. (R. Gr. do S.)* cavalo oveiro, de pintas miudinhas

AZU

brancas e pretas, o que de longe o faz parecer azul, e constitui uma variedade rarissima (Coruja). || *Etim.* Origina-se da palavra **azuleijo**, que é tanto portuguêsa como castelhana. *Azulego* não é senão o arremedo da pronuncia espanhola.

B

BAB

BÁBA-DE-BÔI, *s. f. (R. de Jan.)* o mesmo que *Jerivá*.

BÁBA-DE-MÔÇA, *s. f.* espécie de dôce líquido feito com o sumo do côco da Bahia.

BABÁDO, *s. m.* fôlho, no sentido de tiras em pregas, com que se guarnecem saias, vestidos, toalhas, cobertas de cama etc.

BABAQUÁRA, *s. m.* e *f.* o mesmo que *Caipira*.

BACÁBA, *s. f. (Vale do Amaz.)* Palmeira do gênero *(Œnocarpus (Œ. Bacaba)*. Há mais dêste gênero sete espécies conhecidas, e entre elas o *Batauá* ou *Patauá (Flor. Bras)*.

BACABÁDA, *s. f. (Pará)* espécie de alimento feito com a fruta da palmeira Bacaba, preparada pelo mesmo processo do *Assahi*.

BACALHAU, *s. m.* azorrague feito de couro crú trançado, com várias pernas, e com o qual se castigavam os escravos. || *Obs.* Como

BAC

expressão portuguêsa, também usual no Brasil, *Bacalháu* é o nome de uma bem conhecida espécie de peixe do gênero *Gadus,* de que se fazem grandes salgas nos mares do norte da América e da Europa. Ao azorrague dêste nome chamam *Pirahi* em Minas-Gerais Müller Chagas), vocábulo tupí, cujo radical é *Pira,* couro ou pele.

BACARAHÍ, *s. m. (R. Gr. do S.)* nome que dão ao feto da vaca, que é mortá em estado de prenhez, e que muita gente aproveita, como alimento apetitoso. || *Etim.* Composto hibrido de *baca* (vaca) e *taí,* (filho, na língua guaraní). No Paraguai dizem *mbacaraí* Montoya), cuja tradução literal é *filho da vaca.*

BACAYÚBA, *s. f. (Mat.-Gros.)* o mesmo que *Macahúba*.

BACUPARÍ, *s. m.* nome comum a diversas especies de árvores frutiferas, pertencentes a gêneros diferentes. No R. de Jan. é uma *Garcinia* da família das Guttiferas

BAC

(G. Brasiliensis); em Goiás uma Sapotácea (Saint-Hil.).

BACURAU, *s. m.* espécie de ave noturna, pertencente talvez ao gênero *Caprimulgus.* || *Etim.* E' nome onomatopaico, derivado do seu canto.

BACURÍ, *s. m.* nome vulgar da *Platonia insignis,* árvore da família das Guttiferas, notável pela beleza do seu porte, pela sua utilidade como madeira de construção, e pela excelência de sua fruta.

BACURIPARÍ, *s. m. (Vale do Amaz.)* nome vulgar de uma árvore frutífera, pertencente á família das Guttiferas.

BACUSSÚ, *s. m. (Bahia)* canôa grande, cuja *cangalha* ou suplemento acima da borda, prolonga-se de ré a vante (Camara).

BADANA, *s. f. (R. Gr. do S.)* pele macia lavrada, que se põe por cima do coxonilho (Coruja). || *Etim.* Este vocábulo é tanto português como castelhano: e em uma e outra língua significa uma carneira com que se cobrem os livros. Segundo Moraes e Aulete, aplicam-no também á ovelha velha e magra que já não páre. Figuradamente, carne magra; e finalmente os alentos dos capelos das freiras. Como se vê, tem êste vocábulo na nossa província uma significação mais restrita. Mas Valdez contenta-se em dizer que a *badana* é uma pele cortida de carneiro ou ovelha.

BAGUAL, *s. e adj. m. (R. Gr. do S.)* cavalo indômito, que vive inde-

BÁH

pendente de qualquer sujeição: Um *bagual* ou um cavalo *bagual.* || *Etim.* E' voc. da América espanhola; e, segundo Salvá, oriundo das Antilhas (Zorob. Rodrigues). || Ao boi que vive nas mesmas condições do cavalo *bagual* dão o nome de *chimarrão* (Coruja).

BAGUALADA , *s. f. (R. Gr. do S.)* manada de baguais (Coruja).

BAGUARÍ, *s. m. (Mat.-Gros.)* espécie de ave do gênero *Ciconia (C. Maguari).* No Pará lhe chamam *Maguari.*

BAHIA, *s. f. (Mat.-Gros.)* nome que dão a qualquer lagôa que se comunica com um rio, por meio de um canal mais ou menos espaçoso: *Bahia* Negra. *Bahia* de Mandioré, etc. || Nas demais províncias do Brasil, lhe dão o nome português de lagôa, quer tenham, quer não, comunicação com os rios ou com o mar.

BAHIANO, A (1.º), s. e adj. natural ou pertencente á província da Bahia. Também dizem *Bahiense.*

BAHIANO, A (2.º), *s. m. (Piauí)* o mesmo que *Caipira.* || *Etim.* E' provável que se dê êsse nome aos habitantes do campo, por serem considerados descendentes daquêles naturais da Bahia, que, depois da descoberta do território do Piauí, primeiro se estabeleceram nêle, e ali fundaram fazendas de criação.

BAHIANO (3º), *s. m. (Ceará)* o mesmo que *Baião.*

BAHIENSE, *s. e adj. m. e f.* o mesmo que *Bahiano* (1.º)

DICIONÁRIO DE VOCÁBULOS BRASILEIROS

BAI

BAIACÚ, *s. m.* espécie de peixe do gênero *Tetraodon*, da família Gymnodontida (V. de Porto-Seguro). E' peixe venenoso; entretanto, havendo quem saiba preparar convenientemente, torna-se comestível, sem o menor receio. Ha outra espécie a que chamam no Rio de Janeiro *Baiacú-ará*, o qual não tem o inconveniente do primeiro. ||*Etim.* E' nome tupí.

BAIÃO, *s. m. (Ceará)* espécie de divertimento popular, a que também chamam *Bahiano* (3.º), e consiste em dansas e cantos ao som da música intrumental. (J. Galeno. || *Etim.* Talvez seja êste vocábulo a corruptela de *Bailão*, termo português que significa bailador, ou a alteração de *Bahiano*, e nêste caso deveriamos escrever *Bahião*.

BAIXÁDA, *s. f.* vale, planície pequena entre duas montanhas. No Rio Grande do Sul também lhe chamam *Canhada*. || *Etim.* E' clara a origem portuguêsa dêste vocábulo .Aulete o menciona como termo brasileiro.

BAIXEIRO, *adj. (R. Gr. do S. Pará, S. Paulo)* suadouro-*baixeiro* é o que se põe sôbre o lombo do cavalo por baixo dos arreios; carona-*baixeira* é a que se põe, quando a querem usar, por baixo da xerga (Coruja). || Na Paraíba do Norte e outras províncias daquela região chamam cavalo *baixeiro* aquêle cujo andar é baixo (curto) e não adianta muito: Meu cavalo é bom *baixeiro* (Meira).

BAM

BALA, *s. f. (R. de Jan. e Provs. merid:)* pequena pelota de açúcar refinado em ponto vitreo e envolto em papel. E' o que em Portugal e no Pará chamam *Rebuçado;* na Bahia, *Queimado;* em Pernambuco Alagôas e outras províncias do norte, *Bóla*. || Etim. Este confeito deve, sem dúvida, seu nome á fórma arredondada que lhe davam antigamente. Hoje ha *Balas* de todos os feitios.

BALAIADA, *s. f.* nome que deram á revolta chamada também *dos Balaios*, que houve no Maranhão em 1839. || *Rad.* Balaio, nome do chefe daquela revolta.

BALAIO. *s. m. (Pará)* farnel, no sentido de provisões de boca que cada um leva consigo, por ocasião de uma viagem, um passeio ao campo, etc. || *Etim.* Como é provável que sirva em geral de meio de condução essa espécie de cesto a que chamamos *balaio,* devemos pensar que nêste caso toma-se o conteúdo pelo continente.

BALSÊDO, *s. m. (Maranhão)* vegetação flutuante composta de herva Muriri, cujas raizes, emaranhando-se fortemente, cobrem grandes extensões dos rios e vão até a veia d'água. Também lhe chamam *Tremedal*. || *Rad.* Balsa. || *Obs. O Balsêdo* do Maranhão é analogo ao *Aguapé* das outras províncias.

BAMBÁ, *s. m. (Bahia)* sedimento que fica no fundo do vaso em que fabricam essa variedade de azeite de dendê a que chamam azeite-de-cheiro.

BAM

BAMBÃO, *s. m. (Alagoas)* nome vulgar do pedúnculo interno da jaca, fruta da jaqueira (J. S. da Fonseca). Na Bahia lhe chamam *Manguxo* (Aragão).

BAMBAQUERÉ, *s. m. (R. Gr. do S.)* nome de uma das variedades desses bailes campestres a que chamam geralmente *Fandango* (Coruja).

BAMBÉ, *s. m. (R. de Jan.)* mato estreito, que, a guiza de cêrca, se deixa entre uma roça e outra, como linha divisória.

BANCO-DA-VÉLA, *s. m. (Ceará e outras Provs. do N.)* é o banco que serve para sustentar o mastro da grande e única véla da jangada (J. Galeno).

BANCO-DE-GOVERNO, *s. m. (Ceará e outras Provs. do N.)* é o banco colocado na pôpa da jangada, e em que se assenta o mestre (J. Galeno).

BANDEIRA, *s. f.* expedição armada, mais ou menos numerosa, que, sob a direção de um chefe, se dirige aos sertões, com o fim de os explorar, ou de castigar os selvagens, cujas excursões prejudicam os estabelecimentos civilisados. Dantes era seu destino principal aprisionar selvagens e reduzi-los á escravidão. || No interior da Paraíba do Norte, e provavelmente nas províncias circumvisinhas dá-se o nome de *Bandeira* a uma leva de trabalhadores contratados por um só dia, para executar algum

BAN

trabalho rural. Chama-se a isso *botar uma Bandeira:* Botei uma *Bandeira* para acabar a limpa do mato (Meira). Equivale neste sentido a *Muxirom.*

BANDEIRANTE, *s. m.* individuo que faz parte de uma *Bandeira* encarregada de explorar os sertões incultos.

BANGÜÉ, *s. m.* homônimo brasileiro com cinco significações: 1.ª *(R. de Jan., S. Paulo, Minas-Gerais, Goiás e Mato-Grosso)* espécie de liteira rasa com teto e cortinado de couro, conduzida sôbre varais por duas bestas, uma adiante e outra atrás, servindo para transportar em viagem enfermos, mulheres e crianças. A isso chamam liteira nas províncias do norte; mas em São Paulo dão o nome de liteira a uma espécie de palanquim com assentos fronteiros, levados por bestas á maneira do *Bangüê*. Para os enfermos é o *Bangüê*, muito mais cômodo, porque lhes serve de cama, quer durante a marcha, quer durante as paradas. 2.º (R. de Jan) ladrilho das tachas, por onde correm nos engenhos de açúcar as espumas que transbordam, por ocasião da fervura, quando se tem de ajudar as caldeiras, ou quando o fogo é mui intenso. 3.º *(Bahia e outras Provs. do N.)* espécie de padiola grosseira, para conduzir terra para as construções (Aragão). 4.º *(Provs. do N.)* padiola de conduzir cadáveres. 5.º *(Provs. merid. e centr.)* aparêlho de couro em forma de côche para curtir peles, ou para fazer decoada, e nêste ca-

BAN

so corresponde ao que chamam *Anóque* no R. Gr. do S. || *Obs.* Segundo Aulete, êste vocábulo, que êle escreve *Bangué,* com a errônea pronuncia de *Banghé,* tem a significação de "fornalha em que se colocam as talhas (tachas quiz dizer) nos engenhos de açúcar no Brasil; e liteira rasa, coche de couro (na India). Ha em tudo isto muita confusão.

BANGUÊLÊ, *s. m. (Minas-Gerais)* briga, desordem (G. Müller).

BANGULA, *s. f. (R. de Jan.)* o mesmo que *Calungueira.* || Audete, indicando êste vocábulo como brasileiro, erra na pronuncia escrevendo *Bangúla.* Bangúla será o nome de uma ave africana, por êle citada.

BANHADO, *s. m.* charco encoberto pela ervagem.

BANZAR, *v. intr.* ficar pensativo e em estado de cogitação sôbre qualquer notícia ou acontecimento que não é de fácil explicação. Também admito a definição de Moraes: *Pasmar de pena e magua* || *Etim.* Tem a sua origem no verbo *Cubanza* da língua bunda, que significa pensar (Capello e Ivens). || Para quem conhece bem a significação dêste verbo, é êle mui expressivo, e não lhe reconheço equivalente na língua portuguêsa. || *Obs.* Aulete o menciona como têrmo popular, o que me faz supor que é usual em Portugal.

BAQUÁRA, *adj. (Pern.)* experto, diligente, sabido: José é um *ba-*

BAR

quára que se sae bem de tudo aquilo que empreende (Souza Rangel). || *Etim.* Não encontro êste vocábulo no *Dic. Port.-Bras.;* e nada posso aventurar sôbre a sua origem. Em guaraní *Baquá,* sin. de *Cabaquá,* tem diversas significações, todas elas no sentido de atividade. Assim é que uma frase em que figura êste vocábulo é traduzida do seguinte modo: *con sus porfias alcançó de mi lo que quiso* (Montoya), o que está de acôrdo com o sentido que lhe dão em Pernambuco.

BAQUEÂNO, *s. m. e adj.* o mesmo que *Vaqueâno.*

BARANGANDÃN, *s. m. (Bahia)* coleção de ornamentos de prata, que as crioulas trazem pendentes da cintura nos dias de festa, principalmente na do Senhor do Bom-Fim.

BARBAQUÁ, *s. m. (Paraná)* espécie de caniçada ou grade feita de varas sôbre forquilhas, usada antigamente em Curitiba, para a preparação da erva mate. Tinha por fim, êste aparêlho, facilitar a *sapéca* (chamuscadura) dos ramusculos e folhas da Congonha *(Ilex paraguariensis).* || *Obs.* Saint-Hilaire entra em todos os detalhes relativamente á serventia dêste aparêlho. Não me deterei nêste assunto, porque o *Barbaquá,* não só caiu em desuso, como até no esquecimento, depois que outros meios se empregam na preparação do mate. || *Etim.* E' têrmo da América espanhola (Valdez). **Montoya,**

BAR

que, como Valdez, escreve *Barbacoa*, o traduz em guaraní por *Taquá pẹmlĩ*, isto é, grade de taquáras.

BARBATÃO, *s. m. (Sertões de algumas Provs. do N.)* nome que dão ao gado bovino, que não tendo sido assinalado com o carimbo da fazenda a que pertence, e criandose nos matos, se torna bravio. E' o que no R. Gr. do S. chamam *gado alçado* ou *chimarrão*. Equivale ao português *amontado*, expressão conhecida e geralmente usada no Brasil.

BARBELA, *s. m. (S. Paulo)* o mesmo que o *barbicacho* do R. Gr. do S. (B. Homem de Mello). || *Etim.* E' vocábulo português, com diversas significações, e entre elas a de cadeia de ferro que guarnece por baixo a barbada do cavalo, e vai prender de cada lado nas cãibas do freio (Aulete). Nêste sentido é vocábulo geralmente usado no Brasil.

BARBICACHO, *s. m. (R. Gr. do S.)* cordão trançado, cujas pontas cosidas no chapéu, o prendem ou seguram à pessôa que o traz, passando por baixo da barba (Coruja). || *Etim.* E' termo castelhano usual em Extremadura, Andaluzia e outras provincias da Espanha (Valdez). E' também palavra portuguêsa, no sentido de cabeçada de corda para bestas (Aulete). || *Obs.* Em São Paulo dão ao *barbicacho* do R. Gr. do S. o nome de *barbela*.

BAS

BARCAÇA, *s. f. (Pern. e outras Provs. do N.)* espécie de embarcação costeira destinada ao transporte de mercadorias, e tem as velas como a das jangadas. || *Etim.* E' termo português, significando, em geral, barca grande (Aulete). || Dão também êsse nome a uma embarcação com aparêlho próprio para virar de carena os navios, devendo ter menos pontal que o navio que for virar e o lastro necessário *(Dic. Mar. Bras.)*

BARRIGUEIRA, *s. f. (R. Gr. do S.)* peça que faz parte da cincha, e é a que passa pela barriga do animal (Coruja). || *Etim.* Do castelhano *Barriguera.*

BARROSO, *adj. (R. Gr. do S.)* o mesmo que *branco*, com aplicação exclusiva ao boi ou vaca: Um boi *barroso*. Uma vaca *barrosa* (Coruja). || Em português o adj. *barroso* significa barrento. Segundo Valdez, *barroso* é o epiteto dado ao boi entre branco e vermelho, ou de um branco escuro. Tanto basta para sabermos que é vocábulo castelhano, que nos veiu das nossas visinhas, as repúblicas platinas.

BASBAQUE, *s. m.*, nome que dão ao homem que está espiando o cardume de peixe junto das armações, para lhe lançar a rede em cerco (Moraes, Aulete). || Nunca ouvi êste vocábulo, com semelhante significação.

BASTO, *s. m. (R. Gr. do S.)* espécie de lombilho de cabeça mui rasa e pequena (Coruja). || *Etim.*

BAT

E' vocábulo castelhano. || Em português o têrmo *baste,* significa sela que se põe nas cavalgaduras, que transportam as peças, os cofres e os reparos de artilharia de campanha (Aulete).

BATALHÃO, *s. m. (Bahia, Serg.)* o mesmo que *Muxirom* (B. de Geremoabo, Ramos).

BATATÁ, *s. m. (S. Paulo)* nome vulgar da fruta de uma árvore do gen. *Lucuma (L. Beaurepairei, Raunkjar et Glaz.)* da família das Sapotáceas. || *Etim.* E' evidentemente de origem tupí; mas vacilo muito quanto á sua significação primitiva. Póde acontecer que seja a corruptela de *igbá-tatá,* frutafôgo, por causa de sua côr rubra, ou a de *igbá-atan,* fruta dura, fruta empedernida.

BATATÃO, *s. m. (Par. do N.)* o mesmo que *Boitatá.*

BATAUÁ, *s. m. (Mat.-Gros.)* o mesmo que *Patauá.*

BATELÃO, *s. m. (Bahia)* canôa curta e com grande boca e pontal em relação a seu tamanho. Em Mato-Grosso dão êsse nome a uma pequena canôa (Camara).

BATEPANDE, *s. m. (Serg.)* jogo da cabra-céga, com que se divertem as crianças (João Ribeiro).

BATUEIRA, *s. f. (Rio de Jan.)* o mesmo que Batuéra.

BATUÉRA, *s. f. (R. de Jan.)* sabugo do milho, depois de descaroçado. || *Etim.* da língua tupí *Abati-*

BEI

uéra, palavra composta, significando *milho extinto.* Em guaraní, *Abatiïguë,* tem a significação de *espiga de maiz sin grano* (Montoya). || *Obs.* Também pronunciam *Batueira.* || Na Bahia chamam a isso *Capuco* e *Papuco;* e no Maranhão *Tambueira* (2.º)

BAZULAQUE, *s. m. (Alagoas)* o mesmo que *Sambongo* || Em Portugal *Bazulaque* é termo burlesco significando homem mui gordo (Aulete).

BEBÍDA, *s. f. (Pern. e outras Provs. do N.)* nome que dão a certos e determinados mananciais ou depositos de água pluvial, onde costumam beber os animais, quer domésticos, quer silvestres. Na estação da sêca, quando é geral a falta d'água, são as *Bebidas* lugares idôneos para as caçadas, pela multidão de aves e outros animais que ali se reunem. || *Etim.* Em linguagem portuguêsa chamam a isso *Bebedouro.*

BEIJU', *s. m.* espécie de filhó feita de tapióca e também da massa da mandióca, e cozido ao forno da farinha. Ha portanto o *Beijú de tapióca* e o *Beijú de massa,* e a êste dão no Pará o nome de *Beijú-xica.* No R. de Jan. chamamlhe comumente *Bijú.* Variam de forma, e os ha quadrados, circulares, enrolados como cartuxos, etc. Servem á guisa de biscoutos com o chá, café, caldo ou outra qualquer bebida. Aquecidos ao fogo e temperados com manteiga, adquirem um sabor mui agradável. Segundo

BEI

G. Soares e Baena, é o *Beijú* invenção das mulheres portuguêsas, e serviram-lhes de modêlo as filhós feitas de farinha de trigo. Ha outras variedades de *Beijú*, a que chamam no R. de Jan. *Sóla* e *Malampansa* ou *Manampansa;* em Pern. e Alagôas *Tapióca, Beijú de côco* e *Beijú-pagão;* e em Serg. e Alagoas *Malcassá* ou *Malcasado.* Ao *Beijú de côco* chamam em Serg. *Sarapó.* || Erra Aulete em tudo quanto diz a respeito do *Beijú.* Não é um bolo, nem tampouco lhe chamam também *Miapiata,* nome completamente desconhecido na linguagem vulgar do Brasil, e que é visivelmente o estropeamento do vocabulo tupí *Miapé-antan,* cuja tradução literal é pão duro, ou biscouto. || *Etim.* E' vocabulo comum aos dialetos tupí e guaraní. Os Tupinambás do Brasil davam o nome de *Beijú* a uns certos pães de milho pisado que êles guardavam de muitos dias nos juráus, e de que se serviam para a fabricação, de uma espécie de *cauhí,* a que chamavam *Beiuting-ig (Voc. Bras.)* Em guaraní o termo *Mbeiu,* além de outras significações, tem em castelhano o de *torta* (bolo) de mandióca (Montoya).

BEIJÚ-ASSU', *s m. (Pará) o* mesmo que *Catimpuera.*

BEIJÚPIRÁ, *s. m.* peixe do gen. *Elacate (E. americana),* e o mais estimado do Brasil (V. de Porto-Seguro). || *Etim.* E' voc. tupi (G. Soares).

BIB

BELCHIOR, *s. m. (R. de Jan.)* comerciante de toda a sorte de objetos velhos. || *Etim.* Êste nome provém de um indivíduo chamado Belchior, que primeiro estabeleceu na cidade do R. de Jan. uma casa com destino a essa espécie de comércio.

BEMZINHO-AMÔR, *s. m. (R. Gr. do S.)* nome de uma das variedades desses bailes campestres, a que chamam geralmente *Fandango* (Coruja).

BENÇÃO-DE-DEUS, *s. f. (Ceará)* espécie de bailado popular (Araripe Junior).

BÉRNE, *s. m.* larva de certa espécie de inseto que penetra na pele dos gados, cães e outros animais, e até na do homem, e ali se cria e lhes póde determinar a morte, se a não extraem em tempo. || *Etim.* Parece-me que esta palavra não é mais do que a corruptela de *Verme.* Os povos da língua tupí lhe chamam *Ura (Dic. Port. Bras.).*

BIATATÁ, *s. m. (Bahia)* o mesmo que *Boitatá.*

BIBÓCA, *s. f.,* barranco, excavação formada ordináriamente por enxurradas ou movimento de águas subterrâneas, de sorte a tornar o trânsito, não só incomodo, como até perigoso, sobretudo ás escuras: Depois das últimas chuvas ficou a estrada cheia de *bibócas.* || Em Pernambuco e outras províncias do norte também dizem *Bobóca.* || *Etim.* Alteração do tupi *Igbigbóca,* significando *Igbig* terra

BIC

e *Bóca,* abertura ou fenda. No Guarani *igbigbog* (Montoya). || Também dão o nome de *Bibóca* a qualquer terreno brenhoso de difícil transito. || Fig., casinha de palha (B. Homem de Mello).

BICÃO, *s m. (Bahia)* o mesmo que *Matame.*

BICHA, *s. f. (Pern. e outras Provs. do N.)* o mesmo que *Manduréba.*

BICHADO, A, *adj.* bichoso: Esta fruta está *bichada.*

BICHAR, *v. intr.* encher-se de bichos a fruta ou outra qualquer cousa: Êste ano as guaiabas *bicharam* muito. O feijão *bicha,* quando o plantam em estação imprópria. O madeiramento da minha casa *bichou* completamente.

BICHARÁ, *s. m. (R. Gr. do S.)* nome que dão ao poncho de lã grossa com listras brancas e pretas ao comprido. Também lhe chamam *Poncho de Mostardas,* por serem feitos em uma povoação dêste nome, onde se criam muitos carneiros (Coruja). || No México dão o nome de *Picha* a uma manta de lã ordinária (Valdez). Será essa a origem remota do nosso *Bicharã?*

BICHEIRA (1.º), *s. f.* ferida nos animais, com bichos, que são as larvas de certos insetos, que neles depositam seus ovos.

BICHEIRA (2.º), *s. f. (Ceará)* grande anzol preso a um cacête, com que se puxa o peixe pesado

BIN

para cima da jangada, afim de não quebrar a linha (J. Galeno). Em português lhe chamam *Bicheiro.*

BICHÔCO, *adj. (R. Gr. do S.)* diz-se do cavalo que fica com os pés inchados, por falta do exercício. || Em Portugal dão o nome de *Bichóca* a um pequeno leicenço (Aulete). Em castelhano o adj. *bichoso* designa aquêle que anda com dificuldade, por padecer de calos.

BICO, *s. m. (R. de Jan.)* o mesmo que *Matame.*

BICUÍBA, *s. f.* nome comum a diversas espécies de plantas do genêro *Myristica* da família das Myristicaceas. Também lhes chamam *Bucuhúva.* || *Etim.* São voc. de origem tupi.

BIGUÁ, *s. m.* Palmipede do genero *Carbo (C. brasiliensis).* || Etim. E' voc. tupí.

BIJÚ, *s. m. (R. de Jan.)* o mesmo que *Beijú.*

BILONTRA, *s. m. (R. de Jan.)* pessoa abjeta, que frequenta os botequins, as más companhias e particularmente as mulheres de má vida, das quais se torna o correspondente.

BINGA, *s. f. (sertão da Bahia)* chifre. || *Etim.* E' vocabulo da língua bunda, o qual se acha incluido em um vocabulário que organizei em 1844, segundo as informações que me foram dadas por um infeliz africano reduzido á escravidão e chegado de sua pátria havia

BIR

poucos mêses. Entretanto, Capello e Ivens, no *Vocabulário* anexo á sua obra, traduzem chifre por *n'guela*. Certamente esta sinonimia é o resultado de uma diferença dialética. Aulete nada diz sôbre esta palavra; Moraes porém menciona *Binga* como significando uma espécie de piçarra, segundo a *História Náutica,* que êle cita, sem nos dizer contudo em que país é isto.

BIRÍBA, *s. f. (Bahia)* cacete. || *Etim.* Provém êste nome da árvore Biriba *(Lecythis?)* de cujas hastes se fabrica êste instrumento. || Na província das Alagôas chamam *Embiriba* á mesma árvore; e semelhantemente dão ao cacete desta espécie o nome de *Embiriba* (B: de Macelo).

BIRIBÁ, *s. m.,* fruta do Biribazeiro, planta do gênero *Rollinia (R. cuspidata?)* da família das Anonaceas.

BIRORÓ, *s. m. (R. de Jan.)* espécie de *Beijú* feito de massa de mandióca, temperada com açúcar e e herva doce, e torrado no fôrno da farinha.

BOBINÊTE, *s. m. (Gará)* nome que dão ao filó.

BÓBÓ, *s. m. (Bahia)* espécie de comida africana, mui usada na Bahia, a qual é feita de feijão-mendubi, ali chamado feijão-mulatinho, bem cozido em pouca água, com algum sal, e um pouco de banana da terra quasi madura. Reduzido o feijão a massa pouco consisten-

BOC

te, juntam-lhe por fim azeite de dendê, em boa quantidade, para o comerem só, ou incorporado com farinha de mandióca. Ha também o *Bóbó de inhame,* em que o feijão é substituido pelo tubérculo dêste nome (Alberto). || No Pará, *Bóbó* é o nome vulgar do pulmão do gado talhado, e vendido com os demais miudos nos açougues (J. Verissimo).

BÓBÓCA, *s. f. (Pern. e outras Provs. do N.)* o mesmo que *Biboca.*

BOCAYÚBA, *s. f. (Mat. Gros.)* o mesmo que *Macahúba.*

BOCAINA *s. f. (S. Paulo)* nome que dão á depressão de uma serra ou cordilheira, quando a escarpa desta parece abrir-se, como formando uma grande bôca, que facilita o acesso ao plano superior ou chapada (B. Homem de Mello). || *(R. de Jan.)* bôca de um rio menos considerável que a barra principal (V. de Souza Fontes). || *(Pará)* entrada de um canal ou de um rio (B. de Jary). || *Obs. Boccaina* e *Boqueirão,* originando-se do mesmo radical *boca,* têm a maior parte das vezes a mesma significação.

BOCAL, *s. m. (R. Gr. do S.)* peça de prata, que circunda o lóro na parte inferior, imediata ao estribo (Coruja). || *Obs.* O termo *Bocal* em Portugal, além de outras significações, que são também usuais no Brasil, serve para designar a peça do freio que entra na boca do animal.

BOCHINCHE, *s. m. (R. Gr. do S.)* divertimento chinfrin próprio

BOC

da plebe, espécie de batuque. ||
Etim. E' vocábulo da América espanhola significando alvoroto, assuada (Valdez).

BÓCÓ (1.º) *s. m.*, o mesmo que *môcó* (2.º).

BÓCÓ (2.º), *s. m.*, o mesmo que *Mané.*

BÓCÓRIO, *s. m.*, o mesmo que *Mané.*

BOI-ESPAÇO, *s. m. (Scrg., Piauí e outros Provs. do N.)* boi, cujos chifres são mui abertos. Também dizem *chifres espaços* (J. Coriolano).

BOITÁTÁ, *s. m. (S. Paulo, R. Gr. do S.)* fogo fátuo || Na Par. do N. dizem *Batatão,* e na Bahia *Biatatá* (Valle Cabral). || Etim. Todos êstes vocábulos têm a sua origem no termo tupí *Mbaé tatá* que significa cousa-fogo (Anchieta).

BÓLA, *s. f. (Pern., Alagôas e outras Provs. do N.)* o mesmo que *Bala.*

BOLÃO, *s. m. (Pern.) Bolão de Angú* é a porção dêle arredondado, que se vende com guizado de carurú, que é o conduto (Moraes).

BOLAPÉ, *s. m. (R. Gr. do S., Paraná)* nome com o qual se designa um váu, quando o rio está tão cheio que mal o pode atravessar o cavalo sem nadar. Nêste caso dizem que o rio está de *bolapé.* || *Etim.* Êste vocábulo tem a sua ori-

BOL

gem no castelhano *volapié.* Segundo Valdez, *volapié* é uma locução adverbial significando "a meio vôo, parte andando, parte voando, *sem poder assentar o pé com firmeza".* E' analogamente o que acontece ao animal que atravessa um rio, cujo váu não é bem pronunciado, e no qual, se não ha nado completo, ha todavia água bastante para que o pé do cavalo não assente com firmeza no fundo do rio.

BOLAS, *s. f. plur. (R. Gr. do S.)* arma de apreensão, de que se servem, não só os camponeses desta província, como os de outras partes da América para deter o cavalo ou boi que foge a correr. Consiste ela em três *guascas* (tiras de couro) de pouco mais de 66 centimetros de comprido, presas entre si por uma das extremidades, e as outras terminam por pedras esféricas *retovadas* (forradas) de couro, sendo uma delas de menor dimensão, e é chamada *Manicá.* E' nesta que pega o *Boleador* para *bolear* o animal, atirando-a de modo que se enrosquem todas nas pernas dêle, e o impeçam de se mover.

BOLEADÓR, *s. m. (R. Gr. do S.)* homem destro no manejo das Bolas.

BOLEAR, *v. tr. (R. Gr. do S.)* deter um animal em sua carreira, atirando-lhe as *Bolas* aos pés.

BOLEAR-SE, *v. pr. (R. Gr. do S.)* deixar-se o cavalo sair com o cavaleiro (Coruja).

BOL

BOLICHE, s. m. (R. Gr. do S.) taberninha de pouco sortimento e de pouca importância (Cesimbra). || *Etim.* E' germanismo usual na Espanha (Valdez), e também no norte do Chile e na costa do Perú e Bolivia com a significação de bodêga (Zorob. Rodrigues).

BOLINA, s. f. *(Ceará)* nome que dão á taboa que se coloca na parte média da jangada, junto ao banco da vela, e serve para cortar as águas e evitar que ela descaia para sota-vento (J. Galeno).

BOMBA, s. f. (Pern., Par. do N.) bueiro ou cano subterrâneo, por meio do qual correm as águas de um lado a outro da estrada ou rua, sem prejudicar o trânsito. Neste sentido o termo *Bomba,* que tem aliás em português muitas significações, não deve ser empregado na linguagem oficial, como tem acontecido e o tenho visto em mais de um documento. || *(R. Gr. do S., Paraná)* tubo delgado por meio do qual se toma o mate; e é guarnecido na parte inferior, que se introduz na *Cuia,* por uma esfera ôca crivada de buraquinhos, por onde passa o líquido, sem trazer consigo as particulas da erva.

BOMBEAR, v. tr. (R. Gr. do S.) espionar, explorar o campo inimigo, para lhe conhecer a fôrça, os recursos e os designios. || Andar na cóla de alguém, espreitar os atos de outrem de quem se desconfia: Encarreguei meu filho de *bombear* certo devedor meu, a ver se êle pretende realizar a sua viagem, an-

BON

tes de me pagar. || E' vocabulo usual também na América meridional espanhola (Valdez). || *Etim.* Deriva-se de *Bombeiro,* no sentido de espião, e não é mais do que a corruptela de *Pombear.*

BOMBEIRO, s. m. (R. Gr. do S.) espião; explorador do campo inimigo; espreitador das ações de outrem para lhe conhecer os intentos. || *Etim.* Não é mais do que a corruptela de *Pombeiro,* pelo metaplasmo do *P* em *B.* Sob a fórma *Bombero,* é êste vocábulo usual nas repúblicas platinas, e é probabilissimo que se introduzisse ali, quando nossas tropas guarneciam o território que constitui hoje a República Oriental do Uruguai.

BONDE, s. m. carro do sistema americano, que, por meio de tração animal, percorre, sôbre trilhos de ferro, as ruas e estradas. O estabelecimento dêste sistema de rodagem no Rio de Janeiro, no ano de 1868, coincidiu com uma grande emissão de *bonds* do tesouro público, objeto que ocupava então a atenção de todos. Houve quem se lembrasse de dar o nome de *bondes* a êsses veículos, e êsse nome foi gèralmente adotado. Hoje ha emprêsas de *bondes* em quasi to·das as províncias do Brasil.

BONÉCA, s. f. espiga de milho em flôr.

BONECAR, v. intr. (Bahia) espigar o milho: O meu milharal já começa a *bonecar.* || Em português ha o verbo transitivo *embonecar,*

BON

com a significação de enfeitar, adornar como se faz a uma boneca (Aulete).

BONGAR, *v. tr. (R. de Jan.)* catar, buscar, procurar um a um objetos quaisquer: Fui ao pomar, e tanto *bonguei* que pude *achar* uma dúzia de laranjas. || *Etim.* Do verbo da língua bunda *cu-bonga,* significando apanhar (Capello e Ivens).

BOQUINHA, *s. f.* beijinho. || Moraes o menciona como termo brasileiro. Aulete apenas o emprega na seguinte locução: *"A' boquinha* da noite, isto é, quando principia a anoitecer", locução que é também usual no Brasil.

BORÉ, *s. m. (Ceará)* espécie de trombeta grosseira feita de madeira ou de alguma espécie de bambú, usada pela plebe nos seus batuques. || *Etim.* E' voc. de origem tupí, usado também no dialeto guarani.

BÓRÓCÓTO', *s. m. (Bahia, Pern. Piauí, Mat.-Gros.)* terreno escabroso, obstruido de calháus, excavações, alti-baixos e outros quaisquer acidentes que embaraçam o trânsito. || *Etim.* A generalidade dêste vocábulo, em provincias tão afastadas umas das outras, me faz pensar que êle tem a sua origem na língua tupí ou outra qualquer língua indígena; nada porém me autorisa a resolver a questão. || Também pronunciam *Brócótó.*

BORRACHADA, *s. f. (Mat.-Gros.)* clister. || *Etim.* Provém de

BRA

serem as seringas ordinariamente feitas de borracha; mas êsse nome prevalece, qualquer que seja a matéria de que se faça êsse instrumento.

BORRACHÃO, *s. m. (R. Gr. do S.)* chifre aparelhado para conduzir água ou outro qualquer liquido, sendo tapado na parte mais larga e aberto na mais estreita, onde se coloca a rolha. Alguns são feitos com primor (Coruja). || *Obs.* O vocábulo é português como aumentativo de Borracha; mas tanto em Portugal como no Brasil, tem a significação de beberrão.

BOTOQUE, *s. m.* rodela de madeira, com a qual certas hordas de selvagens do Brasil guarnecem o beiço inferior e as orelhas préviamente furadas desde a infância; e d'onde lhes vem o nome de *Botucudos.* || *Etim.* O nome desta rodela provém da sua semelhança com a rolha grosseira com que se tapa o orifício das pipas. A essa rolha dão em português o nome de *Batoque;* porém, segundo Moraes, é mais correto *Botóque.* || *Obs.* Os Tupinambás davam o nome de *Metára (Voc. Bras.)* ou *Tametára (Dic. Port. Bras.)* ás rodelas de pedra que traziam no beiço.

BRANCA, *s. f. (Ceará)* o mesmo que *Manduréba.*

BRANCARANA, *s. f. (Maranhão)* mulata clara. || *Etim.* E' palavra híbrida, composta do português *branca* e do tupí *rana* (J. Serra).

BRA

BRANQUINHA, *s. f. (algumas Provs. do N.)* esperteza, fraude, qualquer artifício com que se procura enganar a outrem: Fulano fez-me uma *Branquinha,* de que o não julgava capaz (Meira).

BRAZINO, *adj. (R. Gr. do S.)* côr de braza, vermelho com algumas riscas pretas. Diz-se dos gados e tambem dos cães: Um boi *brazino.* Uma vaca *brazina* (Coruja).

BRAZULAQUE, *s. m. (Alagoas)* o mesmo que *Bazulaque* (B. de Maceió).

BREJAHUBA, *s. f. (S. Paulo)* o mesmo que *Airi.*

BRINQUÊTE, *s. m. (Ceará)* certa peça da prensa, que expreme a massa da mandióca (J. Galeno).

BROCA (1.°), *s. f. (R. Gr. do S.)* cavidade na raiz do cravo do cavalo, que vai minando até a parte superior do mesmo casco (Coruja). || *Etim.* O termo é português no sentido de cavidade.

BROCA (2.°), *s. m. (Provs. do N.)* o mesmo que *Roçado.*

BROCA (3.°), *s. f.* nome de um pequeno inseto que fura a madeira, talvez o caruncho de Portugal.

BROCA (4.°), *s. f.* peneira grossa de peneirar o café em grão (Costa Rubim). Êste autor nada diz sôbre a localidade onde é usual êste vocábulo. Aulete também o menciona na mesma acepção.

BUB

BROCAR, *v. tr. (Provs. do N.)* o mesmo que *roçar.*

BRÓCÓTÓ, *s. m.* o mesmo que *Bórócótó.*

BROQUEAR, *v. tr. (Ceará)* o mesmo que *roçar.*

BRUÁCA, *s. f.* mala de couro crú, para conduzir cousas ás costas dos animais, sobretudo aquêles objetos que devem estar ao abrigo da chuva. As *Bruácas* prendem-se por orelhas ás cangalhas, havendo uma de cada lado. || No interior do Maranhão, dão á *Bruáca* o nome de *Cassuá* (B. de Jary).

BUBUIA, *s. f. (Pará)* flutuação. || Usa-se na locução adverbial *de bubuia:* vir *de bubuia;* estar *de bubuia;* andar *de bubuia:* ficar *de bubuia:* O cedro não vai ao fundo; fica de *bubuia.* (J. Verissimo). A canoa sossobrou, mas ficou *de bubuia* e a ela se agarraram os náufragos. || Ir *de bubuia;* navegar no sentido da corrente de um ráio ou da maré: Fomos *de bubuia* durante duas horas. || *Etim.* E' vocábulo de origem tupí, pertencendo tanto ao dialeto que se falava no R. de Jan., como ao guaraní do Paraguai. Em guarani *bebui* significa leviandade, alivio, ligeireza (Montoya); em tupí tem a significação de leve *(Voc. Bras.)* Nos seus *Apontamentos de Viagens,* obra ultimamente publicada, o Sr. Dr. Leite de Moraes substituiu a palavra *bubuia* por *borbulha,* pensando talvez que a primeira não era mais do que a corruptela da segunda, e

BUB

que cumpria restaura-la. Foi um verdadeiro *quiproquo* da sua parte.

BUBUIAR, *v. intr. (Pará)* flutuar (Couto de Magalhães) e tambem navegar no sentido da correnteza do rio ou maré. E' pouco usado em suas formas verbais (J. Verissimo).

BUÇAL, *s. m. (R. Gr. do. S.)* espécie de cabresto com focinheira (Coruja). || *Etim.* Deriva-se do radical, *buço*, segundo Coruja.

BUCUHÚVA, *s. f.* o mesmo que *Bicuhiba.*

BUGIO, *s. f. (R. Gr. do S., Mat. Gros.)* o mesmo que *Guariba.*

BUGRE, *s. m.* e *f.* nome depreciativo dado aos selvagens do Brasil. || *Etim.* Estou inclinado a crer que êste vocabulo é de origem francêsa, e existe na tradição desde o tempo em que a colônia calvinista de Villegagnon ocupou o R. de Jan. entre os anos de 1555 e 1567. Darei as razões em que fundo a minha conjetura. J. de Léry, que fez parte d'aquela colonia, tratando dos usos e costumes dos Tupinambás, e depois de ter feito observar que, não obstante habitarem um clima quente, eram todavia os rapazes e raparigas mais comedidos do que se poderia pensar, nas suas relações sexuais, acrescenta: "Toutefois, afin de ne les faire pas aussi plus gens de bien qu'ils sont, parce que quelquesfois en se despitans l'vn contre l'autre, ils s'appelent *Tyvire,* c'est à dire *bougre,* on peut

BUM

de là coniecturer (car ie n'en afferme rien) que cet abominable peché se commet entr'eux". Não só pelo que diz êste autor, como pelo que afirma Gabriel Soares, eram com efeito os Tupinambás mui dados áquêle vício. Bem podemos pensar que, depois do desmantelamento da colônia calvinista, os Francêses que se deixaram ficar no Brasil, e se puseram em relações com os colonos portuguêses, usasem daquêle vocábulo injuriôso, quando se referiam aos selvagens, e que êste vocábulo, tornando-se usual, se perpetuasse na linguagem vulgar, não mais com a primitiva significação, senão como um nome genericamente aplicado a todos os selvagens bravios. Não sei se haverá outro qualquer meio de explicar a origem dêste vocábulo. O documento oficial mais antigo em que o vejo empregado é uma carta dirigida ao rei de Portugal, em 29 de outubro de 1723, pelo capitão-gèneral de S. Paulo, Rodrigo Cesar de Menezes (Azevedo Marques). || Em Espanha, *Bugre* é o nome que costuma dar o vulgo, por desprezo, aos estrangeiros, e particularmente aos Francêses, por se lhes ouvir frequentes vezes esta palavra (Valdez), || Em Alagoas dão o nome de *Bugre* a qualquer pessôa ignorante e de curta inteligência; e assim também ao pássaro que na gaiola não canta (B de Maceió).

BUMBA-MEU-BOI, *s. m.* espécie de divertimento sofrivelmente insípido, que consiste em mascarar-

BUR

se um homem com uma caveira de boi, enrolar-se em uma coberta de lã vermelho, e arremeter a uma meia dúzia de sujeitos, que o excitam com aguilhadas, cantando constantemente: *Eh! bumba, meu boi.* || Não duvido que êsse divertimento tenha alguma semelhança com o que em Portugal chamam *Touros de canastra.*

BURÁRA, *s. f. (Bahia)* árvore que derrubada sôbre a estrada impede o transito: Nas proximidades da vila ha uma *Burára,* que cumpre remover, quanto antes, para que a boiada possa passar.

BURASSANGA, *s. f. (Vale do Amaz.)* cacete, mangual. || Empregam ordinariamente êste instrumento para bater algodão, e também a roupa por ocasião da lavagem (J. Verissimo). || Seixas escreve *Murassanga,* com a mesma significação. || *Etim.* Tanto *Burassanga* como *Murassanga* são vocábulos do dialeto tupí do Amazonas. Em um e outro transparecem os radicais *igbigrá* e *igmigrá* que significam madeira, páu, etc.

BURI, *s. m. (Bahia)* Palmeira do gênero *Diplothemium (D. caudescens)* Também lhe chamam *Imburi.*

BURITÍ, *s. m.* Palmeira do gênero *Mauritia,* de que ha duas espécies *(M. vinifera* e *M. armata).* Além dêste nome, que é o mais geral, chamam-lhe tambem, no Vale do Amazonas, *Muriti* e *Muruti* e no Maranhão *Muritim.*

BUT

BURITIZÁDA, *s. f. (Ceará)* dôce feito com a polpa da fruta do Buriti.

BURITIZAL, *s. m.* mata de Buritís.||No Maranhão dão-lhe o nome de Muritinzal, porque alí a esta especie de palmeira chamam *Muritim.*

BURLIQUIADOR, *adj.* e *s. m.* *(R. Gr. do S.)* vadio; indivíduo que emprega seu tempo em passeios e visitas, sem nenhum fim útil.

BURLIQUIAR, *v. intr. (R. Gr. do S.)* vadiar; empregar inutilmente seu tempo em passeios e visitas.

BURRIQUÊTE, *s. m.* nome de uma pequena vela triangular, que se iça no mastro da pôpa das garoupeiras e bângulas. O *Burriquête* inverga a ré, e serve para capear, bem como para conservar as embarcações aproadas ao vento, quando fundeadas *(Dic. Mar. Bras.)*

BUSSÚ, *s. m. (Pará)* Palmeira do gênero *Manicaria (M. saccifera,* Martius). ||*Etim.* E' voc. tupí, contração de *Igba,* árvore, e *uassu',* grande, nome bem merecido, porque, segundo Baena, têm as folhas desta palmeira 4m,40 de comprimento.

BUTIÁ, *s. m.* Palmeira do gênero *Cocos,* de que ha duas espécies *(C. capitata* e *C. eriospatha)* Produzem uma fruta, cujo mesocarpo acidulo é mui estimado. || *Etim.* E' provavelmente voc. tupí.

DICIONÁRIO DE VOCÁBULOS BRASILEIROS

BUZ

BUZINA, s. f. (R. Gr. do S.) buraco do centro da roda do carro, onde entra o eixo. E' assim chamado por ser mais largo da parte

BUZ

de dentro do que da de fóra. Daqui vem que, quando se acha gasto, põe-se-lhe um remonte, e a isto se chama *contra-buzina* (Coruja).

C

CAA

CAÃ, s. m. e f. voc. comum aos dialetos da língua tupí, e se aplica exclusivamente a produtos do reino vegetal. Póde, segundo as circunstâncias, significar mato, erva, folha e ramagem (Montoya, *Dic. Port. Bras.,* Seixas). Na linguagem vulgar só usamos dêle em composição com outras palavras substantivas ou adjetivas: *Caáguassu', Caápéba, Caápóróróca; ou Mucuracaá, Cavarucaá,* etc. Quando o termo *Caá* é seguido de um adjetivo, costuma-se, em geral, escrever e pronunciar *Caguassu', Capéba, Capóróróca;* torna-se porém saliente o som dos dois *aa,* quando o termo *Caá* é colocado no fim da palavra: *Mucuracaá,* etc.

CÁBA, s. f. (Maranhão, Vale do Amaz.) nome vulgar das diversas espécies de vespas indígenas. || *Etim.* E' vocábulo comum a todos os dialetos da língua tupí. || Nas demais províncias do Brasil dão geralmente ás vespas o nome de *Maribondo,* que pertence á língua bunda. A' excessão da província de S. Paulo, o termo português *Vespa* é geralmente desconhecido da gente rústica. Em Campos dos Goitaca-

CAB

zes, aplicam exclusivamente o nome de *Cába* a uma espécie de vespa preta de ferrão amarelo; e tanto ali, como desde a província do R. de Jan. até a Bahia, o de *Tapiocába* a outra espécie menor e mui peçonhenta.

CABACINHA, s. f. (Piauí, Maranhão, Pará) nome que dão ás bolas de cêra cheias d'água, com destino ao jogo do entrudo. No R. de Jan. chamam a isso *Limão de cheiro;* e, da Bahia até Pernambuco, *Laranjinha.*

CABAHÚ, s. m. (Serg.) nome popular do *mel-de-tanque.*

CABANADA, s. f. nome pelo qual se designou a revolta de Panelas de Miranda e Jacuipe, a qual, tendo começo em 1832 na província de Pernambuco, se estendeu logo á de Alagôas, e durou mais de três anos, terminando em 1835, pela intervenção do venerando bispo de Olinda D. João da Purificação Marques Perdigão. Êsse nome passou depois a designar a revolta do Pará iniciada em 1835, e terminada em 1838, pelos esforços do general Soares d'Andréa, depois Barão de Caçapáva.

CAB

CABANO, *s. m.* alcunho que se aplicou a tôdo aquêle que se havia envolvido na revolta conhecida pelo nome de *Cabanada,* tanto em Alagôas e Pern., como no Pará. || *Etim.* Não sei qual é nêste sentido do a origem do vocábulo. Como adjetivo é termo português usual no Brasil, e designa o animal de orelhas descaídas:: Um cavalo *cabano;* um porco *cabano.*

CABOCLA, *s. f.* mulher da casta dos Cabôclos. || No R. Gr. do S., dão-lhe geralmente o nome de *China,* por causa de sua semelhança fisionômica com as mulheres do Celeste Império. || Adj., da côr dos Cabôclos: Pomba *cabocla.*

CABOCLADA, *s. f.* a classe dos Cabôclos: A população daquela vila consta de poucos brancos, e de numerosa *Caboclada.* || Magote de *Caboclos:* Entrei para o sertão, à testa de uma *Caboclada* valente.

CABOCLINHA, *s. f.* menina de casta cabôcla. || No R. Gr. do S. dão-lhe geralmente o nome de *Chininha, Chinóca* e *Piguancha* (Cesimbra).

CABOCLINHO (1o), *s. f.* menino de casta cabôcla. || No R. Gr. do S. e em outras províncias meridionais do Brasil, dão ao *Caboclinho* o nome de *Piá,* e tanto nesta província, como em Pernambuco o de *Caboré.*

CABOCLINHO (2.o), *s. m.* nome vulgar de um dos pássaros indígenas do Brasil, notável pelo seu canto.

CAB

CABOCLISMO, *s. m.* ação de cabôclo; sentimento que revela civilisação atrasada.

CABOCLO, *s. m.* nome que dão não só aos descendentes já civilisados dos aborígenes do Brasil, como tambem aos mestiçados com a raça branca. Em algumas províncias do norte aplicam êsse nome, tanto aos aborígenes civilisados, como aos selvagens, designando-se aquêles por *Caboclos mansos* e estes por *Caboclos bravios,* aos quais nas províncias meridionais chamam *Bugres* e no Pará *Tapuios.* Nas províncias de S. Paulo, Minas-Gerais e R. de Jan., chamam tambem *Cabôclo* à gente da ínfima plebe, que vive espalhada pelos campos e margens dos rios, correspondendo ao que no Ceará e outras províncias do norte chamam *Cabras.* || *Adj.* de côr avermelhada, tirante a côbre: Melão *cabôclo;* feijão *cabôclo.* || O alvará de 4 de abril de 1755 fala de *Cabôuculo* em lugar de *Cabôclo,* que é a forma atual do vocábulo, e proíbe o seu uso, como nome injurioso dado aos portuguêses casados com Indias, ou aos que nascem destes matrimônios (Morais).

CABÓCÓ, *s. m. (Bahia)* o mesmo que *Covócó.*

CABORE' (1.o), *s. m. e f. (Mat. Gros.)* mestiço de negro e índio. E' o que em várias províncias do norte chamam *Cafuz, Cafuzo* e *Carafuso,* e na Bahia *Cabo-verde.* || Também se diz Caburé (Couto de Magalhães). || *Pern. e R. Gr. do*

CAB

S.) pessoa trigueira tirando a Cabôclo, e também aplicam êsse nome ao Cabôclo de pouca idade.

CABÓRE' (2.ọ), *s. m. (Bahia)* boião, vaso pequeno de barro vidrado, com aza, bojo no centro, estreitado na base. || Fig. Homem gordo de baixa estatura.

CABÓRE' (3.ọ), *s. m.* nome vulgar de diversas espécies de aves noturnas pertencentes talvez ao gênero *Strix.* Montoya escreve *Caburé* e refere-se a duas espécies. || *Etim.* E' vocabulo tupí.

CABORTEAR, *v. intr. (R. Gr. do S., Paraná, S. Paulo)* proceder mal, como o faz um *Caborteiro.*

CABORTEIRO, *adj. (R. Gr. do S., Paraná, S. Paulo)* velhaco, manhoso, etc. Diz-se do homem e dos cavalos e burros (Coruja). Também dizem *Cavorteiro.*

CABOS-BRANCOS, *adj. plur. (R. Gr. do S.)* cavalo *cabos-brancos* é o que tem brancos os quatro pés: Baio *cabos-brancos.* (Coruja).

CABOS-NEGROS, *adj. plur. (R. Gr. do S.)* cavalo *cabos-negros* é o que tem negros os quatro pés: Baio *cabos-negros* (Coruja).

CABOUCO, *s. m.* o mesmo que *Caboclo* (Moraes).

CABO-VERDE, *s. m.* e *f. (Bahia)* o mesmo que *Caboré* (1.ọ).

CÁBRA, *s. m.* e *f.* mestiço de mulato e negra, e *vice-versa.* || No Ceará dão indistintamente o nome de *Cabra* ao homem que anda ha-

CAB

bitualmente descalço (J. Galeno). Ali chamam também *Cabra topetudo* ao homem valente, audaz e altivo; e isso, talvez, por causa do topete de que usavam os famigerados mestiços, que, durante a reação de 1825, espalharam-se pelo sertão do Norte, a afrontar os homens brancos patriotas (Araripe Junior). Em Sergipe dáo ao valentão o nome de *Cabra-onça* (João Ribeiro). || *Etim.* Não havendo a menor analogia entre *Cabra-gente* e *Cabra-bicho,* nem siquer a respeito da côr, porque esta é inteiramente variável no gado caprino, podemos afirmar que outra deve ser a origem da denominação dada aos mestiços de que nos ocupamos. Qual será ela? Creio que *Cabra,* no caso de que tratamos, não é mais do que a corruptela de *Caboré* (1.ọ), nome de outra classe de mestiços, de que tratei no lugar competente. E não vemos nós estropiada essa palavra em Cabriuva e Cabraïga, árvore de construção, cujo nome primitivo era *Caboréigba?*

CABRALHADA, *s. f. (Sertões do Norte)* o mesmo que *Cabroeira.*

CABRESTEAR, *v. intr. (R. Gr. do S.)* sujeitar-se o animal a ser conduzido pelo cabresto, sem que faça a menor resistência. Neste caso diz-se que o animal *cabrestêa* bem.

CABROEIRA, *s. f. (Seará)* malta de gente composta dos chamados *Cabras:* Reuniu-se na praça uma *Cabroeira* desenfreada. O delegado de polícia marchou á testa de uma

CAB

Cabroeira valente, e conseguiu aprisionar os salteadores (Meira). || Também dizem *Cabroeiro* (Araripe Junior).

CABROEIRO, *s. m. (Ceará)* o mesmo que *Cabroeira*.

CABROXA, *s. m. e f.* nome com que se designa o indivíduo ainda jóvem pertencente á casta dos Cabras: Tomei por criado um *Cabroxa* mui inteligente.

CABRUCADO, *s. m. (Bahia)* o mesmo que *Roçado*.

CABRUCAR, *v. tr. (Bahia)* o mesmo que *roçar*.

CABUNGO, *s. m.* bispote. || *Etim.* Parece-me termo importado de alguma parte da África. || *Fig.* pessoa desasseiada, ou a quem não se liga a menor importância.

CABURE', *s. m. e f.* o mesmo que *Caboré* (1.º).

CACERENGA, *s. f. (Alagoas)* o mesmo que *Caxirenguengue*.

CACHAÇA, *s. f.* aguardente feita com o mel ou borras do melaço, diferente da que fabricam com o caldo da cana, á qual chamam aguardente de cana ou caninha. || *Etim.* Aulete atribui a êste vocábulo uma origem exclusivamente brasileira, entretanto que Moraes, citando a autoridade de Sá de Miranda, o dá como português, significando *vinho de borras*. Diz mais Aulete que também lhe chamam *tafiá*, o que não é exato, quanto ao Brasil, onde êsse têrmo, puramente francês, é

CAC

completamente desconhecido do vulgo. || *Obs.* Na Bahia, e outras províncias do Norte, dão também o nome de *cachaça* á escuma grossa, que, na primeira fervura, se tira do suco da cana na caldeira, onde se alimpa, para passar ás tachas, depois de bem depurado, e ajudado com decoada de cal ou cinza (Moraes). Esta espécie de cachaça é distribuida ao gado, e muito concorre para engorda-lo || *Fig.* Paixão dominante: A cultura das flôres é a minha *cachaça*.

CACHACEIRA, *s. f. (Pern.)* lugar, onde se apara e ajunta a cachaça, que se tira das caldeiras de açúcar, quando se alimpam da cachaça (Moraes).

CACHACEIRO, A, *adj.* qualificativo da pessoa que é dada ao uso imoderado da cachaça, e que com ela se embriaga: Meu criado é um grande *cachaceiro*.

CACHEAR, *v. intr. (Bahia, Alagoas, Pern. e Ceará)* espigar o arroz. || *Obs.* E' verbo da língua portuguêsa, no sentido de encher-se ou cobrir-se de cachos a párreira (Aulete). Quanto ao arroz é expressão brasileira (Aulete e Moraes).

CACHOEIRA, *s. f. (Maranhão)* o mesmo que *Corredeira*. || Em geral, tanto em Portugal como no Brasil, a palavra *Cachoeira* se aplica ao salto mais ou menos elevado de um rio.

CACIQUE, *s. m. (Amaz.)* nome que, no Rio Negro e proximidades do Orenoco, dão ao chefe de tribo

DICIONÁRIO DE VOCÁBULOS BRASILEIROS

CAC

de índios; o mesmo que *Tuxáua* (L. Amaz.) || *Etim.* Era o nome que davam ao seu rei os naturais da ilha Espanhola (Las-Casas, citado por Zorob. Rodrigues). No Brasil servem-se dêste nome para designar vagamente os chefes de quaisquer tribos de selvagens. Se, como diz Lourenço Amazonas, os índios do Rio Negro, que demoram nas proximidades do Orenoco, se servem dêste título é porque, sem dúvida, o receberam do exterior. Segundo Moraes, era o título dos chefes mexicanos antes da conquista. Zorob. Rodrigues o julga oriundo das Antilhas. Aulete não o menciona.

CÁCO, *s. m.* tabaco de *caco,* ou simplesmente *caco,* é o pó de tabaco de fumo, depois de torrado ao fogo e moído em um caco de louça de barro, e daí lhe veiu o nome. || *Obs.* Há outras variedades a que chamam *pó, amostrinha* e *canjica.*

CACÓRIO, *adj. chulo,* sagaz, avisado, astuto. || *Rad.* Caco, no sentido figurado de cabeça, juizo. || *Obs.* Não duvido que seja vocábulo usado em Portugal; mas não o encontro em dicionário algum.

CACUMBÍ, *s. m. (R. de Jan.)* o mesmo que *Jiqui* (Silva Coutinho).

CACUMBÚ, *s. m. (R. de Jan.)* machado ou enxada já gasto e inservível. || A metade do dia-santo, que vai da quinta-feira á sexta-feira da semana-santa. || *(Bahia)* o mesmo que *Cxixirenguengue.*

CACUNDA, *s. f.* dorso ou costas. Sentir uma dôr na *Cacunda* é sen-

CAD

ti-la nas costas. E' termo geralmente usado pela gente inculta; e talvez provenha da deformidade conhecida pelo nome de giba ou gibosidade, a que vulgarmente chamam *corcunda,* e que o hajam aplicado ao dorso mesmo são. O que torna mais plausível esta idéia é que, em vez de *corcunda,* ha muita gente que diz *carcunda.* Entretanto, devo fazer observar que, em língua bunda, *ricunda,* significa costas, cujo plural é *macunda* (Saturnino e Francina).

CACUNDÉ, *s. m. (Provs. do N.)* espécie de lavôr com que se guarnecem as saias e camisas de mulher. Consiste em coser tiras de pano sôbre um desenho préviamente feito naquelas peças de roupa, com o sumo verde das folhas da faveira e outras, desenho que desaparece com a lavagem. Depois de cosidas as tiras sôbre êsse desenho, cortam o excedente, de modo que êle fica reproduzido em relevo (B. Maceió). || No Rio de Janeiro dão ao *Cacundé* o nome de *Picádo.*

CACURÍ, *s. m. (Pará)* o mesmo que *Jiqui.* || Na província do Amazonas chamam *Cacuri* ao Curral de pescaria (L. Amaz.)

CADÉNA, *s. f. (R. Gr. do S.)* maneira engenhosa de tirar dos chifres do touro bravo, sem perigo, o laço em que se acha prêso, e isto se faz com o socorro de um outro laço preso á argola daquêle em que se achava laçado: para se fazer esta *Cadéna* põe-se o touro no chão, e então se fórma a laçada,

CAE

a que se dá êste nome. || *Etim.* E' voc. castelhano, significando cadeia (Coruja).

CAECAE, *s. m. (R. de Jan.)* espécie de rêde de pescaria.

CAFAJESTADA, *s. f.* ato de Cafajeste. || Grupo de Cafajestes.

CAFAJÉSTE, *s. m.* homem da infima plebe e de pouco ou nenhum aprêço. || *Obs.* Tanto em Pernambuco, como em S. Paulo, dão os estudantes das faculdades de direito êsse nome a qualquer indivíduo sem préstimo.

CAFANGA, *s. f. chulo, (Pern.)* desdem simulado por aquilo que se deseja; recusa aparente daquilo que é oferecido. A isso chamam *botar cafanga:* Oferecí a José o meu cavalo por um prêço razoável; êle *botou cafanga,* mas afinal comprou-mo (Meira). || *Obs.* S. Roméro o menciona como sinônimo de embuste.

CAFEZISTA, *s. m.* Comissário de café, no mercado do R. de Jan. e de Santos.

CAFIFE, *s. m. (Pern.)* série de contrariedades: Há tempos que vivo em constante *Cafife.* Estou em maré de *Cafife.* Deu-me o *Cafife,* e não me é possível alcançar o que desejo (Meira). || Morrinha, moléstia pertinaz, que torna o homem incapaz de qualquer serviço.||*Etim.* A êsse respeito, apenas farei observar que na língua bunda *Cafife* é o nome do sarampo (Capello e Ivens).

CAI

CAFIRÔTO-ACESO. *s. m. (Ceará)* usa-se na seguinte locução adverbial: de *cafirôto aceso;* isto é, *de candeias ás avessas* (Araripe Junior).

CAFUNDÓ, *s. m.* lugar ermo e longinquo, de difícil acesso, ordinàriamente entre montanhas: Logo que, pela perda de minha fortuna, reconheci a impossibilidade de viver na cidade, retirei-me para êste *Cafundó,* onde habito tranquilamente há muitos anos.

CAFUNE', *s. m.* estalinhos que se dão com os dedos sôbre a cabeça de outrem, como se se estivesse a matar piolhos. Chama-se a isto *dar Cafuné.* Aulete diz *fazer Cafuné.* || Na Bahia chama-se *Cafuné* aos mais pequenos côcos de dendê do cacho (Valle Cabral).

CAFUZ, *s. m. (Provs. do N.)* o mesmo que *Caboré* (1.ọ).

CAFUZA, *s. f.* de *Cafuz* e *Cafuzo.*

CAFUZO, *s. m. (Pará)* o mesmo que *Caboré* (1.ọ).

CAHATINGA, *s. f. (Amaz.)* terra alagadiça ou meio alagadiça, na qual cresce a palmeira Piassabeira (Frz. de Souza). || Êste vocábulo, já pelo modo por que se acha ortografado, e já pela sua definição, não póde ter a mesma etimologia que a *Caatinga* dos sertões entre Minas-Gerais e Maranhão.

CAÍVA, *s. f. (Paraná)* mato cujo terreno têm pouco humus, o que o torna impróprio para a cultura.

DICIONÁRIO DE VOCÁBULOS BRASILEIROS

CAI

Chamam-lhe também *Catanduva* e *Matto-máu*, e se distingue do *Mato-bom* pela qualidade da vegetação. Naquêle são as árvores esguias e entremeadas de pastagens; nêste são elas corpulentas e contêm espécies, que não se acomodam senão em terrenos reconhecidamente férteis. A' simples vista d'olhos, póde o lavrador experimentado distinguir perfeitamente o *Mato-bom* da *Caiva*, isto é o bom terreno do mau terreno. || *Etim.* E' termo de origem tu'pí, composto de *Caá*, mato, e *ahiva*, máu.

CAIAMBÓLA, *s. m.* corruptela de *Canhembóra*.

CAIAUE', *s. m. (Amaz.)* Palmeira do gen. *Elaeis (E. melanococca).*

CAIBRO, *s. m. (Pern., Alagoas)* um par de qualquer objeto, principalmente duas espigas de milho, presas entre si, com a própria palha. Vinte e cinco cáibros formam uma mão de milho (B. de Maceió). || Ha em português o termo *Cambo* significando cambada, enfiada: Um *Cambo* de pescado (Moraes). Será essa a origem do nosso vocábulo? Na Par. do N. e R. Gr. do N., dão ao *Cáibro* o nome de *Atilho* (Meira).

CAIPIRA, *s. m. (S. Paulo)* nome com que se designa o habitante do campo. Equivale a *Labrego, Aldeão* e *Camponês* em Portugal; *Roceiro* no R. de Jan., Mat. Gros. e Pará; *Tapiocâno, Babaquára* e *Muxuango* em Campos dos Goytacazes; *Matuto* em Minas-Gerais, Pern., Par. de N., R. Gr. do N. e Alagoas; *Casa-*

CAI

ca e *Bahiano* no Piauí; *Guasca* no R. Gr. do S.; *Curau* em Sergipe; e finalmente *Tabaréu* na Bahia, Sergipe, Maranhão e Pará. ||*Etim.* Tem-se atribuído diversas origens ao vocábulo *Caipira;* duas ha, porém, que têm merecido mais particular atenção da parte daquêles que se dão a êsses estudos, e são *Caápóra* e *Curupira*, ambos vocábulos da língua tupí: *Caapóra*, cuja tradução literal é *habitador do mato (Dic. Port. Braz.),* diz bem com a idéia que temos da gente rústica; mas cumpre atender a que o termo *Caipóra*, tão usual no Brasil, já como substantivo e já como adjetivo, conserva melhor a fórma do vocábulo tupí, bem que tenha significação diferente, como o discutirei no respectivo artigo. *Curupira* designa um ente fantástico, espécie de demônio, que vaguêa pelo mato, e só como alcunha injuriosa poderia ser aplicado aos camponêsés. || Em Ponte-do-Lima, reino de Portugal, é vulgar o vocábulo *Caipira* não mais com a significação de rústico, se não com a de sovino, mesquinho (J. Leite de Vasconcellos). Não obstante esta diferença de acepção, não podemos duvidar de que aquêle homônimo seja de origem brasileira, e é êsse um fenomeno linguístico de fácil explicação. Em verdade, do Minho vem muita gente ao Brasil, e dela não poucos indivíduos, depois de ter adquirido pelo trabalho uma tal ou qual fortuna, regressam para sua província. Durante os longos tempos que habitaram entre

CAI

nós, familiarizaram-se com certos vocábulos, e é natural que, já restituidos à pátria, usem dêles maquinalmente em suas conversações, e desta sorte os naturalizem no seu país, ainda que alterados em sua significação primitiva, como aliás acontece no Brasil a respeito de muitas palavras portuguêsas, que têm aqui um sentido mui diferente do que lhes dão em Portugal.

CAIPIRADA, *s. f.* ato de caipira; rusticidade. || Grupo de Caipiras. || Generalidade dos Caipiras: A *Caipiráda* manifestou-se toda contra o novo impôsto.

CAIPIRISMO, *s. m.* o mesmo que Caipirada, no sentido de ato de Caipira: Aquêle indivíduo cometeu um verdadeiro *Caipirismo*, em não aceitar o convite, que lhe foi tão graciosamente feito pela dona da casa.

CAIPÓRA, *s. m. e f.* nome de certo ente fantastico, que, segundo a crendice peculiar a cada região do Brasil, é representado, ora como uma mulher unípede, que anda aos saltos; ora como uma criança de cabeça enorme, e ora como um caboclinho encantado. O *Caipóra* ou a *Caipóra* habita as florestas ermas, donde sai á noite a percorrer as estradas. Infeliz daquêle que se encontra com êsse ente sobrenatural. Nêsse dia tudo lhe sai mal, e outro tanto lhe acontecerá nos dias subsequentes, enquanto estiver sob a impressão do terror que lhe causou o encontro sinistro. || Fig., pessoa cuja presença ou in-

CAI

tervenção pode influir de um modo nocivo em negócios alheios: Aquêle homem tem sido o meu *Caipóra*. || E' também *Caipóra* o indivíduo malfadado, aquêle que, apesar de sua moralidade, de suas boas intenções e do desejo de melhorar de posição, se vê constantemente contrariado em suas aspirações: Sou um *Caipóra*. Nêste sentido corresponde aos termos portuguêses *tumba* e *calisto*. || Adj. infeliz, desafortunado: Durante tôdo êste mês tenho sido *caipóra* no jôgo. || *Obs.* Segundo Moraes, *Caipóra* é o "lume fatuo" que aparece nas matas, e o vulgo diz que são almas de caboucos *(sic)* mortos sem batismo. Não duvido que assim seja em alguma parte do Brasil; mas eu nada tenho ouvido que justifique essa asserção. ||*Etim. Caipóra* é evidentemente a corruptela de *caípóra*, termo da língua tupí, que significa *morador do mato.*

CAIPORISMO, *s. m.* má sorte, mau fado, infelicidade;. estado daquêle que é constantemente contrariado em suas aspirações: E' tal o meu *caiporismo* que naquela emergência, em que me era tão necessária a proteção dos meus amigos, achavam-se todos ausentes.

CAIRÍ, *s. m. (Bahia)* guisado de galinha temperado com azeite de dendê, pimenta e pevide de abóbora.

CAISSARA, *s. f. (Pern.)* espécie de cêrca morta, isto é, daquela que é formada de forquilhas e garranchos. || Espécie de armadilha para atrair o peixe, a qual consiste em

DICIONÁRIO DE VOCÁBULOS BRASILEIROS

CAI

ramagens que se lançam ao fundo da água, quer soltas, se a água é estagnada, quer presas a moirões, se a água é corrente. O peixe procura êsse esconderijo, e, reunido em cardume mais ou menos numeroso, muito facilita a pesca ao anzol. Também póde servir para a pesca à rêde. Nêste caso, lançam-se os ramos soltos ao fundo da água, e quando se presume que a *caissára* está bem povoada, cercam-a com a rêde, que se arrasta para a praia, depois de retirados os ramos. || Montoya, no artigo *Caà,* traz *Caaiçà* com a significação de cêrca de ramas e ramadas, com que vão recolhendo o peixe como com redes. O *Dicc. Port. Braz.* escreve *Cayçara,* que traduz por trincheira; e Gabriel Soares fala em *cêrca de caiçá,* que os selvagens construiam, para se porem ao abrigo do inimigo.

CAISSUMA, *s. f. (Valle do Amazonas)* é o tucupí engrossado com farinha, cará ou outro qualquer tubérculo (J. Verissimo).

CAITITÚ (1.º), *s. m.* nome vulgar do *Dicotyles torquatos,* mamifero da ordem dos Paquidermes, e indigena da América. Também lhe chamam *Tatêto* e *Taititú.*

CAITITÚ (2.º), *s. m. (Ceará, Par. e R. Gr. do N.)* nome que dão ao rodete de desmanchar a mandioca, em razão da roncaria que produz, semelhando a que faz o animal dêste nome, desde que o enfurecem (Araripe Junior).

CAL

CAJÁ, *s. m.* fruta de Cajazeira, árvore do gênero *Spondias,* família das Terebinthaceas, de que há várias espécies. A esta fruta chamam no Pará *Taperebá,* e em Mat. Gros. *Acayá.* Além das espécies indigenas, temos mais o *Spondias dulcis* da Índia, a que dão vulgarmente no R. de Jan. o nome de *Cajá-manga.* Há outra espécie indigena de *Spondias,* que tem o nome particular de *Imbú.*

CAJETILHA, *s. m. (R. Gr. do S.)* rapaz da cidade, que anda no rigor da moda (Cesimbra). || *Etim.* Vem provavelmente de *Cajeta,* nome que na República Argentina dão ao peralta, ao peralvilho. O *j* do nosso voc. se pronuncia á espanhola.

CAJÚ, *s. m.* fruta de diversas especies do Cajueiro, árvores, arvoretas e até plantas rasteiras do gênero *Anacardium (A. occidentale, A. curatellifolium, A. humile,* etc.) da família das Terebinthaceas. O *Cajú* se compõe de duas partes bem distintas: da *castanha,* que é verdadeiramente a fruta e se come assada ou confeitada, e do seu receptaculo polposo e sumarento de que se usa crú, guisado, em doce, em xarope ou em vinho. ||*Etim.* Do tupí *Acajú.*

CAJUADA, *s. f.* bebida refrigerante feita do sumo do cajú, água e açúcar.

CALDEIRÃO, *s. m. (Provs. do N.)* tanque natural nos lagedos, onde costuma ajuntar-se água das chuvas (Meira). || No R. Gr. do

CAL

S., é um buraco grande no meio do campo ou estrada, feito por chuvas ou pisada de animaes (Coruja). || No Amazonas é o redomoinho nos rios, formado por correntes circulares que se tornam muitas vezes perigosas aos navegantes (Castelnau). A êstes acidentes fluviais davam os aborigenes o nome de *Jupiá*.

CALDERÕES, *s. m. plur.* covas atoladiças que se formam transversal e paralelamente nas estradas frequentadas por tropas de animais no tempo das chuvas. As vêzes chegam a impedir o trânsito, e pelo menos o dificultam muito. Em Pernambuco e Alagôas chamam a isso *camaleões*.

CALDO, *s. m.* nome que dão ao sumo da cana de açúcar: *Caldo* de cana. Em S. Paulo e Pará o chamam *Garápa;* mas êste termo tem outra significação em algumas províncias do norte.

CALHAMBÓLA, *s. m.* corruptela de *Canhembóra.*

CALOJÍ, *s. m. (Pern. e Pará)* o mesmo que *Zungú.* || *Etim.* Talvez seja termo de origem africana.

CALOMBO, *s. m.* tumor, polmão, inchaço duro em qualquer parte do corpo. O *Dicc. Contemporaneo* o dá como termo do Brasil, significando *coágulo, sangue* ou *leite coagulado,* o que não é exato. || *Etim.* Terá talvez uma origem africana.

CALUNDÚ, *s. m.* máu humor que faz com que as pessôas dêle aco-

CAL

metidas se tornem insuportáveis pela sua irrascibilidade. Nêste sentido se diz que um indivíduo está de *calundú,* ou com seus *calundús,* quando se acha em disposição de se impacientar com tudo e com todos. Qualquer pessoa póde dizer de si: — Não me importunem hoje, porque estou de *calundú.* || *Etim.* Creio ser vocábulo africano. Na minha infância ouvi-o muitas vezes pronunciar pelos escravos da raça angolense. || *Obs.* Na Par. e R. Gr. do N. dizem *lundú:* Fulano está de *lundú* (Meira).

CALUNGA (1.º), *s. m. (Pern.)* boneco ou boneca.

CALUNGA (2.º), *s. f. (Minas Gerais, Goiás* e *sertão da Bahia e Pern.)* nome de uma planta da família das Rutaceas *(Simba ferruginea).*

CALUNGA (3.º), *s. m. (Bahia)* o mesmo que *Camundongo.* No sentido figurado significa ratoneiro.

CALUNGA (4.º), *s. m.* homonimo com três significações diferentes, na África ocidental portuguêsa. Ora é o nome do mar; ora o de um rio afluente do Capororo; e finalmente um título de fidalguia na Jinga (Capello e Ivens).

CALUNGUEIRA, *s.f.(R. de Jan.)* espécie de embarcação de pescaria no alto mar, semelhante á *Garoupeira* de Porto-Seguro || *Etim.* Parece ter a sua origem no termo angolense *Calunga,* que significa mar. || Também lhe chamam *Bângula.*

CAM

|| Nem *Calungueira*, nem *Bângula* se encontram no *Dicc. Mar. Braz.*

CAMAFONGE, *s. m. (Pern., Par. e R. Gr. do N.)* moleque travesso. ||*(Alagôas)* Ente vil. || *Etim.* Parece ser de origem africana.

CAMALEÕES, *s. m. plur. (Pern. e Alagôas)* o mesmo que *Caldeirões.* || *Etim.* E' evidente corruptela de *Camalhões,* que são em Portugal não só a fórma da lavra em que a terra fica disposta em taboleiros abaulados e paralelos, como também nas estradas a terra que fica entre dois sulcos abertos pelas rodas dos carros (Aulete).

CAMALÓTE, *s. m. (Vale do Paraguai)* porção de ervaçal que se destaca das margens dos rios; e, à maneira de ilhas flutuantes, são impelidas pela correnteza das águas. E' analogo ao *Piriantãn* do vale do Amazonas.

CAMAPÚ, *s. m. (Pará)* fruta de uma planta herbacea do gênero *Phisalis,* família das Solanaceas, da qual há varias espécies no Brasil, todas comestiveis.

CAMARÁDA, *s. m. (Paraná, S. Paulo, Minas-Gerais, Goiás, Mat. Gros.)* homem assalariado para servir não só de condutor de animais, como em trabalhos rurais e domesticos. || No R. de Jan. e nas provincias que lhe ficam ao norte tem êste vocábulo a significação portuguêsa de companheiro, amigo, colega, e é, como em Portugal, geralmente usado entre os militares.

CAM

CAMBICA, *s. f. (Ceará, Maranhão)* espécie de alimento feito com a polpa do Murici, de mistura com água, leite e açúcar. || *Etim.* Na língua tupí, *Cambig* significa leite. Talvez seja esta a origem do nosso vocábulo.

CAMBITO, *s. m. (S. Paulo)* pernil do porco.

CAMBÔA, *s. f. (Pern.)* o mesmo que *Gambôa.*

CAMBONDO, A, *s. (Bahia)* amasio, concubinario (M. Brum).

CAMBUATÁ (1.º), *s. m. (R. de Jan.)* nome vulgar de uma espécie de peixe d'água doce, a que em outras províncias chamam *Tamuatá,* pertencente ao gênero *Cataphractus* (*C. callichthis,* ex Martius). Este peixe gosa da curiosa faculdade de caminhar por terra; quando, esgotado o poço em que vivia, sai á procura de outro, que lhe proporcione meios de existência. || *Etim.* E' vocábulo tupí.

CAMBUATÁ (2.º), *s. m. (R. de Jan.)* espécie de árvore de construção, do gênero *Cupania* (*C. vernalis)* da família das Sapindaceas (Rebouças).

CAMBUCÁ, *s. m. (R. de Jan.)* fruta do Cambucazeiro, planta de que ha duas espécies pertencentes aos generos *Myrciaria* e *Rubachia,* da família das Myrtaceas (*Fl. Bras.)*

CAMBUCÍ, *s. m. (S. Paulo)* fruta de uma árvore do mesmo nome, pertencente ao gênero *Eugenia (E.*

CAM

Cambuci) da família das Myrtaceas. || *Etim.* E' vocábulo tupí.

CAMBUÍ, *s. m.* fruta do cambuizeiro, planta de diversas espécies, pertencentes geralmente ao gênero *Eugenia,* da família das Myrtaceas. || *Etim.* E' voc. tupí.

CAMBUQUIRA, *s. f. (S. Paulo)* grelos da aboboreira, os quais se guizam como outras quaisquer ervas. || *Etim.* Esta palavra é evidentemente tupí. O *Voc. Braz.* traduz por *Yãmigquira* o gomo tenro ou olho de qualquer árvore ou erva; e o *Dicc. Port. Braz.* por *Çoankigra* o gomo tenro. || Em língua bunda, chamam ao grelo da aboboreira *mu-engueleca* (Cap. e Ivens).

CAMINA, *s. f. (Pará)* armadilha de pesca, que consiste em uma vara fincada no chão, por uma das extremidades. A outra extremidade, sendo fortemente acurvada a vara, é presa dentro da água em um gancho de páu disposto em um pequeno cesto atado na mesma extremidade da vara, de sorte que, logo que o peixe toca na ceva, a vara desprende-se, e tornando ao seu estado natural, traz acima o peixe dentro do cesto (Baena). || *Etim.* E' provavelmene termo tupi.

CAMINHÃO, *s. m. (R. de Jan.)* carro de carga de quatro rodas e almofada, onde toma lugar o cocheiro, e é puxado ordinariamente por muares. || *Etim.* Corrúptela do francês *Camion.*

CAMPEÃO, *s. m.* (Ceará) cavalo do vaqueiro, quando êste sai em procura e tratamento do gado (I. Galeno). || Com a significação de combatente, é termo português usual em todo o Brasil.

CAMPEAR, *v. tr.* andar a cavalo pelo campo em procura e tratamento do gado. Também se usa muito dêste verbo na acepção de procurar qualquer cousa: — Vou ao mercado *campear* ovos. Por mais que *campeasse,* não pude encontrar uma só laranja em todo o pomar.

CAMPEIRO, *s. m. (R. Gr. do S.)* homem adestrado no trabalho do campo, em relação ao tratamento dos gados. O bom *Campeiro* é um empregado mui útil nas fazendas de criação; êle tem a seu cargo procurar e arrebanhar as rêses perdidas, reuni-las nos *rodeios,* etc. || O *Campeiro* do R. Gr. do S. é o mesmo que o *Vaqueiro* das províncias do Norte. || *Adj.* que tem relação com o campo: Freio *campeiro* é o que tem certa fórma mais apropriada ao serviço do campo. Viado *campeiro,* espécie do gênero *Cervus* que vive habitualmente no campo *(C. campestris).*

CAMPO, *s. m.* nome que dão aos descampados mais ou menos acidentados, formando estensas pastagens apropriadas à criação de gados. A sua vegetação consiste em gramineas rasteiras e outras planas herbaceas. || Corresponde ao que em português chamam *Campina* (Aulete). || O *campo* contrapõe-se sempre à mata: Prefiro caçar perdizes no *campo,* do que macucos na *mata.* A minha fazenda

DICIONÁRIO DE VOCÁBULOS BRASILEIROS

CAM

compõe-se de *matas,* donde tiro boas madeiras de construção; e de *campos* onde crio o meu gado. || *Campo dobrado* é aquêle que se desenvolve em terreno ondulado; *campo coberto* é aquêle que, oferecendo pastagens para os gados, está entretanto entremeado de arvoredo escasso. A esta espécie no Paraná e R. Gr. do S. chamam *fachina* ou *fachinal.* Ainda há o *campo natural* e o *campo artificial;* aquêle é o campo primitivo; êste o que se forma depois da derrubada de uma mata. || *Obs.* Em todas as mais acepções, a palavra *campo* tem geralmente no Brasil as mesmas significações que em Portugal.

CAMUCIM, *s. m. (Campos)* espécie de boião feito de barro preto. || *Etim.* De *Camuci,* nome tupi de qualquer pote. *(Voc. Braz.)*

CAMUMBEMBE, *s. m. (Pern.)* vadio, mendigo, indivíduo que pertence à relé do povo (J. Alfredo).

CAMUNDONGO, *s.m. (R. de Jan., S. Paulo)* rato de espécie pequena. Na Bahia lhe chamam *Calunga* (3.º), e em Pern. *Catita.* || *Etim.* E' vocábulo da língua bunda. Em Angola também lhe chamam *Mundongo* (Capello e Ivens).

CAMURIM, *s. m. (Pern. e outras provs. do N.)* nome vulgar da *Sciaena undecimalis,* espécie de peixe a que nas provs. do S. chamam *Robalo* (Martius).

CANARIM, *s .m. (Pará)* homem magro de pernas compridas (C. de Albuquerque). E' o que em Portugal e também no Brasil chamam

CAN

figuradamente *Espicho.* || Segundo Moraes, *Canarim* é o aldeão dos contornos de Gôa. Aulete não o menciona.

CANCHA, *s. m. (R. Gr. do S.)* lugar nas charqueadas onde matam o boi. || Aplicam o mesmo nome ao lugar onde um *parelheiro* está acostumado a correr. Estar na sua *Cancha* é estar em lugar conhecido, onde é mais forte, etc. (Coruja). || *Etim.* E' termo quichua usual no Chile, com a mesma significação que tem na nossa província (Zorob. Rodrigues).

CANDÊA, *adj. (Pern., Par. e R. Gr. do N.)* casquilho, elegante, bonito, não só em relação a pessoas, como a cousas: Uma moça *candêa;* uma sala *candêa.* || *Etim.* No dialeto guaraní, *candeá,* sinônimo de *catupiri,* se traduz em castelhano por *bueno, hermoso, galan* (Montoya). || Nos vocabulários que tenho podido consultar relativos ao dialeto tupi, nada encontrei a semelhante respeito; todavia, se atendermos a que o *Lupea Sebac,* notável por sua formosura, tem, tanto no R. de Jan., como na Bahia, o nome vulgar de *Siri-candêa,* devemos pensar que o nosso vocábulo, salvo a pronuncia, era comum tanto aos Guaranis do Paraguai, como aos Tupinambás do Brasil. Em todo caso, não lhe podemos atribuir uma origem portuguêsa, porque essa espécie de lampada a que chamamos candeia é certamente a antítése da formosura. No R. de Jan. dão ao casquilho o nome de *Seri-candêa.*

CAN

CANDIEIRO (1.º), *s. m. (R. Gr. do S.)* nome de uma das variedades dêsses bailes campestres, a que chamam geralmente *Fandango*.

CANDIEIRO (2.º), *s. m. (provs. merid.)* homem que, de ordinário, armado de aguilhada, vai adiante dos bois que puxam o carro, como que lhes ensinando o caminho (Coruja).

CANDIUBA, *s. m. (Mat.-Gros.)* o mesmo que *Ubá* (1.º).

CANDOMBE (1.º), *s. m. (R. de Jan.)* espécie de rêde de pescar camarões, manejada ordináriamente por um só homem.

CANDOMBE (2.º), *s. m. (provs. merid.)* espécie de batuque com que se entretêm os negros em seus folguedos. || E' analogo ao *quimbête,* ao *caxambú,* ao *jongo* e também ao *maracatú* de Pernambuco. Talvez seja semelhane ao *Candomblé* da Bahia, mas sem exercícios de feitiçaria.

CANDOMBEIRO, *s. m.,* dançador de *candombe,* frequentador, sucio. (Macedo Soares).

CANDOMBLÉ (1.º), *s. m. (Bahia)* espécie de batuque de negros com exercícios de feitiçaria. Como simples folguedo é semelhante ao *Candombe* das províncias meridionais, e também ao *maracatú* de Pernambuco. || *Etim.* Tanto *Candomblé* como *Candombe* devem ser vocábulos de origem africana.

CANDOMBLÉ (2.º) *s. m. (R. de Jan.)* quarto pequeno e escuro re-

CAN

servado para guardar trastes velhos, baús, etc. (Macedo Soares).

CANGAÇAIS, *s. m. pl. (Pern.)* nome burlesco que dão á mobilia de pessôa pobre ou escravo (Moraes).

CANGACEIRO, *s. m. (Ceará)* homem que carrega *Cangaço* (3.º), isto é, armas em excesso, afetando valentia (J. Galeno).

CANGAÇO, (1.º), *s. m. (Pern., Par. do N., R. Gr. do N., Ceará)* pedunculo e espata do coqueiro, os quais se desprendem da árvore, quando estão sêcos. || *Etim.* E' vocábulo português que se aplica ao pedunculo dos cachos da uva, e mais, com a significação de bagaço, à parte grosseira que fica dos produtos exprimidos (Aulete). || Em Alagôas dizem *Cangaraço* (B. de Maceió).

CANGAÇO (2.º), *s. m. (mesmas provs. acima citadas)* objetos de uso de uma casa pobre. Nêste sentido usa-se no plural, e vem a ser o mesmo que *Cangaçais*.

CANGAÇO (3.º), *s. m. (mesmas provs.)* conjunto de armas que costumam conduzir os valentões: — Fulano vive debaixo do *Cangaço,* isto é, carregado de armas (Meira).

CANGAMBÁ, *s. m. (Sertão da Bahia e outras pros. do N.)* o mesmo que *Maritacáca*.

CANGAPÉ, *s. m.* pancada que os meninos das escolas, no jôgo da luta, dão à falsa fé na barriga da perna do adversário para o fazer

DICIONÁRIO DE VOCÁBULOS BRASILEIROS

67

CAN

cair. || No Ceará dão o mesmo nome ao pontapé que a mergulhar a criança, ligeira e geitosamente, dá no companheiro dentro d'água, em animada brincadeira (J. Galeno). || *Eim*. Parece que êste vocábulo não é mais do que a alteração de *cambapé,* que em português exprime a mesma idéia.

CANGARÁÇO, *s. m. (Alagôas)* o mesmo que *cangaço* (1.º).

CANGÓTE, *s. m.* nome vulgar do ociput. || *Etim.* Talvez seja uma alteração de *cogote,* que tem em português a mesma significação.

CANGUEIRO, A, *s.* e *adj.* preguiçoso, vagaroso, negligente: O meu criado é um *cangueiro,* e sua mulher ainda mais *cangueira.* || Em outras acepções é voc. português; como *adj.* refere-se ao que traz canga, que está habituado á canga, ou pode ser pôsto á canga: Bezerro *cangueiro.* Como *s. m.,* é o nome de uma espécie de barco de fundo chato usado na navegação do Tejo (Aulete).

CANGUSSÚ, *s. m.* nome vulgar de uma espécie de onça *(Felis onça).* || *Etim.* Do tupi *Acanga-ussú,* cabeça grande.

CANHADA, *s. f. (R. Gr. do S.)* vale, planicie estreita entre duas montanhas. || *Etim.* Do castelhano *Cañada.*

CANHAMBÓLA, *s. m.* e *f.* corruptela de canhembóra.

CANHAMBÓRA, *s. m.* e *f.* corruptela de canhembóra.

CAN

CANHEMBÓRA, *s. m.* e *f.* escravo que anda fugido e se acoita, ordináriamente nêsses escondedouros a que chamam *Quilombos* ou *Mocambos.* || *Etim.* E' voc. tupí, que se deriva do verbo *acanhem,* eu fujo; e os selvagens o aplicavam tanto ao que andava fugido, como ao que tinha o costume de fugir. Quando se referiam áquêle que havia fugido, ainda que não fosse mais que uma vez, chamavam-lhe *Canhembára* (Anchieta). || O termo *Canhembóra* está hoje mui viciado, tanto que muitas vêzes se diz e se escreve *canhambóra, canhambóla, caiambóla* e *calhambóla.* || Ao escravo fugido também chamavam *Quilombóla* e *Mocambeiro,* cujos radicais são *Quilombo* e *Mocambo.*

CANICARÚ, *s. m. (Pará)* alcunha que os selvagens aplicam aos Índios civilisados, que vivem mansamente em aldeias (Baena).

CANINDÉ, *s. m.* espécie de Arara.

CANJÉRÉ, *s. m. (Minas-Gerais)* reunião clandestina de escravos com cerimonias de fetichismo, tendo por fim iludir os simplorios, ganhando-lhes o dinheiro, a pretexto de os livrar de molestias e outros males; e também com a intenção criminosa de se desfazerem dos que lhes são suspeitos, por meio de veneficios. || *Etim.* Talvez seja vocábulo de origem africana.

CANJICA (1.º), *s. f. (R. de Jan., S. Paulo, Paraná, Sta.-Catarina., R. Gr. do S., Minas-Gerais, Goiás,*

CAN

Mat.-Gros.) espécie de frangolho feito de milho branco contuso, que geralmente se toma sem tempero algum, mas ao qual se póde adicionar açúcar, leie e canela. Assim temperado chamam-lhe *Mungunzá* na Bahia, Pern. e outras provs. do N. Também dizem *Mungunsá* e *Mucunzá.* || *Obs.* Os lexicógrafos sem excetuar Aulete, escrevem *Cangica* e não *Canjica.* Não vejo razão para isto. Se êste voc. não tem, nem póde ter, outra origem senão a de *Canja,* não ha motivo para escrevermos *Cangica,* quando em *Laranjinha,* diminuitivo de laranja, não fazemos semelhante alteração.

CANJICA (2.º), *s. f. (Bahia e as demais provs. do N.)* espécie de papas feitas de milho verde. A isso chamam *Curáu,* em S. Paulo e Mat. Gros., *Corá* em Minas-Gerais e R. de Jan., e nesta última província também a conhecem por *Papas de milho.*

CANJICA (3.º), *s. f. (R. de Jan. e outras provs.)* espécie de tabaco de pó, feito com o famoso fumo da ilha de S. Sebastião.

CANJICA (4.º), *s. f. (Minas Gerais)* espécie de saibro grosso, claro, de envolta com pedra miuda. Também lhe chamam *Pirurúca* (J. F. dos Santos) e *Pururúca* (Couto de Magalhães).

CANJIQUINHA (1.º), *s. f. (Minas-Gerais)* milho pisado e reduzido a fragmentos miúdos, que se prepara à maneira de arroz, para as refeições.

CAN

CANJIQUINHA (2.º), *s. f. (Minas-Gerais)* espécie de tabaco de pó.

CANA-BRAVA, *s. f. (R. de Jan.)* o mesmo que *Ubá* (1.º).

CANARANA, *s. f. (Vale do Amazonas)* espécie de gramínea alta como a cana de açúcar, com a qual de longe se parece. || *Etim.* E' voc. íbrido composto de *Cana* com o sufixo *rana,* semelhante, parecido (J. Verissimo). || A *Canarana* é talvez a *Canabrava* de que fala Baena, provavelmente uma espécie de *Gynerium.*

CANINHA, *s. f.* aguardante de cana de açúcar.

CANÔA, *s. f. (Minas Gerais)* nome que, nos trabalhos de mineração do ouro, dão a condutos abertos, cujo comprimento total é, pouco mais ou menos, de 10 a 13 metros, com a largura de 66 centimetros. Êstes condutos, além de mui inclinados, são divididos em três ou quatro porções chamadas *Bolinetes,* formados por três táboas de que uma faz o fundo e as outras duas os lados (Saint-Hilaire).

CANÔA DE VÓGA, *s. f.* grande canôa, cujos remos são presos aos toletes. Esta canôa póde ser feita de uma só peça de madeira cavada, ou com acrescentamento no fundo, entre as duas peças que formam o costado e bordas, para ficar mais larga.

CANOEIRO, *s. m.* condutor de canôa. || Não encontro êste vocábulo em dicionário algum da lín-

DICIONÁRIO DE VOCÁBULOS BRASILEIROS

CAN

gua portuguêsa, o que me faz suspeitar que não é usual em Portugal.

CANZÁ, *s. m. (Bahia, R. Gr. do S.)* instrumento musical de que usam as crianças, e serve também nos batuques. Consiste em uma taquára na qual se praticam rêgos transversais, e se faz soar passando por êles uma varinha de taquára. || A êste instrumento chamam em Sergipe *Quêrêquêxê* (João Ribeiro) e em outras provs. do N. *Caracaxá* (Meira), coisa diferente do *Caracaxá* de S. Paulo.

CANZURRAL, *s .m. (R. Gr. do S.)* mato composto de arbusculos e mui prejudicial ao desenvolvimento das pastagens (Pereira de Carvalho).

CAÔLHO, *adj.* e *subs.* zarolho, que é torto de um ôlho.

CAPADOÇADA, *s. f.* ação de capadocio. Também dizem *Capadoçagem.*

CAPADOÇAGEM, *s. f.* o mesmo que *Capadoçada.*

CAPADOÇAL, *adj.* á maneira de *Capadocio:* Linguagem *capadoçal;* modos *capadoçaes.*

CAPADÓCIO, *s. m.* parlapatão, fanfarrão, charlatão. || Aplica-se geralmente êste termo ao homem da plebe, que se dá ares de importância, aparentando nos modos e nas falas uma superioridade que lhe cabe mal.

CAPANGA (1.º), *s. f. (Minas-Gerais, Bahia)* o mesmo que *Mocó* (2.º).

CAP

CAPANGA (2.º) *s. m.* valentão que se põe ao serviço de quem lhe paga, para lhe ser o guarda-costas; acompanhá-lo sempre armado, em suas viagens; auxilia-lo em obter satisfação de quem o ofendeu; e servir-lhe de agente nas campanhas eleitorais. || Na Bahia lhe chamam também *Jagunço* e *Peito-largo,* e em outras províncias *Espolêta.*

CAPANGADA, *s. f.* multidão de capangas.

CAPANGUEIRO, *s. m. (Minas Gerais)* nome que dão àquêle que tem por indústria a compra de diamantes em pequenas partidas, havendo-as dos mineiros que se ocupam dessa extração.

CAPÃO, *s. m.* bosque isolado no meio de um descampado. Podemolo quase comparar a um oásis, e assim o faz Saint-Hilaire na descrição que nos dá dêsse acidente florestal. Todavia, cumpre não esquecer que os oásis estão separados entre si por áreais estereis, enquanto que os *capões* existem cercados de magnificas pastagens. || *Etim.* Êste vocábulo no sentido brasileiro, não tem de português senão a fórma. E' apenas a alteração de *Caápaún,* que, tanto em tupí cômo em guaraní, significa mata isolada. O *Voc. Bras.* o traduz por ilha de mato em campina. || *Obs.* Quasi sempre, para evitar equivocos, se diz *Capão de mato* e não simplesmente *Capão.* Aulete e Moraes nos dão dêsse voc. uma má definição, quando, confundindo-o

CAP

certamente com *Capueira* (outra espécie de acidento florestal) dizem que é uma "mata roçada que se corta para lenha, em oposição a mata virgem". O *Capão* pertence á classe das matas virgens; compõe-se de arvoredos de todas as dimensões, e nêle se ostentam árvores colossais.

CAPÉBA (1.º), *s. f. (Provs. do N.)* nome de uma ou mais espécies de plantas da família das Piperaceas. No R. de Jan. lhe chamam *Pariparóba.* || *Etim.* E' contração de *Caa-péba,* que em língua tupí significa *folha larga.*

CAPÉBA (2.º), *s. m.* camarada, amigo: E' seu *Capéba* (Moraes). || Nunca ouvi pronunciar nêste sentido a palavra *Capéba.* Estimarei que alguém me possa esclarecer a semelhante respeito.

CAPENGA, *adj. e s. m. e f.* côxo, manco: Mais depressa se apanha um mentiroso que um *Capenga.* ||Tortuoso: Um caibro *capenga.*

CAPENGAR, *v. intr.* coxear.

CAPÉTA, *s. m.* diabo, demonio. || *Fig.* diabrete, turbulento, traquinas.

CAPETAGEM, *s. f.* diabrura.

CAPIANGAGEM, *s. f.* ação de capiango, furto.

CAPIANGAR, *v. tr.* furtar com destreza, surripiar.

CAPIANGO, *s. m.* gatuno, ladrão astuto e sútil. || *Obs.* Capello e Ivens servem-se dêste vocábulo na acepção de ladrão, e como tal usual nos sertões da África; entretanto não o incluem em nenhum dos seus *Vocabulários.* Segundo o *Voc. bunda,* ladrão se traduz por *muije.*

CAPILOSSÁDA, *s. f. (Par. do N., R. Gr. do N.)* emprêsa arriscada, cavalarias altas: Não se meta em capilossadas (Meira).

CAPIM, *s. m.* nome comum ás diversas espécies de gramineas rasteiras, que servem de pasto aos gados. Por extensão compreendem-se na mesma denominação as cyperacias, e em geral todas as ervas, de que tiram proveito os animais, para a sua alimentação. || *Etim.* E' vocábulo de origem tupí. o *Dic. Port. Bras.* traduz erva por *Caapiîm; o Voc. Bras.,* erva qualquer por *Capii;* e Montoya, palha, feno, por *Capyi.* Aulete erra singularmente, quando, no seu empenho etimológico, o faz derivar de *Capitum* da baixa latinidade. || *Obs.* O Alvará de 3 de Ouubro de 1758, citado por Moraes, e relativo a negócios do Maranhão, emprega o vocábulo *Capim.* Capello e Ivens usam d'êle, como de palavra corrente em linguagem portuguêsa. Cumpre-me entretanto dizer que ilustrados Portugueses me têm asseverado que, antes de sua vinda ao Brasil, ignoravam completamente a existência de semelhante vocábulo.

CAPINA, *s. f.* mondadura, sacha, ato de limpar um terreno das ervas más: A minha horta está precisando de uma *capina. A capi-*

DICIONÁRIO DE VOCÁBULOS BRASILEIROS

CAP

na da minha roça me tem obrigado a grande despêsa. || *Fig.* Repreensão: Por causa do seu proceder leviano, sofreu aquêle oficial uma *capina* do comandante. || No sentido de operação agrícola, também se diz *capinação*. || Em S. Paulo e outras províncias dizem *carpa.*

CAPINAÇÃO, *s. f.* o mesmo que capina, no sentido de sacha.

CAPINADÔR, *s. m.* mondador, sachador. No Paraná, S. Paulo, Goiás e Mat.-Gros. dizem, no mesmo sentido, *Carpidôr.*

CAPINAL, *s. m.* o mesmo que *Capinzal.*

CAPINAN, *s. f. (Bahia)* espécie de Myrtacea, que produz uma fruta comestível. Foi introduzida no Rio de Janeiro pelo conselheiro Magalhães Castro, e é cultivada na sua chácara do Engenho-Novo.

CAPINAR, *v. r.* mondar, esmondar, sachar, carpir; arrancar o capim ou qualquer erva má que cresce entre as planas. Nas províncias de S. Paulo, Paraná, Minas Gerais, Goiás e Mat. Gros. dizem, no mesmo sentido, *Carpir.*

CAPINEIRO, *s. m. (R. de Jan.)* nome que dão àquêle cuja indústria consiste em fazer do capim o seu negócio. || *(Par. do N., R. Gr. do N.)* Plantação de capim: Vou tratar de fazer um *capineiro.* Sem um bom *capineiro,* passam mal os animais (Meira).

CAPINZAL, *s. m.* plantação de capim; terreno coberto de capim.

CAP

|| *Capinal.* || Na Par. do N. e R. Gr. do N. chamam a isso *capineiro* (Meira).

CAPITÃO DE ENTRADA, *s. m.* chefe de uma *bandeira* que dantes se dirigia aos sertões à conquista dos aborígenes, com o fim de os reduzir ao cativeiro.

CAPITÃO DO CAMPO, *s. m. (Provs. do N.)* o mesmo que *Capitão do mato.*

CAPITÃO DO MATO, *s. m. (R. de Jan. e S. Paulo)* agente de polícia que tinha dantes a seu cargo o aprisionamento dos escravos fugidos. Era, a mór parte das vêzes, semelhante emprego exercido por negros livres. || Em algumas províncias do norte, lhe chamavam *Capitão do campo.*

CAPITÚVA, *s. f. (S. Paulo, R. de Jan.)* nome vulgar de uma espécie de graminea pertencente ao gen. *Panicum (P. Beaurepairei,* Hack e Glaziou). Cresce em grandes moutas á margem dos rios e nos lugares humidos. || *Etim.* E' voc. de origem tupí e guaraní. Montoya o traduz por *pajonal;* e o Voc. *Bras.* por *ervaçal.*

CAPIVÁRA, *s. f.* mamifero do gênero *Hydrochoerus (H. Capyvara)* da ordem dos Roedores. || *Etim.* E' vocábulo de origem tupí.

CAPIXABA, *s. f. (Esp. Santo)* pequeno estabelecimento agrícola. || *Etim.* Este vocábulo de origem tupí é corruptela de *Copixaba,* mencionado no *Dic. Port. Bras.,*

CAP

como tradução de Quinta e de Roça. || Os habitantes da cidade da Vitoria têm o apelido de *Capixabas*, por causa de uma fonte que ali existe, e d'onde bebem. || No Vale do Amaz. dizem os Índios *Cupixaua* (Seixas). || Em S. Paulo e Paraná dão a êsses estabelecimentos agrícolas o nome de *Capuáva*.

CAPOEIRA, *s. f. (R. de Jan.)* espécie de jôgo atlético introduzido pelos Africanos, e no qual se exercem, ora por mero divertimento, usando ùnicamente dos braços, das pernas e da cabeça para subjugar o adversário, e ora esgrimindo cacetes e facas de ponta, d'onde resultam sérios ferimentos e ás vêzes a morte de um e de ambos os lutadores. || *s. m.* homem que se exercita no jôgo da *capoeira*. Êste nome se estende hoje a tôda a sorte de desordeiros pertencentes à relé do povo. São entes perigosissimos, por isso que, armados de instrumentos perfurantes, matam a qualquer pessoa inofensiva, só pelo prazer de matar. || *Etim.* Como o exercício da *capoeira*, entre dois individuos que se batem por mero divertimento, se parece um tanto com a briga de galos, não duvido que êste vocábulo tenha a sua origem em *Capão*, do mesmo modo que damos em português o nome de capoeira a qualquer espécie de cesto em que se metem galinhas. || V. *Capueira.*

CAPOEIRADA, *s. f. (R. de Jan.)* malta de capoeiras: Adiante do batalhão ia uma numerosa *capoeira-* da, a atropelar os transeuntes. || Ação de capoeira, capoeiragem.

CAPOEIRAGEM, *s. f. (R. de Jan.)* ação de capoeira: Aquêle rapaz, que era d'antes tão bem comportado, entregou-se ultimamente à *capociragem,* e tem dado que fazer à polícia.

CAPOEIRAR, *v. intr. (R. de Janeiro)* fazer vida de capoeira.

CAPONGA, *s. f. (Ceará)* nome que na parte meridional desta província dão aos lagoeiros d'água doce que se formam naturalmente nos areais do litoral. Ao norte da cidade da Fortaleza dão-lhe o nome de *Lago* (Marinho Falcão). E' o mesmo que nas provincias de Pern., Par. do N., R. Gr. do N. chamam *Maceió,* ou antes *Maçaió.*

CAPÓRÓRÒCA, *s. f. o* mesmo que Pórórôca (3.º).

CATIVO, *s. m.* espécie de seixo roliço perfeitamente liso, de côr preta e às vezes marmoreado, que acompanha ordináriamente as jazidas diamantinas, e a que por isso dão o nome de *cativo* de diamante.

CAPUÁBA, *s. f. (Par. do N., R. Gr. do N.)* cabana, chóça. || Por extensão, casa mal construida e arruinada: Tua casa é uma *capuába* velha (Meira). || *Etim.* E' vocábulo pertencente tanto ao dialeto tupí como ao guaraní. Em guaraní significa cabana (Montoya); em tupi, quinta ou herdade onde ha casa *(Voc. Bras.)*||Em S. Paulo e Paraná

CAP

pronunciam *capuava,* e é êsse o nome que dão a qualquer estabelecimento agrícola com destino à cultura de cereais, feijões, mandioca e outros mantimentos (Paula Souza). || Fig., qualquer indústria que sirva dê meio de vida: A clinica é a *capuava* do médico. || No Esp. Santo dão à *capuava* o nome *capixaba.*

CAPUAVA, *s. f. (Paraná, S. Paulo)* o mesmo que Capuába.

CAPÚCO, *s. f. (Bahia)* o mesmo que *Batuéra.*

CAPUEIRA (1.º), *s. f.* nome que dão ao mato que nasce e se desenvolve em terreno outr'ora cultivado. || *Etim.* E' corruptela de *Copuêra,* significando, em linguagem tupí, roça extinta, mato que já foi roçado *(Voc. Bras.);* corruptela devida, sem a menor dúvida, à semelhança fonética dêste vocábulo. com o vocábulo português capuêira Sendo o adjetivo *puêra* sinonimo de *cuêra,* os Tupinambás e Guaranis diziam indiferentemente \ *Copuêra (Voc. Bras.)* ou *Cocuêra* (Montoya). Se esta última forma tivesse prevalecido, não se teria dado a confusão de *Copuêra* com *Capoeira.* || Por extensão, chama-se *Capueira* a tôdo mato baixo que fica depois da extração das grandes madeiras de construção. || Geralmente se escreve *Capoeira* em lugar de *Capueira.*

CAPUEIRA (2.º), *s. f. (R. de Jan.)* o mesmo que *Urú* (1.º).

CAR

CAPUEIRÃO, *s. m.* antiga *Capueira* (1.º), cujo arvoredo tem adquirido grande desenvolvimento.

CAPUEIRO, *adj.* que habita a Capueira: Veado *capueiro.* Lenha *capueira.* || Erra Aulete quando diz que no Brasil *capoeira (sic)* tem a significação de manso, em oposição ao que é do mato virgem. Tão selvagem é o animal silvestre que habita a Capueira como o que habita o mato virgem.

CARÁ (1.º), *s. m.* nome comum a diversas espécies de Dioscoreas indigenas produzindo tuberculos comestiveis: *Cará* mimoso, *Cará* roxo; *Cará* do ar, etc.

CARÁ (2.º), o mesmo que *Acará* (2.º).

CARÁ (3.º), *s. m. (R. Gr. do S.)* nome de uma das variedades desses bailes campestres a que chamam geralmente *Fandango.*

CÁRÁCARÁ, *s. m.* nome comum a diversas espécies de aves de rapina, e entre elas o *Polyborus vulgaris* Vieill. ex Martius. || *Etim.* E' voc. tupí.

CARACAXÁ, *s. m. (S. Paulo)* chocalho com que se entretêm as crianças. || De Pern. ao Pará dão a êsse instrumento o nome tupí de *Maracá.* || Em algumas províncias do norte *Caracaxá* é o mesmo que *Canzá.* || *Etim.* Parece ser voz onomatopaica.

CARACÚ (1.º), *s. m. (R. Gr. do S.)* tutano. || *Etim.* E' vocábulo guaraní (Montoya). || Os Tupinam-

CAR

bás da costa meridional do Brasil davam ao tutano o nome de *Canga putuuma (Voc. Bras.)* e os da costa septentrional o de *Cangüéra pó-ra (Dic. Port. Bras.)* || E' sem dúvida por equívoco que o Sr. Coruja diz que *Caracú* é o osso da perna do animal.

CARACÚ (2.º), *adj. (S. Paulo, Minas-Gerais)* diz-se de uma raça de bois caracterisada por um pêlo curto: Um boi *caracú;* uma vaca *caracú.*

CARAFUZO, A, *s. (Para)* o mesmo que *Caboré* (1.º).

CARAJÉ, *s. m. (S. Paulo)* grangeia com que se enfeita o pão-de-ló e dôces. || Muito se assemelha êste termo ao *Acarajé* da Bahia. Parecendo nascer ambos de um radical comum, cumpre entretanto advertir que *Acarajé* é termo da língua yorúba, e exprime coisa mui diferente do *Carajé.*

CARAMBURÚ, *s. m. (S. Paulo)* bebida refrigerante feita de milho. Corresponde ao que em outras provincias chamam *Aluá.*

CARAMINGUAS, *s. m. plur. (R. Gr. do S.)* cacaréos, badulaques, coisas de pouco valôr, que cada um traz consigo em viagem. || Nome que por modestia se aplica á mobilia de uma casa: O que mais me custa é o transporte dos meus *caraminguás* para a minha nova habitação. || *Etim.* Do guaraní *Caramenguá,* significando cofre, caixa, etc. Os Tupinambás do Brasil diziam, no mesmo sentido, *Cara-*

CAR

memoan, e é êsse ainda o nome de um rio da Bahia, que figura erradamente nas cartas geograficas com o de *Cramimuan.*

CARAMOMÓM, *s. m. (Ceará, Par. e R. Gr. do N.)* trouxa que se adciona à carga regular de um animal (Meira). || *Etim.* E' evidentemente corruptela de *Caramemoan.*

CARAMURÚ, *s. m. (Bahia)* espécie de peixe a que o *Voc. Bras.* chama *Lampreia,* e Gabriel Soares *Morêa.* || Alcunha que os Tupinambás deram na Bahia a Diogo Alvares Correia, o famoso náufrago português que figura com honra na nossa história. Não se sabe o motivo que determinou essa alcunha; em todo caso, *Caramurú* nunca significou, nem podia significar *homem de fôgo,* como o dizem Moraes e outros lexicografos ignorantes da língua tupí.

CARANA, *s. m.* nome comum a diversas espécies de palmeiras, pertencentes ao gênero *Mauritia (M. Martiana), Orophoma (O. Caraná), Leopoldinia (L. pulchra), Trithrinax (T. brasiliensis).* || *Etim.* E' voc. tupi.

CARANDÁ, *s. m. (Mato-Grosso)* o mesmo que Carnaúba.

CARÃO, *s. m. (Serg.)* repreensão dada em público a uma criança. Aquêle que a dá passa um *carão;* aquêle que a sofre leva um *carão* (João Ribeiro). || Antigamente em português *Carão* significava a tez do rosto, a epiderme, cariz. Hoje

DICIONÁRIO DE VOCÁBULOS BRASILEIROS

CAR

toma-se por cara grande e disforme (Aulete).

CARAPANÃN, *s. m. (Vale do Amaz.)* mosquito pernilongo, espécie de *Culex*. || *Etim.* E' vocábulo do dialeto tupi da costa setentrional do Brasil. No sul davam-lhe os Tupinambás o nome de *Mariguí.*

CARAPÍNA, *s. m.* artifice em carpintaria que se ocupa da construção de casas, carros, etc., para o distinguir daquêle que se emprega exclusivamente de construções navais, e ao qual chamam *carpinteiro:* Na edificação de meu prédio urbano tenho empregado os melhores *carapinas;* e confiei a construção do meu navio a bons *carpinteiros.* || Mesmo a bordo dos navios põdem ser empregados *carapinas,* cujo serviço especial consiste na prontificação dos arranjos internos, móveis e certas obras de ornato. *(Dic. Mar. Bras.)* || *Etim.* O *Dic. Port. Bras.* dá *Carapina* como termo tupi; mas a mim me parece que não é mais do que a corruptela de carpinteiro, devida à má pronuncia dos índios, || Também dizem *carpina.* || *Obs.* Na provisão do conselho ultramarino de **20 de Abril de 1736** se fala em *Carapina* (Moraes). Não me tem sido possível descobrir êste documento em coleção alguma.

CARAÚNO, *adj. (R. Gr. do S. e Alagôas)* diz-se do boi preto mui retinto (Coruja, B. de Maceió) || *Etim.* Nas duas últimas silabas, *uno* é manifesta a corrupela de *una* que na língua tupi significa preto. Quanto ás duas primeiras silabas,

CAR

não lhe posso reconhecer a origem. Será por ventura *caraúno* uma palavra íbrida formada do português *cara,* por semblante, fisionomia, e *una,* preto?

CARIBÉ, *s. m. (Pará)* espécie de alimento preparado com a polpa do abacate.

CARIBÓCA, *s. m. e f.* mestiço de sangue europeu e do aborigene brasileiro. || No Pará lhe chamam *Curibóca* (José Verissimo). || No Ceará o *Curibóca* é o mestiço de côr avermelhada-escura, com cabelos lustrosos e anelados, provindo da mistura do sangue europeu, africano e americano (Araripe Junior). || *Etim.* O *Dic. Port. Bras.* apresenta *Carybóca* como tradução do mestiço, sem dizer a que mestiçagem se refere. Em tôdo o caso, aí se revela a existência do radical *Carahyba,* nome que os Tupinambás deram aos Portuguêses e os Guaranis aos Espanhoes, em alusão aos seus feiticeiros, aos quais consideravam homens de suma habilidade e prestimo. *Curibóca* não é senão a corruptela de *Caribóca.*

CARIJO, *s. m. (Paraná)* armação de varas nas quais se suspendem os ramos da Congonha, com fôgo por baixo, para efetuar a operação da *sapéca,* isto é, da chamusca.

CARIMAN, *s. m.* massa de mandioca puba, reduzida a pequenos bolos secos ao sol. Com o *Cariman* se fazem essas papas a que chamam *mingáu,* e ao qual se pode ajuntar gema de ovo e leite. Serve também para toda a sorte de bolos

CAR

doces. || *Etim.* E' vocábulo tupí *(Dic. Port. Bras.).* Gabriel Soares fala de *Cariman* como espécie de farinha feita da mandioca puba, e a que êle atribue grandes vantagens, já como materia alimentícia, já como contra-peçonha. Segundo Agostinho Joaquim do Cabo, no vale do Amaz., também lhe chamavam *cayarinãa.* Os guaranis davam o nome de *cañarimã* à mandioca seca ao fumo, e o de *cañarîmãcuí* à farinha feita da mandioca assim preparada (Montoya).

CARIÓCA, *s. m.* e *f.* apelido dos naturais da cidade do R. de Jan. || *Etim. Carióca* era o nome de uma ribeira que, passando no Cosme-Velho, percorre o bairro das Laranjeiras, atravessa o Catete, e deita-se na praia do Flamengo. Hoje lhe chamam rio das Caboclas, e o vejo também mencionado com o nome de rio do Catete, em uma carta topografica da mesma cidade. Era essa ribeira que fornecia água potável aos habitantes da recente cidade de S. Sebastião. Atualmente designa-se com o nome de *Carióca* a um chafariz que se construiu junto do morro de Santo Antônio, e cujas águas procedem das mesmas fontes em que tem a sua origem aquela ribeira. A' margem dela, próximo ao mar, existia em 1557 uma aldeia de aborigenes. Vejamos o que diz Léry sôbre a significação dessa palavra que êle, como francês, ortografia a seu modo: "*Kariauh*. En ce village ainsi dit ou nommé, qui est le nom d'une petite riuiere dont le village prend

CAR

le nõ, à raison qu'il est assis près & est interpreté la maison des *Karios*, composé de ce mot *Karios* & d'*auq*, qui signîfie maison, & en ostant *os*, & y adioustât *auq* fera *Kariauh*". Em relação ao assunto, não nos dá êste autor a significação da palavra *Karios;* mas no proseguimento da sua narrativa e enumeração das tribus selvagens de que tinha notícia, fala nos *Karios* como de gente habitando além dos Touaiairês (Tobajaras?) para as bandas do rio da Prata. Êstes *Karios* não eram pois senão os *Carijós,* que ocupavam a parte do litoral compreendida entre a Cananéa e Santa Catarina (Gabriel Soares). Mas sendo os Carijós inimigos dos Tupinambás ou Tamoyos do R. de Jan., como admitir que houvesse aqui uma colonia dêles? Há materia para estudo.

CARITÓ, *s. m. (Pern.)* casinhola, habitação de gente pobre. || *(Alagôas)* Quarto ou compartimento acanhado nas casas de habitação (B. de Maceió). || *(Par., R. Gr. do N., Ceará)* cantoneira. || *(Fernando de Noronha)* espécie de gaiola em que se prendem e se exportam os afamados Carangueijos daquela ilha.

CARLINGA, *s. f. (Ceará)* taboleta com furos em baixo do banco da vela de uma jangada e na qual se prende o pé do mastro, mudando-se de um furo para outro, conforme a conveniência da ocasião (J. Galeno). || *Etim.* E' termo náutico português, significando grossa peça de madeira fixa na sôbre-quilha,

CAR

tendo na face superior uma abertura por onde entra a mecha do mastro *(Dic. Mar. Bras.)*

CARNAÚBA, *s. m. (Pern., Par., R. Gr. do N., Ceará, Piauí)* Palmeira do gênero *Copernicia (C. cenifera).* Nos sertões da Bahia chamam-lhe *Carnaíba,* e em Mato-Grosso *Carandá (Flor. Bras.).* || *Etim.* E' voc. de origem tupí, que se decompõe em *Caraná-igba.*

CARNAÍBA, *s. m. (sertão da Bahia)* o mesmo que *Carnaúba.*

CARNE DE VENTO. V. *Charque.*

CARNE DO CEARA. *V. Charque.*

CARNE DO SERTÃO. V. *Charque.*

CARNE DO SOL. *V. Charque.*

CARNE-SECA. *V. Charque.*

CARNEAÇÃO, *s. f. (Rio Gr. do S.)* ato de carnear.

CARNEAR, *v. tr. (Rio Gr. do S.)* matar a rêz, acondicionando-lhe a carne, couro, etc. (Coruja) || Valdez menciona êste verbo como oriundo da América espanhola. Aulete o define mal. *Carnear* nunca foi, como êle o diz, sin. de *charquear.*

CARONA, *s. f. (Provs. merids.)* certa peça dos arreios; que consiste em uma sola ou couro quadrado, ordinariamene composto de duas partes iguais cosidas entre si, a qual se põe por baixo do lombilho, e cujas abas são mais com-

CAR

pridas que as dêste (Coruja). || *(Par. e outras provs. do N.)* Espécie de capa estofada que se põe por cima da sela (Meira). || *Etim.* E' vocábulo de origem castelhana. Valdez traduz *Carôna* por suadouro. No Brasil, porém, e em Portugal, o suadouro é coisa diferente, sendo a peça dos arreios que assenta imediatamente sôbre o lombo do animal.

CARPA, *s. f. (Paraná, S. Paulo, Minas-Gerais, Goiás, Mato-Grosso)* o mesmo que *capina,* no sentido de sacha.

CARPINA, *s. m.* o mesmo que *carapina.*

CARPINTEIRO, *s. m.* operário que se emprega na construção e concertos do casco e mastreação dos navios, bem como no fabrico dos escaleres, lanchas, etc. *(Dicc. Mar. Bras.).* || A isto se chamava dantes no Brasil *carpinteiro da ribeira,* para o distinguir do artifice em madeira que se ocupa da construção de casas, carros, etc., ao qual dão hoje o nome de *carapina.* Cumpre, entretanto, fazer observar que o voc. *carpinteiro,* em sua acepção portuguêsa, é ainda usual em muitas províncias do Brasil, mesmo relativamente a obras que nada têm que ver com as construções navais.

CARPIR, *v. tr. (Paraná, S. Paulo, Minas Gerais, Goiás, Mato Grosso)* o mesmo que *capinar,* como se diz geralmente no Brasil, isto é, mondar, sachar, limpar a terra das ervas que prejudicam as plantas

CAR

úteis. || *Etim.* Tenho vacilado muito, quanto a origem dêste verbo, no sentido em que o empregam entre nós. Antigamente em português, o verbo *carpir,* do latim *carpere,* significava arrancar, colher: Carpir a erva que afoga o trigo (Aulete). Atualmente significa tão sòmente prantear, lastimar, chorar, e nesta acepção o empregam tanto na literatura portuguêsa como na brasileira. Póde-se pensar, portanto, que o verbo em questão é português com a significação, hoje perdida em Portugal, de arrancar as ervas más. Entretanto militam razões para se lhe atribuir uma origem tupí. No dialeto dos Tupinambás que habitavam o Rio de Janeiro havia os verbos *Acapir* e *Aicapir* com a significação, o primeiro de andar mondando, e o segundo de mondar a planta *(Voc. Bras.).* Os Tupinambás do Norte diziam *Caá pyir* por limpar o mato baixo, sendo esta palavra composta de *caá* erva e *pyir,* limpar, varrer *(Dic. Port. Bras.).* Os Guaranís do Paraguai exprimiam a mesma idéia dizendo *Aicaápi* (Montoya). Em vista do que tenho exposto, parece-me que há tanto motivo para julgar que o nosso *Carpir* é originariamente português, como que é um metaplasmo dos vocábulos dos dialetos tupís que citei.

CARRAPICHO, *s. m.* nome comum a diversas espécies de plantas, cujas sementes se prendem à roupa dos que passeiam pelo campo. || Em Portugal, é o atado de cabelo no alto da cabeça para do restante se fazerem tranças ou outro penteado (Aulete).

CARRASCO, *s. m.* espécie de mata anan composta de arbusculos de caule e ramos esguios, com quasi um metro de altura e geralmente conchegados entre si (Saint-Hilaire). || E' sempre indício de um terreno estéril. || *Etim.* Êste vocábulo é português, e, além da odiosa significação de algoz, é em Portugal o nome de um arbusto silvestre sempre verde, da família das Cupuliferas, que nasce nos terrenos estereis (Aulete). || Segundo êste lexicógrafo, *Carrasco* e *Carrasqueiro* são sinonimos. Diz Saint-Hilaire que aos *Carrascos* de uma natureza mais vigorosa dão em Minas-Gerais o nome de *Carrasqueinos,* ou talvez *Carrasqueiros.*

CARRASQUEINO, *s. m.* V. *Carrasco.*

CARRASQUEIRO, *s. m.* V. *Carrasco.*

CARUARA, *s. f. (Pará)* fraqueza das pernas: Estou sofrendo de *Caruára,* e mal posso dar alguns passos. || Também significa quebranto, mau olhado, molestia motivada por feitiços, mau estar, indisposição física, achaque (J. Verissimo). || *(Da Bahia ao Ceará)* espécie de paralisia ou tolhimento que ataca as pernas dos bezerros e outros animais recem-nascidos (Aragão). || *Etim.* E' vocábulo da língua tupí significando *corrimentos (Dic. Port. Bras.).* Em guaraní, *caruguá,* traduzido para o castelhano, significa *dolores en las conyunturas* (Mon-

CAR

toya). Yves d'Evreux escreveu *Karuare* e o traduziu para o francês em *goutte*.

CARUÉRA, *s. f. (Rio de Jan.)* o mesmo que *crueira*.

CARUMBE', *s. m. (Minas Gerais)* espécie de gamela cônica, feita de madeira e destinada a transportar para o lugar da lavagem os minérios de ouro, ou diamantes (Saint-Hilaire). Segundo Montoya, o vocábulo *Carumbé* é o nome guaraní da tartaruga, e dão também êsse nome *a um cesto tosco su semejante* (sem dúvida semelhante na fórma ao casco da tartaruga). Devemos pensar que o *Carumbé* de Minas Gerais teve a mesma origem. No Pará, *Jabuticarubé* é uma espécie de Jabuti *(Testudo terrestris)* (B. de Jary).

CARURÚ, *s. m.* espécie de esparregado de ervas e quiabo, a que se ajuntam camarões, peixe, etc.; e tudo temperado com azeite de dendê e muita pimenta. || Êste voc. pertence tanto ao tupí como ao guaraní. Montoya traz *Caárurú* e o traduz por *Verdolagas,* isto é, *Beldroégas;* mas, contrariamente ao seu costume, não decompõe a palavra. No *Dic. Port. Bras., Caá rerú* é também a tradução de Beldroéga, cumprindo, porém, advertir que êste vocábulo é composto de *Caá* erva e *Rerú* vasilha; parecendo, portanto, significar uma vasilha, ou antes um prato de ervas, o que quadra bem com a denominação desta iguaria. No Rio de Janeiro **e em outras partes do Brasil, o**

CAS

voc. *Carurú* designa, à exceção da Beldroéga, certas espécies de ervas, sobretudo *Amaranthaceas* que se guisam. Na Bahia todas essas ervas têm a denominação geral de *Bredos,* e só adquirem a de *Carurú* depois de reduzidas ao estado da famosa **iguaria,** tanto assim que as ervas preparadas de outro qualquer modo não mudam de denominação. Uma cousa a notar é que, nas colonias francesas das Antilhas, dão o nome de *caloulou* a certo preparado culinário em que entra o quiabo (Alph. de Candole).

CASÁCA, *s. m. (Piauí)* o mesmo que *Caipira.* || *Etim.* Tem sua origem no uso que fazem os camponezes da *casaca de couro* ou antes *gibão* de que se vestem, para percorrerem as brenhas em procura do gado.

CASA-DO-MEIO, *s. f. (Rio de Jan.)* o segundo dos três compartimentos em que se divide um curral de pescaria. Na Par. do N. lhe chamam *Chiqueiro.*

CASCÁLHO, *s. m. (Minas-Gerais, Goiás, Mato-Grosso)* aluviões auríferas ou diamantíferas. Contêm em geral muitos seixos roliços (Castelnau). || Os depósitos de cascálho distinguem-se em três camadas, que os mineiros chamam: *cascalho virgem,* o mais antigo; *pururúca,* o mais recente e de formação contemporanea; e *corrido,* o depósito intermediário entre a *pururúca* e o *virgem* (Couto de Magalhães). || *Etim.* E' vocábulo de origem portuguêsa.

CAS

CASEIRA, *s. f.* concubina; mulher que vive na casa do seu amasio, à laia de mulher legítima. || *Etim.* E' voc. de origem portuguêsa; mas tem em Portugal uma significação mais inocente. *Caseira* alí é a mulher do caseiro, e êste o arrendatário de um prédio ou herdade.

CASQUEIRO, *s. m. (S. Paulo)* o mesmo que *Sambaqui.*

CASSÁCO, *s. m. (Pern.)* o mesmo que *Saruê.*

CASSAMBA, *s. f.* balde ordináriamente preso a uma corda, e serve para tirar água dos pôços, dos rios ou do mar. || Corda e *cassamba,* locução popular para definir duas pessoas inseparaveis: — José e Joaquim são a corda e a *cassamba.* Corresponde à locução portuguêsa a corda e o caldeirão. || Espécie de estribo em forma de chinelas, quer sejam de metal, quer de couro.

CASSUÁ (1.º), *s. m. (De Alagoas ao Rio-Gr. do N.)* espécie de cesto de cipó rijo, da feição de uma canastra sem tampa, com azelhas do mesmo cipó, para delas se pendurarem nas cangalhas. Um par de *cassuás* com feijão, arroz, milho, melancias, etc. constitue a carga de um animal (Moraes). || No interior do Maranhão é o *cassuá* feito de couro (B. de Jary) e a isso chamam *bruáca* em outras partes do Brasil.

CASSUA (2.º), *s. m. (Rio de Janeiro)* espécie de rêde de pescaria

CAT

de malhas largas, nas quais fica preso o peixe grande, como a corvina, quando intenta atravessa-la. Diz-se que ficou *malhado* o peixe preso desta sorte.

CASSÚLA, *s. m.* e *f.* filho ou filha mais moço de um casal. || *Etim.* E' voc. da língua bunda significando filho último (Capello e Ivens). Também dizemos *Cassulé:* Aquêle pequeno é o meu *cassula* ou *cassulé.*

CASSULÉ, *s. m.* o mesmo que *cassula.*

CASTANHA, *s. f.* nome vulgar de diversas frutas indigenas, embora nenhuma relação tenham com a *Castanea vulgaris* proveniente da Europa; tais são, entre outras, a *Castanha de Cajú,* fruta do Cajueiro; a *Castanha do Maranhão,* semente da *Bertholletia excelsa,* que se deveria antes chamar Castanha do Amazonas; a *Castanha do Pará,* semente da *Pachira insignis* etc.

CATA, *s. f.* lugar cavado nas terras e nas minas, onde já apareceu terra ou matriz de ouro de lavagem (Moraes). || Cova aberta em quadratura mais ou menos regular, para extrair ouro das entranhas da terra (Costa Rubim). || On appelle ainsi les excavations faites par les anciens mineurs (Saint-Hilaire). || *Etim.* Parece evidente que êste voc. deriva-se do verbo catar, significando buscar, procurar, tanto mais que Moraes cita a seguinte frase de Bern. Lyma: — A cobiça *cata* o ouro nas entranhas da terra. || *Obs.* No tempo das grandes

CAT

minerações que se executavam nas províncias auríferas do Brasil, era muito usado êste termo. Não sei se ainda hoje o empregam.

CATAMBUÉRA, *s. f. e adj. m. e f. (Rio de Jan.)* nome que dão a qualquer fruto vegetal atrofiado: Maçaroca *catambuêra,* melancia *catambuêra,* mandióca *catambuêra,* etc. || Nas fazendas de serra-abaixo, dizem indiferentemente *catambuêra* e *catangüêra* (Macedo Soares). || Também pronunciam *quitambuêra.* || Na Bahia e outras províncias do norte até o Pará, dizem *tambueira* ou *tambuéra,* nos mesmos casos em que se servem no Rio de Jan. da palavra *catambuêra.* No Maranhão, porém, a *tambueira* é a maçaroca do milho depois de debulhada, isto é, o sabugo a que em Portugal chamam também *carôlo.* Na Bahia dão particularmente o nome de *gangão* ou *dente de velha* à maçaroca que contém poucos grãos e êstes dispersos. || *Etim.* Catambuêra é evidentemente voc. de origem tupí; *tambuêra* não é senão aferese dêle. || Tanto Moraes como Aulete escrevem *tambueira,* e é essa talvez a pronuncia mais geral.

CATANDÚVA (1.º), *(S. Paulo, Paraná)* o mesmo que *Caíva.*

CATANDÚVA (2.º), *s. f. (Rio-Gr. do N.)* espécie de árvore que chega a ter onze metros de altura, a qual fornece madeira branca. Tem amago violaceo, folhas miudas e casca abundante de tanino (Meira).

CATANGÜÉRA, *s. f. (Rio de Jan.)* o mesmo que *Catambuêra.*

CAT

CATAPÓRAS, *s. f. pl.* nome vulgar da varicele, erupção cutânea a que o vulgo chama igualmente *bexigas doudas.* Também dizem *Tatapóras.*

CATÉRÉTÉ, *s. m. (Provs. merid.)* espécie de batuque, que consiste em danças lascivas ao som da viola.

CATARINENSE, *s. m. e f.* natural da província de Santa-Catarina. || Adj. que é relativo a essa província.

CATIBÁU, *s. m.* cachimbo pequeno, velho. || Homem ridículo (Moraes). || *Obs.* Não me recordo de ter uma só vez ouvido usar dêste voc. a não ser como nome de uma ilhota na bahia do Rio de Jan., próximo ao Maruí-grande. Entretanto, o *Dic. Port. Bras.* o menciona no seu artigo *S̨arro,* como pertencendo ao dialeto tupí do Amaz. || No Pará dizem *Catimbáua.*

CATIMBÁUA, *s. m. (Pará)* o mesmo que *Catimbáu.*

CATIMPUÉRA, *s. f. (Alagôas)* espécie de bebida fermentada feita com a mandioca mansa ou aipim cozido, reduzido a pasta passada pela peneira e posta dentro de um vaso novo de barro ou pote, de mistura com uma quantidade suficiente de água, á ¡qual se ajunta mel de abelhas. Deita-se o vaso em lugar aquecido, ordináriamente junto ao fogão e não mui longe do fôgo. Depois de alguns dias, manifesta-se a fermentação, e, terminada ela torna-se potável a bebida. Usam da *catimpuéra* como regalo e como re-

CAT

médio (B. de Maceió). Esta bebida é, mais ou menos, a mesma que o *Cauin*. || No Pará dão o nome de *Guariba* ou *Beijú-assú* a uma espécie de *Catimpuêra*.

CATINGA (1.º), *s. f.* fartum, cheiro forte e desagradável que se exala do corpo humano, sobretudo do dos Africanos, de certos vegetais e animais, e de comidas mal preparadas ou deterioradas. || *Etim.* E' voc. pertencente á língua tupí. Os guaranís dizem *Cati,* por *catinga,* pelo mesmo motivo por que dizem *tig,* por *tinga,* variações dialeticas que não prejudicam a unidade da língua. Na pessima edição do *Dic. Port. Bras.* impresso em Lisbôa em 1795, não se encontra o voc. *Catinga;* mas no precioso manuscrito que lhe serviu de original, e que se acha na Biblioteca Pública do Rio de Jan., lê-se *catinga* como tradução de *cheiro de raposinhos.* No *Voc. Bras.* pertencente ao mesmo estabelecimento encontra-se, na letra C, o seguinte: Cheiro de raposinhos = *caatinga;* e na letra R, Raposinhos, cheiro = *catinga.* Essa diferênça ortográfica nas duas versões é certamente devida a êrro de escrita, êrro que não se encontra na cópia que existe na Biblioteca Fluminense, e foi extraida do manuscrito pertencente à Biblioteca de Lisbôa. Errou, portanto, o sábio D. Francisco de S. Luiz atribuindo-o a Angola. Nésse engano o acompanham outros etimologistas. || Parece que é termo já aceito em Portugal, se atendermos a que Capelo e Ivens o em-

pregam constantemente no mesma acepção que lhe damos no Brasil. || Na República Argentina e no Estado Oriental do Uruguai, o voc. *catinga* é usual na mesma acepção que tem no Brasil, mas na Bolivia, *catinga, adj.* se traduz por elegante, catita (Velardo) e isto parece indicar que êste hononimo tem alı uma origem mui diferente da do nosso.

CATINGA, (2.º), *s. m.* e *f.* avarento, tacanho, mesquinho. || *Etim.* Não sei que analogia possa ter êste voc. com aquêle que significa mau cheiro, a menos que figuradamente se considere o avarento tão repulsivo como o fedorento, segundo judiciosamente pensa Macedo Soares.

CATINGA (3.º), *s. f.* nome comum a certas plantas pertencentes a diferentes famílias botânicas, e se distinguem entre si por denominações especificas. Provêm-lhes o nome de cheiro mais ou menos forte que exalam, e algumas há que são de aroma agradável, como a *Catinga-de-mulata,* que cheira a anis.

CATINGA (4.º), *s. f.* espécie de matas enfezadas que se estendem, pelo interior do Brasil, desde a parte setentrional de Minas-Gerais, Goiás e sertão da Bahia, até o Maranhão. Longe de apresentarem massiços impenetraveis como esses que caracterizam nossas florestas primitivas, consistem geralmente as *Catingas* em arvoretas tortuosas, e a maior parte das vezes su-

DICIONÁRIO DE VOCÁBULOS BRASILEIROS

83

CAT

ficientemente separadas umas das outras, de maneira a facilitar o trânsito de um cavalleiro; e ha vaqueiros que, na perseguição de uma rez, correm por elas a galope, bem que com manifesto perigo de vida. ||*Etim.* Muito se tem discutido a etimologia de *Catinga,* como denominação das matas de que tratamos. Pessoas ha que, firmando-se apenas na estrutura atual dêste vocábulo, o fazem derivar de *Caátinga,* mato branco. Esta interpretação não tem o menor fundamento. Com efeito, as *catingas* nada apresentam que justifique o emprego do adjetivo *branco* para as qualificar. O que as torna notáveis, como pude observar nas minhas viagens pelos sertões, é que, passada a estação das chuvas, perdem completamente a folhagem e ficam, durante parte do ano, com o aspecto de matas secas. Foi dêsse fato que parti para resolver a questão de um modo razoável. *Catinga* não é mais do que a contração do *Caá-tininga,* significando *matas secas, arvoredo seco.* Si alguém achasse estranha esta etimologia, eu lhe faria observar que não é êsse o único exemplo de contração que a corruptela tem introduzido em muitos termos da língua tupí, o que torna hoje difícil, se não impossível, a decomposição de muitos nomes de que nos servimos diariamente sem lhes conhecermos a primitiva significação. Entre outros, que deixo de lado, citarei *Cutinguiba.* Quem dirá, à primeira vista, que *Cutinguiba* é a

CAT

contração de *Igbig-cuitinga-tigba,* cuja tradução literal é lugar de pó branco de terra, que se resume em *areal?* Entretanto, assim é. Se bem firmado me achava com a etimologia proposta, muito mais o fiquei quando tive a ocasião de ler a obra de Yves d'Evreux, *Voyage dans le Nord du Brésil,* na qual achei a mais plena confirmação da minha interpretação. Vejamos o que diz êste escritor, tão minucioso na narração dos acontecimentos que se efetuaram no Maranhão, durante o dominio francês: — "En ce temps, la Nation des *Tremembaiz,* qui demeure au deçà de la montagne de Camoussy et dans les plaines et sables, vers la Rivière de Toury, non guère esloignée des *arbres secs, sables* blancs et l'Islette Saincte Anne, fit une sorti inopinée vers la forest ou nichent les *oyseaux rouges,* etc." — E mais adiante: — " Ils se servent de ce lieu des *arbres secs* a prendre les Tupinambos comme on faict de la ratiere a prendre les rats". — Está bem claro que o ilustre capuchinho não se serviu da expressão *arbres secs* para designar essa região ao oriente do Maranhão, a qual êle apenas conhecia de notícia, senão porque limitou-se a verter literalmente para o francês o nome de *Caatininga* que lhe *davam* os aborigenes, como também em *sables blancs* o *Igbig-cuitinga,* e em *Oyseaux rouges* o *Guirá-piranga,* a formosa ave a que damos hoje o nome singelo de *Guará.* Fica, desta sorte, tão patente a naturalidade da etimologia proposta, que nenhuma dú-

CAT

vida póde mais haver sôbre a origem da palavra *Catinga*. Acrescentarei apenas que em Goiás, segundo me informa um honrado fazendeiro daquela província (Correia de Moraes) dão indiferentemente a esses acidentes florestais o nome de *Catingas* ou de *matos secos,* e isto prova que a tradição tem ali conservado a primitiva significação do voc. tupí.

CATINGAR, *v. intr.* exalar mau cheiro.

CATINGÓSO, *adj.,* que exala mau cheiro. Também dizem *catinguento.*

CATINGUEIRO, *adj.* habitante ou frequentador das matas a que chamam *Catinga* (4.º): Veado *catingueiro;* boi *catingueiro.*

CATINGUENTO, *adj.* o mesmo que *catingôso.*

CATININGA, *s. f. (Pará)* o mesmo que *Pixirica*

CATITA, *s. m. (Pern., Par. do N., R. Gr. do N.)* o mesmo que *Camundongo.* || Em outras acepções, o voc. *Catita* é português, e, como *adj.,* significa casquilho, peralvilho; e também airoso, elegante (falando das cousas): Umas botas catitas (Aulete).

CATOLE', *s. m. (Provs. do N.)* nome comum a Palmeiras de gêneros diversos. O *catolé* do Piauí pertence ao gen. *Cocos (Comosa);* o de outras provincias ao gen. *Attalea (A. humilis).* A esta última espécie também chamam indiferente-

CAU

mente *Catolé* e *Pindóba* no Rio de Janeiro (Glaziou).

CAUÁBA, *s. f (Esp. Santo)* nome tupí e guaraní da vasilha que contém o *cauim.* Saint-*Hilaire* ainda o encontrou em uso naquela província quando ali esteve em 1818.

CAUASSÚ, *s. m. (Pará)* palmeira do gênero *Manicaria (M. Saccifera).*

CAUILA, *adj. m.* e *f.* sovina, ávaro, tacanho. || *Etim.* Ignoro a origem dêste voc.; recordo-me, porém, que na minha infância ouvi muitas vezes usarem dêle os Africanos, dizendo indiferentemente *Cauila* e *sauira.* Na língua bunda, avarento se traduz por *ca-cória* (Capello e Ivens).

CAUIRA, *adj. m.* e *f.* o mesmo que *cauila.*

CAUIM, *s. m.* espécie de bebida preparada com a mandióca cozida, pisada e posta com certa quantidade de água, dentro de um vaso, onde a deixam fermentar. Corresponde ao que em Alagôas chamam *Catimpuêra* e no Pará *Guaríba* ou *Beijúassú.* Era o *cauim* a bebida predileta dos selvagens do Brasil, no tempo da descoberta, e ainda hoje é usada na provincia do Esp. Santo e em outras. Os selvagens preparavam a massa de mandióca por meio da mastigação. Também o faziam com milho cozido e igualmente mastigado. Segundo Saint-Hilaire, no Esp. Santo, o chamavam igualmente *cauába;* mas *cauá-*

CAU

ba ou *caguába* é mais propriamente o vaso que contém o *cauim*. O voc. *cauim* se encontra no *Dic. Port. Bras.* O *Voc. Bras.* escreve *caõy*, e Montoya *Cagui*. No Pará dão os índios à aguardente o nome de *cauim* (B. de Jary) ou *cauen* (Seixas). O *cauim* preparado com o milho é justamente o que chamam *Chicha* em Bolivia.

CAUIXÍ, *s. m. (Amaz.)* matéria que, no Rio Negro e em outros de águas pretas, se aglomera nas raízes das árvores as margens dêsses rios. O *cauixá* apresenta a fórma da esponja e tem propriedades cáusticas. Os naturais utilizam-se das cinzas desta matéria, misturando-a com o barro, para fabricarem louça (F. Bernardino).

CAVALHADA, *s. f.* porção de cavalos. Quando se trata de eguas, chama-se *eguada;* se de mulas, *mulada.* || Em referência a torneios usa-se no plural: *Cavalhadas.*

CAVALARIANO, *s. m. (Provs. do N.)* mercador de cavalos. || No Rio Gr. do S., soldado de cavalaria.

CAVALINHO, *s. m. (R. Gr. do S.)* couro curtido de cavalo. || Na acepção portuguêsa, geralmente seguida no Brasil, *cavallinho* não é senão o diminuitivo de cavalo.

CAVORTEIRO, *adj. (R. Gr. do S., S. Paulo, Paraná)* o mesmo que *Caborteiro.*

CAVOUCO, *s. m. (Alagôas)* o mesmo que *Cóvócó.*

CAX

CAXAMBU', *s. m. (Minas Gerais)* espécie de batuque de negros ao som do tambor. E' semelhante ao *Quimbête,* com a diferença de que êste se exerce nas povoações, e aquêle nas fazendas.

CAXARRELA, *s. m. (Bahia)* o macho da baleia (Valle Cabral).

CAXERENGA, *s. f. (Serg.)* o mesmo que *Caxirenquengue*

CAXINGAR, *v. intr. (Piauí, sertão da Bahia)* coxear.

CAXINGUELÊ, *s. m. (R. de Jan.)* nome vulgar de uma ou mais espécie de pequenos mamiferos do genêro *Sciurus,* da ordem dos Roedores. E' o esquílo do Brasil. || *Etim.* Parece ser corruptela de *Chit'injanguele,* nome que dão em Angola ao rato das palmeiras. || Em S. Paulo e Paraná lhe chamam *Sêrêlêpe* e também *Quatiaïpe;* no Maranhão e Paraná *Quatipurú,* e creio que em Pern. *Quatimirim.* Parece ser o mesmo animal a que Gabriel Soares chama *Cotimirim*

CAXIRENGA, *s. f. (Alagôas)* o mesmo que *Caxirenguengue.*

CARIRENGUE, *s. m. (Bahia, R. de Jan.)* o mesmo nome que *Caxirenguengue.*

CAXIRENGUENGUE, *s. m. (Provs. merid. e Mato-Grosso)* faca velha sem cabo. No Rio de Jan. também lhe chamam *Caxiri* e *Caxirengue;* na Bahia *Caxirengue* e *Cacumbú;* em Sergipe *Caxerenga;* em Alagoas *Caxirenga* e *Cacerenga;* em Pern., Par. do N. e R. Gr.

CAX

do N., *Quêcê* e *Quicê;* no Ceará *Quicê;* no Maranhão *Cicica;* no Pará *Quicê-acica* ou simplesmente *Quicê.* || No sentido figurado, dá-se o nome de *Caxirenguengue* ao homem ou animal raquitico, enfezado. Coisa digna de notar-se é que, ao passo que as diversas regiões do Brasil tenham à porfia adotado nomes especiais para designar uma faca velha sem cabo, constituindo desta sorte uma extensa sinonimia, não há em tôda a língua portuguêsa um só vocábulo que lhe seja equivalente. E' fácil dar a razão dêste fato, o *Caxirenguengue,* sendo particularmente destinado a raspar a mandioca, não tem em Portugal a utilidade que lhe dá tamanha importância no 'Brasil.

CAXIRÍ (1.º), *s. m. (Pará)* espécie de alimento preparado com o beijú diluido em água (Baena). ||*Obs.* Agostinho Joaquim do Cabo, na *Memoria sôbre a mandioca ou pão do Brasil* (ms. da Biblioteca Nacional), dá o *Caxiri* ou *Cachiri* do Amazonas, como sin. de *Mócóróró.*

CAXIRÍ (2.º), *s. m. (R. de Jan.)* o mesmo que *Caxirenguengue.*

CAXIXÍ, *adj. (Alag., Pern., Par. do N., R. Gr. do N., Ceará)* diz-se da aguardente de qualidade inferior: N'aquela taverna não se vende senão aguardente *caxixi.*

CAXUMBA, *s. f. (R. de Jan.)* nome vulgar da Parotite inflamação da Paró̧tida. || *Etim.* Não sei

CHA

donde nos veiu êste vocábulo. Geralmente usam dêle, no plural, porque sempre inflamam-se as duas glândulas parotidas (B. de Maceió).

CAYAUÉ, *s. m. (Vale do Amazonas)* palmeira do gênero *Elaeis (E. melanococca).*

CEARENSE, *s. c.* natural da provincia do Ceará. || *Adj.* pertencente, relativo àquela província.

CEMPASSO, *s. m. (Ceará)* medida de superfície com cem passos em quadro. Dois *cem-passos* são dois quadros. Fiz um roçado com três *cem-passos,* isto é, de três quadros de *cem-passos* (J. Galeno).

CERCÁDA, *s. m. (Rio de Jan.)* o mesmo que *Curral de peixe.*

CERRADO, *s. m. (Goias, Mato-Grosso)* espécie de mata composta de arvoretas enfezadas e tortuosas, entre as quais vegetam gramineas apropriadas ao pasto do gado. E' *Cerrado fechado* quando as árvores estão mais próximas umas das outras, e *Cerrado ralo* quando distam entre si, de maneira a facilitar o trânsito dos animais. Os *Cerrados* ocupam quase sempre esses terrenos elevados a que chamam taboleiros (Cesar. C. da Costa).

CHÁCARA, *s. f. (R. de Jan. e provs. merid.)* espécie de quinta nas vizinhanças das cidades e vilas. Na Bahia lhe chamam *Roça,* no Pará *Rocinha* e em Pern. *Sitio.* No R. Gr. do S. estendem a denominação de *Chácara* às pequenas herdades destinadas à criação de

CHA

gados. || *Etim.* Do quichua *Chhacra,* significando herdade de cultura, granja (Zorob. Rodrigues). || Valdez escreve *Chacra,* e é essa realmente a pronuncia mais usual.

CHACAREIRO, *s. m. (R. de Jan.)* Administrador ou feitor de uma Chácara. || *(R. Gr. do S.)* pequeno criador de gado.

CHACARINHA, *s. f.* pequena *Chácara; Chacaróla.*

CHACARÓLA, *s. f.* o mesmo que *Chacarinha.*

CHALANA, *s. f.,* pequena embarcação de fundo chato, lados retos e prôa e pôpa saliente, empregada no tráfego dos rios e igarapés *(Dicc. Mar. Braz.)* || No R. de Jan. e outras prov. lhe chamam *Prancha.* ||*Etim.* E' vocábulo castelhano, significando barco chato para transportar mercadorias (Valdez).

CHAMARRITA *s. f. (R. Gr. do S.)* nome de uma das variedades desses bailes campestres, a que chamam geralmente *Fandango.*

CHAMBOQUEIRO, A, *adj. (Serg. e Alag.)* chamboado, grosseiro, tosco: Um anel *chamboqueiro.* Uma pessoa de feições *chamboqueiras* (João Ribeiro, B. de Maceió). || *Etim.* E' voc. de origem portuguêsa.

CHANGUEIRÍTO, *s. m. (R. Gr. do S.)* diminuitivo de *Changueiro.*

CHANGUEIRO, *s. m. (R. Gr. do S.)* cavalo para pequenas corridas, parelheiro regular. Valdez cita *Changueiro* como termo cubano,

CHA

significado gracioso, divertido. Não me parece que isso nos possa conduzir à etim. do voc. rio-grandense. || Aulete escreveu erradamente *Chanqueiro.*

CHANGÜÍ, *s. m. (R. Gr. do S.)* usa-se deste vocábulo nas seguintes locuções: Dar *changüí,* ou não dar *changüí,* isto é, fazer, ou não concessões ao adversário. E' expressão mui empregada em relação às corridas. Um corredor muitas vezes trata com outro uma corrida, tendo certeza de a perder, para depois ganhar uma melhor. Dizem a isto dar *changüí* (S. C. Gomes). || *Etim.* E' voc. castelhano, significando palavrório, palavras sem fundamento (Valdez).

CHAPÁDA, *s. f.* planice no alto de uma montanha. || No Maranhão é qualquer planice de vegetação rasa, sem arvoredo. || Em Portugal é também qualquer extensa planice, sem relação nenhuma com as montanhas. Aulete cita a êsse respeito a autoridade de Satiro Coelho, quando se refere provavelmente aos desertos do Saara. || A *Chapáda* dos Brazileiros é um caso particular de topografia, que nunca se deve confundir com o *Planalto* dos Portuguêses. Si tivessemos, por exemplo, de descrever a cidade de Petrópolis, diriamos acertadamente que ela está siuada no *Planalto* central do Brasil; mas errariamos, sem dúvida, se dissessemos que a edificaram em uma *Chapada.* No *Planalto* de uma região podem-se observar montanhas e serras; a *Chapada* é, pelo contrário, uma

CHA

perfeita planície, ainda que de extensão limitada.

CHAPADÃO, *s. m.* chapada mui extensa.

CHAPEADO, *s. m. (R. Gr. do S.)* cabeçada guarnecida de prata, no todo ou em parte (Coruja).

CHAPEIRÕES, *s. m. pl.* nome que têm os recifes à flor d'água que guarnecem a costa ao Oéste dos Abrolhos, deixando entre estes um canal de fácil navegação. A formação destes recifes é sumamente frágil e semelhante a grandes chapéus, de que deriva o nome *(Dicc. Mar. Braz.).*

CHAPELINA, *s. f. (Ceará)* espécie de chapéu usado pelas mulheres do sertão (J. Galeno).

CHAPETÃO, *s. m. (R. Gr. do S.)* sonso, tolo, que se deixa enganar (Cesimbra). || *Etim.* De *Chape,* voz araucana (Zorob. Rodrigues).

CHAPETONADA, *s. f. (R. Gr. do S.)* engano. Pagar *chapetonada* é sair-se de modo contrário ao que se esperava (Cesimbra).

CHARQUE, *s. m.* carne de vaca salgada, disposta em mantas, qual a preparam, não só na província do Rio Gr. do S., como nas repúblicas platinas, e é objeto de avultado comércio de exportação e de muito consumo na maior parte das nossas províncias do litoral. Além do *Charque salgado,* há também o *Charque de vento* ou antes *carne de vento,* que é ordinàriamente preparada com carne de vitela, ou

CHA

de vaca propriamente dita, e cujas mantas mais delgadas recebem pouco sal, são sêcas à sombra, e, sendo de pouca duração, não são exportados (Coruja). *Etim.* Do araucano *Charqui,* e mais originariamente do quichua *Chharque,* significando *tassalho* e também *sêco* (Zorob. Rodrigues). || Bem que êste vocábulo seja geralmente conhecido no Brasil, todavia o nome do produto varia muito de uma a outra região. No Rio de Jan. e provs. adjacentes, assim como no Pará, lhe chamam *Carne-sêca;* na Bahia *Carne do sertão;* em Pern. *Carne do Ceará;* Êstes dois últimos nomes são tradicionais, desde o tempo em que a Bahia recebia do sertão, e Pern. do Ceará, a carne salgada; que foi mais tarde substituida pelo *Charque* do Rio Gr. do S. e Rio da Prata. No litoral, ao norte da Bahia e em Sergipe, lhe dão mais o nome de *Jabá.* O *Charque* fabricado no interior da Bahia e daí até o Maranhão é chamado *Carne do sol,* e é incomparavelmente mais saboroso que o importado do sul, mas quase que o não destinam senão ao consumo local. || Escrevendo *Charque* e não *Xarque,* adotei a ortografia seguida por Coruja; mas não estou longe de preferir a segunda, que é com efeito a mais geralmenle seguida entre nós.

CHARQUEAÇÃO, *s. f. (R. Gr. do S.)* ação de preparar o charque.

CHARQUEADA, *s. f. (R. Gr. do S.)* grande estabelecimento em que se prepara o charque (Coruja).

DICIONÁRIO DE VOCÁBULOS BRASILEIROS

89

CHA

CHARQUEADOR, *s. m. (R. Gr. do S.)* proprietário de uma charqueada || Fabricante de charque.

CHARQUEAR, *v. tr. e intr. (R. Gr. do S.)* preparar a carne da rez e dela fazer charque (Coruja).

CHASQUEIRO, *adj. (R. Gr. do S.* qualificativo do trote largo e incomodo. Trote *chasqueiro* é o que no Rio de Jan. chamam *Trote inglês* (Coruja).

CHATA, *s. f.* embarcação de duas proas, fortemente construida, de fundo chato e pequeno calado. Na guerra entre o Brasil e o Paraguai, foram usadas 'estas embarcações como baterias flutuantes *(Dicc. Mar. Braz.)*. || *Etim.* E' vocábulo castelhano, correspondendo ao que em Lisbôa chamam *Bateira.*

CHICHA, *s. f.* o mesmo que *Cauim.*

CHICO-DA-RONDA, *s. m. (R. Gr. do S.)* nome de uma das variedades desses bailes campestres a que chamamos geralmente *Fandango.*

CHICO-PUXADO, *s. m. (R. Gr. do S.)* nome de uma das variedades desses bailes campestres a que chamam geralmente *Fandango.*

CHIÉU, *s. m.* V. *Xiéu.*

CHILÊNA, *s. f. (R. Gr. do S., S. Paulo, Paraná)* espora grande, de haste virada e grandes rosetas, de que usam os cavaleiros. || *Etim.* O nome parece indicar que o mo-

CHI

delo desta espécie nos veiu do Chile.

CHIMARRÃO, *adj. (R. Gr. do S.)* nome que dão ao gado bovino que foge para os matos e neles vive fóra de toda a sujeição. Em algumas provincias do norte chamam-lhe *barbatão.* || *Etim.* Corruptela de *cimaron,* vocabulo da América espanhola, com o qual se designam não só os escravos fugidos, como também as plantas silvestres (Valdez). E' certamente no sentido de cousa rúsica que chamam de *chimarrão* ao mate sem açúcar. || Nas colonias francêsas se diz *marron* tanto em relação ao escravo, como a qualquer animal domestico que foge para o mato (Costa e Sá).

CHIMBÉ, *adj. (R. Gr. do S.)* diz-se do animal que tem o focinho chato, como os dogues. || Em S. Paulo dão o nome de *chimbéva* à pessoa que tem o nariz pequeno e achatado à semelhança daqueles cães. || *Etim. Chimbé* é de origem guarani, e *Chimbéva* vem do tupi. Êstes vocábulos são a corruptela de *Timbé* e *Timbéba.* A mudança do *ch* ou *x* em *t* se observa muitas vezes nestes dialetos. Em guarani se diz inferentemente *chipá* e *tipá;* e eu ouvi mais de uma vez no sertão dizer *araxicú* por *araticú.*

CHIMBÉVA, *adj. (S. Paulo)* o mesmo que *chimbé.*

CHINA, *s. f. (R. Gr. do S.)* mulher de raça aborigene. || *(S. Paulo)* espécie da raça bovina oriunda talvez da China (B. Homem de Mello).

CHI

CHININHA, *s. f. (R. Gr. do S.)* jovem cabocla, caboclinha a que também chamam *Chinóca* e *Piguancha* (Cesimbra). Aos do sexo masculino dão o nome de *Piá*.

CHINÓCA, *s. f. (R. Gr. do S.)* o mesmo que *Chininha*.

CHIQUEIRÁ, *s. m. (R. de Jan.)* o mesmo que *Chiqueirador*.

CHIQUEIRADOR, *s. m. (provs. do N.)* espécie de chicote composto de um cacete com uma tira de couro torcida ou chata, em uma de suas extremidades. || E' o que no Rio de Jan. chamam *Chiqueirá*.

CHIQUEIRO, *s. m. (Pern., Par., do N., R. Gr. do N.)* o segundo dos compartimentos de um curral de pescaria, donde não póde mais sair o peixe que lá entrou. || Tapagem que se faz em um riacho para impedir que por êle desça o peixe *tinguijado*. || *(Rio Gr. do S., e também nas prov. do N., onde se cultiva a indústria pecuaria)* pequeno curral para bezerros, geralmente construido ao lado do das vacas. Serve também para ovelhas e cabras. || Com a significação portuguêsa de possilga, é termo geralmente empregado no Brasil.

CHIRIPÁ, *s. m. (R. Gr. do S.)* baêta encarnada que os peães costumam trazer ao redor da cintura (Coruja). Corresponde na fórma à *tanga* dos africanos, e à *julata* dos Guaicurús de Matto-Grosso. Devo, porém, fazer observar que os peães do Rio Grande usam do chiripá sobre as calças; entretanto que os

CHU

Africanos, os Guaicurús e outros aborigens de Mato-Grosso servem-se aqueles da *tanga* e estes da *julata* como única roupa. || *Etim.* E' vocabulo da América espanhola (Valdez).

CHOÇA-DE-CAITITÚ, *s. f. (Ceará)* casinhola onde os lavradores pobres manipulam a farinha de mandioca (Araripe Junior).

CHOPIM, *s. m.*, pássaro do genero *Cassicus (C. icteronotus)* notável por seu canto. Varia muito de nome vulgar: *Chopim* no Paraná, *Chico-preto* no Piauí, *Caraúna* em Pernambuco, *Vira-bosta* no Rio de Janeiro.

CHORADINHO, *s. m.* espécie de toada musical ao som da qual se dança o lundú. E' também o nome de uma das variedades desses bailados a que chamam *samba*.

CHUCRO, *adj. (R. Gr. do S.)* bravio, selvagem; falando dos animais. || *Fig.*, bravio, selvagem, insociavel, áspero, inurbano; falando dos homens e das crianças estranhonas. || Quanto aos animais, é quase o mesmo que chimarrão. || *Etim.* E' contração de *chúcaro*, palavra de origem peruana, geralmente usada em toda a América Meridional espanhola (Valdez).

CHURRASCO, *s. m. (R. Gr. do S.)* pedaço de carne assada nas brazas. || *Etim.* E' da América espanhola (Valdez). || Capello e Ivens escrevem *Churasco*, e usam dele como de um termo vulgar na África.

DICIONÁRIO DE VOCÁBULOS BRASILEIROS

91

CHU

CHURRASQUEAR, *v. intr. (R. Gr. do S.)* Preparar o churrasco e come-lo. || Por extensão se aplica o verbo *churrasquear* a qualquer comida: Vamos churrasquear (Cesimbra).

CICA, *s. f. (R. de Jan.)* espécie de adstringencia particular a certas frutas, e em geral àquelas que não estão perfeitamente maduras, donde resulta causar um certo travo a quem as come. Corresponde ao que em Portugal chamam rascancia, em relação ao vinho mui carregado de tanino: O cajú seria a melhor das frutas, se não tivesse tanta *cica*. A goiaba verde tem *cica*. || *Etim.* Creio que virá de *Igcigca*, nome tupi da resina.

CICÎCA, *s. f. (Maranhão)* o mesmo que *caxirenguengue*.

CIDADE, *s. f.* vasto formigueiro de Saúvas, composto de diversos alojamentos, a que chamam *panelas*.

CILHÃO, *adj. (R. G. do S.)* assim se chama o cavalo que tem o espinhaço encurvado no meio, isto é, no lugar em que se poem os arreios mais baixo que a anca e as cruzes (Coruja). || E' o que em Portugal, e também em várias provincias do Brasil, chamam cavalo selado. || *(Portugal) s. m.* cilha grande.

CINCÈRRO, *s. f. (R. Gr. do S. Paraná, S. Paulo, Goiás, MinasGerais, Mato-Grosso)* campainha grande, que se pendura ao pescoço da egua-madrinha, ou da besta

CIN

que serve de guia às outras. || *Etim.* Do castelhano *cencerro*.

CINCHA, *s. f. (R. Gr. do S.)* espécie de cilha ou cinta, que serve para apertar os arreios de um cavalo encilhado. Compõe-se do *travessão* que se coloca no lugar em que tem de sentar-se o cavaleiro; *barrigueira,* que, presa ao travessão, cinge o cavalo pelo lado da barriga; quatro *argolas* nas duas extremidades do travessão e nas duas da barrigueira; *látego,* que, preso a uma das argolas do travessão, o une à argola da barrigueira, apertando; e *sobrelátego,* que prende a barrigueira ao travessão pelo lado oposto, por meio das duas argolas (Coruja) || *Etim.* E' vocábulo castelhano, que se traduz em português por *cilha*.

CINCHADÔR, *s. m. (R. Gr. do S.)* peça de ferro ou couro presa á cincha, com uma argola, na qual se prende a extremidade do laço oposto à outra extremidade que tem uma argola. A parte do laço que prende o animal tem na ponta uma argola com que se forma a laçada; a outra, que se prende ao *Cinchador,* não a tem (Coruja).

CINCHÃO, *s. m. (R. Gr. do S.)* cinta larga de tecido e franja, que substitui a sobrecincha, e só se usa em arreios mais decentes (Coruja).

CINCHAR, *v. tr. (R. Gr. do S.)* ter o animal preso pelo laço, e êste preso à cincha (Coruja).

CINTO, *s. m. (Pern., Par. do N., R. Gr. do N.)* espécie de bolsa com-

CIN

prida e estreita feita de tecido de malhas com fio de algodão, que os viajantes atam na cintura, ora por cima e ora por baixo da roupa, e também o trazem a tiracolo. E' aberta nas duas extremidades, e cada uma dessas bôcas é guarnecida de cordões que servem não sòmente para aperta-las, como para prender o *cinto* ao corpo. Usam dele para conduzir dinheiro; e para melhor acomoda-lo, costumam dividi-lo em duas partes iguais, por meio de um arrôcho na parte média (Meira). || Corresponde quase ao que no Rio Gr. do S. chamam *Guaiáca.*

CINTO-DE-COURO, *s. m. (R. Gr. do S.)* meio que se emprega em viagem para impedir a fuga de um prêso. Consiste em uma cinta larga de couro crú em cujas extremidades ha ilhós, por onde se aperta, com tiras de couro, pelas costas, à semelhança dos espartilhos de senhoras; e tem presilhas nos lados para ligar ao corpo os braços do paciente (Coruja). || Nas Alagôas chamam a isso *Colete de couro* (B. de Maceió).

CIPÓ, *s .m.* nome comum às diversas espécies de plantas sarmentosas e trepadeiras, e particularmente às que se empregam à guisa de cordel ou barbante para amarrar entre si quaisquer objetos. Com êle também se fazem cestos. Na construção das choupanas, serve igualmente para ligar umas às outras as diferentes peças de madeira, donde resulta dizer-se que o *Cipó* é o prégo do pobre. || *Etim.*

COA

Deriva-se do tupi *igcipó (Voc. Braz.).*

CIPOADA, *s. f.* golpe dado com o cipó; chicotada.

CIPOAL, *s. m.* mato abundante de cipós e tão enredados que dificultam o trânsito. || *Fig.* Negócio intricado em que alguém se meteu, sem mais saber como dêle poderá sair.

CIPOAR, *v. tr.* açoitar com cipó.

CISCAR, *v. intr. (Par. do N., R. Gr. do N., Ceará)* estorcer-se no chão, apos um golpe, ou nas vascas da morte. || *(Alagoas)* arredar, revolver o cisco, espalha-lo, como o fazem as galinhas, principalmente as que têm pintos, com o fim de descobrirem insetos e vermes. Outro tanto se diz de certas cobras que limpam o terreno para deporem os filhos em local desembaraçado (B. de Maceió). || **Moraes** menciona *ciscar, v. tr.,* como termo de agricultura, significando **"alimpar a terra, que se vai arar, dos gravetos e ramos que o fogo não queimou"** e figuradamente *"ciscar a terra de ladrõeszinhos";* e mais ainda *ciscar-se, v. pr.,* termo chulo, "fugir sorrateiramente, furtar-se, escapulir-se".

CISQUEIRO, *s. m.* ciscalhagem; lugar onde se acumula o cisco.

CLINA, *s. f. (R. Gr. do S.)* crina. || E' vocábulo castelhano; mas também assim o pronunciavam antigamente em Portugal. .

COANDÚ, V. *Quandú.*

DICIONÁRIO DE VOCÁBULOS BRASILEIROS 93

COB

COBERTA, s. f. (Pará) embarcação de duas toldas de madeira, uma avante e outra a ré. Armamnas a hiate e também a escuna.

CÓBÓCÓ, s. m. (Bahia) o mesmo que *Cóvócó*.

COCÁDA s. f. doce sêco dividido em talhadas, feito de côco ralado e açúcar branco. || *Cocáda puxa (Bahia)* é a mesma *Cocáda* preparada, porém, com açucar mascavo ou melaço, e da consistência de alféloa.

CÓCHO, s. m. espécie de vasilha oblonga feita ordinàriamente de uma só peça de madeira e também de táboas, onde se põe água ou comida para o gado. E' o que em Portugal chamam *gamêllo*. || Em Mato-Grosso é uma espécie de viola grosseira (Ferreira Moutinho).

CÔCO (1.º), s, m., nome com que se designa geralmente a fruta de qualquer espécie de Palmeira, quer indigena, quer exótica, acompanhando-o sempre de um epiteto específico: *Côco* da Bahia *(Côco nucifera); Côco* de dendê *(Elaeis guineensis); Côco* de catarro *(Acrocomia sp.)*, etc. || *Etim.* E' vocábulo estrangeiro, talvez africano ou asiatico.

CÔCO (2.º), s. m. espécie de vasilha feita do endocarpo do Côco da Bahia, no qual se embebe, perto da boca, um cabo torneado. Serve para tirar água dos potes. Por extensão, dá-se o mesmo nome a vasilhas análogas feitas de metal ou de outra qualquer materia: Um *Cô-*

COG

co de prata, de cobre, de folha de Flandres, de madeira, etc.

CÔCO-DE-CATARRO, s. m. (R. de Jan.) o mesmo que *Macahuba*.

CÔCO-INCHADO, s. m. (Ceará) nome de uma certa dança popular.

COCORÓTE, s. m. carolo, pancadinha que se dá na cabeça de alguém com o nó dos dedos. || *Etim.* Como essa pancadinha se dá ordinàriamente sobre o cocoruto da cabeça, nascera daí talvez o nosso vocábulo.

COCUMBÍ, s. m. (provs. merid.) espécie de dança festival própria dos Africanos. || Também se diz *Cucumbí*.

CODÓRIO, s. m. góle de vinho ou de aguardente: De quando em quando toma meu criado o seu *codório*. || *Etim.* Do latim *Quod ore*.

CÔFO, s. m. espécie de cesto oblongo de boca estreita, onde os pescadores arrecadam o peixe, camarões e outros mariscos. E' o mesmo ou quase o mesmo que o *Samburá*, pelo menos quanto à serventia. || No Rio de Jan. dão também o nome de *côfo* ao tipiti comprido.

COGOTILHO, s. m. (R. Gr. do S.) nome que dão às crinas do cavalo tosadas, de maneira que, nas cruzes e entre as orelhas, ficam mais curtas que no meio, para onde se vão elevando regularmente de um e outro lado. Assim tosadas as crinas, de ordinário se deixam

COI

junto às cruzes algumas compridas para segurança do cavaleiro. || *Etim.* Deriva-se de *Cogóte* (Coruja).

COIDARÚ, *s. m. (Pará)* o mesmo que *Cuidarú.*

COITÉ, *s. m. (provs. do N.)* o mesmo que *Cuité.*

COIVÁRA, *s. f.* pilha de ramagens a que se põe fogo nos roçados, para desembaraçar o terreno e semea-lo. Um roçado consta sempre de numerosas *coivaras,* e estas se fazem em seguida à queimada geral, a que se sujeitou a mata, depois da *derrubada* do arvoredo. || *Etim.* E' vocábulo de origem tupi.

COIVARAR, *v. tr.* formar nos roçados essas pilhas de ramagens a que se chama *coivaras.* Também se diz *encoivarar.*

CÓLA, *s. f. (R. Gr. do S.)* cauda dos animais. *Etim.* E' vocábulo castelhano. Na língua portuguêsa é neste sentido antiquado, entretanto que o empregam ainda nas seguintes frases : — Ir na *cola* de alguém, segui-lo de perto. Andar na *cola* de alguém, espreitar os atos de outrem, de quem se desconfia.

COLÉTE-DE-COURO, *s. m. (lagoas)* o mesmo que *Cinto-de-couro.*

COLHÉRA, *s. f. (R. Gr. do S.)* nome que dão ao ajoujo por meio do qual se jungem dois animais entre si Consta de uma corda ou tira de couro crú, a qual em cada uma das extremidades tem o *anilho,*

COM

especie de coleira, que envolve o pescoço do animal e se prende por um botão. || *Etim.* Do castelhano *Colléra,* significando *Cadeia dos forçados das galés* (Valdez).

COLA, *s. f.* leitura ou cópia da lição ou ponto de exame a que tem de responder o estudante, principalmente nas provas escritas, sobre materia que deveria conhecer, sem essa leitura clandestina. || *Etim.* Deriva-se do verbo *colar,* na suposição de que o estudante se serve desse meio, para fazer aderir ao seu livro as notas que lhe são úteis.

COLORADO, *adj. (R. Gr. do S.)* vermelho. || *Etim.* E' vocábulo castelhano que se aplica aos cavalos de pelo avermelhado, assim como a outros objetos, como, por exemplo, baêta *colorada,* por baêta encarnada (Coruja).

COMBOIEIRO, *s. m. (Alagoas, Piaui, Ceará)* condutor de um *comboio.*

COMBOIO, *s. m. (provs. do N.)* espécie de caravana composta de bestas de carga, para o transporte de mercadorias, e a que nas províncias meridionais chamam *Tropa.* || Em Mato-Grosso, Minas-Gerais e Goias, dava-se o nome de *Comboio* a uma leva de Africanos boçais.

COMPÓRTAS, *s. f. plur. (Bahia, Pern.)* artifícios de que se serve um pretendente para insinuar-se, introduzir-se. Quando se diz que um indivíduo é cheio de *compórtas,*

CON

equivale isso a dizer que tem muita labia, muito geito para captar a confiança daquele a quem se dirige, com a intenção de comove-lo. || *Etim.* Tem talvez a sua origem no *v. pr.* comportar-se.

CONGONHA, *s. f.* nome vulgar da *Ilex* paraguariensis, árvore do Brasil e do Paraguai, com cujas folhas se fabrica o *Mate.* || Por antonomasia também lhe chamam *Erva.* || Cumpre advertir que há outras plantas a que dão também o nome de *Congonha,* pertencentes umas ao gênero *Ilex,* e algumas a generos e familias diversas. ||*Etim.* E' vocábulo de origem tupi. Os Guaranis do Paraguai lhe chamavam *Côgôi.*

CONGONHAR, *v. intr. (R. Gr. do S.)* tomar mate, bebida feita com a congonha: Vamos *congonhar,* enquanto não chegam os companheiros. || Também dizem matear (Aulete).

CONTRA-BUZINA, *s. f. (R. Gr. do S.)* V. *Buzina.*

CONTRAPONTEAR, *v. tr. (R. Gr. do S.)* contrariar, contradizer, causar aborrecimento na discussão: Não me *contraponteie* (Cesimbra).

CÓPAS, *s. f. plur. (R. Gr. do S.)* chapas redondas e convexas, de prata, as quais se poem nas duas extremidades do bocal do freio campeiro. O que tem essa guarnição é chamado *freio de copas* (Coruja).

COPIÁ, *s. m. (algumas prov. do N.)* o mesmo que *copiar.*

COR

COPIAR, *s. m. (Pern. Ceará, Pará)* varanda, alpendre. || Na Par. do N., significa sala (Meira). || No Rio de Jan., é o nome que, nos telhados de quatro águas, se dá aos telhados laterais. E' o que em linguagem portuguêsa se chama tacaniça. || Nos sertões do Norte se pronuncia mais commumente *Copiá.* || O *Dicc. Port. Braz.* traduz varanda em *Copiára,* e nessa forma é também usado êste vocábulo. || *Etim.* E' de origem tupi.

COPIÁRA, *s. m.* o mesmo que *Copiar.*

CORÁ, *s. m. (R. de Jan., Minas Gerais)* o mesmo que Canjica (2.º).

CORAÇÃO, *s. m. (R. de Jan.)* o mesmo que Varanda

CORDEADÔR, *s. m. (Pern., Par. do N.)* o mesmo que *Arruadôr.*

CORDIANA, *s. f. (R. Gr. do S.)* espécie de gaita de que usam os camponeses (Cesimbra). || *Etim.* E' corruptela de *Acordium,* nome que nas repúblicas platinas dão à gaita de foles (S. C. Gomes).

CORÉRA, *s. f. (Valle do Amaz.)* o mesmo que *Crueira* (1.º)

CORNEAR, *v. tr. (R. Gr. do S.)* escornar, marrar, ferir com os chifres ||O uso desté termo não é admitido na sociedade polida.

CORNÉTA, *adj. (R. Gr. do S.)* diz-se do boi ou vacca a que falta um dos chifres (Coruja). || Aulete menciona êste vocábulo, sem designar a procedência. Sendo sua defi-

COR

nição a mesma que lhe dá Coruja, podemos pensar que houve descuido da sua parte, em não indica-la como termo brasileiro, salvo se é também usual em Portugal.

CORNIMBÓQUE, *s. m. (provs. do N.)* ponta de chifre de boi servindo de caixa de tabaco em pó. || Em Alagôas dizem *Corrimbóque* e *Taróque,* sendo também êste último usual em Sergipe.

COROCA, *adj. m. e f.* adoentado. ||Aplica-se mais particularmente às pessoas idosas: Um velho *coróca;* uma velha *coróca.* || *s. m. e f., pessoa* adoentada: Aquèle *coróca* expõe-se às intemperies, como se gozasse de plena saúde.

CORREDEIRA, *s. f.* parte de um rio na qual, por causa de uma diferença de nível, adquirem as águas uma rapidez extraordinária, impedindo ou, pelo menos, dificultando o trânsito de canoas, e expondo-as a perigos. E' o que os francêses chamam *un rapide.* No rio Itapicurú, no Maranhão, dão à *corredeira* o nome *de cachoeira.* Moraes dá á *corredeira* outra significação. Segundo êle, as corredeiras são os *banzos* sobre os quais, nos engenhos de açúcar, correm os balcões, em que se expõe o açúcar ao sol. Aulete não menciona êste vocábulo, nem em uma, nem em outra acepção.

CORREDOR, *s. m. (R. G. do S.)* joquei, indivíduo que cavalga nas corridas (Cesimbra).

COR

CORRIDO, *s. m. (Minas-Gerais)* espécie de cascalho.

CORRIMBÓQUE, *s. m. (Alagoas)* o mesmo que *cornimbóque.*

CORRUÇÃO, *s. f.* o mesmo que *Maculo.* || *Etim.* Parece ser méra alteração de *corrupção.*

CORRUPIXÉL, *s. m. (Bahia)* instrumento de colhêr frutas, e sobretudo mangas e outras que, estando maduras, despregam-se ao mais ligeiro contato. Consiste em uma longa vara, em cuja extremidade superior se adapta um saco, com a boca guarnecida de um círculo de taquara, cipó ou arame, onde cai a fruta, sem se maguar (Aragão).

CORTA-JACA, *s. m. (Minas-Gerais, Pará)* espécie de dansa sapateada.

CORTELEIRO, *s. m.' (Serg.)* boi manso, que vem sempre ao curral, por oposição ao boi *barbatão,* que é amontado (S. Roméro). || *Etim.* Tem sua origem no radical *córte,* termo português significando páteo, curral, casa destinada á habitação de animais domesticos.

CORTIÇO, *s. m.* edifício construido com o fim de dar acomodação independente a grande número de famílias da classe pobre. Seu nome provém da analogia de semelhantes estabelecimentos com os cortiços de abelhas. ||Em Portugal, além de sinonimo de colmêia, dá-se figuradamente o nome de cortiço a uma pequena casa habitada

DICIONÁRIO DE VOCÁBULOS BRASILEIROS

COS

por muita gente (Aulete). Êste autor se engana quando relativamente ao Brasil dá ao cortiço a significação de pátéo.

COSCÓS, *s. f. (R. Gr. do S.)* roseta de ferro, que se costuma pôr no meio do bocado do freio campeiro, para fazer bulha à proporção do movimento da língua do cavalo. || *Etim.* Alteração do castelhano *Coscoja* (Coruja).

CÓSTA, *s. f. (R. Gr. do S.)* margem, não só do mar, como de um rio: Acampámos na *costa* do rio Camaquân.

COSTEAR, *v. tr. (R. Gr. do S.)* costear o gado é arrebanha-lo, de quando em quando, a pequenos intervalos, não só para impedir que se disperse, como para acostuma-lo a reunir-se em certos e determinados pontos da fazenda, aos quais chamam *rodeios.* || Nas provincias do norte dizem *vaquejar.* || *Obs.* Em português, o verbo *costear* refere-se à navegação que se executa nas proximidades da costa.

COSTÉIO, *s. m. (R. Gr. do S.)* ato de *costear* o gado.

COSTILHAR, *s. m. (R. Gr. do S.)* conjunto de costelas, ou parte do corpo em que estão situadas. || *Etim.* Do castelhano *Costillar.*

COTRÉA, *s. f. (Serg.)* o mesmo que *Manduréba.*

COUCÉIRO, *adj. (R. Gr. do S.)* couceador. Diz-se isso dos animais acostumados a dar couces.

CRI

COURÁÇA, *s. m. (Serg.)* Vestimenta de couro usada pelos sertanejos (João Ribeiro).

COUREAR, *v. t. (R. Gr. do S.)* extrair o couro de um animal (Coruja)

CÓVA-DE-MANDIÓCA, *s. f. (R. de Jan. e outras provs. merid.)* o mesmo que *Motombo.*

COVANCA, *s. f. (R. de Jan.)* terreno cercado de morros com entrada natural de um só lado. || E' ordinariamente o extremo de um vale ou varzea.

CÓVÓCÓ, *s. m. (Pern.)* caneiro ou levada, por onde despeja a água que sai dos cubos das rodas dos engenhos de moer canas de açúcar, e por êle sai a rio ou baixa (Moraes). || Na Bahia dizem *Cabócó* e *Cóbócó,* e em Alagôas *Cavouco.*

COXILHA, *s. f. (R. Gr. do S.)* extensa e prolongada lomba ou lombada, cuja vegetação consiste em ervas de pastagem. Quando as *coxilhas* se sucedem paralelamente umas às outras, tomam essas pastagens o nome de *campo dobrado.*

COXINILHO, *s. m. (R. Gr. do S.)* tecido de lã tinto de preto, que se põe sôbre os arreios, para comodo do cavaleiro. || *Etim.* Do castelhano *Cojinillo,* pequeno *coxim.*

CRAÚNO, *adj. (R. Gr. do S.)* o mesmo que *caraúno.*

CRIOULÁDA, *s. f.* porção de crioulos: Em seu testamento, de-

CRI

clarou o comendador livre sua numerosa *crioulada*.

CRIOULO, A, s. e adj. negro nascido no Brasil. || Pessoa, animal ou vegetal nascidos em certa e determinada localidade: Eu sou *crioulo* desta freguezia. Tenho duas vacas *crioulas* e um boi mineiro. A cana *crioula* é a que se cultivava no Brasil, antes da introdução da de *Caiena*. || *Obs.* Os Francêses dão o nome de *créole* e os Espanhoes o de *criollo* ao filho de Europeu nascido nas colonias.

CRUEIRA (1.º), s. f. fragmentos da mandioca ralada, que não passam pelas malhas da peneira onde se apura a massa, para ir cozer no forno e converte-la em farinha (V. de Souza Fontes). || Em S. Paulo lhe chamam *Quiréra*. || Em algumas fazendas do Rio de Janeiro, dizem também *Caruéra, Cruéra Cruêra* (Macedo Soares). || No Pará dão-lhe o nome de *Crueira* (B. de Jary), e mais os de *Curuêra, Curueira* e *Curéra,* sendo esta última forma a mais geralmente usada (J. Verissimo). || *Etim.* Não obstante a sua feição portuguêsa, *Crueira* não é mais do que a corruptela de *Curuéra* da língua tupi, significando alimpaduras do joeirado; e se decompõe em *Curuba* = *curú,* pedaço, e *uéra,* forma do preterito, que, neste caso, significa abandonado, desprezado, sem serventia para aquilo a que se destina a mandióca ralada; em uma palavra, refugo. Quando, porém, os Tupinambás se referiam ao farelo e tudo o que fica da farinha penei-

CUB

rada, davam-lhe o nome de *Mindócuruéra (Voc. Braz.)* e os Guaranis o de *Myndocuré* (Montoya). A *Curéra* do Pará é uma ligeira alteração do *Coréra* do dialêto do Norte, significando farelagem, farelo, aparas *(Dicc. Port. Braz.).* || Obs. A *Crueira* serve ordinariamente de pasto às criações. No Pará fazemna também secar ao sol, e com ela preparam um *mingáu* grosseiro (B. de Jary).

CRUÊIRA (2.º), s. f. (Pern.) espécie de tumor seco que ataca a cabeça das galinhas. || *Etim.* Não sendo natural que esta palavra tenha a mesma origem que o seu homonimo anterior, é licito pensar que seja a corruptela de *Caruára.*

CRUÉRA, s. f. (R. de Jan.) o mesmo que *Crueira* (1.º).

CRUÉRA, s. f. (R. de Jan.) o mesmo que *Crueira* (1.º).

CRUZÁDO, s. m. quantia de dinheiro igual tanto em Portugal como no Brasil, a 400 réis. Em Mato-Grosso o *Cruzado* é igual a 720 réis.

CUANDÚ. V. *Quandú.*

CUATÁ. V. *Quatá.*

CUATÍ. V. *Quatí.*

CÚBA, s. m. (Pern.) individuo poderoso, influente, atilado, matreiro: Se queres obter o emprego que desejas, dirige-te ao comendador, que é o *Cúba* desta comarca. Quizeram iludi-lo; mas êle se houve como um perfeito *Cúba.* || Em

CUC

Minas-Gerais dizem *Cuêbas,* e em S. Paulo *Mancuêba.* || Em português, *Cuba* é uma vasilha grande, que serve para vários usos industriais.

CÚCA (1.º), *s. f.* fazer *Cuca* ou *Cucas,* é procurar meter medo ás crianças: Si continuas a chorar, chamarei a onça para que te coma. Procurei convencer meu vizinho do perigo a que se expunha se persistisse na sua tentativa; mas êle me disse que não tinha medo de *Cúcas.* ||Moraes menciona *côco* no mesmo sentido. Aulete nada diz a tal respeito.

CÚCA (2.º), *s. f. (Pern., Alagoas)* mulher velha e feia, espécie de feiticeira, que pode com seus sortilegios causar males a gente (B. de Maceió). Também lhe chamam *coróca, curúca* e *curumba.*

CUCHARRA, *s. f. (R. Gr. do S.)* colher de chifre de que usam no campo. || *Etim.* E' vocábulo castelhano. || Também assim se chama um dos três modos de pialar (Coruja).

CUCUMBÍ, *s. m. (provs. merids.)* o mesmo que *cocumbi.*

CUÊBAS, *s. m. (Minas-Gerais)* o mesmo que *cúba.*

CUÉ-PUCHA! *int. (R. Gr. do S.)* o mesmo que *Eh-pucha!*

CUÊRA, *s. f. (R. Gr. do S.)* o mesmo que *Unheiro.*

CUÊRÚDO, adj. *(R. Gr. do S.)* que sofre da *cuêra.* V. *Unheira.*

CUI

CUIA, *s. f.* espécie da vasilha feita da fruta Cuitê. Partida ao meio no sentido longitudinal dá cada fruta duas cuias. A *Cuia* é aplicada a diversos usos. Nas roças, serviam-se dela os escravos, e serve-se a gente pobre tanto á guisa de prato para a comida, como de tigela ou copo para água e outros líquidos. Nas mesas, ainda mesmo das pessoas abastadas figuram as *Cuias* como pratos para farinha de mandióca ou de milho; mas neste caso são ordinariamente preparadas com primorosa escultura e envernizadas, quais as fazem no Pará. A palavra *Cuia* também se aplica a tôda e qualquer vasilha que tem a forma e a serventia da *Cuia* natural; assim pois, há a *Cuia* de prata, de madeira, de tartaruga, etc. || No R. Gr. do S. e Paraná, a *Cuia* é o vaso que serve para tomar o mate, e consiste em uma cabacinha especial chamada *porongo,* em cujo bojo, na parte superior, se pratica uma abertura circular, por onde se introduz a erva mate e a água quente, e em seguida a *bomba,* por meio da qual se chupa o liquido. || Em Pern. e outras prov. do N. dava-se o nome de *Cuia* a uma medida de capacidade equivalente a 1/32 do alqueire. No Ceará chamam *Cuia de vela* a uma concha de pau com a qual se molha a vela. || *Etim.* O vocábulo *Cuia* pertence á língua tupi. Montoya, mencionando o nome de diversas vasilhas que os guaranis faziam com a cabaça, cita *igacui* com a significação de *cala-*

CUI

baço como plato grande. De todos os termos por êle apontados é êste o único que mais se assemelha á nossa *Cuia*.

CUIAMBÚCA, *s. f.* vaso feito de cabaça, com uma abertura circular na parte superior, e serve principalmente para conter água e outros líquidos. Em algumas provincias do Norte, empregam para isso a fruta de uma espécie de *Lagenaria,* e esta é de forma comprida e estreita. No Pará e outras provincias servem-se para isto da fruta da cuieira ou cuitézeira. || Por metaplasmo lhe chamam também *Cumbúca,* e é êsse o termo usado nas provs. merid., bem que eu o tivesse ouvido também no Piaui.

CUIDARÚ, *s. f. (Pará)* espécie de clava de 1m,10 de comprimento, chata, esquinada, de cinco centimetros de largura, mais grossa em uma das extremidades, e da qual usam certas horas de selvagens do Pará. || Também dizem *Coidarú*. || E' semelhante à *Tamarâna*.

CUIEIRA, *s. f.* o mesmo que *Cuitézeira*.

CUIM, *s. m.* alimpaduras do arroz (Costa Rubim). || *Etim.* Do tupi *Cuï,* que significa pó.

CUITÉ, *s. f.* fruta da Cuieira ou Cuitézeira.

CUITÉZEIRA, *s. m.* arvoreta do gênero *Crescentia (C. cujete)* da familia das Bignoniaceas, de cujas frutas se fazem as *cuias*. Também

CUN

lhe chamam *Cuieira* || *Etim.* E' vocábulo de origem tupi.

CUJUBIM, *s. m. (Vale do Amazonas)* galinacea do gênero *Penelope (P. Cumanensis,* Jacq. ex Martius). || *Etim.* E' provavelmente voc. do dialeto tupi do Amazonas.

CUMARIM, *s. m.* pimenta do genero *Capsicum (C. frutescens)* da familia das Solaneas. || *Etim.* E' vocábulo tupi (G. Soares).

CUMARÚ, *s. m. (Vale do Amaz.)* nome vulgar da *Dipterix odorata,* grande árvore de construção civil e naval, pertencente à família das Leguminosas, notável sobretudo pela sua semente aromática. Também pronunciam *Cumbarú*.

CUMBARÚ, *s. m. (Vale do Amazonas)* o mesmo que *Cumarú*.

CUMBÚCA, *s. f.* o mesmo que *Cuiambúca*.

CUMBÚCO, A, *adj. (provs. do N.)* diz-se do animal vacum, cujos chifres, na curva que descrevem, ficam com as pontas voltadas uma para a outra: Um boi *cumbúco*. Uma vaca *cumbuca*. Também se diz que um boi ou uma vaca tem neste caso chifres *cumbucos* (J. Coriolano). || *Obs.* Este autor escreveu *combuco;* mas eu me cinjo à pronuncia na ortografia que adoto.

CUNCA, *s. f. (Ceará)* espécie de tuberculos sumarentos com cerca de 0,m20 de diametro, que se desenvolvem nas raizes horizontais

DICIONÁRIO DE VOCÁBULOS BRASILEIROS

CUN

do Imbuzeiro. Na estação calmosa, quando mais se faz sentir a falta de água, são as *Cuncas* o refrigerio dos vaqueiros e caçadores, que com elas matam a sêde. Chupam-nas como se faz com a cana de açúcar (P. Nogueira).

CUNHÃN, *s. f. (Vale do Amaz.)* nome que dão às meninas de raça aborigene. || Também e mais apropriadamente dizem *Cunhantaim*. || *Etim*. São vocábulos tupis significando, o primeiro, mulher, e o segundo, menina. || No Piaui, no tempo em que lá me achei, e ha disso mais de meio século, empregavam o vocabulo *Cunhân* em sentido depreciativo para com as mulheres daquela raça.

CUNHANTAIM, *s. f. (Vale do Amaz.)* o mesmo que *Cunhân*.

CUPIM (1.º), *s. m.* nome comum a todas as especies de Termitas. || *Etim*. Do tupi *Cupii*, e assim lhes chamavam também os Guaranis do Paraguai. Esta denominação vulgar é muito mais aceitável do que a de *formiga branca*, que lhes dão na Europa. Bem que as Termitas tenham, pelos seus hábitos, uma certa analogia com as Formigas, é, entretanto, sabido que na classe dos insetos pertencem a ordens diferentes.

CUPIM (2.º), *s. m.* habitação de insetos do mesmo nome, tendo ora a fórma de monticulos arredondados, e ora a de cones de dois e mais metros de altura. Êste mesmo nome se extende às habitações

CUR

que fazem nas árvores. Também lhe chamam *Cupinzeiro*.

CUPIM (3.º), *s. m. (Piaui e outras provs. do N.)* nome que dão ao toutiço dos touros, pela semelhança que têm com esses pequenos montes de terra que constroem os cupins para a sua habitação, já no chão, e já nos ramos das árvores (J. Coriolano).

CUPINZEIRO, *s. m.* o mesmo que Cupim (2.º).

CUPIXÁUA, *s. f. (Vale do Amazonas)* o mesmo que *Capixába*.

CURABÍ, *s. m. (Pará)* pequena seta ervada, de que usam os selvagens dos sertões.

CURÁU (1.º), *s. m. (Mato-Grosso, S. Paulo)* o mesmo que *canjica* (2.º).

CURÁU (2.º), *s. m. (Sérg.)* o mesmo que *Caipira*.

CURÊRA, *s. f. (Pará, Amaz.)* o mesmo que *Crueira*.

CURÍ, *s. m. (Pará)* espécie de argila de tingir, que se encontra em diversas localidades (Baena). Êste autor não lhe menciona a côr.

CURIANGÚ, *s. m. (S. Paulo)* ave noturna do gênero *Caprimulgus*, da ordem dos passeres. ||*Etim*. E' voz onomatopáica.

CURIBÓCA, *s. m. e f.* o mesmo que *Caribóca*.

CURICÁCA, *s. f.* ave ribeirinha do gênero *Ibis (I. albicollis)*. Tam-

CUR

bém lhe chamam *Curucáca*. || *Etim.* E' a voz onomatopaica.

CURIMAN, *s. f. (Bahia e outras provs. do N.)* peixe do mar do gênero *Mugil (M. Curema* Cuv.). || Êste nome era usual entre os índios do Rio de Jan., quando aqui se achava Jean de Léry, em 1557; mas hoje ninguém mais o conhece aqui, e foi sem dúvida substituido por algum nome português, ao contrário do que aconteceu nas províncias do Norte.

CURIMBÓ, *s. m. (Pará)* o mesmo que *Tabáque.*

CURIXÁ, *s. f. (Mato-Grosso)* nome que dão aos sangradouros por onde correm, a despejarem-se nos rios, as águas que se acumulam nos campos, ou procedem de lagoas que transbordam. Corresponde ao português *desaguadeiro, sangradouro, vala para desaguar campos, etc.,* com a diferença, porém, que êstes termos envolvem a idéia de um expediente artificial, entretanto que a *Curixa* é obra da natureza.

CURRAL-DE-PEIXE, *s. m.* armadilha de pesca. Divide-se em tres compartimentos: o 1.º tem no R. de Jan. o nome de *varanda* ou *coração,* e na Par. do N. o de *sala;* o 2.º no R. de Jan. *casa do meio* e na Par. do N. *chiqueiro;* o 3.º no R. de Jan. *viveiro* e na Par. do N. *gré*. E' neste último que se efetua a pesca, por meio de rede apropriada. Da entrada do primeiro compartimento até a praia vai uma cêrca em linha reta, e é por ela que o peixe caminha até en-

CUR

trar na *varanda* ou *coração,* donde passa para o segundo e terceiro compartimento. || Ao *Curral* de peixe também chamam *Cercada.*

CURRUMBÁ, *s. m. (Pern.)* o mesmo que *Sambongo.*

CURUÁ, *s. m. (Pará)* palmeira do gen. *Attalea,* de que ha tres variedades: *Curuá-piranga, Curuá-pixuna* e *Curuá-tinga (Flor. Bras.).*

CURÚBA, *s. f. (Pará)* sarna. || Dão também êsse nome ao bicho da sarna (B. de Jary). || Etim. E' vocábulo tupi.

CURÚCA, *s. f. (provs. do N.)* o mesmo que *Coróca, Curumba* e *Cúca* (2.º).

CURUCÁCA, *s. f.* o mesmo que *curicaca.*

CURUEIRA, *s. f. (Pará, Amaz.)* o mesmo que *Crueira* (1.º).

CURUÉRA, *s. f. (Pará, Amaz.)* o mesmo que *Crueira* (1.º).

CURUMBA, *s. m. (Par. do N.)* título depreciativo dado aos homens de baixa condição, que, a pé ou a cavalo, e mal trajados, transitam pelas estradas: Quem será aquêle *Curumba* de chapeu de couro? || (Bahia) *s. f.* mulher velha, a que também chamam *Coróca, Curúca* e *Cúca* (2.º).

CURUMÍ, *s. m. (Pará)* menino. ||*Etim.* E' vocábulo puramente tupi.

CURUPÍRA, *s. m. (Pará)* ente fantástico que habita as matas e

CUR

consiste, segundo a superstição popular, em um tapuio com pés às avessas, isto é, com os calcanhares para diante e os dedos para traz. Outros o chamam *Caipóra*. || *Etim*. E' o nome tupi de uma das especies desse demonio a que eles chamavam *Anhanga*.

CURURÚ (1.º), *s. m.* nome generico do sapo na língua tupi. Hoje só o aplicam a certas especies destes Batraquios.

CURURÚ (2.º), *s. m. (Mato-Grosso)* espécie de batuque usado pela gente da plebe, no qual os homens e às vezes as mulheres formam uma roda e volteando burlescamente cantam à porfia, ao som de insipida música, versos improvisados, e tudo isso animado pela cachaça (Ferreira Moutinho).

CUTÍA (1.º), *s. f.* pequeno mamifero do gênero *Dasyprocta (D. Aguti)* da ordem dos roedores. || *Etim*. Corruptela de *Acuti*, nome tupi desse animal.

CUTÍA (2.º), *s. f. (R. Gr. do S.)* espécie de madeira de construção.

CUTITIRIBÁ, *s. m. (Pará)* nome de uma Sapotacea frutifera, pertencente talvez ao gênero *Lucuma (L. revicoa?)*. No Maranhão e Piaui lhe chamam *Tuturubá*. || *Etim*. E' provavelmente corruptela de *Oiti-turubá*.

CUTÚCA, *s. f. (Goias)* espécie de selim com dois arções altos destinado principalmente aos **cavalos**

CUX

que se trata de domar, por oferecer maior segurança ao domador (Valle Cabral). || E' o que chamam em Portugal *sela á gineta* (Aulete). No Ceará e no Piaui dizem *sela ginete*, ou simplesmente *ginete*.

CUTUCÃO, *s. m.* cutilada, facada, || *Etim*. Do tupi *cutúca*, significando golpe.

CUTUCAR, *v. tr.* tocar ligeiramente alguém com o dedo ou com o cotovelo para lhe fazer uma advertencia que se não quer fazer oralmente. Tem êste verbo a sua origem no verbo *cutúca* da língua tupi, que significa palpitar, picar, tocar de leve, e é nesta úlima acepção que o empregamos. O seu equivalente na língua portuguêsa é cotovelar, no sentido de tocar com o cotovelo, para excitar a atenção ou reparo.

CUVÚ, *s.m. (Alagoas)* o mesmo que *Juquiá*.

CUXÁ, *s. m. (Maranhão)* espécie de comida feita com as folhas da vinagreira *(Hibiscus sabdariffa)* e quiabo *(Hibiscus esculentus)* a que se ajunta gergelim *(Sesamum orientale)* torrado e reduzido a pó, de mistura com farinha fina de mandioca. Depois de bem cozido deitam-no sobre o arroz, e a isso chamam *Arroz de cuxá (D. Braz.)*.

CUCHILAR, *v. intr.* toscanejar, escadelecer, estar a cair com sono abrindo e fechando os olhos, e tudo

CUX

isto antes sentado ou de pé do que deitado: Tenho estado a *cuchilar* a espera de meu amo. || *Etim.* Creio ser voc. de origem africana, e provavelmente de Angola.

CUCHILO, *s. m.* ato de *cuchilar.*

D

DED

DE DÉO EM DÉO, *loc. adverbial (R. de Jan.)* diz-se que anda *de déo em déo* a pessoa ou coisa que não se fixa em ponto algum. Aquêle que tem ensaiado diversas indústrias sem delas tirar proveito; que tem sido sucessivamente marinheiro, criado, cocheiro, carroceiro, e sempre a procura de melhor posição, anda *de déo em déo.* Uma coisa sem dono, que passa de uma mão para outra, sem que ninguém a queira, anda *de déo em déo.*

DENTE-DE-VELHA, *s. m. (Bahia e Serg.)* o mesmo que *Gangão.*

DERRUBADA, *s. f.* operação agrícola que se segue á *roçada,* e consiste em abater as grandes arvores de uma mata, com o fim de preparar o terreno para plantações. || Fig. demissão em massa de todos os empregados de ordem política, que não são da confiança do govêrno: Com a ascenção do novo ministério, houve geral *derrubada* || *Etim.* Do verbo derrubar.

DESCACHAÇAR, *v. tr. (provs. do N.)* alimpar da cachaça, ou espumas grossas e sujas o suco, ou

DES

caldo da cana de açúcar, a qual vem acima com a fervura, e com a decoada; e se deixa esborrar, ou se alimpa com a escumadeira (Moraes) Êste autor escreve erradamente *Descachar,* por *Descachaçar,* entretanto que, no artigo *Melladura,* usa do verbo *Descachaçar.* Aulete menciona *Descachar* como termo brasileiro. Lacerda o menciona como contração de *Descachaçar.*

DESCALABRO, *s. m.* dano, contratempo, prejuizo, perda, desgraça, derrota: A guerra foi a causa do *descalabro* das nossas finanças. A anarquia reduziu a nação ao maior *descalabro* que se póde imaginar. No encontro que tivemos com o inimigo sofreu êste o mais completo *descalabro.* || *Etim.* E' voc. castelhano.

DESCAMBADA, *s. f. (R. Gr. do S.)* declive de uma coxilha ou lomba, por onde se executa a descida para o vale.

DESCAXELADO, *adj. (Serg.)* diz-se do indivíduo que se mostra admirado, espantado, desapontado, ou, como dizem vulgarmente, *de queixo caido:* Como vem *descaxelado* aquêle sujeito! (S. Roméro).

DES

DESENCAIPORAR, *v. tr.* fazer cessar a infelicidade de alguem: Fulano, depois de ter solicitado em vão um emprego, durante muitos anos, já se achava de todo desanimado, quando o ministro 'atual o *desencaiporou,* nomeando-o para um bom lugar. || *v. intr.* cessar 'a infelicidade de alguém: Com a entrada do novo ministério, José 'desencaiporou. || Etim. E' o contrário de *encaiporar.*

DESENCILHAR, *v. tr.* desselar, tirar a sela e em geral os 'arreios do animal. || *Etim.* Do castelhano *desensilhar.*

DESMANIVAR, *v. tr. (Ceará)* aparar a rama da mandioca, com o fim de melhorar 'o produto (F. Tavora). || *Fig.* desembaraçar um negócio, vencer uma dificuldade: Entrega a tua questão a um 'bom advogado, que êle *desmaniva* isto. || Também se emprega na acepção de desbaratar: 'Aquêle sujeito *desmanivou* a legítima materna em menos de seis meses (Araripe Junior).

DESPENCAR, *v. tr.* separar do cacho diversas pencas de bananas. || *v. intr.* cair desastradamente de grande altura: Quando o rapaz se achava no ponto o mais elevado da árvore, perdeu os sentidos, *despencou* e morreu da queda.

DESTABOCADO, *adj. (Ceará)* diz-se do individuo adoudado, 'que, sem respeitar as conveniencias, dá por paus e por pedras.

DESTOPETEAR, *v. tr. (R. Gr. do S.)* cortar o topete do cavalo,

DUN

para que lhe não caia sobre os olhos.

DESTRATAR, *v. tr.* insultar, maltratar com palavras: Fui lhe pedir o meu ·dinheiro, e êle, em lugar de me pagar, *destratou-me* (Escr. Taunay).

DINDINHA, *s. f.* forma infantil de madrinha.

DINDINHO, *s. m.* forma infantil de padrinho: *Dindinho* me deu um canario, e *Dindinha* umà boneca.

DISPARADA, *s. m. (provs. merid.)* dispersão do gado, quando corre de repente e em varias direções (Valdez). || *Etim.* Segundo êste autor, é termo da América espanhola.

DISPARADÔR, *adj. m.* que é acostumado a disparar. Diz-se do animal que foge a correr, quando o querem prender.

DISPARAR, *v. intr.* dispersar-se de repente uma manada.

DOCE-DE-PIMENTA *s. m. (provs. do N.)* o 'mesmo que *Fruita.*

DOURADILHO, *adj. (R. Gr. do S.)* côr do cavalo, a que no Rio de Jan. chamam castanho. || Segundo Aulete, *douradilho,* côr de ouro, vermelho-claro [Diz-se dos cavalos].

DUNGA, *s. m. (Pern.)* valentão. Não só nesta provincia como 'em outras partes do Brasil, dão também o nome de *Dunga* ao dois 'de paus no jogo da redinha e outros.

DUR

DURASNAL, *s. m. (R. Gr. do S.)* pomar de pecegueiros abandonado e reduzido ao estado silvestre. ||

DUR

Etim. De *Durasno,* nome castelhano do pecegueiro, ou pecego durazio (Valdez).

E

ECO

ECÓ! *int.* brado de que se servem os caçadores para açular os cães.

ECOXUPÉ! *int. (Pará)* voz do caçador mandando os cães seguir a caça. No *Dicc. Port. Braz.,* ha *Ixupé* por *A êle!*

EFÓ, *s. m. (Bahia)* espécie de guizado de camarões e hervas, e temperado com azeite de dendê e pimenta.

EGUADA, *s. f. (R. Gr. do S.)* porção de eguas.

EMA, *s. f.* nome vulgar da *Rhea americana* ou *Abestruz* do Brasil e de outras partes da América. || *Etim.* Seu nome primitivo em linguagem tupi era *Nhandú,* que Montoya escreve a castelhana *Ñandú,* e que os Francêses adotaram sob a fórma *Nandou.* O voc. *Ema* foi introduzido pelos Portuguêses, e é talvez o nome asiatico ou africano de alguma ave semelhante á nossa, provavelmente da *Abestruz* do antigo continente. Segundo Aulete, deriva-se do arabe *Neâma,* nome de uma ave pernalta do gênero *Casuarius.* No Rio Gr. do S. a *Ema* é geralmente conhe-

EMB

cida pelo nome de *Abestruz* ou *Avestruz.*

EMBEAXIÓ, *s. m. (Pará)* gaita de taboca, de som plangente, que os caboclos tocam nas canôas (B. de Jary). Cumpre advertir que Baena dá a êsse mesmo instrumento o nome de *Momboia-xió.* Qual dos dois termos será o mais vulgar? Em ambos eles, nota-se a existência de dois radicais do dialeto tupi do Amazonas; a saber: *membú,* gaia; e *iaxió,* chorar (Seixas).

EMBIÁRA, *s. f. (Vale do Amaz.)* a presa, o que se colheu na caça, na pesca ou na guerra. || *Etim.* E' a fórma vulgar de *mbiára,* voc. tupi (Anchieta). Em guarani, *tembiára* tem a mesma significação (Montoya).

EMBIGO-DE-FREIRA, *s. m. (Bahia)* espécie de biscoitos doces que se servem ao chá.

EMBÍRA, *s. f.* nome comum a todas as fibras vegetais que podem servir de liame, quer provenham das camadas corticais, como acontece a diversas especies de malvaceas e outras, quer provenham de folhas como as de caraguatá, de

EMB

certas palmeiras, pandanus, etc. ||
Etim. Do tupi *igbigra,* nome que
se extende a qualquer espécie de
estopa *(Voc. Braz.).* || A muitas
árvores do Brasil que oferecem
materia prima para cordas e esto-
pa se dá o nome de *Embira,* tais
são a *Embira-branca,* a *Embira-
vermelha,* a *Embirêtê,* a *Embiriba,*
o *Embirussú,* etc. || Tem-se escri-
to também Envira, e assim o fazem Gab. Soares e Baena; porém
o mais geral é *Embira.* || Fig. Es-
tar nas *embiras,* se diz de quem se
acha em dificuldades pecuniarias.
Corresponde ao português *estar na
espinha.*

EMBÍRA-BRANCA, *s. f.* o mesmo que *Jangadeira.*

EMBIRÍBA, *s. f. (Alagoas)* o
mesmo que *Biriba.*

EMBIRUSSÚ, *s. m. (Bahia,
Pern.)* espécie de Bombacea ou
Lecythidea, de cuja casca se extrai
embira.

EMBONDO, *s. m. (R. de Jan.)*
dificuldade, embaraço: Com a baixa do cambio, acha-se o comércio
em um *embondo.* A tua candidatu-
ra ao lugar de deputado me coloca
em um *embondo,* porque já eu havia prometido meu voto a outro.

EMBROMADÔR, *s. m. (provs.
merid.)* o que embroma, trapaceiro,
enganador. || *Etim.* E' voc. caste-
lhano, sin. de *Bromista* (Valdez).

EMBROMAR *v. intr. (provs.
merid.)* demorar a solução de qualquer negócio, fazendo, porém,
crer aos interessados que se pro-

EMC

cura ativar a terminação dêle (Co-
ruja). || *Etim.* E' voc. castelhano,
significando caçoar, gracejar a
custa de alguém, e também iludir
com palavras e trapaças. (Valdez).

EMBRUACÁDO, *adj.* metido em
Bruaca: Tenho todo o feijão *em-
bruacado.*

EMBRUACAR, *v. tr.* arrecadar
cousas em *Bruáca:* Mandei *embruacar o milho.*

EMBUÁVA, *s. m. e f. (S. Paulo,
Paraná, Minas-Gerais, Goiás, Mato-Grosso)* alcunha com que se designa o natural de Portugal, a
qual, porém, nada tem de injuriosa,
e é o resultado de tradições histó-
ricas, desde os tempos coloniais.

EMBUÇALAR, *v. tr. (R. Gr. do
S.)* pôr o buçal no animal. || En-
ganar: Quizeram embuçalar-me;
mas não o conseguiram (Coruja).

EMPACADÔR, *adj.* diz-se do cavalo ou burro que tem por hábito
empacar. E' o que os francêses
chamam *cheval rétif.* || *Etim.* O
termo *Empacon,* com a significação de contumaz, é da América Meridional espanhola (Valdez). Sem
dúvida o recebemos dos nossos vi-
sinhos do Rio da Prata.

EMPACAR, *v. intr.* emperrar o
cavalo ou burro; parar firmando
manhosamente as patas, sem que
possa o cavaleiro obriga-lo a pro-
seguir na viagem. || *Etim.* Do v.
pron castelhano *empacarse,* com a
significação de obstinar-se. E'
usual neste sentido, em relação ao
cavalo teimoso, em tôda a Améri-

EMP

ca espanhola (Zorob. Rodrigues). || Ha, tanto em português como em castelhano, o homonimo empacar, no sentido de empacotar, enfardelar, encaixotar, etc. || Nas nossas provincias do norte, em lugar de *empacar*\ o cavalo ou burro, servem-se do verbo português *acuar* (Meira).

EMPAIOLAR, *v. tr. (provs.* {*merid.)* arrecadar coisas em um paiól. || Êste verbo, aliás muito usado entre nós, não o encontro em nenhum dos nossos lexicógrafos, bem que seja mui expressivo e de origem. portuguêsa.

EMPALAMÁDO, A, *adj.* pálido, como o são as pessoas opiladas, hidrópicas ou de uma gordura frouxa e descorada. || *Etim.* Moraes o dá como termo usual no Brasil, o que é bem verdade; e o faz derivar de *empalemado* (emplastrado, cheio de doença). Aulete, por sua vez o dá como adj. popular e familiar, significando *coberto de emplastros*, e, por extensão, *coberto de chagas*. Neste sentido não o empregamos. Segundo êle, é corruptela do castelhano *emplumado*.

EMPAPUÇADO, a, *adj.* inchado, opado dos que tendem à hidropisia. || *Etim.* Do castelhano *papujado* (Moraes).

ENCAIPORAR, *v. tr.* encalistar (no sentido mais geral deste vocábulo); influir nocivamente na sorte de alguém, infelicita-lo: Havia uma hora que eu jogava com felicidade; veiu Fulano sentar-se ao meu lado, e *encaiporou-me* de tal

ENC

modo que não pude mais ganhar uma só mão. || *Etim.* De caipóra.

ENCALIR, *v. tr. (Alag.)* sujeitar a uma fervura preparatória os intestinos de boi, afim de limpa-los melhor. || Êste verbo é usado no Minho com a significação de assar a meio a carne ou peixe para conserva-lo (Moraes, Lacerda), e neste sentido corresponde ao verbo brasileiro *moquear*. Aulete não o menciona.

ENCANGALHAR, *v. tr.* arrear com a cangalha a besta de carga. || Aulete menciona o verbo encangalhar com duas significações diferentes, nenhuma, porém, com relação á cangalha das bestas de carga. A primeira, como *v. tr.* é de embaraçar, prender; a segunda como *v. pron.*, atracarem-se dois navios, de modo que fiquem enrascados os cabos de um com os de outro; e por extensão é prender-se com outro, sem poder separar-se dêle imediatamente.

ENCANOAR, *v. intr. (R. de Jan.)* empenar-se a táboa no sentido transversal, afetando a forma de uma canôa: A táboa ainda verde *encanôa,* se é exposta ao sol (J. Norberto).

ENCARRAPICHAR-SE, *v. pron.* encher-se de carrapichos: No meu passeio ao campo, *encarrapichei-me* de tal sorte que tive de mudar de roupa.

ENCÉRRA, *s. f. (R. Gr. do S.)* espécie de curral feito no meio do campo para apanhar baguaes. São,

DICIONÁRIO DE VOCÁBULOS BRASILEIROS

ENC

em feitio, mui semelhante aos currais que fazem os pescadores nos lugares de pouca água para apanhar peixe (Coruja). || *Etim.* Do verbo *encerrar*. Moraes menciona *encerro* com a significação de encerramento, clausura, prisão, etc.

ENCESTAMENTO, *s. m.* ato de encestar.

ENCESTAR, *v. tr.* arrecadar em cesto quaisquer objetos.

ENCHIQUEIRAR, *v. tr.* meter no chiqueiro: Enchiqueirar os bezerros. || *v. intr. (litoral de Pern.)* entrar o peixe no repartimento do curral de pescaria a que chamam chiqueiro.

ENCOIVARAR, *v. tr.* o mesmo que *coivarar*.

ENCOMPRIDAR, *v. tr. (R. Gr. do S.)* alongar alguma coisa, tornando-a mais comprida: *Encompridar* o lóro do estribo; encompridar o *rabicho,* etc. (Coruja).

ENCONTROS, *s. m. pl. (R. Gr. do S.)* peito do animal entre as espaduas. || Em português, êste vocabulo significa a espadua, o ombro. Nas aves, os *encontros das azas* são a parte superior delas, onde vai fazendo a volta e donde nascem as penas maiores (Moraes). Em tôdas as mais acepções, é termo usual no Brasil.

ENCOURADO, *s. e adj. (provs. do N.)* designativo daquêle que se veste com roupa de couro, segundo o uso dos vaqueiros no sertão. ||

ENG

Em português, êste adj. se aplica a qualquer objeto que é coberto de couro: Arcas e caixas *encouradas* (Aulete).

ENFRENAR, *v. tr. (R. Gr. do S.)* enfrear. || *Etim.* E' vocábulo castelhano, não geralmente usado.

ENGÁ, *s. m.* V. *Ingá.*

ENGAMBELADÔR, A, *adj. e s.* embelecador.

ENGAMBELAR, *v. tr.* embelecar, engodar, embalar com esperanças vãs, com caricias, com dádivas e outros meios de que se pode tirar proveito para atrair a confiança de alguém. || No Pará dizem *engrambelar* (B. de Jary).

ENGAMBÊLO, *s. m.* embeleco.

ENGANGORRÁDO, *adj. (Piauí)* preso a uma *gangorra* (2.º) (José Coriolano).

ENGANJENTO, *adj. (Bahia)* o mesmo que *Ganjento.*

ENGARAPAR, *v. tr. (Pern.)* dar garapa a. || *Fig.* fazer a boca doce a alguém para o reduzir àquilo que queremos (Moraes, Aulete).

ENGENHEIRO, *s. m. (S. Paulo, Paraná e Mato-Grosso)* proprietário de um engenho de açúcar; senhor de engenho. || Êste vocábulo tem o inconveniente de confundir coisas que são bem distintas entre si. Por engenheiro se entende em tôda a parte aquêle que professa a *Engenharia,* ciência que se divide em vários ramos, donde resulta que

ENG

há engenheiros geografos, hidráulilicos, militares, civis, maquinistas, etc. Um *senhor de engenho* não tem nada disto. E' simplesmente o proprietario de um engenho de moer cana para a fabricação de açúcar, ou de moer a congonha para a preparação do mate. A respeito do mais pode ser completamente ignorante. Recordo-me que uma vez na câmara dos deputados, em uma discussão que interessava a lavoura, um representante da Nação servia-se repetidamente do vocábulo *engenheiro,* em lugar de *senhor de engenho.* Seu discurso foi um verdadeiro destampatorio; ninguém sabia o que queria êle dizer. Seria a desejar que as pesoas bem educadas não sancionassem com sua autoridade êsse êrro vulgar.

ENGENHO, *s. m.* estabelecimento agrícola destinado à cultura da cana e à fabricação do açúcar. Na provincia do Paraná, onde não há por ora engenhos de açucar, dão êsse nome aos estabelecimentos dotados de máquinas e aparêlhos próprios para moer a congonha com que se fabrica o *mate.*

ENGENHÓCA, *s. f.* pequeno engenho que, sendo destinado principalmente à fabricação de aguardente, serve também para a de açúcar e rapaduras.

ENGRAMBELAR, *v. tr. (Pará)* o mesmo que *engambelar.*

ENLAÇAR, *v. tr. (R. Gr. do S.)* o mésmo que *laçar.*

ENTABULAR, *v. tr. (R. Gr. S.)* acostumar um garanhão a cer-

ENT

to numero de eguas, para formar a manada: Entabular uma manada (Coruja).

ENTAIPÁVA, *s. f. .(Amaz.)* o mesmo que *Itaipáva* (Castelnau).

ENTIJUCÁDO, A, *adj.* sujo de barro ou lama a que vulgarmente chamam *Tijuco.* || Também dizem *entujucádo.*

ENTIJUCAR, *v. tr.* enlamear. || *v. pron.,* enlamear-se. || Também dizem *entujucar.*

ENTREPELÁDO, *adj. (R. Gr. do S.)* que tem pêlo de três côres, preto, branco e vermelho; quase rosaceo; diz-se do cavalo (Coruja). || *Etim.* E' vocábulo castelhano, que se traduz em português por interpolado (Valdez).

ENTREVERAR, *v. intr. (R. Gr. do S.)* entremeter, misturar. Isto se diz na guerra, quando dois corpos de partidos diferentes se atacam com tal ímpeto que se misturam no furor do combate e continuam a peleja, da qual resulta sempre grande mortandade. || *Etim.* E' vocábulo puramente castelhano.

ENTREVÉRO, *s. m. (R. Gr. do S.)* recontro de dois corpos de cavalaria em ação de combate, de tal sorte que ficam misturados. || *Etim.* E' termo da América Meridional espanhola (Valdez).

ENTROSAR, *v. intr. (Ceará)* impôr: *Entrosar* de valentão; querer figurar com impostura, parecer o

DICIONÁRIO DE VOCÁBULOS BRASILEIROS 111

ENT

que não é (J. Galeno). || Há em português o verbo *entrosar* no sentido transiivo de *engranzar,* meter os dentes da roda nos vãos do entrós ou carrete; meter por entre os dentes de um eixo dentado os dentes de outro, para lhe comunicar o movimento. No sentido intransitivo, *engranzar,* meter os dentes de um eixo por entre os do outro para o mover e, figuradamente, ordenar bem cousas complicadas (Aulete).

ENTUJUCÁDO, *adj.* o mesmo que *entijucádo.*

ENTUJUCAR, *v. tr.* o mesmo que *entijucar.*

ENVEREDAR, *v. intr. (provs. merid.)* seguir com destino exclusivo a certo e determinado lugar: Logo que soube do desastre, *enveredei* para a casa da vitíma. || Corresponde à locução adverbial portuguêsa — ir ou vir de frecha, ir diretamente, em linha reta, sem torcer caminho. || *v. tr.* guiar, encaminhar: Meu amigo tinha seus negocios tão complicados que nem mais sabia por onde devia principiar o pleito: eu o *enveredei,* e desde então tudo lhe correu bem.

ENVIRA, *s. f.* o mesmo que *Embira.*

ENXERGÃO, *s. m. (R. Gr. do S.)* o mesmo que *Baixeiro.*

ENXERIDO, A, *adj. (Par. do N., R. Gr. do N.)* intrometido: Há homens mui *enxeridos* em todos os negócios alheios. || influido, entusiasmado: Êle anda atualmente

ESG

mui *enxerido* com a filha do visinho (Santiago, Meira). || *Etim.* Talvez provenha do verbo *ingerir-se.*

EPÚCHA! *int. (R. Gr. do S.)* expressão de admiração: *epucha!* que lindo cavalo! que homem valente! || E' usual no Chile e em outras partes da América Meridional. Segundo Zarob. Rodrigues, este vocábulo baixo e grosseiro é oriundo da Espanha.

ESCALDÁDO, *s. m.* espécie de *Pirão.*

ESCANGÁLHO (1.º), *s. m. (R. de Jan.)* parede escarpada, cujo fim é suster as terras de um monte.

ESCANGÁLHO (2.º), *s. m. (provs. do N.)* desordem, desmantelo, confusão, ruina: Aquêle individuo foi à vila, e promoveu desordem de que resultaram ferimentos e outros danos; foi um *escangalho* de todos os diabos (Meira). || *Etim.* De verbo *escangalhar.*

ESCARNAR, *v. tr. (Ceará)* preparar as armas, quando se tem de fazer uso delas. *Escarnar* a espingarda é armar-lhe o cão: *escarnar* o punhal é desembainha-lo (J. Galeno. || *Obs.* Há em português o verbo *escarnar* significando descobrir um osso, tirando-lhe a carne que o cobre; e, figuradamente, descobrir, investigar, analisar por miudo (Aulete). Não vejo analogia entre os dois vocábulos.

ESGURÍDO, A, *adj.* o mesmo que *arádo.*

ESM

ESMOLAMBÁDO, *adj.* esfarrapado, que tem o fato em *molambos*.

ESPARRAMÁDO, A *adj.* estouvado,· desregrado, inconsiderado: E' um homem de vida *esparramada*. || Desalinhado, mal assentado: Uma vassoura *esparramada*. Uma barba *esparramada* (Meira).

ESPARRAMAR, *v. tr.* e *intr.* esparralhar, dispersar, separar coisas que devem estar juntas. E' vocábulo aplicado, sobretudo, a tropas de animais, que pouco adestrados, se dispersam pelo campo, em vez de seguirem reunidos em determinada direção. || *Etim.* E' verbo castelhano.

ESPARRAME, *s. m.* ação e efeito de esparramar; espalhamento, debandada, dispersão: Com as descargas da artilharia, assustou-se a cavalhada e houve um completo *esparrame*. || Aparato, ostentação: Por ocasião do casamento da filha, ofereceu o Commendador aos seus amigos uma festa de *esparrame*. A Condessa apresentou-se com um vestuário de *esparrame*. Houve um jantar de *esparrame*.

ESPÉQUES, *s. m. pl. (Ceará)* nome dos três páus encavilhados nos da jangada, e formando o *Aracambuz* (Camara).

ESPINGOLÁDO, *s. m. (Pern.)* homem alto, magrizela e desageitado (S. Roméro).

ESPINHEL, *s. m.* aparelho de pescaria, que consiste em uma ex-

ESQ

tensa corda em que se prendem de distância em distância, linhas armadas de anzois. || Em castelhano êsse aparelho tem o nome de *Espinel* (Valdez). Nenhum dicionário português o menciona.

ESPIPOCAR, *v. tr.* e *intr.* o mesmo que *pipocar*.

ESPIRITO-SANTENSE, *s. m.* e *f.* natural da província do Espirito-Santo. || *adj* que é relativo à mesma provinvia.

ESPOCAR, *v. tr.* e *intr.* o mesmo que *pipocar*.

ESPOJEIRO, *s. m. (Ceará)* pequeno cercado em torno da casa (Araripe Junior). || Aulete menciona este vocábulo com a seguinte definição: lugar onde a besta se espoja. E' essa certamente a origem do termo cearense. || *Fif.* Pequena roça: Aquêle pobre homem fez um *espojeiro* e plantou-o (Meira).

ESPOLÉTA, *s. m.* o mesmo que *capanga* (2.º).

ESQUIPÁDO, *s. m.* andadura do cavalo, a que em Portugal chamam também *Furta-passo*. Em diversas provincias do Brasil dão ao *esquipádo* o nome de *guinilha*. Os franecêses lhe chamam *amble*. || Consiste o *esquipádo* em levantar o cavalo ao mesmo tempo o pé e mão do mesmo lado. E' uma marcha ligeira e mui agradável ao cavaleiro: O meu cavalo tem um excelente *esquipádo*. Da vila ao meu sitio fui em um *esquipádo* (sem parar). ||

DICIONÁRIO DE VOCÁBULOS BRASILEIROS

ESQ

Etim. O vocábulo *esquipado* é um adjetivo da língua portuguêsa, o qual, além de outras acepções, que nada têm que ver com a hipiatrica, significa também ligeiro, rápido, veloz (Aulete); e é êsse justamente o caracteristico da andadura que definimos.

ESQUIPADÓR, *s. m.* e *adj.*, cavalo que usa do passo chamado *esquipádo*. || No Rio Gr. do S. e ouras provincias também lhe chamam *andador,* cavalo de guiniiha. || Aulete não menciona êste vocábulo.

ESQUIPAR, *v. intr.* executar o cavalo a espécie de marcha a que chamam *esquipádo,* o mesmo que *andadura.* || Segundo Aulete, é correr ligeiramente a embarcação, o cavalo, etc. || No sentido transitivo tem êste verbo muitas outras significações tanto em Portugal como no Brasil: *Esquipar* um navio.

ESTALEIRO, *s. m. (de Pern. ao Ceará)* leito de paus sobre forquilhas, de mais ou menos 1m,50 de altura, e no qual se põe a secar milho, carne, etc. E' propriamente falando um *Jirau* alto. || *Etim.* E' vocábulo de origem portuguêsa.

ESTANCIA, *s. f. (R. Gr. do S.)* fazenda destinada à criação do gado vacum e cavalar. Nesta acepção é vocábulo da América Meridional espanhola (Valdez). Em Cuba dão o mesmo nome a uma casa de campo com horta, próxima das povoações (Valdez). No Rio de Ja-

EST

neiro, chamam *Estancia* ao mercado de lenha.

ESTANCIÓLA, *s. f. (R. Gr. do S.)* proprietário de uma estância. || *(R. de Jan.)* proprietario de uma estância de lenha. Na primeira acepção, deriva-se o nosso vocabulo de *estanciero* de origem espano-americana (Valdez). Em Portugal ao dono de uma estância de madeira, lenha ou carvão dão o nome de *estanceiro* (Aulete).

ESTANCIÓLA, *s. f. (R. Gr. do S.)* pequena estância, chacara (Cesimbra).

ESTAQUEAR, *v. tr. (R. Gr. do S.)* estender um couro e entesa-lo por meio de estacas fincadas no chão para o fazer secar. || A essas estacas chamam em Portugal *espichos,* e dai nasce o verbo *espichar* com a mesma significação de *estaquear.* || *Estaquear* um homem é amarra-lo de pés e mãos a estacas fincadas no chão, ficando o paciente estendido de costas. E' um meio horrendo de impedir a fuga de um preso. || *(Pern. e outras prov. do N.)* Colocar estacas a prumo, para construção de cercas (Meira). || Aulete cita o verbo *estaquear,* sem o atribuir exclusivamente ao Brasil, bem que a sua definição seja evidentemente extraida, com pequena alteração, da *Coleção de vocábulos e frases* de Coruja.

ESTRAFEGAR, *v. tr.* estraçoar, fazer em pedaços, espedaçar (Silva Coutinho).

EST

ESTRAFÊGO, *s. m. (Campos)* despedaçamento, laceração de cousas (Silva Coutinho).

ESTUMAR, *v. tr.* assanhar, açular, excitar os cães, por meio de gritos e assovios apropriados. || Não encontro êste vocábulo em dicionário algum da língua portuguêsa. Quer me parecer que não é senão uma contração de *estimular*. || No Rio Grande do Sul dizem *iscar* os cães.

EXE

ETÉ, *adj.* vocábulo tupí que serve de sufixo a substantivos da mesma língua, quando se trata de exprimir a superioridade qualitativa de alguma coisa sobre outras da mesma espécie, como se observa em muitos nomes que ainda fazem parte da linguagem vulgar: Tatú, Tatuêtê; Igára, Igarêtê; Cuia, Cuiêtê, e outros mais.

EXE! *int. (Pará)* o mesmo que *Axi!*

F

FAC

FACA-DE-RASTO, *s. f. (R. Gr. do S.)* grande faca ou facão, cujo destino é abrir caminho no mato, cortar cipó, etc. (Coruja).

FACEIRAR, *v. intr.* ostentar elegância tanto no vestuário, como nas maneiras.

FACEIRICE, *s. f.* tafularia, ostentação de elegância. || Ar pretencioso: As *faceirices* da rapariga afugentaram o pretendente. || Aspecto risonho: Que aguas tão azuis (as do lago de Como), que areias tão brancas, quantos palacetes a se mirarem com *faceirice!* (Escr. Taunay).

FACEIRO, A, *adj.* taful, elegante. || Em Portugal *faceiro* tem a significação de bonacheirão, loiraça, enfeitado com ornatos de mais vista que valor (Aulete); donde se

FAC

vê que o vocábulo português tem uma significação mui diferente da do Brasil.

FACHINA, *s. m.* o mesmo que *Fachinal*.

FACHINAL, *s. m. (S. Paulo, Paraná, Santa-Cat., R. Gr. do S.)* campo de pastagem entremeado de arvoredo esguio. || Também lhe chamam em alguns lugares *Fachina*. || *Etim.* E' vocábulo de origem portuguêsa. Além de sua significação brasileira, o termo *Fachina* é entre nós usado em todas as acepções que lhe dão em Portugal.

FACHUDÁÇO, A, *adj. sup. (R. Gr. do S.)* mui lindo, lindissimo (Cesimbra).

FACHÚDO, A, *adj. (R. Gr. do S.)* lindo (Cesimbra).

FAL

FALHA, *s. f.* interrupção casual de uma viagem: Tive dois dias de *falha,* por causa da chuva.

FALHAR, *v. intr.* interromper acidentalmente uma viagem, por causa de qualquer contrariedade: Por me terem faltado os animais, ou por causa da chuva ou de molestias, etc., tive de *falhar* durante alguns dias.

FAMANAZ, *adj. (Serg. e Ceará)* pessôa mui afamada por seu valor, proezas ou influência: F. é o *famanaz* daquela vila.

FANDANGO, *s. m. (provs. merid.)* nome de certos bailes ruidosos, de que usa a gente do campo, cantando, dançando e sapateando ao som da viola. São muitas as variedades destes bailes, e se distinguem pelos nomes de Anú, Bambáquerê, Bemzinho-amôr, Cará, Candieiro, Chamarrita, Chará, Chico-puxado, Chico-da-ronda, Feliz-meu-bem, João-Fernandes, Meia-canha, Pagará, Pega-fogo, Recortada, Retorcida, Sarrabalho, Serrana, Tatú, Tirana e outras, cujos nomes se resentem da origem castelhana (Coruja).

FANDANGUEIRO, *adj.,* o que gosta do *Fandango* (Coruja).

FANGAPEMA (Todos os dicionários portuguêses que tenho á mão, inclusive o modernissimo de Aulete, com exceção do *Dic. Prosodico,* trazem êste vocábulo com a significação de "instrumento de que o gentio do Maranhão usa para cantear pedra"; mas é isso evidente-

FAR

mente um erro. Êste vocábulo não pode pertencer à língua tupi, onde não existe a letra F. Provém, portanto, o erro de se ter trocado a letra T por um F. *Tangapema,* ou antes *Itangapema,* como escreve Anchieta, tem a significação de *espada de ferro.* Pode acontecer que os Tupinambás do Maranhão dessem êsse nome ao instrumento de ferro que lhes forneceram os Francêses ou Portuguêses para cortar a pedra; mas, em todo o caso, semelhante denominação está inteiramente perdida e bem pode ser excluida dos dicionários, ainda que a corrijam como o indiquei).

FARINHA-QUEIMADA, *s. f. (Ceará)* espécie de bailado popular (Araripe Junior).

FARINHADA, *s. f. (Par. do N., Rio Gr. do N., Ceará)* fabrico da farinha de mandióca: Estou ocupado na *farinhada.* Convidou-me um amigo a ajudá-lo na *farinhada.* O mes de agôsto é tempo próprio da *farinhada.* Acabei a farinhada (J. Galeno, Meira).

FARINHEIRA, *s. f.* vaso especialmente destinado à farinha de mandioca ou de milho, que se serve às refeições. *A farinheira* pode ser de louça, de vidro ou de metal. A mais geralmente usada é a cuia.

FARÓFA, *s. f.* espécie de comida feita de farinha de mandioca ou de milho, que, depois de humedecida com água, é frita ou antes cozida em toucinho ou manteiga. Come-se a farófa, à guisa de pão,

FAR

com a carne, peixe e mariscos. || *Etim.* Não encontro êste vocábulo em dicionário algum da língua portguuêsa. Aulete menciona *farofia* como vocábulo português designando uma espécie de doce feito de claras de ovos batidos com açúcar e canela, igualmente chamado *basofias, globos de neve* e *espumas*. Também diz que no Brasil a *farófia* é uma espécie de comida feita de farinha de pau bem misturada com qualquer môlho. Aceitando a definição, porque, afinal de contas, pode haver muitos modos de preparar essa comida, devo, entretanto, fazer observar que a isso chamam no Brasil *farófa* e não *farófia*. Capello e Ivens também falam da *farófia* como de uma comida usual na parte da África portuguêsa que visitaram, e dizem que é a simples mistura da farinha com vinagre, azeite ou água, a que se ajunta pimenta do Chile ou *d'jindungo*. Como se vê, é isso apenas uma variedade da *farófa* do Brasil. Segundo Aulete, o termo *farófia* em Portugal tem, no sentido figurado, a significação de cousa ligeira, de pouca importância, insignificância. No Brasil, *farófa* não tem êsse alcance.

FARRAMBAMBA, *s. f. (provs. do N.)* fanfarronada, bravata, jatancia, vangloria, vaidade: Deixa-te dessas *farrambambas* (S. Roméro).

FARRAXO, *s. m. (Bahia)* espécie de terçado sem gume, com o qual se mata peixe à noite. A pesca que assim se faz, atraindo-se o peixe

FIO

por meio de luz, se chama *pesca de farraxo* (Aragão). || *Obs.* Êste meio de pescar corresponde ao que no Pará chamam *pesca da pirakéra* (B. de Jary).

FAZENDA, *s.f.* herdade com destino à grande cultura. Ha *Fazendas de criação* e *Fazendas de lavoura*. Nas primeiras se cuida de gados, sobretudo do bovino e cavalar, e são particularmente conhecidas no R. Gr. do S. pela denominação de *Estâncias*. Nas segundas, se cultiva café, cana de açúcar, algodão, cereais, etc. As de cana são geralmente chamadas *Engenhos*.

FAZENDÓLA, *s. f.* pequena fazenda, herdade menor que uma fazenda, dando porém lugar à grande cultura.

FELIZ-MEU-BEM, *s. m. (R. Gr. do S.)* nome de uma das variedades desses bailes campestres a que chamam geralmente *Fandango*.

FERRADOR, *s. m. (Minas-Gerais)* o mesmo que *Araponga*.

FERRAGISTA, *s. m.* ferrageiro; negociante de ferragens.

FIADOR, *s. m. (R. Gr. do S.)* buçal, sem focinheira (Coruja).

FILANTE, *s. m. e f.* nome que dão àquêle que procura obter as coisas sem gastar dinheiro. || *Etim.* Parece ser oriundo do verbo filar, em sentido figurado. || No Rio Gr. do S. também dizem, no mesmo sentido, *possúca* (Cesimbra).

FIÓTA, *s. e adj. (Pern., Par. do N., Rio Gr. do N.)* janota, casquilho, elegante (Claudiano).

FLU

FLUMINENSE, *s. m.* e *f.* natural da cidade e provincia do Rio de Janeiro. || *Obs.* Ao natural da mesma cidade dão mais particularmente o nome de *Carioca.* || *Etim.* Do latim *flumen.*

FOGO-MORTO. — Dizem que um engenho de açúcar está de *fogo-morto,* quando, por qualquer circunstância, deixa de funcionar.

FOLHEIRO, *adj. (R. Gr. do S.)* airoso, de boa aparência: Como vem *folheiro* o gaúcho no seu bagual! || Aplicam-no também para exprimir tudo quanto vem com facilidade, sem encontrar embaraço (Cesimbra).

FONA, *s. f. (Serg.)* espécie de jogo, consistindo em um prisma de madeira, alongado, que se atira ao ar; na queda, a face superior, grosseiramente gravada, indica se o jogador perdeu ou ganhou (João Ribeiro).

FORNO, *s. m.* espécie de bacia chata de cobre ou ferro à semelhança de uma grande frigideira, que se coloca sôbre uma fornalha especial, e onde se põe a massa da mandioca para a fazer secar e reduzi-la a farinha, havendo o cuidado de a revolver constantemente até ficar pronta. Serve também para a fabricação da farinha de tapióca, em que se emprega a fécula da mandióca, e ainda mais para se fazer beijús e seus congeneres. .. Aulete escreveu *fomo* por forno.

FÓRRÓBÓDÓ, *s. m. (Rio de Jan.)* baile, sarau chinfrin. O baile

FUB

dado pelos carnavalescos não passou de um *fórróbódó.*

FRANQUEIRO, *s. m. (R. Gr. do S.)* raça de bois de corpo e aspas grandes (Cesimbra). || Em S. Paulo lhes chamam *bois da Franca,* por serem oriundos daquêle município.

FRÉCHA, *s. f.* nome que dão à cana dos foguetes. || Também dizem *flecha.*

FRÉGE, *s. m. (Rio de Jan.)* espécie de tasca, cujo nome se deriva da principal indústria, que consiste em exibir peixe frio aos fregueses. || *Obs.* Êste nome não é mais do que a abreviação do de *Fregemoscas;* pelo qual se designam geralmente êsses estabelecimentos.

FRIGIDEIRA, *s. f.* nome que dão a qualquer fritada: Uma *frigideira* de camarões, etc.

FRUTA-DE-CONDE, *s. f. (Rio de Jan.)* o mesmo que *Ata.*

FRITA, *s. f. (provs. do N.)* espécie de bolo feito de farinha de mandioca, açúcar e pimenta da Índia. Também lhe chamam *doce de pimenta* (João Ribeiro).

FUÁ, *adj. (R. Gr. do S.)* o mesmo que *Aruá.*

FUBÁ, *s. m.* farinha de milho ou de arroz moída na mó. || No Algarve chamam *Xerêm* a essa farinha de milho, de que se fazem papàs (Aulete). || *Etim.* Tem origem no termo *Fuba* da língua bunda; mas na África se dá êsse nome a qual-

FUB

quer espécie de farinha (Capello e Ivens, Serpa Pinto). No Brasil o fubá de milho é coisa diferente da farinha de milho. Esta se consegue pisando o milho no pilão, e dessecando-a ao fogo. O *fubá* de milho é preparado a frio. Engana-se Aulete, quando, em referência ao Brasil, inclue a farinha de mandioca na denominação de *fubá*.

FUBÉCA, *s. f. (Minas-Gerais)* sóva (D. Müller).

FUMO, *s. m.* nome vulgar não só do tabaco de fumo, como da própria planta em vida.

FUNCA, *s. e adj. m. e f. (S. Paulo)* pessoa ou coisa de pouco prestimo, máu, ruim: Aquêle homem é um *funca*. Tivemos hoje um jantar *funca*.

FURA-BÓLO, *s. m. e f.* intrometido, curioso, que procura ingerirse em todos os negócios. || *Furabolo* é também o nome do dedo indicador. Em Portugal dizem, neste caso, *Fura-bolos* (Aulete).

FURADO, *s. m. (Bahia)* o mesmo que *Furo*.

FÚRO, *s. m.* estreito entre duas ilhas, ou entre uma ilha e a terra firme. Corresponde aquilo a que em

FUX

terra chamam *atalho,* porque torna mais breve o trajeto das canoas e outras embarcações pequenas. No Pará, quando o *furo* compreendido entre uma ilha e a terra firme é muito extenso no sentido do comprimento, lhe chamam *Paraná-mirim.* Na Bahia dão ao *Furo* o nome de *Furádo.*

FURRUNDÚ (1.º), *s. m. (S. Paulo)* espécie de doce feito de cidra ralada, gengibre e açúcar mascavo. Também dizem *Furrudum.*

FURRUNDÚ (2.º), *s. m. (S. Paulo)* espécie de dança, de que usam os camponeses.

FURRUNDUM, *s. m. (S. Paulo)* o mesmo que *Furrundú* (1.º).

FUTICAR, *v. tr. (Rio de Jan.)* coser ligeiramente e a grandes pontos qualquer roupa, ou seja para disfarçar alguma rasgadura acidental, ou seja para terminar qualquer costura que não admite demora. Em S. Paulo, Bahia e Pernambuco dizem *fuxicar.*

FUXICAR, *v. tr.* o mesmo que *futicar.*

FUXICO, *s. m. (Serg.)* mexerico, intriga (João Ribeiro).

G

GAJ

GAJÃO, *s. m.* título obsequioso de que usam os Ciganos para com as pessoas extranhas à sua raça. Meu

GAL

gajão equivale a meu senhor, ou coisa semelhante.

GALALÁU, *s. m. (Bahia)* homem

GAL

de elevada estatura. Corresponde ao *Manguari* de S. Paulo.

GALPÃO, *s. m. (R. Gr. do S.)* varanda, alpendre, ou galeria aberta aderente a uma casa de habitação. Sob a forma *Galpon,* é usual em todos os estados americanos de origem espanhola, e foi dêles que o recebemos. || *Etim.* E' voc. da língua azteca (Zorob Rodriguez).

GAMBÁ, *s. f. (R. de Jan.)* o mesmo que *Saruê.*

GAMBÔA, *s. f. (litoral)* pequeno estreito que enche com o fluxo do mar e fica em seco com o refluxo. Em Pernambuco, como em Portugal, chamam a isso *Cambôa;* e no litoral do Piauí e Maranhão, *Igarapé.* || Em Portugal *Gambôa* é a fruta do Gamboeiro, variedade do Marmeleiro (Aulete).

GANGÃO, *s. m. (Bahia)* espiga de milho atrofiada, contendo poucos grãos, e esses dispersos pelo sabugo. Também lhe chamam *Dente de velha,* e *Tambueira.* No Rio de Janeiro dão-lhe o nome de *Catambuêra,* que entretanto se estende a todos os frutos vegetais mal desenvolvidos.

GANGÔRRA (1.º), *s. f. (Rio de Jan. e outras provs.)* nome de um aparêlho destinado ao divertimento de rapazes, e consiste em uma trava apoiada pelo meio em um espigão, sobre o qual gira horizontalmente e em cujas estremidades cavalgam. Em Portugal lhe chamam *Arreburrinho;* no Ceará e outras provincias do norte *João-*

GAN

Galamarte; em Pernambuco *Jangalamaste;* e em Minas-Gerais *Zangaburrinha.* || Moraes menciona *Gangorra* como termo obsoleto de significação incerta, talvez designando alguma moléstia o que não me parece de bom conceito. G. Soares, na descrição das madeiras de construção da Bahia, fala muito da *Gangorra* como de peça necessária nos engenhos de açúcar. Atentemo-lo no seguinte trêcho — "Juquitibá é outra árvore real, façanhosa na grossura e comprimento, de que se fazem *Gangorras,* mesas de engenhos e outras obras, e muito taboado; e já se cortou árvore destas tão comprida e grossa, que deu no comprimento e grossura duas *Gangorras,* que cada uma, pelo menos, ha de ter cinquenta palmos de comprido, quatro de assento e cinco de alto".

GANGÔRRA (2.º), *s. f. (Piauí)* espécie de armadilha que, para prender os animais bravios, se estabelece ordináriamente entre desfiladeiros e boqueirões. Consiste em um pequeno curral em redor de uma cacimba ou aguada, com uma entrada ou porteira por onde fàcilmente entra o animal, e com uma saida que é para êle um labirinto. O animal engangorrado, ou se deixa pegar, ou terá de romper ou de saltar a cerca (J. Coriolano).

GANJA, *s. f.* vaidade, presunção: Tua *ganja* não tem razão de ser. Deixa-te dessas *ganjas,* que mal cabem a um homem sério. Não dês *ganja* àquela mulher, já tão dispos-

GAN

ta a se julgar ó prototipo da perfeição. || *Obs.* Moraes não menciona êste vocábulo. Aulete dá-o como nome de resina extraida de uma espécie de canhamo, e é a base do haschisch. Isto nada tem que ver com o nosso vocábulo, do qual é apenas o homonimo.

GANJENTO, *adj.* vaidoso, presumido: Depois que o irmão entrou para o ministério, ficou José tão *ganjento* que mal o podem abordar seus amigos. Minha filhinha está toda *ganjenta* com o vestido que lhe deu de festa a madrinha. || *Obs.* Moraes escreve *gangento;* mas, como o radical dêste adjetivo é seguramente *ganja,* parece-me que a ortografia que adoto é mais razoável. Êste autor não menciona êste vocábulo como exclusivamente brasîleiro; mas Aulete o suprimiu, o que me faz pensar que não é usado em Portugal.

GAPUIA, *s. f. (Vale do Amaz.)* modo de pescar que consiste em fazer o que chamam *Mucuóca,* isto é, atravessar o riacho com *aninga* e *tujuco* encostados em paus cravados a prumo, afim de não passar tôda a água; e em bater o *timbó,* para fazer sobrenadar o peixe se o lugar é algum tanto fundo; ,e se o não é, toma-se o peixe à mão, sem o auxílio do timbó (Baena).

GAPUIAR, *v. intr. (Vale do Amaz., Maranhão)* pescar nos baixîos um pouco ao acaso, lançando o harpão para o pirarucú ou a flecha para o tambaqui, tucunaré e outros peixes aqui e ali; apanhar

GAR

camarões em cestos nas pequenas lagôas; tomar pequenos peixes à aventura nos baixos; procurar uma coisa qualquér ao acaso da sorte (J. Verissimo). || Esgotar a água que resta na vasante do pequeno rio tapado, por meio do *Parí,* para pegar o peixe miudo que nêle fica (B. de Jary). || Esgotar uma lagôa, para deixar o peixe em seco. || Extrair a água de pequenos poços ou riachos, com o fim de apanhar o peixe (Seixas).

GARAJÁU, *s. m. (Pern.)* espécie de cesto oblongo e fechado, em que os camponeses conduzem galinhas ,e outras aves ao mercado. || No R. Gr. do N. é o *Garajáu* um aparêlho para conduzir peixe seco. Compõe-se de duas peças chatas e quadrangulares, com cêrca de 66 centimetros de comprimento e 55 de largura, formada cada peça por quatro varas presas pelas extremidades, cheio o intervalo com embiras ou palhas de carnauba tecidas em malhas largas. Sôbre uma dessas peças deitada no chão arrumam cuidadosamente o peixe seco e o cobrem com a outra peça, atando as extremidades, para que não se desliguem durante a marcha (Meira). || Moraes menciona *Garajáo* e Aulete *Garajáu:* o primeiro como ave marítima da costa de Guiné; o segundo como ave palmipede, com o nome zoologico de *Sterna fluviatilis.* Não lhe encontro analogia possível com o nosso vocábulo.

GARÁPA, *s. f.* nome comum a diversas bebidas refrigerantes. Em

GAR

S. Paulo, Goiás e Mato-Grosso dão êsse nome ao caldo da cana, e também lhe chamam *Guarápa*. Em algumas provincias do norte *Gárapa picáda* é o caldo da cana fermentado, e o nome de *Garápa* se aplica também a qualquer bebida adoçada com melaço. Segundo Simão de Vasconcelos, *Garápa* é o termo com que os Tupinambás designavam uma certa bebida feita com mel de abelhas. Em Angola, no dizer de Capello e Ivens, entende-se por *Garápa* uma espécie de cerveja feita de milho e outras gramineas, à qual dão também os nomes de *Ualúa* e *quimbombo,* conforme as terras.

GARIMPAR, *v. intr. (Minas-Gerais)* exercer o oficio de *Garimpeiro.*

GARIMPEIRO, *s. m. (Minas-Gerais)* nome que se deu outrora a uma espécie de contrabandistas, cuja indústria consistia em catar furtivamente diamantes nos distritos em que era proibida a entrada de pessoas estranhas ao serviço legal da mineração. Para exercerem seu arriscado oficio, os garimpeiros penetravam em magotes nos lugares mais ricos em diamantes e os procuravam. Enquanto uns executavam êste serviço, outros se postavam de sentinela nos pontos altos, afim de avisa-los da aproximação de soldados. Então se refugiavam nas montanhas mais escarpadas, onde não podiam ser alcançados. || *Etim.* Pelo que diz St. Hilaire, o nome de *Garimpeiros* não é

GAR

mais do que corruptela de *Grimpeiros,* que foi dado a êsses aventureiros em alusão à *Grimpa* das montanhas em que se ocultavam. Aulete, mencionando êsse vocábulo, o dá como pouco usado, mas nada diz a respeito de sua nacionalidade.

GAROA, *s. f. (provs. merid.)* chuvisco. || *Etim.* E' vocábulo de origem peruana. No Perú dizem *Garúa,* e assim também no Chile e em outros países espano-americanos.

GAROAR, *v. intr. (provs. merid.)* chuviscar. Também dizem *garuar.*

GAROUPEIRA, *s. f.* espécie de embarcação que se emprega na pesca da garoupa nos baixos dos Abrolhos, e da qual fazem grandes salgas, constituindo a indústria capital de Porto-Seguro, e seu maior comércio de exportação. E' armada com um mastro a meio, e um outro pequeno à pôpa, onde se iça uma vela chamada *burriquete (Dic. Mar. Braz.)*

GARRÃO, *s. m. (R. Gr. do S.)* nervo da perna do cavalo. || *Etim.* Do castelhano *Garron,* significando esporão das aves, e em Aragão calcanhar.

GARROTE, *s. m.* bezerro de dois a quatro anos de idade. || O homonimo português significando arrocho, coto de páu com que se dá volta ao laço posto no pescoço, para estrangular, não póde ser a origem do nosso vocábulo.

GAR

GARROTEADO, A, *adj. (R. Gr. do S.)* diz-se do couro que, convenientemente sovado e batido, torna-se nimiamente macio: Couro *garroteado* (Coruja).

GARROTEAR, *v. tr. (R. Gr. do S.)* sovar e bater o couro, até amacia-lo bem. || *Etim.* E' verbo antiquado da língua castelhana, significando dar arrochadas, pauladas, bastonadas (Coruja).

GARRUCHA *s. f.* pistola de grande dimensão. || Tanto em português, como em castelhano, aquilo a que chamam *garrucha* é coisa mui diferente. || No R. Gr. do S. a *garrucha* é o bacamarte de boca de sino; e figuradamente dão êsse nome à índia velha (Cesimbra).

GARÚA, *s. f.* o mesmo que *Garôa*.

GARUAR, *v. intr.* o mesmo que *Garoar*.

GASSÁBA, *s. f.* o mesmo que *Igassába*.

GATEADO, *adj. (R. Gr. do S.)* diz-se do cavalo baio com as crinas côr de flexa (Coruja). || Segundo Cesimbra, é o cavalo de pêlo amarelo-avermelhado.

GATO DO MATO, *s. m.* o mesmo que *Maracajá*.

GAÚCHADA, *s. f. (R. Gr. do S.)* ação própria de gaúcho; astúcia, ardil (Valdez).

GAÚCHAR, *v. intr. (R. Gr. do S.)* praticar o gaúcho os seus costu-

GEN

mes, ou imitá-los um estranho (Valdez).

GAÚCHITO, *s. m. (R. Gr. do S.)* dim. de gaúcho, gaúchinho, pequeno gaúcho (Cesimbra).

GAÚCHO, *s. m. (R. Gr. do S.)* habitante do campo, oriundo, pela maior parte, de indigenas, portuguêses e espanhois. São naturais não só das repúblicas platinas como do R. Gr. do Sul. Dão-se à criação do gado vacum e cavalar, e são notáveis por seu valor e agilidade.

GAUDÉRIO, A, *adj.* parasita, amigo de viver à custa alheia. || *Etim.* Ainda que pareça ser termo português de origem latina, não o encontro em dicionário algum da nossa língua. Aulete menciona *Gaudio* com a significação de alegria, regosijo, folia e brinquedo.

GENEROSO, *s. m. (R. Gr. do S.)* ente fantastico que, segundo a crendice popular, era o terror das famílias no território das Missões. Entrava invisivelmene naś casas, fazia barulho pelos quartos, tocava instrumentos musicais, qual a viola, e nas noites de baile, no calor da dança, sentiam-lhe as pisadas, e aproximando-se do tocador da viola cantava esta quadrilha:

Eu me chamo Generoso,
Morador em Pirapó;
Gosto muito de dançar
Com as moças de paletot

(Cesimbra).

DICIONÁRIO DE VOCÁBULOS BRASILEIROS

123

GEN

GENIPÁPO, *s. m.* V. *Jenipápo.*

GERAIS (1.º), *s. m. pl.* diz-se que alguém está nos seus *gerais,* quando vive satisfeito com a posição que ocupa. Equivale a não caber em si de contente: Aquêle sujeito, que tanto desejava um emprego público, está nos seus *gerais,* depois que o nomearam inspetor das escolas municipais.

GERAIS (2.º), *s. m. pl. (Ceará, Piauí)* lugares longínquos, ermos e invios, onde não costuma penetrar gente: Perdi-me naquêles *Gerais,* sem mais poder atinar com a direção que me cumpria seguir (J. Galeno).

GERAL, *s. m. (Par. do N., R. Gr. do N.)* lugar coberto de mato: Aquela parte da província é um *geral.* Meu roçado, dantes tão bem cultivado é hoje um *geral* (Meira).

GERALISTA, *s. m. e f. (provs. merid.)* nome que muitas vezes dão ao natural da província de Minas-Gerais, em lugar de *Mineiro.*

GEREBÍTA. V. *Jerebíta.*

GIA. V. *Jia.*

GIBÃO, *s. m. (provs. do N.)* espécie de veste de couro, de que usam os vaqueiros, no exercício de sua profissão. || *Etim.* E' voc. português, salvo a aplicação que lhe dão no Brasil.

GIBOIA, *s. f.* V. *Jibóia.*

GILÓ, *s. m.* V. *Jiló.*

GIMBO, *s. m.* V. *Jimbo.*

GON

GINETAÇO, *s. m. (R. Gr. do S.)* ginete que cavalga bem e com garbo (Coruja). || Aulete escreve erradamente *Ginetaco.*

GINÊTE (1.º), *s. m.* cavaleiro: Aquele sujeito é um bom *ginete.* || Também designa, como em Portugal, um cavalo de boa raça.

GINÊTE (2.º), *s. m. (Ceará)* espécie de sela grosseira fabricada no país, e da qual usam os vaqueiros no exercício da sua profissão. E' de assento ráso, sem coxim, nem relevo algum atrás, nem dos lados. As abas terminam quasi sempre em linha reta e não curva, como as das selas ordinárias (Meira).

GIQUI, V. *Jiqui.*

GIRAU. V. *Jiráu.*

GIZ, *s. m. (Pern., Par. do N., Ceará)* traço retilíneo, a ferro quente, com que se assinala o animal vacum, indicando, por ocasião de inventário, que êsse animal já foi contado. E' também a contramarca que se põe em um animal, logo que passa para outro possuidor.

GIZAR, *v. tr. (Pern., Par, do N., Ceará)* assinalar o animal vacum, por meio do traço a ferro quente, chamado *Giz.*

GOIANO, A, *s.* natural da prov. de Goiás. || *adj.* que pertence à prov. de Goiás.

GOMA, *s. f. (Bahia e outras prov. do N.)* o mesmo que Tapióca.

GONGA (1.º), *s. m. (Rio de Jan.)* espécie de cestinha com tampa. ||

GON

Etim. Vem da língua bunda *Ngonga.* || Tambem lhe chamam *Quilungo* (V. de Souza Fontes).

GONGÁ (2.º), *s. m* e *adj. (provs. do N.)* nome de uma espécie de Sabiá pouco apreciado: *Sabiá-Gongá.*

GORGULHO, *s. m. (Minas-Gerais)* fragmentos das rochas ainda angulosas, no meio das quais encontra o ouro nas lavras chamadas de *gupiára* (St. Hilaire) || Pequenos seixos de grês, de quartzo e de silex roliços, ora soltos e ora ligados entre si, por meio de uma argila amarela e vermelha da natureza da ganga (Castelnau). || Na mais geral acepção, *Gorgulho* é, tanto no Brasil como em Portugal, o nome vulgar de um pequeno Coleoptero, que ataca os celeiros.

GRAMÁDO, *s. m.* terreno plantado de grama, com destino à pastagem ou à ornamentação de jardins. || *adj.,* coberto de grama: Um campo *gramado.*

GRAMAR, *v. tr.* cobrir de grama um terreno: Ocupo-me agora em *gramar* o meu jardim. || Afóra a significação brasileira, o verbo *gramar* é português em outros sentidos, e como tal usual também entre nós, como, por exemplo, *gramar* um susto, *gramar* uma sóva; mas neste caso não póde, como o nosso, ter a sua origem, na graminea a que damos particularmente o nome de *grama;* e é portanto erronea a etimologia afirmada por Aulete.

GRANAR, *v. intr.* engraecer o milho.

GRU

GRAXEAR, *v. intr. (R. Gr. do S.)* namorar (Coruja). E' expressão usual entre a gente do campo.

GRÉ, *s. m. (Par. do N.)* o último dos tres compartimentos de um curral de pescaria, e onde, por meio de uma rêde apropriada, se apanha o peixe (Souza Rangel). No Rio de Jan. lhe chamam *viveiro.*

GRÓGÓJÓ, *s. m. (Alagôas)* espécie de cucurbitacea semelhante ou identica ao porongo do Sul, de que se fazem as cuias de mate (Severiano da Fonseca). || E' a *Cucurbita ovoide* dos botânicos (Aulete).

GRÓTA, *s. f.* terreno em plano inclinado na intersecção de duas montanhas. E' mui apropriado á cultura das bananeiras, por te-las ao abrigo das ventanias. || *Etim.* Parece ser uma modificação de *gruta.* || Aulete, referindo-se, sem dúvida, a Portugal, define gróta: "Abertura na margem do rio, que fazem as águas das enchentes, por onde se lançam para dentro dos campos e se despejam na descida.

GRUMIXÁ, *s. m. (Minas-Novas)* espécie de casulo corneo que se encontra nos rios, pertencente a uma larva. Tem de comprimento meia polegada (0m,01875). São lisos, lustrosos e negros. Com êles fazem braceletes os selvagens Macuns (St. Hilaire). || Cumpre fazer observar que ha na prov. do Esp. Santo, com o nome de *Crubixá,* um ribeiro que desce da cordilheira dos Aimorés por entre rochedos, nos quais se encontra certa espécie de coral

DICIONÁRIO DE VOCÁBULOS BRASILEIROS

GRU

mui frágil, de côr escura, com que as mulheres dos Botocudos costumam enfeitar a cabeça, pescoço, braços e pernas (Cesar Marques). Não duvido nada que as palavras *Grumixá* e *Crubixá,* se diferenciem apenas pela pronuncia, e sejam ambas a corruptela de *Curubixá.* Poucas leguas ao norte da vila do Prado, na prov. da Bahia, ha uma enseada denominada *Curumuxatigba* por uns, e *Curubuxatigba* por outros, havendo até quem lhe chame *Crumuxatigba.* Tudo isso parece indicar que são todos a corruptela de um radical comum, e que êsse radical é o termo *Curubi.* Tanto mais o creio assim, que Cesar Marques menciona também, no seu *Dicc. hist. geogr. e estat. da prov. do Esp.-Santo,* um ribeiro com o nome de *Curubixá-mirim.*

GRUMIXAMA, *s. f.* fruta da Grumixameira, arvoreta do gênero *Eugenia (E. brasiliensis)* da família das Myrtaceas. || *Etim.* do tupi Igbámixâna *(Voc. Braz.).*

GUABIJÚ, *s. m. (R. Gr. do S.)* fruta do Guabijueiro, arvoreta do gênero *Eugenia (E. Guabijú),* da família das Myrtaceas. || *Etim.* E' voc. tupi.

GUABIRÁBA, *s. f.* fruta da Guabirabeira, nome comum a duas especies de Myrtaceas, pertencentes ao gênero *Abbevilia* e *Eugenia,* sendo esta natural do Ceará, e a outra da Bahia e Pernambuco. || *Etim.* E' voc. tupi.

GUABIRÓBA, *s. f.* fruta da Guabirobeira, nome comum a diversas

GUA

especies de Myrtaceas pertencentes aos gêneros *Psidium* e *Eugenia.* || *Etim.* E' nome tupi.

GUABIRÚ, *s. m. (Pern. e outras provs. do N.)* nome vulgar do rato de casa, de grande espécie *(Mus tectorum?).* || Etim. E' voc. tupi || Houve em Pernambuco um partido político ao qual seus adversários, os Praieiros, deram por mofa o nome de *Guabirú.*

GUACÁ, *s. m. (S. Paulo, Rio de Jan.)* nome vulgar de duas espécies de Sapotaceas frutiferas. || *Etim.* E' voc. tupi.

GUACHÍTO, *s. m. (R. Gr. do S.)* diminutivo de Guacho (Cesimbra).

GUÁCHO, *s. m. (R. Gr. do S.)* cavalinho ou bezerro criado em casa. Equivale a engeitado, por não ser alimentado pela própria mãe (Coruja). || E' usual em todos os Estados da América Meridional. No Perú e Bolivia dizem *guacha.* || *Etim.* Tem a sua origem em *Huaccha,* da língua quichua, significando órfão, pobre. Em aimará, *huajcha* também significa órfão. Em araucano *huachu* se traduz por filho ilegitimo, e animais mansos e domesticados (Zorob. Rodriguez). || Em guarani *guachã* é o equivalente de menina, empregado no vocativo (Montoya).

GUAJERÚ, *s. m.* arbusto frutifero do gênero *Chrysobalanus (C. Icaco)* da família das Rosaceas. Também lhe chamam *Guajurú,* e no Pará *Uajurú.* E' o *Abajerú* de Gab. Soares. Vegeta nos areais do

GUA

litoral. || *Etim.* E' voc.. de origem tupi.

GUAJURU, *s. m.* o mesmo que *Guajerú.*

GUAMPA, *s. f. (R. Gr. do S., Paraná, S. Paulo)* nome que no campo dão geralmene ao chifre do boi; e mais particularmente quando o preparam á guiza de copo para beber água em viagem. || *Etim.* Este nome nos veiu por intermédio das repúblicas platinas, onde é usual. No Chile dizem *Guámparo* (Zorob. Rodriguez); mas éste autor nada diz a respeito de sua origem.

GUANDO, *s. m. (Rio de Jan.)* fruta do Guandeiro *(Cytisus cajanus)*, arbusto da família das Leguminosas. Come-se-lhe a semente à guiza de ervilhas. Em Pernambuco lhe chamam *Guandú*, e na Bahia *Andú.* E' planta exotica e provavelmente introduzida da África.

GUANDÚ, *s. m. (Pern.)* o mesmo que *Guando.*

GUAPÉBA, *s. f.* nome comum a diversas espécies de plantas frutiferas pertencentes à família da Sapotaceas. Também dizem *Guapéva.*

GUAPETÃO, *adj. m. (R. Gr. do S.)* aumentativo de guapo, valentão (Cesimbra).

GUAPÉVA, *s. f.* o mesmo que *Guapéba.*

GUAPITO, *adj. m. (R. Gr. do S.)* diminuitivo de guapo.

GUAPURUNGA, *s. f. (S. Paulo, Paraná)* fruta da guapurungueira,

GUA

arbusto do gênero *Marliera (M. tomentosa)* da família das Myrtaceas. || No Paraguai e em Bolivia é êsse o nome que dão à jabuticaba, outra Myrtacea do gênero *Myrciaria.* || *Etim.* E' voc. de origem tupi.

GUAQUICA, *s. f. (Rio de Jan.)* planta frutifera pertencente ao gênero *Lugenia* da família das Myrtaceas. || *Etim.* E' provavel que este vocábulo seja de origem tupi.

GUARÁ (1.º), *s. m.* nome vulgar de uma espécie de mamifero pertencente ao gênero *Canis (C. jubatus)* || *Etim.* E' alteração de *Aguará*, nome que lhe davam os aborigenes tanto do Brasil meridional, como do Paraguai.

GUARÁ (2.º), *s. m.* nome vulgar de uma espécie de ave do gênero *Ibis (I. rubra)* pertencente á ordem das Pernaltas. || *Etim.* Do tupi *Guyrá-piranga*, ave vermelha.

GUARANÁ, *s. m.* espécie de massa durissima feita com a fruta de uma planta do Amazonas chamada guaraná *(Paullinia sorbilis).* E' invenção dos índios Maués, os quais faziam disso um mistério. Hoje, porém, está no domínio de todos. Usa-se desta preparação como bebida refrigerante. Para isso rala-se de cada vez uma colherada da massa, a qual se deita em um copo çom água e açúcar, mexe-se e toma-se. As propriedades medicinais do *Guaraná* são notáveis.

GUARÁPA, *s. f. (S. Paulo)* o mesmo que *Garápa.*

GUA

GUARDA-PEITO, *s. m. (Sertões do N.)* pedaço de pele que se ata ao pescoço e cintura; resguarda o peito do vaqueiro e lhe serve de colete.

GUARÍBA (1.º), *s. f.* nome commum duas espécies de Quadrumanos do gênero *Mycetes,* aos quais no Rio Gr. do Sul e em Mato-Grosso chamam *Bugio.* Creio também que em algumas partes do Brasil os conhecem por *Barbados.* || *Etim.* E' vocábulo tupi, mencionado por G. Soares. Não tratam, porém dêle nem o *Voc. Braz.,* nem o *Dicc. Port. Braz.,* e nem tão pouco Montoya. || No Pará dão á Coqueluche o nome de *Tosse de Guaríba.*

GUARÍBA (2.º), *s. f. (Pará)* o mesmo que *Catimpuêra.*

GUARIRÓBA, *s. f.* nome vulgar de uma espécie de Palmeira do gênero *Cocos (C. oleracea),* a qual fornece um palmito amargoso mui apreciado.

GUASCA (1.º), *s. f. (R. Gr. do S.)* tira ou correia de couro crú (Coruja). || *Etim.* Do quichúa *huasca* significando soga, cordel (Zorob. Rodriguez).

GUASCA (2.º), *s. m. (R. Gr. do S.)* o mesmo que *Caipira.* || *Obs.* E' de notável injustiça a alcunha de *Guasca* aplicada aos habitantes do campo naquela província. *Guasca,* com a significação de tira de couro crú, é o instrumento o mais grosseiro que se pode imaginar; entretanto que o camponês dali, ainda

GUA

mesmo o da classe mais humilde, é notável pela polidez de que usa para com todos. Não só nas repúblicas platinas como no Chile e outras partes da América Meridional dão ao homem do campo o nome de *Guaso,* cuja origem é *huasa* da língua quichua, segundo Zorob. Rodriguez. Devemos pensar que *Guasca,* no caso de que se trata, não é mais do que a corruptela de *Guaso.*

GUASCAÇO, *s. m. (R. Gr. do S.)* golpe ou pancada dada com a guasca.

GUASQUEAR, *v. tr. (R. Gr. do S.)* açoutar com a *guasca.*

GUASSÚ, *adj.* voc. tupi, significando *grande,* e do qual nos servimos muitas vezes para distinguir certos objetos maiores que outros. Os menores distinguimo-los pelo adj. da mesma língua *mirim;* Araçá *guassú,* Araçá *mirim;* Tamanduá *guassú,* Tamanduá *mirim.* || Também, por motivo de eufonia se pronuncia *assú, uassú, ossú* e *ussú.* Quando a penultima sîlaba do substantivo é aguda se usa de *ussú* (Anchieta): Taquára, Taquarussú, etc.

GUAXE, *s. m.* nome vulgar do *Cassicus haemorrhous,* espécie de passere comum a todas as províncias do Brasil e em geral à América intertropical. Vive em grandes bandos, e é notável, não só pelo canto que lhe é próprio, como pela facilidade de imitar o de outas aves e a voz de quaisquer ani-

GUA

mais. Seus ninhos têm a forma de uma bolsa pendurada nos ramos das árvores altas. Tem outros nomes vulgares conforme as provincias Xexéu, Xiéu, Japú, Japujuba, Japim, João-Congo, etc. Além da espécie compreendida nesta extensa sinonimia, conta-se mais o *Japúassú (cassicus cristatus)* e o Japúmirim *(Cassicus icteronotus)*.

GUAXIMA, *s. f.* nome comum a diversas espécies de Malvaceas, de cuja fibra se fazem cordas. Em alguns lugares lhe chamam *Guaxuma*. || *Etim.* E' corruptela do tupi *Aguaixima (Voc. Braz.)*

GUAXINIM, *s. m.* espécie de mamifero do gênero *Galictis (G. vittata* ex-Martius) da ordem dos Carniceiros.

GUAXÚMA, *s. f.* o mesmo que *Guaxima*.

GUAIÁBA, *s. f.* fruta da Guaiabeira, de que ha varias espécies indigenas, pertencentes ao gênero *Psidium,* da família das Myrtaceas, e se compõe de arbustos, arvoretas e árvores. || *Etim.* Não sei se êste vocábulo, geralmente usado no Brasil, é indigena ou exótico. O certo é que os mais antigos escritores das coisas do Brasil, como G. Soares, Gandavo e outros, não o mencionam e só falam do *Araçá,* nome ainda vulgar entre nós, designando a fruta de outras espécies de *Psidium*.

GUAIABÁDA, *s. f.* doce seco feito com a guaiába á maneira da marmelada. E' o que em Portugal

GUR

chamam também *doce de tijolo*. Na Bahia lhe chamam *Doce de araçá*.

GUAIACA, *s. f. (R. Gr. do S.)* bolsa de couro presa a uma cinta, e na qual o viajante guarda dinheiro e outros objetos de pequenas dimensões. || *Etim.* Do quichua *huayaca* (Zorob. Rodriguez).

GUENZO, *adj. (Campos, S. João da Barra)* diz-se do individuo que, por fraqueza ou outro qualquer sofrimento, anda penso de um lado (Coutinho). || *(Pern., Par. e R. Gr. do N.) s.,* e *adj.,* magriço, enfesado, pernilongo.

GUINILHA, *s. f. (Rio Gr. do S.)* o mesmo que *Esquipado*.

GUPIÁRA, *s. f. (Minas-Gerais)* nome que nas regiões auriferas dão a uma espécie de cascalho em camadas inclinadas nas fraldas das montanhas, e donde se extrae ouro.

GURÍ (1.º), *s. m. (R. Gr. do S.)* denominação geralmente dada às crianças. || *Etim.* Do guarani *Ngyrî,* título que dão os pais ás crianças do sexo feminino (Montoya).

GURÍ (2.º), *s. m. (Rio de Jan. e algumas provs. do N.)* nome que dão ao bagre pequeno. Em Alagôas ao bagre grande chamam Guriguassú. || *Etim.* E' voc. tupi.

GURIBA, *adj. m. e f. (Rio de Jan.)* que tem as penas arripiadas: Galinha *guriba*. Galo *guriba*.

GURIRÍ, *s. m. (Rio de Jan., Bahia)* nome vulgar de uma espécie

DICIONÁRIO DE VOCÁBULOS BRASILEIROS   129

GUR

de Palmeira pertencente ao gênero *Diplotemium (D. maritimum)*. || *Etim*. E' voc. tupi.

GURITA, *s. f. (sertão da Bahia)* egua velha.

GURUGUMBA, *s. f. (Campos, S.*

GUR

Fidelis) espécie de cacete. || *Etim*. E' o nome de certa madeira mui rija, própria para bengalas (S. Coutinho).

GURUPÉMA, *s. f.* o mesmo que *Urupêma*.

H

HOR

HARAGÁNO, *adj. (R. Gr. do S.)* diz-se do cavalo difícil de pegar-se, por isso que foge, quando dêle se aproximam. || *Etim*. E' vocábulo castelhano, com a significação de mandrião, ocioso, preguiçoso, e diz-se de quem foge ao trabalho e vive no ócio. Há uma certa analogia entre o sentido moral desta expressão e o mau hábito do animal que, não se deixando prender, foge ao serviço a que o querem obrigar.

HECHÔR, *s. m. (R. Gr. do S.)* asno ou burro que serve de garanhão em uma manada de eguas, afim de promover a hibridação, de que resulta o gado muar. || *Etim*. E' vocábulo castelhano antiquado, com a significação de *fazedor*.

HEP! *int. (R. Gr. do S.)* Usa-se

HOS

no campo para excitar os animais a andar. O *h* é aspirado (Coruja).

HERVA, *s. f. (R. Gr. do S., Paraná)* antonomasia da *Congonha*. || Também chamam *Herva* a qualquer planta venenosa que se encontra nas pastagens, e essa denominação é geral a todo o Brasil.

HERVAL, *s. m. (R. Gr. do S., Paraná)* mata em que domina a Herva-mate ou Congonha.

HERVATEIRO, *s. m. (R. Gr. do S.)* indivíduo que negocia em herva-mate.

HIAPIRUÁRA. V. Iapiruára.

HOSCO, *adj. (R. Gr. do S.)* designativo do animal vacum de côr escura, com o lombo tostado. || *Etim*. E' vocábulo castelhano, significando *fusco*. (Coruja).

I

IAC

IÁCA, *s. f. (Maranhão)* o mesmo que *inháca*.

IAP

IAPIRUÁRA, *s. m. (Pará)* nome que os índios do Baixo Tapajos dão

IGA

aos que habitam o Alto Tapajos, e significa *gente do sertão* (Baena). Êste autor escreve *Hiapiruára;* mas mas eu entendi dever suprimir o *H,* por desnecessário.

IGAPÓ, *s. m. (Pará)* pantano, charco, brejo coberto de matos. || *Etim.* E' vocábulo de origem tupi e mui usado naquela província. Em guarani, *Yapó* tem também a significação de pantano. Na província do Paraná, temos o rio *Yapó.* || O nome de *Oyapoc,* dado ao rio que nos serve de limite ao norte com a Guiana-Francêsa, tem a mesma origem, tanto mais que há cartas em que, em lugar daquêle nome, se usa de *Iapoc* e *Yapoc* (J. C. da Silva).

IGÁRA, *s. f.* forma vulgar de *iggára,* nome que em língua tupi se aplica genericamente a todas e quaisquer embarcações, salvo os designativos especiais para as distinguir umas das outras, conforme o sistema e materiais adotados em sua construção. Como tal, ainda hoje entra na composição de muitos vocábulos usuais, como *Igarapé, Igarité,* etc.

IGARAPÉ, *s. m. (Pará)* rio pequeno ou riacho navegavel. || Longo e estreito canal compreendido entre duas ilhas ou entre uma ilha e a terra firme. || No litoral .do Maranhão e Piaui, dão êste nome áqueles pequenos esteiros a que em outras províncias chamam *Gambôa* ou *Cambôa,* e cuja navegabilidade depende do estado da maré. || *Etim.* E' vocábulo do dialeto tupi

IGA

do norte do Brasil, significando *Caminho de canôa,* isto é, *Rio;* e assim o traduz o *Dicc. Port. Braz.*

IGARITÉ, *s. m. (Pará)* pequena embarcação, cujo .fundo, como as canoas, é de um só madeiro, alteada de falcas e chanfradas à próa e pôpa, tendo à ré uma tolda, a que chamam *Panacarica* (H. Barbosa). || Em Mato-Grosso dão o mesmo nome a uma espécie de *Chata* (Cesario C. da Costa). || *Etim.* E' vocábulo tupi ligeiramente alterado pela substituição do *êtê* em *itê.* Os Tupinambás davam o nome de *iggarêtê* á canôa construida de uma só peça de madeira, para a diferençar da *igpé-iggára,* que era feita de casca de pau; da *iggapeba,* jangada; e da *Piripiriiggára,* que o era de junco. A palavra *iggarêtê* decompõe-se em *iggára,* canôa, e *êtê,* expressão de superioridade qualitativa. Também lhe chamavam *igbigráiggára,* canôa de madeira.

IGARVANA. Encontro êste vocábulo em Moraes e em Aulete, com a significação de *homem navegador.* Moraes funda-se na autoridade de Vieira. Há, porém, manifesto erro de escrita; e deve-se ler *Igaruána,* cuja tradução literal é morador na canôa, e portanto navegador.

IGASSÁBA, *s. f. (Pará)* pote de barro de boca larga geralmente, quer se destine a água, quer sirva para guardar farinha, ou outros quaisquer gêneros. Também se aplica o mesmo nome a grandes ca-

DICIONÁRIO DE VOCÁBULOS BRASILEIROS

ILH

baças preparadas para o mesmo fim. Dantes se serviam os selvagens do Brasil (e talvez outro tanto façam as tribus que nos são pouco conhecidas) das *Igassabas* de barro à guisa de urnas funerárias, que enterravam com os despojos de seus defuntos. Ainda hojé se encontram dessas urnas nos seus antigos cemitérios. Em Montoya há *iaçá,* correspondendo ao tupi *Igassaba.* || Também dizem *Gassaba.*

ILHÁPA, *s. f. (R. Gr. do S.)* nome que dão à parte mais grossa do *Laço,* a qual tem proximamente 2m,2 de comprimento e é presa na argola do laço (Cesimbra).

IMBONDO, *s. m. (S. Paulo, Rio de Jan.)* dificuldade, embaraço, obstaculo: Custou-me a sair daquêle *imbondo,* em que me haviam colocado as minhas relações políticas.

IMBÚ, *s. m. (provs. do N.)* fruta do Imbuzeiro *(Spondias tuberosa),* árvore da família das Terebinthaceas. Também dizem *Umbú.*

IMBURÍ, *s. m. (Bahia)* o mesmo que *Burí.*

IMBUZADA, *s. f. (sertão do Norte)* nome de um alimento feito de leite misturado com o sumo da fruta *Imbú.* Também dizem *Umbuzada.*

INAJÁ, *s. m. (Pará, Maranhão)* palmeira do gen. *Mâximiliana (M. regia).* || *Etim.* E' voc. tupi, identico a *Indaiá,* bem que se apliquem às vêzes a palmeiras de gêneros diversos. || Os Tupinambás davam

ING

também o nome de *Inajá* á fruta da palmeira Pindóba.

INAMBÚ, *s. f.* nome comum a diversas espécies de aves do gênero *Crypturus,* da família das Perdiceas. Também lhe chamam *Nambú, Nhambú e Inhambú,* || *Etim.* E' voc. de origem tupi.

INDAIÁ, *s. m.,* palmeira do gênero *Attalea (A. Indayá).* || *Etim.* E' voc. de origem tupi.

INDAIÁ-RASTEIRO, *s. m. (Goias)* palmeira do gênero *Attalea (A. exigua).*

INDIO, *s. m.* nome que se aplica geralmente aos aborigenes da América, o que os confunde com os naturais das Indias Orientais. E' um êrro etnográfico que se cometeu desde a descoberta da América, pela crença em que ficára Colombo de ter chegado à India. Modernamente têm sido propostos diferentes nomes para distinguir os aborigenes americanos dos asiáticos, mas parece que a êsse respeito nada se tem resolvido. No Brasil o vocábulo *Indio* é geralmente usado, mas há outros alcunhas com que os designam, tais são *Tapuio, Cabôclo* e *Bugre.*

INGÁ, *s. m.* fruta da Ingazeira, árvore do gênero *Inga* da família das Leguminosas, de que há várias espécies. || *Etim.* E' nome tupi. G. Soares lhe chama *Engá.*

INGURÚNGA, *s. f. (Bahia)* terreno mui acidentado, com subidas e descidas íngremes por entre morros, e de difícil trânsito (Aragão).

INH

INHÁCA, *s. f.* mau cheiro particular a certas coisas. A *inháca* da barata, da cobra, do percevejo, da febre (S. Roméro). || No Maranhão dizem *Iáca* (B. de Jary).

INHAMBÚ, *s. m.* o mesmo que *Inambú.*

INHÚMA, *s. f. (Vale do Amaz.)* o mesmo que *Anhuma.*

INTAIPÁBA, *s. f.* corruptela de *Itaipáva.*

INTAIPÁVA, *s. f.* corrupteia de *Itaipáva.*

INTAN, *s. f.* corruptela de *Itân.*

INUBIA. — Os poetas, nos seus versos, têm falado da *inubia,* coisa que nem os guaranis das Missões, nem os tupis da costa, nem o nome genérico de flauta em os omaguas do sertão conheceram: *abaneènga* era *mimby,* que, escrito *mybu* e também *mubu,* depois tornou-se *inubie,* expressão que a meu ver ajunta letras de um modo avesso à índole do *abaneènga* (Baptista Caetano).

INVERNADA (1.º), *s. f. (provs. do N.)* chuvas rigorosas e prolongadas durante a estação pluvial, a que chamam *Inverno,* bem que tenha lugar no estio e outono do hemisfério austral. || Em Portugal, a palavra *Invernada* tem a significação de inverno rigoroso, invernia; longa duração de mau tempo; chuveiros, frios, neves, ventos tempestuosos como há no inverno (Aulete).

IRI

INVERNADA (2.º), *s. f. (provs. merid.)* nome que dão a certas pastagens convenientemente cercadas de obstáculos naturais ou artificiais, onde se guardam animais cavalares, muares ou bovinos, para descançarem e recuperarem as forças perdidas nas viagens ou nos serviços que prestaram. Nas estancias do R. Gr. do S. a *Invernada* é também destinada para, durante o inverno, engordarem os novilhos, e fazer-se ás vezes alguma criação especial, como cruzamento, etc.

INVERNISTA, *s. m.* nome que dão àquêle que tem por indústria proporcionar campos de pastagens para a *invernada* de gados.

INVERNO, *s. m. (provs. do N.)* estação das chuvas, as quais principiam ordináriamente em janeiro e vão até junho, julho e as vezes até agôsto.

IPÚ, *s. m. (Ceará)* o mesmo que *Igpú.*

IPUEIRA, *s. f. (Sertões da Bahia, e de outras provs. do N.)* o mesmo que *Igpueira.*

IRARA, *s. f.* nome vulgar de uma espécie de mamífero carniceiro do genêro *Galictis (G. Barbara).* Também lhe chamam *Papa-mel,* pela preferência que dá a êsse genero de alimento.

IRIZ, *s. m. (Macaé, prov. do R. de Jan.)* nome de certa epifitia particular ao caféeiro (Corrêa Netto).

IRIZAR, *v. intr. (Macaé)* ser o caféeiro atacado de epifitia a que

DICIONÁRIO DE VOCÁBULOS BRASILEIROS

ISC

dão vulgarmente o nome de *Iriz:* Êste ano *irizou* grande parte dos meus caféeiros (Corrêa Netto). || Em português, o v. tr. *irizar* significa abrilhantar com as côres do arco iris, o que não tem relação alguma com a molestia do caféeiro.

ISCA! *int.* Voz com que se estimulam os cães: Isca! Isca!

ISCAR, *v. tr. (R. Gr. do S.)* o mesmo que *estumar.* || Ha na língua portuguêsa o homonimo *iscar,* com várias significações também usuais no Brasil.

ISQUEIRO, *s. m.* pequena caixa de algibeira de ponta de chifre, onde os fumantes guardam a isca. || Moraes menciona *isqueiro* como sinonimo de Erioforo bastardo: Cardo *isqueiro.* Aulete não trata deste vocábulo.

ISSÁ, *s. f. (S. Paulo) V. Saúba.*

ITÁ, *s. m.* voc. tupi significando pedra, rochedo. Não usamos dêle senão em nomes compostos, aplicados sobretudo a localidades: Itaúna, Itáporanga, Itápuân, Itápéva, Itápuca, etc. Ha, entretanto, muitos nomes que se acham estropiados pela errônea anteposição do *I;* tais são Tapémirim, Tapétininga, Tapirussú, Tapirapuan; hoje convertidos em Itapémirim, Itapétininga, etc. o que lhes transtorna completamente a significação, e põe em embaraços os etimologistas menos adestrados na interpretação dos vocábulos de origem tupi.

ITACUÂN, *s. m. (Pará)* nome de certa pedra amarela, que serve pa-

ITA

ra alisar as panelas feitas à mão (Baena). || *Etim.* Em guarani, é êsse o nome que dão á pedra que serve de prumo ao anzól; e se decompõe em *Itá,* pedra, e *cuân,* cascalho, e assim dizem *Pindá itacuân,* que se traduz literalmente por *cascalho de pedra do anzol* (Montoya).

ITAIMBÉ, *s. m. (R. Gr. do S. Paraná)* despenhadeiro, precipício: O monte Corcovado do lado do mar termina por um *Itaimbé.* || Em Mato-Grosso lhe chamam *Itambé* ou *Tromba* (J. S. da Fonseca). Em várias provincias do Brasil ha lugares denominados *Itambé,* visivel corruptela de *Itaimbé,* || *Etim.* E' voc. tupi, composto do *Itá,* pedra, rochedo; e *aimbé,* afiado, e também áspero como pedra pomes para raspar (Montoya). Também ̄dizem *Taimbé.*

ITAIPÁVA, *s. f.* recife que, atravessando o rio de margem a margem, o torna vadeavel nêsse lugar. Como expressão topografica, é termo útil e digno de ser adotado. || *Etim.* E' voc. tupi. Em guarani dizem *Itaipá* (Montoya). || Em Goias dão-lhe o nome de *Intaipava* e *Intaipaba* (Couto de Magalhães), o que não é mais do que uma corruptela. Leite de Moraes escreve *Itaipava,* quando se refere à navegação do Araguaia, e diz que é sinonimo de *Travessão.* Nos rios do Maranhão, o *Travessão* é formado de areia. || No Amazonas dizem *Entaipava* (Castelnau).

ITAMBÉ, *s. m. (Mato-Grosso)* o mesmo que *Itaimbé.*

ITA

ITAN, *s. f. (Pará)* nome de certos ornatos de pedra polida que se encontram nas urnas funerarias de antigos povos aborigenes (Couto de Magalhães). || Espécie de conchas bivalves que se encontram nas areias dos rios. || *Etim*. E' voc. tupi e guarani. || *Obs*. A estas conchas chamam geralmente *intan;* por corruptela (Meira).

ITAPÉVA, *s. f. (Maranhão)* especie de recife paralelo á margem do rio. || *Etim*. E' voc. tupi, significando pedra chata, pedra larga. || E' nome de varias localidades do

IXE

Brasil, e entre elas a de uma vila em S. Paulo.

ITÉ, *adj. (S. Paulo)* insipidio, insulso, sem gosto: Uma comida *ité*. Uma fruta *ité*.

ITUPÁVA, *s. f. (S. Paulo)* corredeira, encachoeiramento nos rios (B. Homem de Melo).

IXE! *int. irônica (S. Paulo e R. de Jan.)* Pois não! Essa é boa! || Em Montoya ha *yché* ou *niché* com a significação de *certamente,* parecendo porém ser no sentido sério.

J

JAB

JABÁ, *s. m. (Bahia, Serg.)* o mesmo que *Charque*.

JABUTI, *s. m.* nome comum a diversas especies de tartarugas terrestres. || *Etim*. E' voc. tupi.

JABUTICÁBA, *s. f.* fruta da Jabuticabeira, de que há várias especies, árvores, arvoretas e arbustos pertencentes ao gênero *Myrciaria,* da família das Myrtaceas. || No Paraguai e em Bolivia lhe chamam *Guapurunga,* nome que no Brasil pertence a outra espécie de Myrtacea. || *Etim*. E' voc. de origem tupi.

JACÁ, *s. m.* espécie de cesto de forma variável, feito de taquara ou cipó, para conduzir, ás costas de animais, carnes salgadas, peixe,

JAC

toucinho, queijos, etc. || *Etim*. E' corruptela de *Aiacá* vocábulo tanto tupi, como guarani.

JACAMIM, *s. m. (vale do Amazonas)* nome comum a diversas espécies de aves ribeirinhas, do gênero *Psophia,* todas notáveis pela facilidade com que se domesticam. ||*Etim*. E' voc. tupi.

JACARE', *s. m.* nome comum a diversas espécies de *Crocodilus* que vivem nos rios. || *Etim*. E' voc. tupi.

JACATIRÃO, *s. m. (Rio de Jan., S. Paulo)* árvore do gen. *Miconia (M. Candoleana* Triana) da família das Melastomaceas (Glaziou). Como madeira de construção, serve para caibros. Em S. Paulo extraem

JAC

dela uma resina que empregam como verniz.

JACATUPÉ, *s. m.* planta trepadeira do gênero *Pachirrhisus* (*P. angulatus)* da família das Papilionaceas, e cuja raiz tuberosa é comestivel. || *Etim.* E' provavelmente de origem tupi.

JACITÁRA, *s. f. (Pará)* nome comum a diversas plantas do gênero *Desmoncus,* da família das Palmeiras. Na Bahia e oùtras provs. do N., lhes chamam *Titára,* e em Mato-Grosso *Urumbamba.* || *Etim.* Todos esses sinonimos são provavelmente de origem tupi.

JACÚ, *s. m.* nome comum a diversas aves do gênero *Penelope,* da ordem das Galinaceas: *Jacú-tinga, Jacúcáca, Jacú-pemba, Jacú-assu'* etc.

JACÚBA, *s. f.* espécie de alimento ralo feito de farinha de mandioca, que se deita em água fria. No Pará e Maranhão, também lhe chamam *tiquára* e *xibé.* Usam dela os viajantes do interior para aplacar a fome, enquanto não ha outro meio de a satisfazer. Quando as circunstâncias o permitem, adicionam-lhe açúcar e sumo de limão, o que a torna um refresco mui agradável. || *Etim. Jecuacúba,* em tupi, e *Jecoacú,* em guarani, significam jejum. Não duvido que dai provenha o vocábulo *jacúba,* atendendo a que, em falta de pão de trigo, é provável que os jesuitas sujeitassem seus penitentes, em dias de jejum, ao uso da farinha de mandioca ...'hada em água

fria. J. Verissimo pensa, porém, que é voc. de origem africana.

JACUMÁN, *s. m. (vale do Amazonas)* pôpa da canôa e por extensão o leme, que o selvagem não conhecia. || O homem do *jacumán,* o arraes. || No Pará não se dá ao leme o nome de *jacumán,* e simplesmente se emprega êste termo, em relação a pequenas canôas (montarias e pequenos igarités) que o não tem e são governadas por diversos movimentos que dá ao remo o sujeito sentado á pôpa. A expressão usada é *pegar o jacumán:* Êste curumim já sabe pegar o *Jacumán,* isto é, êste rapazinho já sabe governar uma canôa (J. Verissimo). || Os Tupinambás da costa do Rio de Janeiro davam o nome de *jacumán* ou *nhacumán* à balisa de pescaria ou a umas varas a que se atava a embarcação, enquanto se pescava *(Voc. Braz.:*

JACUMAÚBA, *s. m. (Pará)* piloto de uma canôa. || *Etim.* E' voc. tupi. O *Dic. Port. Braz.* escreve *jacumayba.* Segundo Montoya, *igaropitá cocára,* em guarani, é a tradução de piloto. Diz J. Verissimo que o termo *Jacumaúba* é hoje desusado, sendo substituido pela expressão *homem do jacumán.*

JACUTINGA (1.º), *s. m.* nome de uma ave da ordem das galinaceas, pertencente ao gênero *Penelope* e uma das melhores caças do Brasil.

JACUTINGA (2.º), *s. f. (Minas-Gerais)* chisto ferruginoso e manganifero decomposto, ou pelo me-

JAG

nos fàcilmente alteravel, o qual serve de ganga ao ouro (Castelnau) Êste autor escreveu erradamente *jacotinga*.

JAGUANÉ (1.º), *s. m.* nome de um pequeno cão bravio, refeito e com riscas (Costa Rubim).

JAGUANÉ, (2.º) *adj.* '(*R. Gr. do S.*) qualificativo do boi ou vaca que 'tem branco o fio do lombo, preto ou vermelho o lado das costelas e de ordinário a barriga branca (Coruja). || Também se pronuncia *Jaguanês* (B. Homem de Mello). || No Chile, dizem *Aguanés:* Um hermoso toro *aguanés* (Blest Gana).

JAGUAPÉBA, *s. m.* (*S. Paulo*) nome de uma variedade de pequenos cães domesticos de pernas curtas. || *Etim* E' vocábulo tupi que se decompõe em *Jaguá*, cão, e *péba*, chato.

JAGUARA, *s. m.* nome que em língua tupi se dá indiferentemente ao cão e á onça, e que muitas vezes se estende a mamiferos de outros generos, distinguindo-se, porém, uns dos outros por meio de epitetos. || Em S. Paulo, ainda é usual o nome de *jaguára* aplicado ao cão que não tem prestimo para a caça.

JAGUNSO, *s. m.* (*Bahia*) o mesmo que *Capanga* (2.º). || Aulete menciona êste voc. brasileiro; mas escreve *jagunço*.

JAMANTA, *s. m.* jangaz, homemzarrão mal feito de corpo, desageitado. || Em algumas provincias

JAN

do Norte, dão êsse nome ao calçado próprio para andar por casa: Um par de *jamantas* (Meira).

JAMARU, *s. m.* (*Vale do Amazonas*) espécie de cucurbitacea grande, preparada como cuiambuca, afim de servir de vasilha para água (J. Verissimo).

JANDIRÓBA, *s. f.* V. *Andiróba.*

JANGADA, *s. f.* espécie de balsa de sete a oito metros de comprimento sôbre 2m,60 de largura, feita de seis paus de uma certa madeira mui leve, ligados entre si por meio de cavilhas de madeira rija. A jangada é principalmente destinada á pesca desde o norte da Bahia até o Ceará. Também a empregam como meio de transporte de passageiros, e neste caso são guarnecidas de um toldo, e dão-lhe o nome de *paquete.* Os dois paus do centro são os *meios;* os dois imediatos os *bordos;* e os dois últimos as *mem-búras.* Segundo Juvenal Galeno, de prôa a pôpa, as suas partes acessórias são: 1.º, *Banco* de vela, que serve para sustentar o mastro; 2.º, *Carlinga,* taboleta com furos em baixo do banco de vela e em que se prende o 'pé do mastro, mudando-o de um furo para outro, conforme a conveniência da ocasião; 3.º, *Bolina,* taboa que, entre os dois meios e junto ao banco de vela, serve para cortar as águas e evitar que a jangada descaia para sotavento; 4.º, *Vela,* uma grande e única vela cosida em uma corda junto ao mastro, o que se chama palombar a vela; 5.º, *Ligeira,* corda

DICIONÁRIO DE VOCÁBULOS BRASILEIROS   137

JAN

presa á ponta do mastro e nos espeques para segurar aquêle; 6.º, *Retranca,* vara que abre a vela; 7.º, *Escôta,* corda amarrada na ponta da retranca e nos caçadores. Para encher a vela de vento, puxa-se a escôta. 8.º, *Caçadores,* dois tornos pequenos na prôa; 9.º, *Espeques,* dois tornos de 0m,22, com uma travessa e no meio uma forquilha. Na forquilha cada pescador amarra uma corda, e, quando é preciso, nela segura-se derreando o corpo para o mar, e assim *aguentando a queda da jangada.* Nos espeques e forquilha, coloca-se o barril d'água, o *tauassú,* a *quimanga,* a *cuia* de vela, a *tapinambaba.* o *samburá* e a *bicheira;* 10, *Tauassú,* pedra furada, presa a uma corda, e serve de âncora; 11, *Quimanga,* cabaça que guarda comida; 12, *Cuia de vela,* concha de pau, com que se molha a vela; 13, *Tapinambaba,* maçame de linhas com anzois; 14, *Samburá,* cesto de boca apertada em que se guarda o peixe; 15, *Bicheira,* grande anzol preso a um cacete, com que se puxa o peixe pesado para cima da jangada, afim de não quebrar a linha; 16, *Banco de govêrno,* banco á pôpa em que se assenta o mestre; 17, enfim, *macho e femea,* dois calços à pôpa, onde se mete o remo, servindo êste de leme. || *Etim.* E' termo usual em Portugal, bem que a *Jangada* de lá não tenha a aplicação que lhe dão no Brasil. Parece que êste vocábulo é relativamente moderno na língua portuguêsa. E' certo que, em 1587, já dêle se serve Gabriel Soares; mas

JAR

anteriormente em 1500, Vaz de Caminha, descrevendo a *Jangada* que vira em Porto-Seguro, lhe dá o nome de *Almadia.* Em tupi tem a *Jangada* o nome de *Igapéba,* que se traduz em *Canoa chata.*

JANGADEIRA, *s. f. (provs. do N.)* nome vulgar de *Apeiba cymbalaria,* árvore da família das Tiliaceas, e cuja madeira, notavelmente leve, serve para a construção das jangadas. Também lhe chamam *Embira-branca.* Os Tupinambás a denominavam *Apeigba.*

JANGADEIRO, *s. m.* dono ou patrão de uma *Jangada.*

JANGALAMASTE, *s. m. (Pern.)* o mesmo que *Gangorra* (1.º).

JANIPÁBA, *s. m.* V. *Jenipapo.*

JANIPÁPO. *s. m.* V. *Jenipapo.*

JAPÁ, *s. m. (Vale do Amaz.)* esteira tecida de folhas de palmeira. Serve de tolda á canôa, de teto á barraca improvisada e de porta á casa (J. Verissimo). || E' também usual no Maranhão (B. de Jary).

JAPECANGA, *s. m.* nome commum a diversas plantas medicinais de gênero *Smilax,* da família das Smilaceas, e portanto congeneres da Salsaparrilha.

JAPIM, *s. m.* o mesmo que *Guaxe.*

JAPÚ, *s. m.* o mesmo que *Guaxe.*

JAPUJUBA, *s. m.* o mesmo que *Guaxe.*

JARACATIÁ, *s. m.* nome commum a duas ou mais espécies de

JAR

árvores do gênero *Caryca,* da família das Papayaceas, e cuja fruta é comestivel.

JARAIÚVA, *s. f. (Amaz.)* palmeira do gênero *Leopoldinia (L. pulchra* Martius).

JARAMACARŨ, *s. m. (Vale do Amaz.)* o mesmo que *Mandacarú.*

JARARÁCA, *s. f.* nome comum a diversas espécies de serpentes, e entre elas o *Cophia atrox.* || *Etim.* Segundo Gab. Soares, os Tupinambás lhe chamavam *gereraca.* A descrição que êle faz dêste ofidio cabe bem á chamada *jararáca preguiçosa.*

JARERÉ, *s. m.* o mesmo que *Jereré.*

JARIVÁ, *s. m.* o mesmo que *Jerivá.*

JASSANÃN, *s. f.* pequena ave ribeirinha do gênero *Parra* (P. Jaçana).

JATAÍ (1.º), *s. m.* espécie de Mellipona, cujo mel é mui apreciado. Também lhe chamam *Jati.*

JATAÍ (2.º), *s. m.* nome comum a diversas espécies de árvores do gênero *Hymenaea,* da família das leguminosas. Há espécies congeneres, a que chamam *Jatobá.*

JATÍ, *s. m.* o mesmo que *Jatahi* (1.º).

JATOBÁ, *s. m.* o mesmo que *Jatahi* (2.º).

JAUÁRA-ICÍCA, *s. f. (Pará)* espécie de resina ou breu de côr es-

JER

cura, cheiro ativo e sabôr acre, o qual se emprega como betume (F. Bernardino de Souza). || *Etim.* E' vocábulo do dialeto tupi do Amazonas e significa *resina de cão.*

JAUARÍ, *s. m. (Amaz.)* palmeira do gênero *Astrocaryum (A Javari).*

JAVEVÔ, *adj. (S. Paulo)* de aspecto desagradável, em relação ás pessoas; feio, mal amanhado no vestuário; de gordura balofa: O noivo é bonito; mas a noiva é *javevó.* Apresentou-se *javevó* no baile; isto é, mal arranjado. — F., depois da molestia, ficou *javevó* (D. Anna Azevedo).

JEMBÊ, *s. m. (Minas-Gerais)* nome de um espernegado de quiabo e outras ervas, com lombo de porco salgado e angú. E' quase o mesmo que o *Carurú* da Bahia, sem azeite de dendê.

JENIPAPÁDA, *s. f. (Alagôas)* nome de uma espécie de dôce feito de Jenipapo cortado em pequenos pedaços e misturado com açúcar a frio (B. de Maceió).

JENIPÁPO, *s. m.* fruta do Jenipapeiro, árvore do gênero *Genipa,* da família das Rubiaceas, de que ha varias espécies. || *Etim.* E; vocábulo de origem tupi. || No Pará lhe chamam *Janipápo* (Baena), e assim se encontra em alguns cronistas antigos. Também se tem escrito *Janipába e Genipápo.*

JEREBITA, *s. f.* o mesmo que *Mandurêba.* || Moraes e Aulete escrevem *Gerebita.*

DICIONÁRIO DE VOCÁBULOS BRASILEIROS

JER

JÈRÉRÉ, *s. m. (Pern. Par. e Rio Gr. do N.)* espécie de redefole para pescar camarões. Tem a rede a forma de um saco preso a um semi-circulo de madeira com uma travessa diametral, e é munido de um cabo de madeira no meio do arco. O pescador segurando nêsse cabo e mergulhando o *Jèrêré,* passeia com êle pela água e colhe a porção de camarões que lhe convém. || No Rio de Jan. lhe chamam *Pussá.* Na Bahia o *Pussá* é um pequeno *Jèrêré,* destinado à pesca do siri. || Ao *Jèrêré* também chamam *Jarêré.*

JERIMÚ, *s. m.* o mesmo que *Jirimú.*

JERIVÁ, *s. m. (R. Gr. do S.)* Palmeira do gen. *Cocos (C. Martiana,* Drude, Glaziou). *Etim.* Origina-sè do tupi *Jaraigbá,* nome que também lhe davam, ou a alguma espécie congenere os Guaranis do Paraguai. Entre nós há quem lhe chame *Jarivá.* No Rio de Jan. é mais conhecido por *Baba-de-boi.* Na prov. de Mato-Grosso lhe chamam indiferentemente *Jerivá* ou *Juruvá.*

JEVÚRA, *adj. m. (S. Paulo)* nome que dão ao feijão plantado em fevereiro ou março, que é a estação da seca (S. Villalva).

JÍA, *s. f. (Bahia)* nome vulgar da Ran. || *Etim.* E' alteração de *Juig,* um dos nomes que, tanto no Brasil como no Paraguai, davam os aborigenes a essa espécie de Batraquio.

JIQ

JIBÓIA, *s. f.* espécie de ofidio de grande dimensão, pertencente ao gênero *Bôa.* E' congenere do *Sucurí,* mas vive em terra, entretanto que o outro habita as águas doces.

JILÓ, *s. m.* fruta do Jiloeiro, planta hortense do gênero *Solanum (S. Gilo),* da família das Solaneas. || *Etim.* E' de origem africana tanto o produto como o respectivo nome. || Também se tem escrito *Giló.*

JIMBELÉ, *s. m. (S. Paulo)* nome que dão á *Canjica* (2.º) (B. Homem de Mello).

JIMBO, *s. m.* dinheiro. || *Etim.* E' voc. da língua bunda, e é o nome que no Congo dão á moeda representada por uma certa espécie de concha. A outra qualquer espécie de dinheiro chamam *Qui-tare* (Capello e Ivens). Também dizem *Jimbongo.* || *Obs.* E' tão sòmente por grácejo que nos servimos do termo *Jimbo:* Si eu tivesse *Jimbo,* compraria uma casa para minha residência. || Moraes escreve *Gimbo* e *Gimbongo.* Aulete menciona *Gimbo* como nome de um pássaro africano.

JIMBONGO, *s. m.* o mesmo que *Jimbo.*

JIQUÍ, *s. m. (De Alagôas até o Pará)* espécie de nassa, que consiste em um cesto mui oblongo e afunilado, feito de varas finas e flexiveis. Para que o *Jiquí* funcione convenientemente, praticam os pescadores uma cerca que toma toda a largura do riacho, deixando no meio uma abertura na qual colocam a parte larga daquela nassa, ficando a estreita no sentido da corrente. O peixe impelido pela força da correnteza precipita-se no *Jiqui* e ai fica preso. || No Pará lhe chamam *Cacuri* (Baena) e também *Jequi* (J. Verissimo); no R. de Jan. *Cacumbi* (Silva Coutinho); em Mato-Grosso *Juquiá* (Cesario C. da Costa), nome que, no Espírito-Santo, se aplica a outra espécie de nassa, e em Guarapuava a uma armadilha para tomar pássaros. || Nas provincias do Norte, dão também o nome de *Jiqui* a uma entrada mui estreita nos currais de pescaria, pela qual entra o peixe, sem mais poder sair; e figuradamente a qualquer passagem nimiamente estreita. || *Etim.* E' voc. de origem tupi, tanto usual entre os Tupinambás do Brasil, como entre os Guaranis do Paraguai.

JIQUITAIA, *s. f.* pó de qualquer pimenta do gênero *Capsicum,* que, depois de bem madura e seca, é convenientemente triturada.. Éste pó, lançado em caldo, vinagre ou sumo de limão, serve de tempero à mesa. || *Etim.* Do tupi *Jiquitaia,* significando *sal ardente.* || E' o que em Portugal chamam *salpimenta.*

JIRÁU, *s. m.* espécie de grade de varas sôbre esteios fixados no chão, e mais ou menos elevados, segundo o mister a que se deve prestar. Ora é destinado a leito de dormir nas casas pobres; ora serve de grelha para *moquear* a carne ou peixe, ora para nêle expôr ao sol objetos quaisquer. Também dizem *Juráu.* ||

Em algumas provincias do Norte, aplicam igualmente o nome de *Jiráu* a uma esteira suspensa e presa ao teto da casa por quatro ou mais cordas, e serve para nela se guardarem queijos e ourtos gêneros, que ficam desta sorte ao abrigo dos ratos e demais alimarias daninhas (Meira). || *Etim.* E' voc. da língua tupi, e parece corruptela de *Juráu.* Tem-se escrito *Giráo* e *Giráu* (Moraes, Aulete).

JIRIMÚ, *s. m.* nome que, sobretudo nas provincias do Norte, dão á abobora amarela, espécie de cucurbitacea de que existem muitas variedades. || *Etim.* E' voc. de origem tupi, que se pronuncia diversamente segundo as localidades: *Jirimú, Jirimum, Jurumú, Jurumum.* Gabriel Soares, tratando das variedades indigenas desta planta, a chama *Gerumú.* E' essa sem duvida a origem do *Giromon* dos Francêses, embora Larousse a vá procurar no Japão.

JIRIMUM, *s. m. (Pern. Alagôas)* o mesmo que *Jirimú.*

JISSARA, *s. f.* o mesmo que *Assaí.*

JOÃO-CONGO, *s. m.* o mesmo que *Guaxe.*

JOÃO-FERNANDES, *s. m. (R. Gr. do S.)* nome de uma das variedades desses bailes campestres a que chamam geralmente *Fandango.*

JOÃO-GALAMARTE, *s. m. (Par. do N., R. Gr. do N., Ceará)* o mesmo que *Gangorra* (1.º).

DICIONÁRIO DE VOCÁBULOS BRASILEIROS

JOH

JOHÓ, *s. m. (Goias, Mato-Grosso)* ave do gênero *Cryturus (C. noctivagus)* da família das Perdiceas. Em outras províncias lhe chamam *Zabêlê*. || *Etim.* E' vocábulo onomatopaico, que se deriva do canto desta ave, que mais se faz ouvir durante a noite. Será talvez o *Inambú-hôhô* dos Guaranis, e o *Inambú-toró* do Pará. || Esta ave pertence também á Fauna do México; mas ignoro o nome vulgar que ali tem.

JONGAR, *v. intr. (Rio de Jan., Minas-Gerais, S. Paulo)* dançar o jongo (B. Homem de Mello).

JONGO, *s. m. (Rio de Jan., Minas-Gerais, S. Paulo)* espécie de dança de que em seus folguedos usam os negros nas fazendas. E' acompanhado por seus rudes instrumentos musicais, como a puita, o tambor, etc. (B. Homem de Mello). || E' análogo ao *candombe,* que se pratica nas mesmas provincias, e ao *Maracatú* de Pernambuco.

JUÁ, *s. m. (Bahia e outras provs. do N.)* fruta do Juazeiro,, árvore do gênero *Zizyphus (Z. juazeiro)* da família das Rhamnaceas. || Tem o mesmo nome nas provs. do Sul diversas frutas da família das Solaneas.

JÚBA, *adj. m. e f.* vocábulo tupi significando *amarelo.* Este adjetivo não se manifesta senão em nomes compostos, cuja etimologia bem poucas pessoas conhecem, tais como *Jurujúba, Guarájúba, Piracanjuba* e outros. || No dialeto

JUP

amazoniense, em vez de *júba* diziam *taguá (Dicc. Port. Braz.)*. || V. *Tauá*.

JULÁTA, *s. f. (Mato-Grosso)* peça de pano em que se envolvem os Índios e Índias em falta de outra qualquer roupa. Corresponde á *Tanga* dos Africanos. || *Etim.* Parece-me ser vocábulo guaicurú.

JUNDIÁ, *s. m.* nome comum a diversas espécies de peixes d'água doce, e entre êles o *Platystoma Spatula*. Também lhe dão o nome português de Bagre. || *Etim.* E' vocábulo tupi.

JUPATÍ, *s. m. (Vale do Amazonas)* palmeira do gênero *Rhaphia (R. vinifera)* de que há uma subespécie ou variedade com o nome botânico de *R. taedigera* (Flor. Bras.). || *Etim.* E' voc. tupi.

JUPIÁ, *s. m.* remoinho nas águas de um rio, espécie de voragem, que o navegador deve evitar para se não expôr a grande perigo. A respeito dêste acidente fluvial, Silva Braga, na sua memoria *A bandeira do Anhangüéra a Goias em 1772,* diz o seguinte: "A minha canôa se viu perdida, porque, saida das pedras, deu em um *Jupiá,* donde depois de dezesete ou dezoito voltas que nêle deu, a mesma violência da água a lançou para fóra *(Gazeta Litteraria)*." Ainda em 1846, navegando eu nas águas do Paraguai, deram os tripulantes da minha canôa o nome de *Jupiá* a um remoinho junto do qual passámos. Creio, porém, que êsse vo-

JUQ

cábulo já não se conserva ali na linguagem popular. Em Goiás está de todo perdido. Como nome próprio de localidade, existe em certa paragem do rio Paraná, abaixo da fóz do Tieté. || No vale do Amazonas chamam-lhe *Caldeirão.*

JUQUIÁ, *s. m. (Esp.-Santo)* espécie de nassa feita de ubá e aberta nas duas extremidades. Terá uns 0m,80 de altura. E' destinado á pescaria nos lugares rasos e lodosos dos rios e lagôas. O pescador levanta-o e fa-lo cair rapidamente na água assentando no fundo a parte larga. Se acontece ficar preso um peixe, introduz o braço pela estreita abertura superior e o toma á mão (Saint-Hilaire). || Na prov. de Alagôas, dão a essa nassa o nome de *Cuvú* (B. de Maceió). Em Guarapuava, no Paraná, o *Juquiá* é uma espécie de ratoeira, mas designa-se mais particularmente com êste nome uma certa armadilha para apanhar passáros, a qual consiste em um cestinho redondo com uma abertura de fórma cônica por onde entra o animalzinho, e cuja extremidade interior termina por lascas ponteagudas de taquara, que lhe impedem o regresso (L. D. Cleve). || Em Mato-Grosso, como instrumento de pesca, o *Juquiá* é o mesmo que *Jiqui.*

JURAU, *s. m.* o mesmo que *Jiráu.*

JURUBÉBA, *s. f. (Pern.)* planta medicinal do gênero *Solanum (S. paniculatum)* da família das Sola-

JUS

neas. || *Etim.* E' provavelmente de origem tupi.

JURUMBÉBA, *s. f. (R. de Jan.)* planta da família das Cactaceas. || *Etim.* Alteração de *Ururumbéba,* nome tupi dêste vegetal.

JURUMÚ, *s. m. (Pará)* o mesmo que *Jirimú.*

JURUMUM, *s. m. (Pará)* o mesmo que *Jirimú.*

JURUPÉMA, *s. f.* o mesmo que *Urupêma.*

JURURÚ, *adj.* triste. Aplica-se sobretudo às aves e outros animais que se conservam tristes, sem que náda os desperte, nem mesmo o pasto. Entretanto, se usa ás vezes dêste vocábulo em relação ao homem: Que tens que te vejo tão *jururú!* || *Etim.* E' vocábulo de origem tupi e guarani. Os Tupinambás diziam *Xe aruru,* por *estar tristonho (Voc. Braz.)*

JURUTÉ, *s. m. (S. Paulo)* nome de uma planta frutifera da família das Cordiaceas.

JURUTÍ, *s. f.* nome de uma ou mais espécies de aves do gênero *Columba,* da família das Galinaceas.

JURUVÁ, *s. m. (Mato-Grosso)* o mesmo que *Jerivá.*

JUSSARA, *s. f.* o mesmo que *Assaí.* || No Pará dão o nome de *Jússára* á fasquia do caule da palmeira Assaí de que se fazem ripas.

L

LAC

LAÇAÇO, *s. m.* *(R. Gr. do S.)* golpe dado com o laço. Dar *laçaços* é açoitar com êle (Coruja). || *Etim.* E' termo que recebemos dos nossos vizinhos platinos.

LAÇADÔR, *s. m.* *(R. Gr. do S.)* homem dextro no exercício de laçar (Cesimbra).

LAÇAR, *v. tr.* apreender um homem, um cavalo ou boi por meio do laço, que s.e lhe atira quando vai a correr. || Também dizem *enlaçar* (Cesimbra). || *Fig.* Embair, adquirir predominio' sôbre alguém (Meira). || *Etim.* Tanto *laçar* como *enlaçar* são verbos portuguêses, salvo o sentido peculiar que têm no Brasil.

LÁÇO, *s. m.* arma de apreensão que consiste em uma corda de couro trançado, de 15 a 25 metros de comprimento, com um nó corredio em uma das extremidades, ficando a outra extremidade presa ao *cinchador,* por meio de uma presilha, se o laçador está montado. Joga-se o laço ao pescoço ou aos pés do homem ou do animal, e desta sorte o seguram. || *Obs.* Segundo Cesimbra, o laço era uma arma usual entre os aborigenes, e dêles o receberam os primeiros povoadores de raça portuguêsa. || Chesnel, citando Pausanias, diz que os antigos Sarmatas prendiam e subjugavam seus inimigos atirando-lhes o laço. || Dá-se o nome de *tiro de laço* ao ato de jogar o laço com o

LAR

fim de laçar o indivíduo que se quer segurar.

LAGEÁDO. *s. m.* *(R. Gr. do S., Paraná)* arroio ou regato, cujo leito é de rocha.

LAMBAMBA, *s. m.* *(Serg.)* beberrão de cachaça (João Ribeiro).

LAMBANÇA, *s. f. (provs. do N.)* jatancia, bazofia de que usam aquêles que se querem inculcar.

LAMBANCEIRO, *s. m.* *(provs. do N.)* indivíduo que se inculca, contando de si grandes proezas, e sempre disposto a fazer de tudo questão, a falar longamente e a ralhar.

LARANJINHA (1.º), *s. f.* aguardente de cana aromatizada com casca de laranja.

LARANJINHA ((2.º), *s. f. (Bahia, Serg., Alagoas, Pern.)* como instrumento de entrudo, o mesmo que *Cabacinha.*

LARANJINHA (3.º), *s. f. (Pern.)* espécie de árvore de construção, cuja madeira é de côr amarela (Rebouças).

LARANJO, *adj.* laranjado, alaranjado; diz-s.e do animal vacum que tem côr de laranja; Boi *laranjo.* || Nas províncias do norte, também se diz boi *laranja* (Meira).

LARGÁDO, *adj.* *(S. Paulo, R. Gr. do S.)* abandonado, desprezado; diz-se do cavalo de que

LAT

ninguém mais cuida, por ser indomável, ou também daquêle que, sendo manso, ha muito tempo não é montado. Figuradamente aplicam-no, no primeiro sentido, ao homem, quando se perdeu a esperança de o corrigir (Coruja).

LÁTEGO, *s. m. (R. Gr. do S.)* ·tira de couro cru que terá 1m.30 de comprimento sobre 0m,04 de largura, com a qual se apertam os arreios; faz parte da cincha (Coruja). || *Obs.* Êste voc. é usual em Portugal, já com a significação de açoute de correia ou de corda, e já com a de corda da cilha da sobrecarga, a que se chama também *inquerideira* (Aulete). || *Etim.* Deriva-se do castelhano *látigo.*

LAVARINTO, *s. m. (Ceará e outras provs. do N.)* trabalho de agulha, a que, tanto em Portugal como nas nossas províncias meridionais, chamam crivo. || *Etim.* Talvez venha do português *lavor,* obra feita com agulha e por desenho, como rendas, bordados, tecidos, etc. Não me parece acertada a opinião daquêles que o fazem derivar de *labirinto.*

LEITE-DE-CÔCO, *s. m.* nome que dão ao sumo da amendoa do côco *(Cocos nucifera),* depois de ralado. E' um tempero mui usado em muitas preparações culinarias.

LIAMBA, *s. f.* o mesmo que *Pango.*

LIBAMBO, *s. m.* cadêa de ferro a que se liga pelo pescoço um lote de condenados, quando tem de sair

LOB

das prisões a serviço. || *Etim.* E' voc. da língua bunda.

LIGÁ, *s. m. (S. Paulo, Minas-Gerais, Goiás, R. Gr. do S. e Mato-Grosso)* couro crú de boi, com o qual se cobrem as cargas transportadas por animais, afim de as pôr ao abrigo da chuva. || *Etim.* Tem provavelmente origem no verbo *ligar.*

LIGEIRA, *s. f. (Par. do N.)* espécie de chicote de que usam os vaqueiros para açoitar os cavalos (Santiago). || O mesmo nome dão nas províncias do norte a uma corda que prende o chifre do boi por uma de suas extremidades, e é a outra amarrada a um fueiro do carro, com o fim de dirigir e amansar o boi novo (Meira).

LIGEIRO, *s m. (Amaz.)* remador de *Igarité, Montaria,* etc. (L. Amazonas).

LIMÃO-DE-CHEIRO, *s. m. (R. de Jan.)* o mesmo que *Cabacinha.*

LINDAÇO, *adj. sup. (R. Gr. do S.)* mui lindo (Cesimbra).

LINGUA-DE-VACA, *s. f. (Bahia)* o mesmo que *Maria-Gomes.*

LISTÁRIO, *s. m. (Minas-Gerais)* nome que davam antigamente ao feitor incumbido de escrever o número e pêso dos diamantes achados (Saint-Hilaire).

LOBÚNO, *adj. (R. G. do S.)* qualificativo do cavalo que tem côr de lobo. || *Etim.* E' voc. castelhano.

DICIONÁRIO DE VOCÁBULOS BRASILEIROS

LOG

LOGRADÔR, *s. m. (Ceará)* nome que dão a uma secção da fazenda de criação, em lugar retirado no qual se estabelecem curral, aguada, etc. e onde vai o vaqueiro tratar do gado e principalmente das vacas feridas que ali se estabelecem. Todas as grandes fazendas têm seus *logradores.* || *Etim.* E' corruptela de logradouro.

LOMBEIRA, *s. f.* moleza de corpo; quebrantamento de forças: Estou hoje de *lombeira,* e não posso trabalhar (J. Norberto).

LOMBIAR, *v. tr. (Paraná)* ferir a sela o lombo do animal (S. Roméro).

LOMBILHO, *s. m. (provs. merid.)* nome do apeiro que substitue, nos arreios usados nesta parte do Brasil, a sela, o selim e o serigote. || *Etim.* De *Lombo.*

LONCA, *s. f. (R. Gr. do S.)* couro de que se rapou o pêlo (Coruja).

LONQUEAR, *v. tr. (R. Gr. do S.)* rapar o pêlo de um couro enquanto fresco (Coruja).

LÓTE, *s. m.* grupo de bestas de carga, cujo número não excede ordinariamente a dez. Essas caravanas, a que no Brasil chamam *Tropas,* são divididas em *lótes,* e cada *lóte* tem seu condutor. A êsse condutor dão, conforme as regiões, o nome de *Camarada, Tocador* e *Tangedor.* || Nas provincias do norte onde ha criação de gados, dão também o nome de *lóte* a uma cer-

LUN

ta porção de eguas a cargo de um garanhão (Meira). A isso chamam no R. Gr. do S. *Manada de eguas.* || Boi de *lóte* se diz para distinguir o touro do boi manso acostumado ao trabalho.

LUMINÁRIA, *s. f. (S. Paulo)* espécie de doce de côco contido em um pequeno vaso feito de massa de farinha de trigo. No Rio de Janeiro chamam a isso *Viuva.* No norte *Queijadinha.*

LUNANCO, *adj. (R. Gr. do S.)* náfego; diz-se do cavalo mal conformado dos quartos, por ter uma anca mais alta que a outra. || *Etim.* E' voc. castelhano.

LUNARÊJO, *adj. (R. Gr. do S.)* nome que dão ao animal que se distingue por qualquer sinal no pêlo: Um cavalo *lunarejo.* Um novilho *lunarejo* (Cesimbra). || *Etim* Êste vocábulo é evidentemente importado das repúblicas platinas, tanto que no Rio Grande do Sul o pronunciam à castelhano. Entretanto o seu radical *Lunar* é tanto português como castelhano.

LUNDÚ (1.º), *s. f.* nome de uma dança popular que se executa ao som de música mui atraente. Entre gente grosseira é dança mais ou menos indecente; mas, entre pessoas moralisadas, é sempre praticada de modo conveniente. O mesmo nome tem a música que a acompanha. || *Etim.* Segundo Moraes. é voc. da língua congueza e bunda. Póde ser que assim seja;

LUN

mas Capello e Ivens não a mencionam em parte alguma da sua obra.

LUN

LUNDÚ (2.º), *s. m. (Par. do N. e R. Gr. do N.)* o mesmo que *Calundú.*

M

MAC

MACACO, *s. m. (R. de Jan.)* pilar em cuja construção se empregam apenas dois tijolos por camada. || Além desta acepção, tem no Brasil êste vocábulo todas as significações usuais em Portugal, tanto aplicadas a certas especies de quadrumanos, como a máquinas bem conhecidas.

MACAÍBA, *s. f. (Pern.)* o mesmo que *Macaúba.*

MACAÚBA, *s. f. (Minas-Gerais)* palmeira do gênero *Acrocomia,* de que se contam três espécies em todo o Brasil intertropical, variando, porém, de nome vulgar conforme as províncias: No Pará e Maranhão, *Mucajá;* em Pernambuco, *Macaíba;* em Mato-Grosso, *Bacaiuba* e *Bocaiuba;* e finalmente no Rio de Jan. *Coco de catarro.* || *Etim.* Afóra êste último nome, são os mais de origem tupi. O de *Côco de catarro,* vem, segundo dizem, de se empregar a polpa mucilaginosa desta fruta no tratamento do catarro.

MACAMBA, *s. m. e f. (R. de Jan.)* nome com que as quitandeiras designam seus fregueses (Vale Cabral.) || E' vocábulo frequente entre os escravos do litoral do Rio

MAC

de Janeiro para designarem os seus parceiros, conviventes na mesma fazenda, ou sujeitos ao mesmo senhor (Macedo Soares). || *Etim.* Na língua ou dialeto da Lunda, em África, êste voc. é o plural de *e-camba,* amigo (Capello e Ivens).

MACANÁ, *s. m. (Vale do Amaz.)* instrumento de guerra ofensiva e defensiva, espécie de maça feita de madeira rija e pesada, da qual usam os selvagens, e é semelhante àquela de que se serviam os Romanos nos circos (F. Bernardino).

MACAUÃN, *s. m. (Piaui)* o mesmo que *Acauãn.*

MACAXEIRA, *s. f. (provs. do N.)* o mesmo que *Aipim.*

MACÉGA, *s. f. (provs. merid.)* nome que dão ao capim dos campos, quando está sêco e tão crescido que fórma um massiço cuja altura excede a da metade de um homem e se torna desta sorte de difícil trânsito. E' nestas circunstâncias que se lhe põe fogo para que, brotando de novo, possa servir de pasto ao gado. || *Etim.* E' vocábulo português significando, segundo Aulete, erva brava e daninha que nasce nas terras semeadas.

DICIONÁRIO DE VOCÁBULOS BRASILEIROS

MAC

MACEGAL, *s. m. (provs. merid.)* grande extensão de terreno coberto de macéga.

MACEIÓ, *s. m. (Pern., Par. e R. Gr. do N.)* lagoeiro das águas do mar nas grandes marés, e também das águas da chuva. || Ordináriamente pronunciam *Massaió*. || Maceió é também o nome da capital da província de Alagôas. || A essa espécie de lagoeiros chamam *Caponga* no Ceará, ao sul da cidade da Fortaleza.

MACÉTA, *adj. (R. Gr. do S.)* diz-se do cavalo doente das mãos ou com defeito nelas, isto é, que tem os machinhos mais grossos do que é ordinário (Coruja). Há tanto em português como em castelhano o vocábulo *Macêta,* não, porém, com a significação que lhe dão no Rio-Grande do Sul.

MACÓTA, *s. m.* homem de prestigio e influência na localidade: Se queres ser eleito vereador, procura a proteção do Comendador, que é o *Macóta* do município. || *Etim.* E' vocábulo da língua bunda, significando fidalgo, conselheiro do sóva ou chefe da tribu (Serpa Pinto).

MACÚCO, *s. m.* ave do gênero *Tinamus (T. brasiliensis),* da ordem das Galinaceas, família das Perdiceas. Vive nas matas, e é uma das melhores caças do Brasil. || *Etim.* E' abreviação de *Macucaguá,* nome tupi.

MACÚLO, *s. m.* espécie de diarréia com prolapso da mucosa do

MAD

anus, caracterisada principalmente pelo relaxamento do esfincter e dilatação da abertura respectiva (B. de Maceió). || Também lhe chamam *Corrução*. || *Etim.* E' de origem africana, e mui provavelmente pertence á língua bunda. Capello e Ivens falam desta moléstia e indicam-lhe o tratamento usado na Africa; mas não a incluem em nenhum dos seus vocábularios.

MACURÚ, *s. m. (Vale do Amaz.)* balanço formado por dois círculos de grossas talas ou madeira flexível, separados de 0m,22 um do outro, e ligados por cordas que o suspendem do teto, onde deixam as crianças na primeira infância entregues a si próprias. Os dois arcos são revestidos de pano, sendo o de baixo forrado de modo a que a criança fique assentada com as perninhas pendentes. Colocam-na debruçada sôbre o primeiro arco, e ela, com o movimento natural das pernas, tem esta armadilha em continuo movimento, sem haver risco de bater-se e magoar-se (J. Verissimo). || *Etim.* Segundo o autor dêste artigo, é vocábulo de origem tupi, que êle decompõe em *mã,* atar, ligar, envolver, amarrar, prender, e *Kyry,* o pequerrucho, a criancinha.

MADEIREIRO, *s. m.* negociante de madeiras. Chamam-lhe em Portugal *Estanceiro de madeiras.*

MADRIJO, *s. f. (Bahia)* nome que dão á baleia mãe, para a distinguir do baleáto (Aragão).

MAD

MADRINHA, *s. f.* nome que dão à ·égua que serve de pastora e guia de uma tropa de bestas muares. Penduram-lhe ao pescoço uma espécie de campainha a que chamam *cincerro.* E' singular a influência que êste animal exerce sobre todos os outros da tropa, evitando desta sorte que se dispersém e extraviem.

MADÚRO, *s. m. (R. de Jan.)* espécie de bebida fermentada feita com mel de tanque misturado com água. Constitui uma espécie de cerveja que dizem ser pouco sadia. || *Etim.* Em Portugal dão o nome de vinho *maduro,* ao que é feito em geral de uva bem madura; mas isto não me parece poder ser a origem do nosso vocábulo. Quero antes crer que seja o metaplasmo de *Maluvo,* que na língua bunda significa vinho, tanto mais que o *Maluvo* dos Africanos é feito com mel fermentado.

MÃE-D'AGUA, *s. f.* o mesmo que *Uyára.*

MAGUARÍ, *s. m. (Pará)* o mesmo que *Baguarí.*

MALÁCA, *s. f. (S. Paulo)* molestia. || *Etim.* Talvez seja, uma alteração de *Malácia,* no sentido patológico dêste termo.

MALACAFENTO, *adj.* adoentado: Tenho estado ha dias *malacafento.* || *Etim.* Parece originar-se de *maláca.*

MALACÁRA, *adj. e s. m. e f. (R. Gr. do S.)* diz-se do cavalo que

MAL

tem a testa branca com uma listra da mesma côr, desde o focinho até o alto da cabêça. Excetua-se, porém, desta denominação o cavalo de côr escura, ao qual, ainda que tenha o mesmo sinal, se chama *picaço.* Do boi se diz *malacára bragado.* || *Etim.* Do castelhano *mala cara* (Coruja).

MALAMPANSA, *s. f. (R. de Janeiro)* o mesmo que *Manampansa.*

MALANDÉU, *s. m. (Bahia)* malandrim.

MAL-ARRUMADO, *s. m. (S. Paulo)* terreno coberto de grandes pedaços de rocha, por meio dos quais se transita com dificuldade. E' o que no Piauí e outras provincias chamam *Bórócótó.*

MALCASADO, *s. m. (Serg.)* espécie de Beijú, a que também chamam *Malcassá.* Fazem-o de tapioca, a que se ajunta leite de côco, e assam-no a fogo brando, envolto em folhas de bananeira (João Ribeiro).

MALCASSÁ, *s. m. (Serg.)* o mesmo que *Malcasado.*

MAL-DE-ESCANCHA, *s.m. (Maranhão)* o mesmo que *Quebrabunda.*

MAL-DE-VASO, *s. m. (R. Gr. do S.)* ferida cancerosa na raiz dos cascos dos cavalos ou bestas muares. || *Etim. Vaso* em castelhano, além de outras acepções, significa casco de cavalo, e daí vem a denominação da molestia de que se trata.

MAL

MALÓCA, *s. f. (Vale do Amaz.)* aldeia composta de índios, quer selvagens quer mansos. || *(Ceará)* magote de gado que os vaqueiros ajuntam, por ocasião das vaquejadas, e conduzem para os currais; ou daquêle que costuma pascer em certos e determinados pastos nas fazendas de criação. || Em geral, magote de gente de pouca confiança: Uma *malóca* de ciganos. Uma *malóca* de desordeiros. Uma *malóca* de selvagens. || *Etim.* E' vocábulo de origem araucana com a significação de correrias em terras inimigas (Zorob. Rodriguez). Nós o devemos, sem duvida, a qualquer das repúblicas nossas vizinhas; mas não sei por que ponto da fronteira entrou êle para o Brasil. Em tôdo o caso, nêsse trajeto, alterou-se-lhe muito a sua primitiva acepção.

MALPINGUINHO, *s. m. (Alagôas)* o mesmo que *Mapinguim.*

MALUNGO, *s. m.* camarada, companheiro, título que os escravos africanos davam àquêles que tinham vindo para o Brasil na mesma embarcação. Depois da extinção do tráfico, tem perdido êste vocábulo a sua antiga razão de ser; todavia, na linguagem vulgar, tem-se mantido como expressão depreciativa na acepção de companheiro da mesma laia: Éles são *malungos,* lá se avenham. Não me tome por seu *malungo.* || *Etim.* E' provavelmente palavra africana, mas não a vejo mencionada em vocábulario algum.

MAMALÚCO (1.º), *s. m.* o mesmo que *Mamelúco.*

MAM

MAMALÚCO (2.º), *s. m. (Alagoas)* nome vulgar de uma espécie de árvorè de construção.

MAMELÚCO, *s. m.* mestiço filho de europeu e de mulher índia. || Êste vocábulo, de origem árabe, era aquêle com que se designava a celebre milicia do Egito, que depois de ter adquirido a maior preponderância naquêle país, teve de ser destruida como único meio de pôr um paradeiro aos desacatos que cometia. Achou-se sem dúvida tôda a analogia entre os Mamelucos do Egito e os mestiços do Brasil, os quais eram com efeito mui acusados de insubordinação, e foi por isso que lhes consagraram aquêle nome histórico. || Também se diz *Mamalúco.* || No Pará, o *Mamelúco* provém da mistura do sangue branco com o *Curibóca* (J. Verissimo).

MAMPARRAS, *s. f. pl.* subterfugios, evasivas: Executa as minhas ordens, e deixa-te de *Mamparras.*

MAMULENGOS, *s. m. pl. (Pernambuco)* espécie de divertimento popular, que consiste em representações dramaticas, por meio de bonecos, em um pequeno palco alguma cousa elevado. Por detrás de uma empanada, esconde-se uma ou duas pessoas adestradas, e fazem que os bonecos se exibam com movimento e fala. A esses dramas servem ao mesmo tempo de assunto cenas biblicas e da atualidade. Tem lugar por ocasião das festividades de Igreja, principalmente nos

MAN

arrabaldes. O povo aplaude e se deleita com essa distração, recompensando seus autores com pequenas dadivas pecuniarias. Os *Mamulengos* entre nós são, mais ou menos, o que os Francêses chamam *Marionette* ou *Polichinelle*. Em outras provincias, como no Ceará e Piauí, dão a êsse divertimento a denominação de *Presepe de calungas de sombra*. Ai os bonecos são representados por sombras, e remontam-se á história da criação do mundo (J. A. de Freitas). Na Bahia dão aos *mamulengos* o nome de *Presepe*, e representam grotescamente as passagens mais salientes do Genesis.

MANADA, *s. f. (R. Gr. do S.)* magote de eguas ou de burras (trinta a quarenta) dominadas por um garanhão. || *Etim.* E' vocábulo português, com a significação de rebanho de gado grosso. Nas provincias do norte, em lugar de *Manáda* de eguas, dizem *Lote de eguas*.

MANAMPANSA, *s. f. (R. de Jan.)* espécie de beijú espesso feito da massa da mandioca, temperado com açúcar e erva doce, o qual se coloca entre folhas de bananeira e se põe a tostar no forno da farinha de mandioca. Também se diz *Malampansa.* E' isto o que, em Pernambuco, Alagôas, Pará e talvez em outras provincias do norte, se chama *Beijú,* com a única diferença de ser a massa simplesmente temperada com sal e se chama *Beijú pagão,* e as vezes misturada com côco ralado, sem nenhum ou-

MAN

tro tempero, e é isto o *Beijú de côco.*

MANANGÜÊRA, *adj. m. e f. (S. Paulo)* magro, fanado. Diz-se do homem e da mulher. || *Etim.* Parece ser alteração de *Manen-cuéra;* e tem muita analogia com *Mandingüêra,* bem que êste se aplique especialmente aos leitões que nascem acanhados.

MANAPUSSÁ, *s. m. (Ceará)* arvore frutifera, talvez do gênero *Mouriria,* da família das Melastomaceas.

MANAUÊ, *s. m.* espécie de bolo feito de fubá de milho, mel e outros ingredientes. Dão o mesmo nome á *Pamonha de mandioca-puba.* Em Pernambuco e Alagôas lhe chamam *Pé de moleque.*

MANCUÊBA, *s. m. (S. Paulo)* o mesmo que *Cuba.*

MANDACARÚ, *s. m.* nome commum a diversas plantas do gênero *Cactus* da família das Cactaceas. Segundo o *Voc. Braz.,* seu nome tupi era *Nhàmandacarú.* No Pará lhe chamam *Jaramacarú.*

MANDINGÜÊRA, *s. m. (S. Paulo)* nome com que, em relação ao gado suino, se designam os leitõesinhos que nascem acanhados, e que por isso os bons criadores suprimem desde logo para vingarem melhor os outros mais robustos (B. H. de Mello).

MANDIOCA, *s. f.* planta do gênero *Manihot (M. utilissima)* da

MAN

família das Euforbiaceas, da qual ha muitas espécies. || *Etim*. E' voc. de origem tupi, hoje universalmente adotado, ainda que variando de fórma de uma para outra língua européia; em francês e inglês *manioc*, em italiano *manioca;* Os espanhois lhe chamam, porém, *yuca*, nome que não se deve confundir com o do gênero *yucca*, da família das Liliaceas.

MANDIOCAL, *s. m.* terreno plantado de mandioca. || Em Pern. lhe dão especialmente o nome de *roça*.

MANDUBÍ, *s. m.* nome tupi do *Arachis hypogoea*, planta da tribu das Papilionaceas, família das Leguminosas. Hoje dizem geralmente *Mendubí* e também *amendoï*, como já no seu tempo o fez G. Soares. || No Ceará lhe chamam *Mudubim* (P. Nogueira).

MANDURÊBA, *s. f. (Ceará)* nome chulo de cachaça (Araripe Junior). Também lhe chamam em 'diversas províncias do norte *Branca, Branquinha, Bicha, Jerebita, Piloia, Teimosa, Cotréa*, etc.

MANÉ, *s. m.* indivíduo inepto, indolente, desleixado, negligente, palerma. || Também dizem *Manécôco* e no Amazonas *Manembro*. || *Etim*. E' a apócope do termo *Manêma*, que, tanto em tupi como em guarani, significa frouxo (Montoya) e mofino *(Voc. Braz.)*, o que está de acôrdo com a nossa definição || E' sin. de *Bocó* e *Bocório*, de que igualmente se usa 'no mesmo sentido depreciativo. || *Obs*. Há o termo homonimo *Mané,* de que se

MAN

serve a gente da plebe, como diminuitivo de Manoel.

MANÉA, *s. f. (R. Gr. do S.)* correia de couro trançada com que se peiam os animais, ou pelas mãos, o que é mais usual, ou pelos pés. As melhores são as que têm argola, botão, etc.

MANEADOR, *s. m. (R. Gr. do S.)* tira de couro crú garroteada, que serve no Fiador ou Buçal. Quando é trançado, a trança é achatada (Coruja).

MANEAR, *v. tr. (R. Gr. do S.)* prender o cavalo com a *manêa*. || *Etim*. E' verbo castelhano. || Em português, *manear* exprime o mesmo que manejar (Aulete).

MANÉCÔCO, *s. e adj. m.* o mesmo que *Mané*.

MANÊMA, *s e adj. m. e f.* o mesmo que *Mané*.

MANEMBRO, *s. m. (Vale do Amaz.)* o mesmo que *Mané*.

MANGA (1.º), *s. f.* fruta de Mangueira (1.º). ·

MANGA (2.º), *s. f. (Bahia)* pequeno pasto cercado, onde se guardam cavalos e bois. || *(Piaui)* extenso cercado com pasto, onde se põe o gado em certas ocasiões (Meira).

MANGÁBA, *s. f.* fruta de Mangabeira, arbusto do gênero *Hancornia (H. speciosa)*, da família das Apocyneas. · || *Etim*. E' termo tupi.

MANGABAL, *s. m.* terreno geral-

MAN

mente coberto de mangabeiras, que nêle crescem espontaneamente.

MANGANGA, *s. m.* espécie de insetos da ordem dos Dipteros, pertencente talvez ao gênero *Asilus.* É o terror dos outros insetos; e sua ferroada no homem produz uma dôr intensa, acompanhada de calafrios e febre (B. de Maceió). || Em Sergipe dão figuradamente o nome de *Mangangá* ao maioral da localidade, ao homem de prestigio pela influência de que gosa (S. Roméro). || *Etim.* E' voc. comum ao tupi e guarani.

MANGARÁ (1.º), *s. m.* nome que davam os Tupinambás aos tuberculos comestiveis de diversas espécies de plantas do gênero *Caladium,* família das Aroïdeas.

MANGARÁ (2.º), *s. m. (Pern.)* ponta terminal da inflorescência da bananeira, constituida pelas brateas que cobrem as pequenas pencas de flores abortadas (Glaziou).

MANGARITO, *s. f.* planta do gênero *Caladium (C. sagittaefolium)* da família das Aroïdeas, cujos tuberculos são comestiveis. || *Etim.* E' vocábulo de origem tupi. Seu nome primitivo era *Mangará- mirim.*

MANGUÁ, *s. m. (Bahia)* correia com que se açoitam os animais. Também lhe chamam *Táca.*

MANGUARA, *s. f. (Bahia)* espécie de bastão mais grosso na parte inferior, e mui usado para auxiliar a marcha em terreno escorregadio (E. de Souza).

MAN

MANGUARÍ, *s. m. (S. Paulo)* o mesmo que *Galalau.*

MANGUE, *s. m. (litoral)* nome que dão ás margens lamacentas, não só dos portos, como dos rios até onde chega a ação da água salgada, e onde vegetam os bosques dessas plantas a que também dão o nome de *Mangue,* pertencentes aos gêneros *Rhizophora, Avicenia, Laguncularia,* etc. Esses lamaçais são o viveiro de diversas espécies de carangueijos. || Aulete erra nas treis primeiras definições que dá de *Mangue.* Não cabe o nome de *Mangue* a qualquer terreno pantanoso, nem á manga, fruta da mangueira, nem tampouco é sinonimo de mangueira.

MANGUEAR, *v. tr. (R. Gr. do S.)* repontar os animais no intuito de os dirigir e fazer entrar nessa espécie de curral a que chamam *Mangueira.* Outro tanto se diz quando, em canôa, se repontam os animais, no ato de atravessar a nado algum rio (Coruja).

MANGUEIRA (1.º), *s. f.* árvore frutifera do gênero *Mangifera (M. Indica)* da família das Terebinthaceas, oriunda das Índias Orientais, e geralmente cultivada nas provincias intertropicais do Brasil.

MANGUEIRA (2.º), *s. f. (R. Gr. do S.)* curral grande para onde se podem *manguear* (dirigir) animais, tánto mansos como bravos. Fazemna no prolongamento de uma cerca ,por onde os animais seguem como iludidos. Difere do que se

MAN

chama propriamente *curral,* não só no tamanho, como porque ao curral só acodem os animais mansos (Coruja).

MANGUXO, *s. m. (Bahia)* o mesmo que *Bambão.*

MANÍCA, *s. f. (R. Gr. do S.)* nome da menor das res bolas, na qual se péga para manejar as outras duas. ||*Etim.* Vem do castelhano *mano* ou do português *mão* (Coruja). || V. *Bolas.*

MANICUÉRA, *s. f. (Pará)* suco de uma espécie de mandioca assim chamada, com a qual fazem cozinhar o arroz, e é tão doce que dispensa o açúcar. || Em Pern. e outras provs. do N., o suco de qualquer espécie de mandioca tem geralmente o nome de *Manipueira,* significação identica á de *Manicuéra,* salvo as qualidades especiais desta. Aulete escreve erroneamente *Maniqueira.*

MANIPUEIRA, *s. f. (Pern. e outras provs. do N.)* líquido que, por meio da pressão, se extrai da mandioca ralada. Nêste líquido se contém todo o veneno da raiz da mandioca, veneno analogo ou semelhante ao ácido cianidrico, o qual, sendo exposto à ação do sol ou do fogo, evapora-se; e então torna-se a *Manipueira,* convenientemente temperada com pimenta e outros condimentos, um excelente molho, ao qual no Pará chamam *Tucupi.* ||Etim. Fórma vulgar do tupi *Manipuéra.*

MAN

MANISSÓBA, *s. f. (Pern. e outras provs. do N.)* a folha da mandioca. || *Etim.* E' vocábulo tupi composto de *Mani* e *sóba.* Em guarani *Mandii hoba* tem a mesma significação. || Naquelas províncias chamam também *Manissóba* a um esparregado preparado com a folha da mandióca, e a que se ajunta carne e peixe. || *Manissóba* é também o nome de uma planta semelhante pela folha á mandióca e de cuja raiz se faz farinha em tempos de penuria. Ha também com êste nome uma espécie de *Jatropha* de que se extrai goma elastica.

MANÍVA, *s. f. (provs. do N.)* caule da mandioca. || A *maniva,* dividida em pedaços de uns vinte centimetros de comprimento, e plantada de estaca, reproduz o arbusto, cuja raiz é a materia prima para a fabricação da farinha. || No Rio de Janeiro e outras provincias do Sul dão á *maniva* o nome de *rama de mandióca.* || *Etim.* Éste voc. de origem tupi decompõe-se em *mani,* cuja significação é duvidosa, e *igba,* árvore; e portanto quer dizer *árvore do mani.* Os guaranis lhe chamavam *mandiig igba.* A diferença que se observa entre *mandiig* e *mani* é méra questão de pronuncia.

MANJA, *s. f. (Ceará)* folguedo de crianças semelhante ao *Temposerá.* || Moraes menciona *Manja,* com a significação de coisa que se desfruta sem trabalho. Aulete não trata deste vocábulo em sentido algum.

MAN

MANJALÉCO, *s. m. (Pern.* e *Cea-rá)* marmanjo.

MANJANGÔME, *s. m. (Pern.* e *Par. do N.)* o mesmo que *Maria-Gomes.*

MANJÚBA (1.º), *s. f. (R. de Ja-neiro)* espécie de peixe miudinho, talvez o mesmo a que na Bahia chamam *pititinga* (C. Lellis). || A *manjúba* de Pern. é a mesma *piti-tinga* da Bahia (Vale Cabral).

MANJÚBA (2.º), *s. f. (Bahia)* co-mida: São horas da *manjúba.* Meu cozinheiro nos deu hoje uma boa *manjúba.* || *Etim.* Parece ser alte-ração de *mânjua* (Moraes).

MANÓCA, *s. f. (Bahia)* molho de cinco a seis folhas de tabaco, as-sim dispostas para as fazer secar (Aragão). || Em Moraes encontro *Manojo,* termo derivado do caste-lhano, com a significação de molho ou rolo pequeno manual, por exem-plo, de folhas de tabaco atadas. Moraes e Aulete trazem tambem *manólho* com a significação de *ma-nojo.*

MANOCAR, *v. tr. (Bahia)* fazer manócas de folhas de tabaco (Ara-gão).

MANOTAÇO, *s. m. (R. Gr. do S.)* pancada que dá o cavalo com a mão para adiante ou para o lado. Sendo contra o chão é *patáda* (Co-ruja). || *Etim.* do castelhano *Ma-notázo,* que também se diz *Mano-táda,* significando palmada, bofeta-da, pancada com a mão (Valdez).

MAR

MANOTEAR, *v. tr.* e *intr. (R. Gr. do S.)* dar manotaços o cavalo. || *Etim.* E' verbo castelhano.

MAPIAÇÃO, *s. f. (Mato-Grosso)* o mesmo que pauteação.

MAPIAR, *v. intr. (Mato-Grosso)* o mesmo que pautear. || *Etim.* E' talvez corruptela de *papear.*

MAPINGUIM, *s. m. (Ceará)* no-me que dão ao tabaco de fumo im-portado das provincias do sul, pa-ra o distinguir do *fumo da terra,* produto daquela província (J. Ga-leno). || Em Alagôas é êsse o no-me do tabaco em *rôlo fino,* impor-tado do sul. Também lhe chamam *Malpinguinho* (B. de Maceió) e *Mapinguinho* (Meira).

MAPINGUINHO, *s. m. (Ceará)* o mesmo que *Mapinguim.*

MAQUEIRA, *s. f. (Vale do Ama-zonas)* espécie de rêde de dormir que os Índios fazem com a fibra de *Tucum,* e ornam com penas de aves. || A rede de *Maqueira* não é, como o diz Aulete, uma rêde de pescar.

MARÃ, *s. m. (Pará)* vara que serve tanto para impelir a canôa, quando ela é posta em movimento, como para prende-la no porto fi-xando-a no chão. ||*Etim* E' corru-ptela de *igmigrá.*

MARACÁ, *s. m. (Pern. e outras provs. do N.)* chocalho com que brincam as crianças. || *Etim.* E' o nome que os aborigenes, tanto do Brasil como no Paraguai, davam

MAR

aos chocalhos feitos de cabaça ôca com pedrinhas dentro, e de que usavam como instrumento musical nas suas danças e festas. || Em S. Paulo dão a êsse chocalho o nome de *Caracaxá*.

MARACAJÁ, *s. m.* nome vulgar de uma espécie de gato indigena e silvestre *(Felis Pardalis,* Neuw). || *Etim.* E' vocábulo tupi. || Também lhe chamam *Gato do Mato*.

MARACANAN, *s. m.* nome commum a diversas espécies de aves pertencentes á família dos Papagaios. || *Etim.* E' vocábulo tupi.

MARACATIM, *s. m. (Pará)* embarcação do tamanho da *Igarité*, mais geralmente usada nas costas da região oriental desta provincia. || *Etim.* De *maracá*, chocalho; e *tim*, nariz, rostro. As antigas canôas dos indios traziam á prôa aquêle instrumento, e assim se chamavam. Conquanto êle tenha desaparecido, o nome, embora em decadência de uso, ainda existe (J. Verissimo).

MARACATÚ, *s. m. (Pern.)* especie de dança, com que se entretêm os negros boçaes (Abreu e Lima). || E' analago ao *condombe* e ao *jongo* das provincias meridionais. || *Etim.* Deve talvez seu nome ao uso que fazem do *maracá*, como instrumento musical.

MARACUJÁ, *s. m.* fruta do Maracujazeiro, planta do gênero *Passiflora*, da família das Passifloraceas, de que ha inumeras espécies, umas sarmentosas e outras arbo-

MAR

reas. || *Etim.* Alteração do tupi *Murucujá.*

MARAJÁ, *s. m. (Pará)* nome comum a duas palmeiras, sendo uma do gênero *Astrocaryum (A. aculeatum)* e outra do gênero *Bactris (B. Marajá)*, e cujas frutas são comestíveis. || *Etim.* E' vocábulo tupi.

MARANDÚVA, *s. f. (Maranhão)* pêta, fabula, conto: Isto que me dizes é uma *marandúva*. Não creias em tais *marandúvas*. || *Etim.* Corruptela de *moranduba*, vocábulo tupi e guarani, com a significação de noticia, história, narração, relação, etc. Em ambos os dialetos é indiferente dizer *moranduba* ou *poranduba*. || Na Bahia *póssóca* é o equivalente de *marandúva* (Valle Cabral).

MARANHENSE, *s. m. e f.* natural da prov. do Maranhão. || *adj.* que é relativo á mesma provincia.

MARCA-DE-JUDAS, *s. m. e f. (provs. do N.)* pessoa de baixa estatura.

MARCADO, *s. m. (R. Gr. do S.)* homem que gosta de enganar os outros, e mais especialmente se aplica àquêle que negocia. Os habitantes da roça chamám também *marcádos* aos da cidade, supondo-os sempre dispostos a iludi-los (Coruja).

MARÉ, *s. f. (Pará)* nas viagens fluviais em que se faz sentir a ação do fluxo e do refluxo do mar, designa-se por *maré* a distância itineraria de um ponto a outro.

MAR

Tendo, por exemplo, de subir ou descer um rio, aproveita-se, no primeiro caso, da enchente, e no segundo, da vasante, e viaja-se até que cesse o fluxo ou refluxo, parando enão, à espera de outra maré, e assim por diante, até atingir o ponto a que se destinava. Assim, pois,. quando se diz que entre o sítio tal e tal ha uma, duas, ou mais *marés,* dá-se uma idéia do tempo que se gasta em vencer essa distância.

MARIA-GOMES, *s. f. (R. de Janeiro)* plana hortense do gen. *Talinum (T. patens)* da família das Portudaceas. Também lhe chamam *Mariangombe.* E' o *Manjangôme* de Pernambuco e a *Língua de vaca* da Bahia. Cresce tão espontaneamente por toda a parte que ninguém se dá ao trabalho de a cultivar.

MARIA-MOLLE, *s. f. (Paraná)* o mesmo que *Umbú* (2.º).

MARIA-MUCANGUÊ, *s. f. (R. de Jan.)* certo divertimento de crianças.

MARIA-RÓSA, *s. f. (Minas-Gerais)* palmeira do gen. *Cocos (C. Procopiana,* Glaz.). || O nome específico desta palmeira lhe foi dado pelo ilustre classificador, em memória de Mariano Procopio Ferreira Lage, em cujas terras a encontrou.

MARIANGOMBE, *s. m. (R. de Jan.)* o mesmo que Maria-Gomes.

MAR

MARIANINHA, *s. f. (Pará, Maranhão e Bahia)* o mesmo que *Trapoeraba.*

MARIBONDO, *s. m.* nome commum a todas as espécies de vespas, menos no Maranhão e vale do Amazonas, onde é ainda usual o nome tupi de *Caba,* e em S. Paulo onde se servem geralmente de denominação portuguêsa de *vespa.* || *Etim.* E' vocábulo da língua bunda, e nela se diz indiferentemente *Maribondo, Maribundo* e *Malibundo.* || Aulete define mal o nosso vocábulo, dando-o como nome de uma só espécie de vespão.

MARÍMARÍ, *s. m. (Pará)* nome vulgar de uma árvore frutifera do gênero *Cassia (C. brasiliana).* || *Etim.* Pertence ao dialeto tupi do Amazonas.

MARITACACA, *s. f. (Pern. e outras provs. do N.)* nome vulgar do *Mephitis suffocans,* pequeno mamifero da ordem dos Carniceiros, o qual, quando é atacado, despede de si tamanho fedor que faz recuar tanto o homem como qualquer féra. Em algumas partes o chamam *Cangambá,* e no Rio Gr. do S. *Zorrilho.*

MAROMBA, *s. f. (Piaui e outras provs. do N.)* nome que os vaqueiros dão a um magote de bois. || Em português, o termo *Maromba* significa a vara comprida com que se equilibram os dançarinos de corda, e êsse termo é também neste sentido usual em tôdo o Brasil. || Em Niteroi dão a certa varieda-

MAR

de de sardinha grande o nome de *Sardinha maromba* (J. Noberto).

MARRUÁ, *s. m. (provs. do N.)* touro.

MARTINÍCA, *s.f. (Piaui)* calças. || Diz Costa Rubim que no Maranhão, é uma espécie de calça larga de que usa a gente miuda; e dai vem o ditado: *homem de martinica e jaqueta,* com que se designa a gente rústica.

MASCATARIA, *s. f.* profissão do mascate: A *mascataria* me tem feito ganhar bastante dinheiro.

MASCATE, *s. m.* mercador ambulante que percorre as ruas e estradas, a vender objetos manufaturados, panos, jóias, etc. || Éste nome figura na história do Brasil desde o ano de 1710, em que houve a celebre *Guerra dos Mascates,* entre os habitantes de Olinda e os *Mascates* do Recife.

MASCATEAÇÃO, *s. f.* ação de mascatear.

MASCATEAR, *v. intr.* exercer a profissão de mascate.

MASSA, *s. f.* mandióca ralada, a qual, depois de espremida no tipiti, é peneirada antes de ir ao forno, onde pelo cozimento se completa a fabricação da farinha e das diversas espécies de beijús. A' parte mais grossa da *massa,* que não passa pelas malhas da peneira, dão, conforme as províncias, o nome de *crueira* e outros mais, todos derivados do tupi. || V. *Crueira.*

MAT

MASSAIÓ, *s. m. (Pern., Par. do N., Rio Gr. do N.)* o mesmo que *Maceió.*

MASSAPÉ, *s. m.* nome que dão a certas qualidades de terras notáveis por sua fertilidade, em consequência dos alcalis de que são abundantes. O *Massapé* da Bahia é o resultado da decomposição de chistos cretaceos, e é mui próprio para a cultura da cana de açúcar. O das províncias do Sul é uma argila que resulta da decomposição de certas rochas graniticas, e é mui próprio para a cultura do café, e tão boa como a terra roxa de S. Paulo. Moraes escreve *Maçapé,* e Aulete *Massapez.* Éste último autor, além de dizer do *Massapez* o mesmo que diz Moraes do *Maçapé,* acrescenta mais: "Pozzolana dos Açores, formada á custa da decomposição das rochas vulcanicas".

MASSARÁ, *s. m. (Pará)* espécie de *Pari,* com porta, por onde entra o peixe.

MASSARANDÚBA, *s. f.* nome comum a diversas árvores pertencentes á família das Sapotaceas, e cujas frutas são comestiveis. || Etim. E' vocábulo tupi.

MÁTA, *s. f. (R. Gr. do S.)* matadura; ferida no lombo do animal feita pela sela, cangalha e outros arreios.

MATABÓI, *s. m. (R. Gr. do S.)* correia de couro crú, que nas carretas prende o eixo ao leito, para que em algum salto os cocões não saiam fóra do eixo (Coruja).

MAT

MATÁDO, *adj. (R. Gr. do S.)* cheio de mataduras; diz-se dos cavalos (Coruja).

MATÁIME, *s. m. (Pará)* o mesmo que *matâme* (B. de Jary).

MATÂME, *s. m. (R. de Jan. e outras provs.)* recortes angulares na extremidade de folhos, camisas de mulher,toalhas, lenços, lençóis e outras roupas brancas. || No Pará lhe chamam *matâime;* na Bahia *bicão;* e no Maranhão *sirito.*

MATAPÍ, *s. m. (Pará)* espécie de nassa semelhante ao *Cacuri,* sendo porém mais oblonga. No *Dicc. Port. Braz., Matapig* tem a significação de *cóvos de peixe miúdo.*

MATARÚ, *s. m. (Mato-Grosso)* espécie de vaso de barro destinado á fabricação de azeite de peixe (Cesario C. da Costa).

MATE, *s. m.* folha de Congonha, que, convenientemente preparada e posta de infusão, constitui uma bebida usual em grande parte da América Meridional. || *Máte chimarrão* é aquêle que se toma sem açúcar. || *Obs.* No Paraguai, onde me achei anteriormente á guerra, dão ao *Máte* o nome de *yerba,* e chamam *Máte* a vasilha em que o tomam, e a que damos no Brasil o nome de *Cuia.* Segundo o Sr. Zorob. Rodriguez, o vocábulo *Mate* ou *Mati* pertence á língua quichua e significa cabaça.

MATEAR, *v. intr. (R. Gr. do S.)* o mesmo que *congonhar.*

MAT

MATERIALISTA, *s. m. (R. de Jan.)* nome burlesco com que são designados os mercadores de materiais de construção.

MATHAMBRE, *s. m. (R. Gr. do S.)* carne magra que ha no costilhar do boi, entre o couro e a carne. Éste *Mathambre* tira-se do couro com facilidade, e não se come sinão depois de bem amaciado. || *Etim.* Vem do Castelhano *Mata hambre,* mata fome, por ser a primeira parte que se póde tirar da rês depois da língua (Coruja). || A esta etimologia, do Sr. Coruja, acrescentarei que Valdez menciona *Matahambre* como termo cubano significando Maçapão feito de farinha de mandioca com açúcar e outros ingredientes.

MATINTAPERÉRA, *s. f. (Pará)* nome vulgar de uma ave, cujo canto só se ouve á noite. Dá dois assobios *fifi, fifi,* e logo em seguida, em voz mais cantada, profere as silabas *matintaperéra* (B. de Jary).

MATIRÍ, *s. m. (Pará)* espécie de saco feito da fibra do tucum (Baena).

MATOLÃO, *s. m. (provs. do N.)* espécie de surrão ou alforge de couro, em que os sertanejos conduzem ás costas a roupa e utensilios de viagem (Araripe Junior). Ordinariamente são feitos de couro de carneiro curtido com a lã, tendo bocal de couro curtido sem lã, e correias para o fechar. || *Etim.* O vocábulo português *Mololão* signi-

MAT

fica mala grande, em que se mete a roupa ou a cama para ser transportada nas jornadas. Malotão e *Matolão* envolvem a mesma idéia. Parece-me evidente que o vocábulo brasileiro não é senão o resultado de uma metatese.

MATOMBO, *s. m. (Pern. e outras provs. do N.)* pequena leira circular, em que se planta a estaca da mandióca. || Também dizem *Matumbo* (Meira). No R. de Jan. dão ás leiras com destino a esta cultura o nome de *Cóvas de mandioca;* mas são oblongas e paralelas entre si.

MATO, *s. m. (Pern. e outras provs. do N.)* o mesmo que *Roça* (1.º)

MATO-GROSSENSE, *s. m. e f.* natural da prov. de Mato-Grosso. || *adj.* que pertence á mesma província.

MATO-BOM, *s. m. (Paraná)* mato cuja vegetação robusta revela a fertilidade do terreno em que se desenvolve, e o torna próprio, depois da derrubada, para a cultura do feijão, dos cereais e de outras plantas economicas. *Mato-bom* tem sempre a significação de terreno fertil.

MATO-MAU, *s. m. (Paraná)* o mesmo que *Caiva.*

MATUTICE, *s. f. (Pern.)* aparência, modos e ação de matuto.

MATUTO, *s. m.* o mesmo que *Caipira.*

MAZ

MATUMBO, *s. m. (Pern. e outras provs. do N.)* o mesmo que *Matombo.*

MATUNGO, *s. m. (R. Gr. do S.)* cavalo velho, sem prestimo algum, ou que para pouco presta (Coruja). || *Etim.* E' termo provincial de Cuba, e significa enfezado, débil, fraco, definhado, aplicado particularmente aos animais (Valdez).

MATUPÁ, *s. m. (Vale do Amaz.)* grupo considerável e compacto de capim aquático, que se encosta à beira dos rios e lagos. Também lhe chamam *Periantan.* || *Etim.* E' vocábulo tupi (J. Verissimo).

MATURÍ, *s. m. (Piaui, e de Pernambuco até o Ceará)* castanha ainda verde do cajú, de que se fazem diversas iguarias e confeitos. Na Bahia lhe chamam *Muturi.* || *Etim.* E' provavelmente de origem tupi.

MATURRANGO, *adj. (R. Gr. do S.)* máo cavaleiro. || *Etim.* E' termo provincial da América espanhola (Valdez). || Também dizem *Maturrengo* (Cesimbra).

MATURRENGO, *s. m. (R. Gr. do S.)* o mesmo que *Maturrango.*

MAXÍXE (1.º), *s. m.* fruta hortense de gênero *Cucumis (C. anguria)* da família das Cucurbitaceas.

MIXÍXE (2.º), *s. m. (R. Gr. do S.)* espécie de batuque.

MAZANZA, *s. m. e f. (Pern., Par. e R. Gr. do N.)* indolente, preguiçoso, relaxado, toleirão.

MAZ

MAZOMBO, *s. m. (Pern.)* filho de português nascido no Brasil. Moraes o dá como termo injurioso, sem dizer porém donde partia a má intenção de alcunhar desta sorte aquêles que eram dela objeto. O termo não é tupi, e mais parece africano. Como quer que seja, creio que êste voc. caiu em desuso.

MBAYÁ, *s. m. (Mato-Grosso)* caçada de *mbayá* é aquela em que o caçador se envolve em ramagens verdes, afim de que, com aparência de arbustos, possa iludir os animais e aproximar-se dêles, sem os fazer desconfiar. Êste meio de caçar é sobretudo aplicado ás perdizes. Nêste caso o caçador arma-se de uma vara, de cuja extremidade pende um laço que passa ao pescoço da ave, e desta sorte a apanha viva. O termo *Bbayá* é guarani, e o encontro em Montoya com a significação de *emplextas grandes* (tiras grandes) *de paja que sirven de reparo en las casas;* e ainda mais *Caá mbayá* com a de *cerca que hazen de ramones en los arroyos para coger pescado.* || *Mbayá* é também o nome que os Paraguaios dão á nação de aborígenes a que chamamos Guaicurú.

MBETÁRA, *s. f.* o mesmo que *Metára*.

MÉCÊ, *(S. Paulo)* forma pronominal de tratamento correspondente a *você* ou *vossemecê*, e mui usada nas relações familiares, sobretudo entre pessoas da classe baixa.

MEDEIXES, *s. m. pl. (Bahia)* esquivança, desdem, desprezo pela

MEL

pessoa que nos procura (F. Rocha). || *Etim.* Não é mais do que a contração da locução *Me deixe,* com que ordinariamente repelimos aquêles que nos aborrecem.

MEIA-CANHA, *s. f. (R. Gr. do S.)* nome de uma das variedades desses bailes campestres a que chamam geralmente *Fandango*. No Paraguai há também uma dança a que chamam *Media-caña*.

MEIA-CÁRA, *s. m. e f.* nome que davam aos africanos que, depois da abolição do trafico, eram introduzidos, por contrabando, no Brasil. || Ainda se usa dêste vocábulo para designar a aquisição de um objeto sem dispendio de dinheiro: Êste chapéu tive-o de *meia cára.*

MEL, *s. m.* nome que dão à calda do açúcar que se filtra das fôrmas que estão a purgar, para se lavar o açúcar e alvejar (Moraes). Para as diversas espécies de *Melles*, V. *Melado* (1.º). || *Mel de pau;* nome vulgar do mel de abelhas, por isso que a generalidade das abelhas do Brasil fazem seus cortiços nas cavidades de árvores. E' a tradução literal do guarani *igbigraei*. || Descobridor de *mel de pau* diz-se do indivíduo que depara facilmente com aquilo que deseja: Tu que és descobridor de *mel de pau,* me poderás indicar um protetor para com o presidente do conselho.

MELADO (1.º), *s. m.* nome do caldo da cana de açúcar, limpo na caldeira e pouco grosso; depois passa ás tachas onde se engrossa mais, e se diz *mel de engenho:* o

MEL

líquido, que se destila do açúcar bruto, quando leva barro, ou cevadura do barro de purgar e água na casa de purgar, chama-se *mel de furo;* e quando sai claro do açúcar quasi purgado, *mel de barro* (Moraes). Ao *mel de furo* chamam no Rio de Janeiro *mel de tanque.* || Com o novo sistema de engenhos de açúcar, tendem a desaparecer todas estas denominações.

MELADO (2.º), *adj. (R. Gr. do S.)* diz-se do cavalo que tem o pêlo e a pele brancos. Nota-se que essa variedade de cavalos têm os olhos ramelosos e pequenas sarnas ao redor dêles. Para os diferençar dos *melados* que tem o pêlo branco e a pele preta, e não são sujeitos a essa enfermidade, dá-se-lhe também o nome de *melado sapiróca* (Coruja). || Nas provincias do norte, dão o nome de *melado* ao cavalo que tem côr de mel (Moraes).

MELADÚRA, *s. f. (provs. do N.)* nome que dão á quantidade de caldo de cana, que, nos engenhos de açúcar, leva a caldeira onde primeiro se limpa, ou descachaça e escuma, logo depois de expremido. Assim dizem: — Faz êste engenho oito meladúras por tarefa, isto é, em 24 horas. || Nos engenhos movidos por animais, chama-se também *meladúra* o tempo que se gasta em moer ou expremer a cana cujo caldo enche a caldeira. Assim se diz: — Êstes animais já tiraram uma *meladúra* (B. de Maceió).

MELEIRO, *s. m. (provs. do N.)* homem que compra mel nos enge-

MET

nhos; almocreve que o leva e conduz dêles para distilar, etc.; o que trata em mel (Moraes). || Dão o mesmo nome ao individuo que costuma embriagar-se com aguardente (B. de Maceió).

MEMBÉCA, *adj.* vocábulo tupi significando mole, brando, tenro, e do qual nos servimos em composição com outras palavras da mesma língua: *Caámembéca, Capim-membéca,* etc. Em guarani *membeg.*

MEMBÚRA, *s. f. (litoral do N.)* nome que dão a cada um dos páus que formam os extremos laterais da Jangada (J. Galeno). || *Etim?* Em língua tupi, ao filho em relação ao pai chamam *taigra,* e em relação á mãe *membigra.* Não sei por que espécie de figura se dará àquêles páus da jangada o nome correspondente á filha da mulher.

MENDÁCULA, *s. m. (Bahia)* senão, defeito moral. || *Etim.* Talvez tenha origem no vocábulo português *Mendaz,* com a significação de mentiroso falso.

MENDUBÍ, *s. m.* o mesmo que *Mandubí.*

MESQUINHO, *adj. (R. Gr. do S.)* diz-se do cavalo que não consente que se lhe ponha o freio, senão com muita dificuldade (Coruja).

METÁRA, *s. f.* rodela de pedra que os Tupinambás traziam no beiço inferior, previamente furado desde a infância. Chamavam-lhe também *Tametára (Dicc. Port.*

MIL

Braz.), Mbetára é *Tembetára* (Anchieta). || Ha ainda no Brasil outras hordas de selvagens que usam dêsse singular ornamento, a que chamamos *Botóque* e são feitos de madeira.

MILONGAS, *s. f. (Pern.)* enredos, mexericos, desculpas mal cabidas: Conta-me a coisa como ela se deu, e deixa-te de *milongas.* || *Etim.* E' vocábulo de origem bunda. *Milonga* é o plural de *Mulonga,* e significa *palavras* (Saturnino e Francina). Em certos casos póde ter a acepção de *palavrorio.* || Segundo Cannecatim, tem também a significação de *questão.*

MINEIRO, A, *s .e adj.* natural da província de Minas-Gerais: F. foi um *Mineiro* que se ilustrou pelos serviços prestados à sua província. Fiz a acquisição de um excelente cavalo *mineiro.* || Afóra estes casos especiais, o termo *Mineiro* tem a significação comum de explorador de minas.

MINÉSTRA, *s. f. (Bahia)* nome que dão a certo geito, certo artifício para se obter as coisas que se cubiçam (F. Rocha).

MINÉSTRE, *s. m. (Bahia)* pessoa geitosa nos meios que emprega para conseguir seus intentos (F. Rocha).

MINGAU, *s. m.* nome comum ás papas feias de qualquer espécie de farinha, de amido, de fecula ou da polpa de certas frutas, simplesmente temperadas com açúcar e a que se pode ajuntar também leite e

MIS

gema de ovo: *Mingáu* de tapióca, de carimân, de sagú, etc. || No Pará, onde é aliás usual o termo *Mingáu,* dão contudo o nome português de *papas* ás que são feitas de farinha de trigo. || Em Pernambuco chamam *Mingáu-petinga* o que é feito com a mandioca *púba* e temperado com pimenta e hortelã (Moraes). || No Pará dão o nome de *Tacacá* a uma espécie de *Mingáu* de tapioca que se tempera com o molho de *tucupi.* || *Etim.* E' vocábulo de origem tupi e guarani. A primitiva pronunciação era *Mingaú.*

MINGÓLAS, *s. m. (Serg.)* avarento (João Ribeiro).

MINJÓLO, *s. m.,* o mesmo que *Munjólo* (2.º).

MINUANO, *s. m. (R. Gr. do S.)* vento do sudoéste, seco e frigidissimo, que se manifesta no inverno depois de chuvas. || *Etim.* Provém de vir do lado que habitavam os selvagens Minuanos, hoje extintos.

MIRIM, *adj.* vocábulo tupi significando pequeno, e de que nos servimos para distinguir certos produtos menores que outros. Os maiores distinguimo-los pelo adjetivo *guassu:* Araçá-*mirim,* Araçáguassú, Tamanduá-*mirim,* Tamanduá-*guassú.*

MIRINZAL, *s. m. (Maranhão)* matagal composto especialmente da planta chamada *Mirim.* || *Etim.* E' vocábulo oriundo da língua tupi.

MISSIONEIRO, *s. m. (R. Gr. do*

MIX

S.) indigena ou habitante das antigas missões jesuiticas.

MIXÍRA, *s. f. (Pará)* conserva de carne ou de peixe, que, depois de cozido e frito, e estando frio, é posto em potes com azeite de tartaruga ou de peixe-boi. || *Etim.* E' voc. tupi, de que também se serviam os guaranis do Paraguai, sob a fórma *mbixi.*

MOBÍCA, *s. m.* e *f. (Bahia)* liberto, forro, individuo que deixou de ser escravo. || *Etim.* Farei apenas observar, como elemento de estudo, que, em língua bunda, *M'bica* significa escravo.

MOCAMAUS, *s. m. plur. (provs. do N.)* negros fugidos que vivem nas matas refugiados em *Mocambos* (Moraes, Aulete). || *Obs.* Nunca tive ocasião de ouvir pronunciar êste nome, mas sim o de *Mocambeiro,* com a mesma significação. Moraes escreveu *Mocamáos,* e Aulete *Mocamáus.*

MOCAMBEIRO, *s. m.* escravo fugido ou malfeitor refugiado em mocambo. || No Ceará chamam *mocambeiro* ao gado acostumado a esconder-se naquelas moitas do sertão, a que chamam *mocambo* (J. Galeno).

MOCAMBO (1.º), *s. m.* o mesmo que *Quilombo.* || *Etim.* Desconheço a origem dêste vocábulo e dos seus homonimos abaixo mencionados. Segundo Bluteau, era o nome de um antigo bairro de Lisbôa. Há na África ocidental portuguêsa uma

MOC

serra com a denominação de *Mocambe.*

MOCAMBO (2.º), *s. m. (Ceará e Mato-Grosso)* grandes moitas no sertão nas quais se esconde o gado.

MOCAMBO (3.º), *s. m. (Pern. e Alagôas)* cabana ou chóça, quer sirva de habitação, quer apenas de abrigo aos que vigiam as lavouras. Ao *mocambo* de duas águas também chamam *Tijupá,* na Bahia e outras provincias.

MOCÓ (1.º), *s. m. (provs. do N.)* nome vulgar de uma espécie de mamifero, pertencente á ordem dos Roedores *(Kerodon rupestris).*

MOCÓ (2.º), *s. m. (provs. do N.)* espécie de pequena bolsa, a que também chamam *Bocó,* e em Minas-Gerais e Bahia *Capanga.* Usam dêle a tiracolo os viajantes, para levarem pequenos objetos necessários para a jornada. No *Mocó* levam os meninos de escola seus papeis e livrinhos de estudo. Serve também de embornal para dar a ração do milho ás bestas. || *Etim.* Como, além de outras peles, se emprega geralmente a do *Mocó* (1.º) para a fabricação desta bolsa, talvez desta circunstância lhe provenha o nome (Meira).

MOCÓRÓRÓ (1.º), *s. m. (provs. N.)* nome comum a diversas bebidas refrigerantes. A de que usam no Ceará é feita com o sumo de cajú (Santos Souza). No Maranhão é preparada com arroz contuso de que se fazem papas grossas pouco cozidas, as quais se deitam em

MOC

uma vazilha de barro com água e algum açúcar e fica a fermentar durante dois dias; corresponde ao *Aluá* das outras províncias (D. Braz). No Pará é feita de mandioca e dela usavam os aborigenes *(Thes. do Amazonas)*.

MÓCÓRÓRÒ (2.º), *s. m. (sertão do Bahia)* nome que, nas minas de Assuruá, comarca de Chique-Chique, dão ao limonito concrecionado. Naquelas minas o cascalho aurifero tem a possança media de um metro, é coberto por camadas de argila e de limonito, tendo a espessura media de 4m,50, sendo 1m,50 para a argila, e 3m para o *Mócóróró* (P. de Frontin).

MÓCÓTÓ (1.º), *s. m.* mãos de vaca ou boi ainda cruas, ou depois de guisadas. E' um prato geralmente destinado ao almoço.

MÓCÓTÓ (2.º), *s. m. (Pará)* espécie de sapo (Baena).

MOFINA, *s. f.* insistência em alguma idéia de interêsse publico ou particular; empenho na realisação de algum projeto: Cada um tem a sua *mofina;* a minha é a extinção da escravidão. A construção de uma ponte naquêle rio é a minha *mofina.* || Publicação repetida diariamente nos jornais contra certa e determinada autoridade ou pessoa: Ha dias que a *Gazeta* tras uma *mofina,* relativamente á demora na distribuição das esmolas deixadas pelo Comendador.

MOJICA, *s. f. (Vale do Amaz.)* processo de engrossar um caldo com uma fécula qualquer (J. Ve-

MOL

rissimo). || Também se pode engrossar o caldo com peixe moqueado e esfarelado (B. de Jary). || *Etim.* Do tupi *moajigca,* significando engrossar o líquido. *(Dicc. Port. Braz.)*

MOJICAR, *v. tr. (Vale do Amaz.)* engrossar um caldo com qualquer fécula. E' mais usado o substantivo *Mojica,* com um auxiliar, do que esta forma verbal (J. Verissimo).

MOLAMBO, *s. m.* trapo, farrapo, andrajos. || Nem Moraes, nem Lacerda tratam dêste vocábulo. Aulete o menciona como voz brasileira, sem nada dizer de sua etimologia, a qual eu também não conheço.

MOLÉCA, *s. f.* menina negra.

MOLECADA, *s. f.* magote de moleques.

MOLECAGEM, *s. f.* procedimento mau, digno de moleque. Também dizem *molequeira.*

MOLECÃO, *s. m.* moleque taludo. Também dizem *molecóte.*

MOLECAR, *v. intr.* proceder ou divertir-se como moleque.

MOLECÓTE, *s. m.* o mesmo que *molecão.*

MOLÉQUE (1.º), *s. m.* nome que davam ao negrinho no tempo da escravidão. Era injúria aplica-lo, aos negrinhos livres. || *Fig.* pessoa de maus sentimentos, de procedimentos baixos, dignos de um pobre escravinho sem educação, nem moralidade. || *Etim.* Segundo Fr. Francisco de S. Luiz, *Moléque* e *Moléca*

MOL

são termos angolenses, com a mesma significação que lhe dão no Brasil.

MOLÉQUE (2.º), *s. m. (Minas-Gerais)* barra de iman com a qual se extraem as partículas de ferro, que estão de mistura com o ouro em pó.

MOLEQUEIRA, *s. f.* o mesmo que *molecágem*.

MOLEQUINHO, A, *s. dim.* de *moléque* e *moléca*.

MOLEIRÃO, *adj. e s. m.* molangueirão, individuo vagaroso, preguiçoso, negligente. || *Etim.* Deriva-se, sem dúvida, do radical *mole,* tomado no sentido moral. Posto que seja usualissimo no Brasil, não o mencionam nem Moraes, nem Aulete e outros, o que me faz pensar que não é corrente em Portugal. || E' sin. de *Molongó,* de que usam no Pará.

MOLEIRONA, *s. e adj. f.* de *Moleirão.*

MOLONGÓ, *adj. e s. m. (Pará)* o mesmo que *Moleirão.*

MOMBOIA-XIÓ, *s. f. (Pará)* espécie de gaita de que se servem os caboclos, e é feita com uma tabóca de treis furos e uma língua de tucano em lugar da palheta. Produz sons maviosos e que têm provocado em algumas pessoas tristeza e pranto (Baena). V. *Embeaxió.*

MONARCA, *s. m. (R. Gr. do S.)* homem do campo, vestido como tal e carregado de armas. E' gente sem educação, tanto que a seu res-

MON

peito ha o seguinte proverbio: Moço *monarca* não assina, mas risca a marca; isto é, não sabe ler nem escrever (Coruja).

MONDÉ, *s. m. (Bahia e outras provs. do N.)* o mesmo que *Mundé.*

MONDÉU, *s. m.* o mesmo que *Mundé.*

MONDONGO, *s. m. (Pará)* nome que na ilha de Marajó dão ás baixas que ocupam grande extensão das campinas, e são cheias de atoleiros, de ordinário ocultos sob a espessura de plantas palustres. Dá-se, porém, especialmente êste nome a um extensissimo pantanal que, distando da costa norte dez a doze milhas, prolonga-se de oeste a leste, desde as cabeceiras do rio Cururú até mui perto da costa oriental (Ferreira Penna). || *Obs.* Êste vocábulo, com a significação de intestinos miudos de carneiro, do porco e de outros animais, pertence tanto ao português como ao castelhano.

MONTÁDO, *adj.* diz-se do animal domestico, que se tornou bravio e vive fóra de qualquer sujeição. || *Etim.* E' corruptela de *amontádo.* || No Pará e outras provincias, dizem, como em Portugal, *amontádo.*

MONTARÍA, *s. f.* pequena canôa ligeira, construida de um só madeiro. Na maior parte dos casos, é seu destino, nas viagens fluviais, acompanhar as canôas de voga e servir para a pesca e caçada. || *Etim.* Seu nome primitivo era *canôa de montaria* || E' mui usada no

MOP

vale do Amazonas, em Mato-Grosso, Goiás e outras províncias.

MOPONGA, *s. f. (Pará)* meio de pescar, que consiste em bater a água com os braços, afim de fazer o peixe remontar o riacho até o lugar onde está estendida a rede, ou onde intentam construir *Mucuóca* (Baena).

MOQUEAÇÃO, *s. f.* ato de *moquear.*

MOQUEAR, *v. tr.* assar a meio a carne ou peixe, para melhor conserva-los, operação que se executa sôbre uma grade de páus a que dão o nome de *Moquem.* || No Minho, em Portugal, dizem encalir, por *moquear* (Moraes). || *Etim.* E' voc. de origem tupi, como o é também o verbo *boucaner* que Jean de Léry introduziu na língua francêsa, fato êste que ainda hoje é ignorado pelos respectivos lexicografos, sem excetuar os mais modernos, como Larousse e Littré. Em prova disto, atentemos para o que nos diz aquêle estimável viajante, tão sagaz em suas observações, quanto exato em suas descrições: "Touchant la chair de ce *Tapiroussou,* elle a presque même gout que celle de bœuf; mais quant à la façon de la cuire & aprester nos Sauuages, à leur mode, la font ordinairement *Boucaner.* Et parce que i'ai touché ci deuant, & faudra encor' que ie reitere souuent ci apres ceste façon de parler *Boucaner:* afin de ne plus tenir le lecteur en suspens, ioint aussi que l'occasion se présente maintenant ici bien à propos, ie veux declarer quelle en est la

MOR

manière. Nos Ameriquains, doncques, fixans assez auant dans terre quatre fourches de bois, aussi grosses que le bras, distantes en quarré d'enuiron trois pieds, & esgalement hautes eleuees de deux & demi, mettans sur icelles des bastons à trauers, à vn pouce ou deux doigts pres l'vn de l'autre, font de ceste façon vne grande grille de bois, laquelle en leur langage ils appelent *Boucan.* Tellement qu'en ayant plusieurs plantez en leurs maisons, ceux d'entr'eux qui ont de la chair, la mettans dessus par pieces, et auec du bois bien sec, qui ne rend pas beaucoup de fumee, faisant vn petit feu lent dessous, en la tournant & retournant de demi quart en demi quart d'heure, la laissent ainsi cuire autant de temps qu'il leur plaist."

MOQUÉCA, *s. f.* espécie de iguaria feita de peixinhos ou camarões, tudo bem apimentado e envolto em folhas de bananeira. No Pará lhe chamam *Poquéca.* Além dessa espécie de *Moquéca,* que é seca, ha também outra feita de peixe ou mariscos, com molho de azeite e muita pimenta.

MOQUEM, *s. m.* grade de páus em fórma de grelhas, com uns 0m,60 de alura, e sobre a qual se põe a carne ou o peixe, que deve ser *moqueado,* isto é, assado a meio para se conservar. || *Etim.* E' vocábulo de origem tupi, como o é também *Boucan,* adotado pelos francêses, como se póde reconhecer pelo testemunho de Léry.

MORCILHA, *s. f. (R. Gr. do S.)*

MOR

murcela. || *Etim.* Do castelhano *Morcilla.*

MORINGA, *s. f.* o mesmo que *Moringue.*

MORINGUE, *s. m.* bilha de barro para água. Ha *Moringues* de duas espécies: o de um só gargalo, e o de dois gargalos, sendo um mais largo por onde se introduz a água, e outro mais estreito por onde se bebe; e entre êstes dois gargalos ha uma asa, a que se aplica a mão para suspende-lo. || Também dizem *Moringa.*

MOROBIXABA, *s. m.* o mesmo que *Tuxáua.*

MOROTINGA, *adj.*, o mesmo que *tinga.*

MOSQUÊTE, *s. m. (Sergipe)* cavalo de pequena estatura e bom corredor S. Roméro).

MOURO, *adj. (R. Gr. do S.)* diz-se do cavalo que tem o pêlo mesclado de preto e branco. O cavalo *mouro* é mais escuro que o tordilho negro (Coruja).

MUAMBA, *s. f. (Ceará e outras provs. do N.)* velhacaria, patranha, fraude. Negócio ilicito que consiste em comprar e vender objetos furtados: "Temos aqui uma tal Rita dos Santos, que, segundo consta, negocia ha tempos em *Muambas*". *(Jornal do Comércio).*

MUAMBEIRO, *s. m. (Ceará e ouras provs. do N.)* velhaco, patranheiro, fraudulento. Pessôa que faz negócios ilicitos comprando e vendendo objetos furtados. Êste nome era especialmente aplicado áquêles

MUC

que, durante a última seca do Ceará (1877-1880), tiravam proveito da sua posição para se locupletarem, desviando do seu destino os gêneros alimentícios e outros recursos, que o governo mandava ás vitimas daquela calamidade.

MUCAJÁ, *s. m. (Pará e Maranhão)* o mesmo que *Macahúba.*

MUCAMA, *s. f.* o mesmo que *Mucamba.*

MUCAMBA, *s. f.* escrava predileta e moça, que servia ao lado de sua senhora e a acompanhava aos passeios. Também lhe chamavam *Mucâma* e em Pernambuco *Mumbanda.* || *Etim.* Talvez se derive de *Mocambuara,* voc. tupi, significando *ama de leite* (Voc. Braz.). No guarani ha no mesmo sentido *Poro mocambuara* (Montoya). A *Mucamba* não tinha certamente por oficio amamentar crianças; mas póde acontecer que, por uma degeneração de sentido, se lhe désse o nome que era d'antes o atributo da ama de leite. Na Bahia, por exemplo, dão á criada o nome de ama, sem que lhe incumba amamentar quem quer que seja.

MUCHACHO, *s. m. (R. Gr. do S.)* pontalete que sustenta horizontalmente o cabeçalho do carro, quando está parado, e é preso ao mesmo cabeçalho por meio de uma tira de couro. Em lingua portuguêsa lhe chamam *burro.* || *Etim.* E' voc. castelhano, com a significação de *rapaz;* e é no sentido figurado que o empregam. O Sr. Coruja escreve *Mochacho,* e o faz de-

MUC

rivar de *Mocho,* com o que não concordamos.

MUCICA, *s. f. (Pern. e Par. do N.)* sacadela, empuxão que o pescador dá á linha, quando sente que o peixe mordeu a isca. || *(Piauí)* Derribar de *mucica,* é derribar uma rês torcendo-lhe a cauda com força até faze-la cair. || *Etim.* E' voc. de origem tupi e vem de *Aimocic,* significando dar sacadela *(Voc. Braz.).* O *Dicc. Port. Braz.* menciona *Ceky,* como tradução de puxar.

MUCUJÉ, *s. m. (Bahia)* fruta primorosa de uma árvore do mesmo nome pertencente á família das Apocyneas. || G. Soares lhe chama *Macujê,* e, a não ser isso devido a um erro de cópia ou de imprensa, provavel é que seja o nome primitivo dessa fruta em língua tupi.

MUCUNZÁ, *s. m.* o mesmo que *Canjica* (1.º).

MUCUÓCA, *s. f. (Pará)* cerca ligeiramente construida nos riachos, por meio de páus fincados a prumo, ramos de *aninga* e *tujuco,* afim de paralisar um tanto a corrente da água, e dar lugar á pesca chamada de *Gapuia* (Baena). || *Etim.* Deriva-se de *Mocoóca,* termo do dialeto tupi do Amazonas (Seixas).

MUCÚRA, *s. f. (Pará e Maranhão)* o mesmo que *Saruê.*

MUDUBIM, *s. m. (Ceará)* o mesmo que *Mandubi.*

MUJANGUÉ, *s. m. (Pará)* espécie de massa feita de ovos de tartaru-

MUN

ga ou de tracajá e farinha de água, e depois desfeita em água, para ser bebida (F. Bernardino).

MULÁDA, *s. f.* porção de mulas.

MULATO-VÉLHO, *s. m. (R. de Jan.)* o mesmo que *Paturéba.*

MUMBÁCA, *s. f. (Vale do Amaz.)* palmeira do gênero *Astrocaryum (A. Mumbaca) (Flora Bras.).*

MUMBANDA, *s. f. (Pern.)* o mesmo que *Mucamba.* || *Etim.* Em língua bunda, na África Ocidental portuguêsa, *Mi-n'banda* significa mulher (Capello e Ivens). Talvez seja essa a origem de *Mumbanda.*

MUMBÁVO, *s. m. (Paraná)* o mesmo que *Xerimbábo.*

MUMBÍCA, *s. (Ceará)* bezerro de ano, magro, enfezado (S. Roméro).

MUMÚCA, *s. f. (S. Paulo)* ente *fantastico,* que chamam para meter medo ás crianças quando choram. Equivale a *Tutú* (2.º).

MUNÃN, *s. f. (Sertão da Bahia)* nome que, na giria dos vaqueiros, significa *Egua.*

MUNDÉ, *s. m.* espécie de armadilha para apanhar caça, esmagando-a com o peso que lhe cai em cima, logo que desloca o pinguélo. || *Etim.* E' vocábulo comum a todos os dialetos da língua tupi, e compreendia dantes diversas espécies, algumas das quais apanhavam vivos os animais; tais eram o *Mundé-aratáca* e o *Mundé-pica* de passarinhos *(Voc. Braz.).* || Também se diz *Mundéu, Mondé* e *Mon-*

DICIONÁRIO DE VOCÁBULOS BRASILEIROS

MUN

déu. || *Fig.* aplica-se a uma casa velha, arruinada, que ameaça cair e esmagar os que nela habitam. Ainda no sentido figurado se diz que *caiu no mundé,* aquêle que, mal aconselhado, se arriscou em maus negócios.

MUNDÉU, *s. m.* o mesmo que *Mundé.*

MUNGANGA, *s. f. (provs. do N.)* tregeito, careta, momice (S. Roméro). || *Etim.* Talvez seja corruptela de monganguice, ou mogiganga.

MUNGUNSÁ, *s. m.* o mesmo que *Canjica* (1.º).

MUNGUNZÁ, *s. m. (provs. do N.)* o mesmo que *Canjica* (1.º).

MUNJÓLO (1.º), *s. m. (provs. merid.)* espécie de maquina rustica, a qual movida por água serve para pulverizar o milho e torna-lo idoneo para a fabricação da farinha.

MUNJÓLO (2.º), *s. m. (algumas provs. do N.)* bezerrinho. Também dizem *Minjólo.* Quando chega a ter chifres chamam-lhe *Garrote.*

MUNJÓLO (3.º), *s. m. (R. de Janeiro)* nome vulgar de uma árvore da família das Leguminosas.

MUNJÓLO (4.º), *s. m. e f. (R. de Jan.)* nome de uma nação de Africanos que eram dantes importados como escravos.

MUNZUÁ *s. m.* espécie de côvo, feito de fasquias de taquára com uma boca afunilada, a que chamam no norte *sanga* e no Rio de Janeiro *nassa,* por onde entra o peixe

MUR

sem mais poder sair. || *Etim.* E' provavelmente de origem africana.

MUPICAR, *v. intr. (Pará)* remar amiudada e ligeiramente, para apressar o andamento da canôa. || *Etim.* Deriva-se de *mupíca* e *mopigpigc,* verbos da língua tupi significando *remar apressadamente (Dicc. Port. Braz.).*

MUQUIRANA, *s. f.* piolho do corpo, também chamado piolho da roupa *(Pediculus vestimenti).* || ||*Etim.* Do tupi *Moquigrana (Voc. Braz.).*

MURASSANGA, *s. f. (Vale do Amaz.)* o mesmo que *Burassanga.*

MURICÍ, *s. m.* nome comum a diversos arbustos e arvoretas do gênero *Byrsonima,* da família das Malpighiaceas, cuja fruta, segundo o faz observar G. Soares, sabe a queijo do Alemtejo, e macerada em água fria com açúcar se converte em um alimento a que no Ceará chamam *Cambica,* e é geralmente apreciado.

MURITÍ, *s. m. (Vale do Amaz.)* o mesmo que *Buriti.*

MURITIM, *s. m. (Maranhão)* o mesmo que *Buriti.*

MURITINZAL, *s. m. (Maranhão)* o mesmo que *Buritizal.*

MURUCÚ, *s. m. (Vale do Amaz.)* espécie de lança feita de páu vermelho com a ponta remontada de diversa madeira delgada, frangivel e ervada. Dela se servem os Mu-

MUR

ras e outras hordas de selvagens (Baena, F. Bernardino).

MURUCUJA, *s. m.* nome antigo do *Maracujá*. || *Etim.* E' vocábulo tupi. || Os guaranis do Paraguai lhe chamam *Mburucuyá* (Montoya).

MURUMURÚ, *s. m. (Vale do Amaz.)* nome comum a diversas plantas do gênero *Astrocaryum,* da *família das Palmeiras (Flora Bras.)* || *Etim.* E' voc. tupi.

MURUMUXAUA, *s. m. (Amaz.)* o mesmo que *Tuxáua.*

MURUNDÚ, *s. m. (Rio de Jan.)* montão de coisas: *Murundú* de roupa, de pedras, de esterco, etc. || *Etim.* E' corruptela de *Mulundú,* monte, na língua bunda.

MURURÚ, *s. m. (provs. do N.)* usa-se na frase *estar de mururú,* em relação á pessôa que se conserva na cama, com achaque ou atacado de mal periodico, intermitente (F. Tavora).

MURITÍ, *s. m. (Vale do Amaz.)* o mesmo que *Buriti.*

MURUXABA, *s. f. (Maranhão)* nome que dão á *brancarana* de mau comportamento (J. Serra).

MURUXAUA, *s. m. (Vale do Amaz.)* o mesmo que *Tuxáua.*

MUSSUNUNGA, *s. f. (Bahia)* nome de certos terrenos fofos, arenosos e úmidos (J. Przewski).

MUTA, *s. m. (Vale do Amaz.)* espécie de estrado construido no mato, com assento alto, na qual

MUX

se coloca o caçador á espera da caça. Havendo uma árvore idonea para êsse fim, póde o assento ser construido nela. || *Etim.* E' voc. tupi *(Voc. Braz.).* || No dialeto do Amazonas dizem *Metá* (Seixas). O Sr. J. Verissimo lhe chama *Mutân;* e diz que serve tanto para a caçada no mato, como para a pesca á beira d'água.

MUTAMBA, *s. f.* nome vulgar de uma planta do gênero *Guazuma (G. ulmifolia)* da família das Büttneriaceas. || *Etim.* Em língua bunda, *Mutamba* é o nome do Tamarindeiro. Sem dúvida, foram os Africanos de origem angolense os que impuzeram êste nome á planta brasileira, pela analogia que lhe acharam com aquela árvore do seu país. Seu nome tupi, segundo Piso e Marcgraf, era *Ibixuma.*

MUTÂN, *s. m. (Vale do Amaz.)* o mesmo que *Mutá.*

MUTIRÃO, *s. m. (S. Paulo, Paraná e Minas-Gerais)* o mesmo que *Muxirom.*

MUTIROM, *s. m. (S. Paulo, Paraná)* o mesmo que *Muxirom.*

MUTIRUM, *s. m. (Pará)* o mesmo *Muxirom.*

MUTUM, *s. m.* ave do gênero *Crax,* da família das Galinaceas, da qual ha diversas espécies.

MUTURÍ, *s. m. (Bahia)* o mesmo que *Maturi.*

MUXÍBA, *s. f.* pelancas, carne magra. || *Etim.* Na língua bunda, o termo *Muxiba* significa arteria, veia (Francina e Oliveira). E' pro-

MUX

vável que daí nos venha êste vocabulo ainda que alterado em sua significação.

MUXINGA, *s. f.* surra, sóva. || Azorrague. || *Etim.* E' voc. da língua bunda com a mesma significação que lhe damos no Brasil. || *Obs.* Aulete escreve *Muchinga;* e Moraes *Moxinga* e *Muxinga.*

MUXIROM, *s. m. (S. Paulo, Paraná)* auxílio que se prestam mutuamente os pequenos agricultores em tempo de fazer suas roças, plantações ou colheitas, mas principalmente serviço de roçar. Dura êste auxílio invariavelmente um só dia, em que todos trazem sua ferramenta de trabalho e fazem o serviço gratis, sendo regalados pelo dono da casa com uma boa ceia e o indispensável fandango, ou outro qualquer divertimento. Costumam fazer tais ajuntamentos para o trabalho, quando escassea o tempo e vai se fazendo tarde para efetuar as queimas, plantações, etc. Se, porém, o serviço dura mais de um dia, então não é *muxirom,* é *ajutorio* (adjutorio) e nêste caso os dias de trabalho devem ser restituidos (L. D. Cléve). || Êste vocábulo tem uma extensa sinonimia. No Paraná e S. Paulo, além de *Muxirom,* dizem também *Mutirom, Mutirão, Putirão* e *Puxirum;* no Pará *Potirom, Putirum, Puxirum, Mutirum;* em Minas-Gerais, *Mutirão;* no R. Gr. do S., *Puxirão;* na Ba-

MUX

hia e Sergipe, *Batalhão;* na Par. do N., *Bandeira.* || *Etim.* Afóra *Batalhão* e *Bandeira,* todos os sinonimos apontados pertencem a diversos dialetos da língua tupi, e derivam-se do mesmo radical, embora tenham por iniciais uns a a letra *P* e outros a letra *M,* o que não é raro nesta língua, como se observa em *Piân* e *Miân; Peréba* e *Meréba,* etc. Da mesma sorte, o *T* é muitas vezes substituido por *X: Aratixú, Araxixú.* No guarani, *potigrom* significa *pôr mãos á obra* (Montoya), significação que está bem no espírito dessa associação efemera. || O trabalho executado por êste sistema é de grande vantagem para os lavradores pobres, porque os liberta do salário. O que pode ter de repreensível é o divertimento noturno, que se lhe segue, em lugar do sono reparador. A polícia municipal deveria proíbir que êsse folguedo se prolongasse além de certa hora da noite.

MUXOXO, *s. m.* estalo dado com os beiços, á semelhança de um beijo, para mostrar desdem ou pouco caso de alguém ou de qualquer coisa: Aquêle individuo, a quem fiz tão cordialmente a oferta dos meus serviços, mostrou-se tão ingrato que me respondeu com um *muxôxo.* || Em Sergipe dizem *Tunco* (S. Roméro).

MUXUANGO, *s. m. (Campos)* o mesmo que *Caipira.*

N

NAM

NAMBÍ, s. m. orelha, em língua tupi. No R. Gr. do S., êste nome adjetivado se aplica ao cavalo que tem uma das orelhas caida: Cavalo nambí. E' uma abreviação do tupi nambi xoré, ou do guarani nambi yeroá, com a significação de orelhas caidas ou derrubadas. Nos sertões da Bahia e de outras províncias do norte, o nome de cavalo nambí designa aquêle que tem a cauda curta (Aragão). Neste caso, não vejo o fundamento de semelhante denominação.

NAMBÚ, s. m. o mesmo que Inambú.

NANA, s. m. nome tupi do Ananaz (Ananassa sativa).

NANÃN, s. f. (provs. merid.) o mesmo que Nhanhân.

NAPÉVA, adj. (S. Paulo) nanico; galo ou galinha de pernas curtas: Galo napéva, Galinha napéva.

NEBLINAR, v. intr. choviscar quasi que imperceptivelmente.

NEGREIRO, adj. dizia-se do navio que d'antes se empregava no tráfico de escravos. || Aplica-se também ao homem branco, que tem predileção pelas negras.

NHÁ, s. f. o mesmo que Nhóra.

NHAMBÚ, s. m. o mesmo que Inambú.

NHANDIRÓBA, s. f. V. Andiróba.

NOR

NHANDÚ, s. m. nome tupi da Ema.

NHANHÂN, s. f. (provs. merid.) tratamento familiar das meninas. || Etim. E' a fórma infantil de senhora. Também se diz Nanân, Nházinha, Sinhá, Sinházinha, Sinhára, Sinharinha. || Nas provs. do N., a partir da Bahia, dizem universalmente Iaiá, Iaiázinha, Iazinha; e êstes vocábulos já se têm introduzido nas prov. meridionais.

NHAZÍNHA, s. f. diminuitivo de Nhanhân.

NHÔ, s. m. o mesmo que Nhôr.

NHONHÔ, s. m. (provs. merid.) tratamento familiar dos meninos. || Etim. E' a fórma infantil de senhor. || Também se diz Nonô, Nhôzinho, Sinhô, e Sinhôzinho. || Nas prov. do N., a partir da Bahia, dizem universalmente Ioiô o o que, segundo penso, não é senão a fórma adocicada de Nhonhô.

NHÔR, s. m. abreviatura popular da palavra senhor: Nhôr João, Nhôr Joaquim. Também dizem Nhô.

NHÓRA, s. f. abreviatura popular da palavra senhora: Nhóra Maria, Nhór'Anna. Também dizem Nhá.

NHÔZINHO, s. m. (provs. merid) abreviatura popular do diminuitivo Senhorzinho.

NONÔ, s. m. o mesmo que Nhonhô.

NORUÉGA, s. f. (R. de Jan.)

DICIONÁRIO DE VOCÁBULOS BRASILEIROS

NOR

encosta meridional de montanha ou cordilheira. Os terrenos de *noruéga* são sombrios, frescos e até frios, e pouco idoneos para certas culturas. A êles se contrapoem os ter-

NOR

renos soalheiros, que, no hemisfério austral, ocupam as vertentes setentrionais das montanhas. || *Etim.* E' provavelmente uma alusão ao clima frio da Noruéga.

O

OIG

OIGALÉ!, *int. (R. Gr. do S.)* voz de admiração: *Oigalé!* moço lindo (Cesimbra).

OITAVA, *s. f. (Mato Grosso)* quantia de dinheiro igual a Cr$1,20 || *Etim.* No tempo em que a indústria capital daquela província consistia na extração do ouro, todas as transações, na falta absoluta de moeda cunhada, se faziam por meio de ouro em pó, regulando a Cr$1,20 o prêço de cada oitava (3 gr., 586). Hoje elas se fazem por meio do papel-moeda, mas nem assim se perdeu o uso de tomar por unidade a *oitava,* e dividi-la em frações: *Meia oitava* = 0,60 cts.; *um quarto* = 0,30 ctv. Ao *quarto* também chamam *pataca-aberta,* distinguindo-se deste modo da *pataca-fexada* = 0,32 ctv.; o cruzado = 0,72 ctv.; um *vintém* = 2 ctv. A todo êsse sistema pecuniário dão o nome de *Conta do ouro.*

OITITURUBÁ, *s. m.* o mesmo que *Cutitiribá.*

OREAR, *v. tr. (R. Gr. do S.)* arejar, expôr ao ar a roupa úmida para secar. || *Etim.* E' vocábulo castelhano.

ORE

ORIGÓNE, *s. m. (R. Gr. do S.)* talhadas de pecêgo secas ao sol, com as quais se faz um doce de calda. Essas talhadas são sobrepostas umas ás outras formando um sólido de alguns centimetros de comprimento. || *Etim.* Provirá ou do termo antiquado português *Orijones* (Moraes) ou do castelhano *Orejon,* que Valdez traduz por *Orijão.* Aulete nada diz a semelhante respeito.

ORELHA-LIVRE, *(R. Gr. do S.)* locução usada nas parelhas. Se os cavalos empatam na carreira, aquêle que apostou que o cavalo do contrário só lhe ganharia com *orelha-livre,* ganha a aposta, porque o outro não se adiantou um pouquinho mais quanto fôsse bastante para dar raia se distinguir se *sacou a orelha* ou não, isto é, se se adiantou (Coruja).

ORELHANO, A, *adj. (R. Gr. do S.)* diz-se do boi ou vaca que não tem marcas ou sinal na orelha ou orelhas, como se costuma fazer, antes de ser definitivamente marcado a ferro (Coruja). E' também expressão do Paraná. Nos sertões da Bahia chamam a isso *Orelha-*

ORE

redonda, e no Ceará *Orelhudo.* || *Etim.* O termo *Orelhano* procede de *Orejano,* que Valdez menciona como vocábulo americano. || Erra Aulete dizendo que orelhano é o gado vacum que tem marca ou sinal na orelha. E' justamente o contrário.

ORELHA-REDONDA, *s. m. (sertão da Bahia)* o mesmo que orelhano.

ORELHUDO, *adj. (Ceará)* o mesmo que *orelhano.*

OSSÚ, *adj.* o mesmo que guassú.

OSTREIRA, *s. f. (S. Paulo, Espirito Santo)* o mesmo que *Sambaquí.*

OTA! *int. (R. Gr. do S.)* voz de admiração: *Ota!* cavalo arisco. *Ota!* cavalo bom (Cesimbra).

OVE

OURIÇO-CACHEIRO, *s. m.* V. *Quandú.*

OVADO (1.º), *adj. (R. Gr. do S.)* diz-se do cavalo doente dos machinhos (Coruja). || *Etim.* Provavelmente vem de *ovas,* certa molestia que ataca os cavalos.

OVADO (2.º), *adj. (algumas provincias do N.)* diz-se do peixe que se acha com ovas: Estamos na estação em que o peixe está geralmente *ovado.* Tive ao jantar uma tainha *ovada* (Meira). || *Etim.* Vem de *ova,* ovário do peixe.

OVEIRO, *adj. (R. Gr. do S.)* diz-se do cavalo ou boi que tem malhas vermelhas ou pretas sôbre o corpo branco ou *vice-versa* (Coruja). || *Etim.* Do castelhano *overo.* || *Obs.* Em Portugal a palavra *oveiro* tem outras significações, usuais também no Brasil. Neste caso origina-se do radical *ovo.*

P

PAB

PÁ, *s. f. (R. de Jan.)* o mesmo que *Quibando.*

PABULAGEM, *s. f.* impostura, pedantismo; Aquêle homem é notável pela sua *pabulagem.* Deixa-te dessas pabulagens, que te fazem perder a estima da gente séria (João Ribeiro). || *Etim.* Do português *pábulo,* com a significação figurada de materia e assunto para maledicência ou escarneo.

PACA, *s. f. mamifero* do gênero *Coelogenys (C. Pacá)* da ordem

PAC

dos Roedores, e uma das melhores caças do Brasil. || *Etim.* E' vocábulo tupi. || Os guaranis do Paraguai lhe chamam *Pag* (Montoya).

PACARÁ, *s. m. (Pará, Goiás)* espécie de pequeno baú ou cesto construido de folhetas de madeira leve, forradas por dentro e por fóra de palha do grelo de palmeiras. Também os fazem simplesmente tecidos de palhas, as quais, em um e outro caso, são previamente tin-

PAC

tas de diversas côres, o que torna mui elegante o matiz (Baena).

PACÓBA, *s. f.* nome que davam os povos da raça tupi, ás espécies de Bananas naturais do Brasil e do Paraguai. Êste nome, sob a fórma *Pacóva*, ainda é usual no Piaui, Maranhão e Pará. Nesta última província, só dão o nome de Banana ás espécies exoticas. No Rio de Janeiro se aplica exclusivamente o nome de *Pacóba* a uma espécie notável pelo grande desenvolvimento da fruta. No Paraguai dizem *Pacová*, e bem que Montoya tivesse escrito *Pacobá*, cumpre atender a que o *b* espanhol é igual ao *v* português.

PACÓVA, *s. f.* o mesmo que *Pacóba*.

PACOVÁ, *s. m. (S. Paulo)* nome vulgar da *Alpinia nutans*, planta da família das Amomeas, a que se atribuem qualidades medicinais (Martius). || *Etim.* Provavelmente resulta seu nome de tal ou qual semelhança da planta com a da bananeira, a que os aborigenes assim chamavam.

PACÚ, *s. m. (Mato Grosso, vale do Amaz.)* nome comum a diversas espécies de peixes d'agua doce, dos gêneros *Prochilodus* e outros. || *Etim.* E' vocábulo tupi e guarani.

PACUÉRA, *s. f. (S. Paulo)* fressura de boi, carneiro ou porco. || *Etim.* E' termo de origem tupi. Em guarani *Pigacuê;* e isso faz crer que o nosso vocábulo não é senão a sincope de *Piacuêra.* || Bater a *pacuêra*, frase mineira correspon-

PAI

dendo a estas outras mui usuais em todo o Brasil: Bater a bota; dar á casca; bater a linda plumagem; bater as asas e voar; rebentar; dar com tudo em pantánas; e tudo isto com a significação de acabar, morrer, ir-se embora, botar fóra os bens, arruinar-se, ficar destruido, quer da vida, quer da fortuna (Macedo Soares).

PAGARÁ, *s. m. (R. Gr. do S.)* nome de uma das variedades desses bailes campestres, a que chamam geralmente *Fandango.*

PAGOS, *s. m. pl. (R. Gr. do S.)* os lares penates, a habitação de cada um: Depois de tamanha ausência, regresso enfim aos meus *pagos*, onde me esperam a mulher e filhos. || *Etim.* Do latim *pagus,* significando aldêa, lugar pequeno.

PAINA, *s. f.* nome da felpa sedosa contida na fruta capsular de diversas espécies de Bombaceas, ás quais são por isso chamadas *Paineiras*. Serve a *Paina* para enchimento de colchões, almofadas, etc.

PAIOL, *s. m. (S. Paulo, Paraná, Minas-Gerais)* nome que dão os lavradores ao compartimento ou dependência da casa de habitação, onde arrecadam o milho em casca. Em S. Paulo também chamam *Paiol* à casa que o fazendeiro faz longe da sua residência como ponto de arrecadação dos gêneros ali colhidos. Corresponde ao *Retiro* das fazendas de criar (B. Homem de Mello). || Nas províncias do norte, o *Paiol* é a casa em que se arrecadam quaisquer produtos da

PAJ

grande lavoura: algodão, milho, farinha, etc. (Meira). || *Etim,* E' vocábulo português, significando, tanto em Portugal como no Brasil, divisões internas de um navio onde se arrecadam diversos artigos. Ha *Paiol* de polvora, de bombas, de mantimentos, do pano, das amarras *(Dicc. Mar. Braz.).* Em Portugal e assim também no Brasil, dá-se o nome de *paiol* da polvora à casa em que se arrecada êsse gênero tanto nas fortificações, como fóra delas.

PAJÉ, *s. m. (Pará)* feiticeiro. .. *Etim.* E' voc. oriundo tanto do dialeto tupi como do guarani, e com o qual designavam os selvagens aquêles que exerciam um certo sacerdócio, tendo também a missão curar as enfermidades.

PÁLA, *s. m. (R. Gr. do S.)* espécie de poncho feito de uma fazenda mais fina que a do *bixará,* com as pontas arredondadas, mais leve, mais curto, e considerado mais decente na campanha (Coruja). || *Etim.* Provavelmente tem êste nome a sua origem no castelhano *Pálio,* com a significação de capa. Por sua vez, o *Pálio* dos espanhois não é mais do que o *Pallium* dos latinos.

PALANQUE, *s. m. (R. Gr. do S.)* mourão de dois metros, mais ou menos, de altura, fincado no meio do curral, ou na frente dêle, e ao qual se prende o potro ou cavalo bravo, para arrea-lo (Coruja). || Com diversa acepção, o termo *palanque* é português: significa

PAL

cadafalso com degráus de que se cercam os corros, para os espectadores verem os touros, sem perigo (Moraes).

PALÉTA, *s. f. (R. Gr. do S.)* nome do osso das mãos que compõe as cruzes, tanto no boi, como no cavalo (Coruja). Como expressão anatômica, *Paleta* é termo castelhano significando *Pá,* nome vulgar de espadua ou omoplata (Valdez).

PALETEAR, *v. tr. (R. Gr. do S.)* esporear o animal na paleta (Coruja).

PALHA, *s. f. (Minas-Gerais)* o mesmo que *Tigüéra.*

PALHÁDA, *s. f. (Minas-Gerais)* o mesmo que *Tigüéra.*

PALMITO, *s. m.* rebento central das Palmeiras, de que se usa como legume, tanto nos guisados, como nas empadas, e até crú em salada. Bem que todas as plantas desta família produzam *palmitos* comestiveis, todavia algumas espécie há a que se dá a preferência, e a estas dão por excelência o nome de *Palmito;* tais são o *Palmito-mole (Euterpe edulis),* o *Palmito-amargoso (Cocos Mikaniana),* aos quais também chamam, o primeiro, *Assaí, Jissára* ou *Jussára,* e o segundo *Guáriróva.* || O voc. *Palmito* é bem antigo na língua portuguêsa, e ha perto de quatrocentos anos que dêle se serviu Vaz de Caminha, na carta que, de Porto-Seguro, em 1.º de Maio de 1500, dirigiu a el-rei D. Manuel, relatando-lhe a descoberta do Brasil.

DICIONÁRIO DE VOCÁBULOS BRASILEIROS

PAM

PAMONÁN, *s. m. (S. Paulo, Mato-Grosso)* espécie de comida que consiste na mistura de farinha de mandioca ou de milho com feijão, carne ou peixe, e constitue uma excelente matolotagem para aqueles que viajam em lugares ermos e falsos de recursos, por isso que dura em bom estado muitos dias. || *Etim.* E' voc. de origem tupi e guarani. No guarani *Apamonân* e no tupi *Aipamonân* significam misturar. || Ao *Pamonân* também chamam *Virádo* e *Revirádo.* No R. de Jan. ao *Pamonân* de feijão chamam *Tutú.*

PAMONHA, *s. f.* espécie de bolo feito de fubá de milho ou de arroz, e também de tapióca ou de mandióca puba, a que se ajunta açúcar e leite de vaca ou de côco, e é envolto em folhas de bananeira. || A' *Pamonha* de mandióca puba dão particularmente, tanto no R. de Jan. como na Bahia e outras províncias, o nome de *Manauê;* e em Pernambuco e Alagôas e de *Pé-de-moleque.* || Em Pernambuco e Alagôas chamam *Pamonha de garápa* ao *Acaçá.* || *Fig. s. m.* e *f.*, pessoa inerte, desmazelada: M'eu criado é um *pamonha,* e sua mulher a maior *pamonha* que conheço.

PAMPA (1.º), *s. f.* nome que, na América Meridional de origem espanhola, dão ás vastas campinas que servem de pastagem a gados e animais silvestres. A esses acidentes naturais damos no Brasil o nome de *Campo;* e só nos servimos do termo *Pampa* quando nos referimos aos países em que é êle usual:

PAL

A *pampa* argentina; a *pampa* do Sacramento, etc. || *Etim.* E' voc. quichua (Zorob. Rodriguez).

PAMPA (2.º), *adj. (provs. meridionais)* nome que dão ao cavalo que tem orelhas de côres diferentes, ou que tem um lado do corpo de côr diversa do outro, ou o corpo de uma côr e a cabeça de outra, ou qualquer parte notável do corpo de uma côr e o resto de outra; mas êste último melhor se póde chamar *bragado* ou *oveiro,* segundo a posição das manchas (Coruja).

PAMPEIRO, *s. m.* nome de um vento violento de sudoéste, em parte da costa do Brasil e Rio da Prata. || *Etim.* E' assim chamado porque sopra do lado da pampa meridional da República Argentina.

PANACARÍCA, *s. f. (Pará)* toldo de palha nas embarcações chamadas *Igarité.* || Dão o mesmo nome ao chapéu de palha de abas largas, para resguardar do sol e da chuva. || *Etim.* E' voc. do dialeto tupi do Amazonas (Seixas, *Dicc. Port. Braz.).*

PANACÚ, *s. m. (provs. do N.)* espécie de condeça oblonga, de fundo oval, com a competente lampa, para arrecadar roupa; e também o empregam como berço de crianças. || No Pará dão o mesmo nome a um cesto de talas em uso nas roças (J. Verissimo). || E' voc. tupi. Montoya o menciona com a significação de canastra comprida.

PANÁSIO, *s. m. (Pern.)* pran-

PAN

chada, pancada dada com a espada de prancha.

PANCAS, *s. f. plur.* Dar *pancas* é distinguir-se, brilhar em qualquer ato, fazer proezas; e não só se diz assim dos atos louvaveis, como também daquêles que a moral repele. O salteador que tem assolado a região, sem que a polícia o tenha podido impedir, tem dado *pancas*. || Em Portugal, ver-se ou andar em *pancas* é ver-se em dificuldade, andar aos trambolhões (Aulete).

PANDÓRGA, *s. f. (R. Gr. do S.)* papagaio de papel com que se divertem os rapazes, e a que os Francêses chamam *Cerf-volant,* e os Espanhois *Cométa.* || *Etim.* E' termo oriundo de um provincialismo espanhol. || Em português, música descompassada e ruidosa, *Pandórga,* tem a significação de charivari; e ainda mais a de mulher gorda e barriguda (Aulete), e nesta última acepção é também popular nas provs. do N. do Brasil.

PANEIRO, *s. m. (Pern.)* o mesmo que *Tipiti.* || *Etim.* E' voc. português com a significação de cesto, e nêste sentido é usado no Pará: Um *paneiro* de farinha (B. de Jary).

PANELA, *s. f.* nome que dão a cada um dos compartimentos subterraneos de que se compõe um formigueiro de saúba, e onde se acham as respectivas larvas. Ao conjunto dessas *Panelas,* ligadas entre si por meio de galerias, cha-

PAP

ma-se *Cidade* || *Etim.* Deve o nome de *Panela* á forma aproximada do vaso de barro dêste nome.

PANÊMA, *adj. m.* e *f.' (Pará)* infeliz, desditoso. Aplica-se particularmente áquêle que, tendo ido á caça ou á pesca, nada colheu. || Também significa molangueirão, indolente (B. de Jary). No Ceará se traduz por polrão, podre, sem espírito (Araripe Junior). || *Etim.* E' vocábulo tupi e guarani e sinonimo de *Manêma.*

PANGARÉ, *adj. m.* e *f. (R. Gr. do S.)* diz-se do cavalo mais claro que o douradilho (Coruja). || *s. m. (S. Paulo)* cavalo estragado, sem mais prestimo algum: Mandaram-lhe para o regresso um *Pangaré* que lhe deu que fazer. (B. Homem de Mello).

PANGO, *s. m.* nome angolense do canhamo *(Cannabis sativa).* Usam os Africanos das folhas desta planta á guisa do tabaco de fumo, para cachimbarem; mas, sendo êsse uso pernicioso á saúde, é proíbido, pelas posturas municipais da cidade do Rio de Janeiro, a venda dêsse produto no mercado. Em língua bunda também lhe chamam *Liamba* e *Riamba.*

PANTIM, *s. m. (Par. do N.)* boato, ou notícia que pode incutir temor. || Fazer *pantim:* ser novidadeiro (Santiago).

PAPAGAIO, *s. m. (Rio de Jan.)* nome que dão, nas secretarias de estado e outras repartições, a uma tira de papel contendo uma ordem,

DICIONÁRIO DE VOCÁBULOS BRASILEIROS

PAP

uma recomendação ou uma pergunta dirigida a algum empregado do estabelecimento, o qual a devolve com a sua resposta.

PAPA-MEL, *s. m.* o mesmo que *Irára*.

PAPOCAR, *v. tr. e intr. (Ceará)* o mesmo que *pipocar*.

PAPÔCO, *s. m. (Ceará)* o mesmo que *pipôco*.

PAPÚCO, *s. m. (Bahia)* o mesmo que *Batuéra*.

PAQUEIRO, *s. e adj. m.* diz-se do cão adestrado na caçada da paca.

PAQUETE, *s. m. (de Alagôas até o Ceará)* jangada com tolda, especialmente destinada ao transporte de passageiros.

PARAENSE, *s. m. e f.* natural da província do Pará. || *adj.* que é relativo ao Pará: A indústria *paraense* consiste pricipalmente na extração da goma elástica e outros produtos vegetais.

PARAIBANO, A, *s.* natural da prov. da Paraiba do Norte: Dizia o general Labatut que os *Paraibanos* eram os melhores soldados de infantaria que êle conhecera. || *adj.*, que é relativo à Paraiba do Norte. A indústria *paraibana* consiste na cultura da cana de açúcar, e na criação de gados.

PARANAENSE, *s. m. e f.* natural da prov. do Paraná. || *adj.* relativo á mesma província.

PAR

PARANAMIRIM, *s. m. (vale do Amaz.)* rio pequeno; braço de rio; porção estreita de um grande rio formada, e apertada entre ilhas durante o curso; furo que comunica entre si dois rios, ou as águas de um mesmo rio, no meio do qual se atravessam ilhas. || *Etim.* Do tupi *Paraná*, rio, e *mirim*, pequeno. Começa a aglutinar-se em *paraná = paranan* (J. Verissimo).

PARATÍ (1.º), *s. m.* nome vulgar de uma espécie de peixe menor, porém mui semelhante á nossa tainha *(Mugil brasiliensis)*. Não tenho podido saber se o *Parati* é apenas o filhote da tainha ou se é espécie distinta do mesmo gênero. O que é certo é que os Tupinambás chamavam *Parati* ao peixe a que hoje chamamos tainha *(Dicc. Port. Braz., G. Soares)*. Atualmente só damos o nome de *Parati*, ao peixinho semelhante ou congenere da tainha. J. de Lery também fala do *Parati*, como espécie de Mugem.

PARATÍ (2.º), *s .m.* aguardente de cana de primorosa qualidade, fabricada no município dêste nome.

PARELHEIRO, *s. m. e adj. (R. Gr. do S.)* diz-se do cavalo acostumado a correr parelhas, e para isso ensinado (Coruja).

PARÍ, *s. m.* nome de certa armadilha que fazem nos riachos, para apanhar peixe. Consiste em uma cêrca transversal á corrente do riacho, com uma abertura no meio, á qual se adapta do lado inferior

PAR

um extenso cesto. O peixe impelido pela correnteza da água, precipita-se por essa abertura e fica em seco no cesto. Fazem-se pescarias imensas por êsse modo, tendo porêm o inconveniente de apanhar, com o peixe grande que se utilisa, grande quantidade do pequeno, de que ninguém se aproveita. || No Pará, é o *Parí* uma esteira feita de marajá, com a qual se intercepta o riacho, atando-a em varas cravadas a que chamam *Paritá* (Baena). || *Etim.* E' voc. tupi e guarani. Montoya o define *zarzo en que cae el pescado.*

PARICA, *s. m. (Pará)* árvore do *gênero Mimosa (M. acacioides,* Bth.), da família das Leguminosas, e de cuja fruta torrada e triturada usam os selvagens à guisa de tabaco em pó.

PARIPARÓBA, *s. f. (Rio de Jan.)* o mesmo que *Capéba.*

PARITÁ, *s. m. (Pará)* nome que dão ás varas a que se atam as extremidades do *Parí.* || *Etim.* E' voc. do dialeto tupi do Amazonas.

PARNAIBA, *s. f. (Bahia)* espécie de terçado com cabo de madeira, de que se usa nos açougues para retalhar a carne. || *Etim.* Como denominação de diversos rios do Brasil, é o voc. *Parnaiba* de origem tupi; mas como instrumento cortante, não lhe posso descobrir a etimologia.

PARTIDO, *s. m.* certa extensão de terreno plantado de cana de

PAS

açúcar. Nas terras de um engenho, podem-se cultivar diversos *partidos,* segundo as forças do proprietário, e serem uns maiores que os outros (Soriano, Saldanha da Gama).

PASSAGEIRO, *s. m. (provs. merid.)* nome que dão ao encarregado de dar passagem, em canôa ou balsa, aos que têm de atravessar um rio. Equivale ao termo português *passador.* Entretanto no Brasil o termo *passageiro* tem também a geral significação que lhe dão em Portugal, quando se refere aos que seguem em viagem a bordo de uma embarcação, ou transitam pelas estradas.

PASSAGEM, *s. f.* local por onde os viandantes atravessam ordinariamente um rio, quer a vau, quer embarcado: Cada *Passagem* tem sua denominação particular que a distingue das outras: Na *Passagem* do Joazeiro é o rio de S. Francisco mui largo. || No Rio-Grande do sul dão a isso o nome de *Passo.*

PASSARINHAR, *v. intr.* espantar-se o cavalo. || No sentido de andar á caça de passaros, é verbo português, mui usado no Brasil.

PASSARINHEIRO, *adj.* espantandiço; diz-se do cavalo que, montado e em viagem, se espanta de qualquer coisa (Coruja). || Moraes, mencionando êste vocábulo, cita a autoridade de Antônio Pereira Rego na sua obra *Instrução de cavalaria e Simula de Alveita-*

PAS

rìa, impressa em Coimbra em 1673. A vista disto, era natural supo-lo de uso português; Aulete, porém, o considera exclusivamente brasileiro, o que me faz pensar que caíu em desuso em Porugal. Valdez, no seu artigo *Pajarero*, além do sentido em que o empregam na Espanha, o indica como termo da América meridional significando *fogoso*, em relação ao cavalo forte e brioso; e diz também que no México o aplicam ao cavalo espantadiço, o que está de acôrdo com a acepção em que o empregamos no Brasil.

PASSO, *s. m. (R. Gr. do S.)* o mesmo que *Passagem.*

PASSÓCA, *s. f.* espécie de comida feita de carne, que, depois de assada, é pisada de mistura com a farinha de mandioca ou de milho, constituindo assim um alimento mui usual e precioso para o viajante que caminha por lugares ermos, por isso que dura em bom estado durante quarenta e mais dias e dela póde servir-se ou fria como está ou aquecida. O falecido Marquês do Herval considerava a *passóca* como um grande recurso para um exercito em marcha. || No Pará dão o nome de *passóca* a um alimento feito de castanha do Maranhão torrada e pisada com farinha de mandioca e açúcar. || *Etim.* E' voc. de origem tupi e guarani.

PASTÔR, *s. m.* garanhão de uma manada de eguas ou burras. O mesmo nome se aplica ao touro em

PAT

relação ás vacas mansas (Coruja). ||Em algumas províncias do Norte, dão ao garanhão o nome de *Alotadôr.*

PATÁCA, *s. f.* quantia de dinheiro igual a 0,32 cts. D'antes havia a pataca de prata, a qual, porém, desapareceu da circulação. || Em Mato-Grosso ha a *pataca-aberta* = 0,30 ctvs., e a *pataca-fechada* = 0,32 ctvs.

PATACÃO, *s. m.* moeda de prata do valor intrinseco de 0,96 ctvs. e hoje recunhada com o de $2,00.

PATAUÁ, *s. m. (Pará)* palmeira do gênero *Œnocarpus (Œ. Batauá).* || Em Mato-Grosso chamam-lhe *Batauá.*

PATETEAR, *v. intr. (provs. meridionais)* ficar como pateta, sem saber deliberar em ocasião oportuna, quando aliás tôda a atividade é necessária, como em algum perigo. Assim, pois, quando, por exemplo, um navio se mete entre recifes, dizem que o capitão *pateteou,* se, vencido pelo medo, não soube lançar mão dos recursos mais apropriados para evitar o naufrágio. || Ha em português o verbo *patetar* com a significação de estar pateta; dizer ou fazer patetices (Aulete).

PATÍ, *s. m.* palmeira do gênero *Syagrus (S. Botryophora,* Mart.). *Etim.* E' voc. tupi.

PATIFE, *s. e adj. m. e f. (S. Paulo)* pessôa débil, fraca, timida, e neste sentido nada tem de inju-

PAT

rioso êsse vocábulo; todavia no geral, o termo *patife* importa um insulto áquêle a quem é dirigido.

PATIGUÁ, *s. m.* o mesmo que *patuá.*

PATÓTA, *s. f.* pronuncia brasileira do têrmo português *batota;* e outro tanto se observa em *patoteiro* por *batoteiro.*

PATUÁ, *s .m.* nome comum a diversas espécies de receptáculos móveis, onde se arrecadam e transportam objetos quaisquer. || Em algumas províncias do norte, é uma bolsa de couro, de que se servem os sertanejos para o transporte de favos de mel. || No Pará, é uma espécie de cesto ou balaio, e dão particularmente o nome de *Patuá-balaio* a uma caixa com repartimentos para comida, louça, vidros, talheres, de que se usa nas viagens fluviais (B. de Jary). || Espécie de amuleto que consiste em um saquinho de couro, contendo cabeças de cobras e outras coisas a que atribuem virtudes milagrosas, e que os crédulos trazem pendurado ao pescoço, para os livrar de malefícios (Abreu e Lima). || Entre os índios da região amazônica significa baú, caixa (Seixas). || Em S. Jorge de Ilhéus, na província da Bahia, é uma caixa com tampa de forma elítica feita de palha de palmeira; mas ali dão o nome de *Patiguá* (Ennes de Souza). || *Etim. Patuá* e *Patiguá* são pronuncias diferentes do mesmo voc., pertencente à língua tupi. No dialeto do Amazonas, se pronuncia

PAU

Patúa (Seixas). Os tupis do Brasil meridional davam á canastra o nome de *Patuguá (Voc. Braz.).*

PATUGUÁ, *s. m.* o mesmo que *Patuá.*

PATURÉBA (1.º), *s. f. (Rio de Jan.)* nome que dão ao bagre salgado de Laguna. Também lhe chamam *Mulato-Velho.*

PATURÉBA (2.º), *s e adj. m. e f.* diz-se da pessoa, sem prestimo, tola, etc.

PATURÍ, *s. m. (provs. do N.)* nome vulgar do marreco domesticado *(Querquedula crecca?).* || *Etim.* Terá a sua origem no vocábulo *Pato*, ou, como me parece mais provável, será alteração de *Potery (Dicc. Port. Bras.), Poterí (Voc. Braz.)* ou *Putirí* (Seixas), nomes êstes que em linguagem tupi significam *Marreca, Adem ou Ganço?*

PAU-A-PIQUE, *s. m. (provs. merid.)* parede construida de ripas ou varas, umas verticais e outras horizontais, presas entre si por meio de cipós ou pregos, e tudo isto embuçado com barro. A parede de *pau-a-pique* é o que em Portugal chamam parede de sebe ou taipa de sebe. Na Bahia e outras províncias do norte lhe chamam parede de taipa, o que é diferente da taipa usada em S. Paulo. || Em Pern. e outras províncias do norte chamam cerca de *pau-a-pique* a que é feita de paus verticalmente colocados (Meira).

PAU

PAULICÉA, *s. f.* nome poetico da província de S. Paulo: Para a *Paulicéa* foi um ponto de honra a extinção do elemento servil.

PAULISTA, *s. m.* e *f.* natural da província de S. Paulo: A' intrepidez dos antigos *Paulistas* devemos nós a aquisição dêsses territórios, que formam hoje algumas das nossas mais vastas províncias. || *adj.*, que é relativo á província de S. Paulo: A indústria *paulista* consiste principalmente na cultura do café.

PAUTEAÇÃO, *s. f.* conversação futil: Em vez de executarem o trabalho que lhes havia encomendado, gastaram todo o tempo em *pauteação*. || Em Mato-Grosso dizem, no mesmo sentido, *mapiação*.

PAUTEAR, *v. intr.* entreter-se por mero passa-tempo, em conversação fútil: A chuva me impediu de ir ao trabalho, e levei toda a manhã a *pautear* com meu compadre. || Em Mato-Grosso dizem, no mesmo sentido, *mapiar*. || Não descubro êstes dois voc. em dicionário algum da língua portuguêsa e devo pensar que não pertencem a Portugal.

PAXIÚBA, *s. f. (Pará)* palmeira do gênero *Iriartea (I. exorrhiza)*. || *Etim.* E' voc. de origem tupi.

PAIAUARÚ, *s. m. (Pará)* espécie de bebida feita do sumo de frutas, de mistura com o beijú, e da qual usam os selvagens (Baena).

PEÃO, *s. m. (R. Gr do S.)* homem ajustado para fazer o serviço

PEC

do campo, nas fazendas de criação ou estâncias, denominação que se estendia aos próprios escravos exclusivamente ocupados nêsse mister. || Em outras províncias do Brasil, o *Peão é* o amansador de cavalos. || *Etim.* No sentido em que o empregamos, é o vocábulo *Peão,* segundo Valdez, oriundo da América meridional espanhola. Nós o recebemos dos nossos vizinhos. Nos mais casos, tanto em castelhano como em português, *Peon* e *Peão* se referem a quem anda a pé.

PECÊTA, *s. m. (R. Gr. do S.)* cavalo de mau comodo, lerdo, feio, inferior (Coruja). || *Fig.* Homem malicioso, velhaco, tratante. Neste sentido é o mesmo que *Pezeta* das outras províncias. || *Etim.* Segundo Valdez, *Peseta,* aplicado ao homem, é voc. da América Meridional. E' essa a origem do nosso *Pecêta.* || Em Portugal, *Peceta* significa *Peça pequena.*

PECHADA, *s. f. (R. Gr. do S.)* ação de se encontrarem impetuosamente ou esbarrarem dois cavaleiros vindo de lados opostos. || *Etim.* E' voc. americano, significando golpe ou encontrão dado no peito (Valdez).

PECONHA, *s. f. (vale do Amaz.)* ligas em embira que metem nos pés aquêles que querem subir ás árvores sem galhos, como palmeiras e outras. (J. Verissimo). || *Etim.* E' de origem tupi. || No dialeto amazônico, dizem *Pecunha* (Seixas). Em guarani *Picôt* ou

PED

Mbïcôï significa *trabas de los piés para subir algun arbol* (Montoya). O *Voc. Braz.* menciona *Pigcõya* com a significação de *Peia que serve para trepar.*

PÉ-DE-MOLÉQUE (1.º), *s. m. (R. de Jan., S. Paulo)* espécie de docê seco e achatado feito de rapadura e mendubi torrado.

PÉ-DE-MOLÉQUE (2.º), *s. m. (Pern., Alagôas)* o mesmo que *Manaué,* ou *Pamonha de mandioca puba.*

PÉGA, *s. m. (Ceará)* modo de designar o recrutamento forçado: Tem havido um *péga* extraordinário. Nenhum rapaz escapa do *péga.* || No Pará dizem, no mesmo sentido, *péga-péga* (B. de Jary). || *Etim.* Do verbo *pegar.*

PÉGA-FÔGO, *s. m. (R. Gr. do S.)* nome de uma das variedades desses bailes campestres, a que chamam geralmente *Fandango.*

PAGAMENTO, *s. m. (Rio de Jan.)* espécie de renda estreita sem recortes, a que chamam em português *entre-meio.*

PÉGA-PÉGA, *s. m. (Pará)* o mesmo que *Péga..*

PEITÍCA, *s. f. (de Pern., ao Ceará)* espécie de ave, cujo canto se assemelha a êsse nome. || Termo familiar com que se disigna a pessoa impertinente. Também chamam assim ao duende que nos persegue dia e noite (Araripe Junior). Insistência incomoda (S. Roméro).

PEL

PEITO-LARGO, *s. m. (Bahia)* o mesmo que *Capanga* (2.º).

PEJERECUM, *s. m.* o mesmo que *Pijerecum.*

PELECHAR, *v. intr. (R. Gr. do S.)* mudar o animal o pêlo; e quando isto acontece, dizem que está *pelechando.* || *Etim.* Do castelhano *pelechar* (Coruja).

PELÊGO, *s. m. (R. Gr. do S.)* pele de carneiro, quadrada e com lã. Para gente pobre, substitui o coxonilho. O uso mais ordinário é po-lo sôbre o lombo do cavalo, quando se monta *em pêlo,* isto é, sem arreios. Quando se diz que uma coisa *tem pelego,* isso corresponde á frase portuguêsa *tem dente de coelho,* isto é, coisa difícil. || *Etim.* Do castelhano *pelléjo,* couro, pele de animal (Coruja).

PÊLO-A-PÊLO, *loc. adv. (R. Gr. do S.)* viajar de pêlo-a-pêlo é fazer uma viagem sem mudar de animal (Coruja).

PELOTA, *s. f. (R. Gr. do S.)* espécie de vaso em fórma de cesto, feito de um couro inteiriço de boi, e serve de barquinho na passagem dos rios, em falta de outro qualquer meio de condução. Êste barquinho é levado a reboque por um nadador, que segura com os dentes a extremidade da corda que o prende, e desta sorte garante da água sua roupa, armas, etc. Póde também a *Pelóta* dar passagem a gente, e ser rebocada por um cavalo montado por um condutor. Direi, para terminar, que a *Pelóta*

DICIONÁRIO DE VOCÁBULOS BRASILEIROS

PEN

não é dos barquinhos o menos sujeito a sossobrar. || *Etim.* A nossa *Pelóta,* não tendo a menor analogia com as diversas cousas a que em Portugal dão aquêle nome, é natural o pensar que seja outra a sua origem. Creio que seu radical é *pele,* e portanto, a seguir a ortografia etimológica, deveriamos escrever *Pelota.*

PENCA, *s. f.* nome que dão a cada um dos grupos frutiferos, de que se compõe um cacho de bananas. Cada penca consta de duas ordens de bananas, dispostas á semelhança dos dedos da mão.

PENDENGA, *s. f.* pendência, no sentido de rixa, contenda, briga, luta, conflito. Tiveram os dois soldados uma *pendenga,* da qual resultou serem ambos presos. Para evitar *pendengas,* acedi a tudo quanto me propôs o vizinho. Sirvamo-nos de meios suasórios, para evitar *pendengas.* || *Etim.* Talvez seja corruptela de *pendência.*

PENDOAR, *v. intr. (Bahia)* o mesmo que *Apendoar.*

PENEIRAR, *v. intr.* chuviscar brandamente, como se a água caisse das malhas de uma peneira fina. Não encontro êste verbo, aliás mui usual no Brasil, em nenhum dos dicionários portuguêses que tenho consultado, nem mesmo em Aulete, senão no sentido de passar pela peneira, separar o mais fino do mais grosso. Todavia, recordo-me de o ter visto algures em Moraes, com a significação que aqui lhe dou. Entretanto, Aulete

PER

menciona *peneira* com a significação de chuva miuda, comparável ao pó que cai de uma peneira. Neste sentido é também usado no Brasil.

PEPUÍRA, *s. f. (S. Paulo)* galinha pouco desenvolvida.

PERÁU, *s. m.* diferença subita, para mais, do fundo do mar, lago ou rio, próximo ás praias, de modo a formar uma cóva em que ordináriamente não se toma pé, e é do maior perigo para as pessoas que, não sabendo nadar, se precipitam nêle: A infeliz senhora caiu no *Perau* e morreu afogada. || *Etim.* E' corruptela de *Apeiráu,* vocábulo português que caiu em tal desuso que o não menciona dicionário algum da nossa língua, nem mesmo o *Elucidario* de Fr. Joaquim de Santa Rosa de Viterbo. Tive a felicidade de deparar com êle no *Voc. Braz.,* com a significação tupi de *Tigpig apigababa,* cuja tradução literal é *descida do fundo,* o que dá uma idéia bem clara deste acidente hidrográfico. Tanto Moraes, como Lacerda, Aulete e outros lexicógrafos definem pessimamente o *Peráu,* dizendo que é uma poça profunda de água; e ainda mais erram os dois primeiros dando ao voc. uma origem francêsa.

PERÉBA, *s. f.* erupções cutaneas pustulosas. Em alguns lugares é o designativo da sarna. || *Etim.* E' voc. tupi. Em guarani significa sinal cu manchas de sarnas (Montoya). No dialeto amazoniense di-

PER

zem *peréua* (Seixas) ou *meréua* B. de Jary). No Rio Grande do Sul dizem *pereva,* para designar certa ferida cascuda, que ataca tanto os animais como a gente.

PEREBENTO, A, *adj.* e *s.* atacado de *perébas.*

PERENDENGUES, *s. m. plur.* *(Pern., Pará)* penduricalhos que sérvem de ornato ás mulheres. || Correntes de relógio, como se usava antigamente (B. de Jary). || E', nêste caso, o que, em linguagem portuguêsa, se denomina *Berloques.*

PERERÉCA, *s. f.* pequeno batráquio de côr verde, pertencente ao gênero *Hyla (?).* E' provavelmente o mesmo animal de que fala Gabriel Soanes com o nome tupi de *Juï-peréga.* || *Fig., s. m.* e *f.* pessoa ou animal de pequena estatura, franzino, de mesquinho aspecto.

PERERECAR, *v. intr.* mover-se vertiginosamente de um lado para outro, ficar desnorteado: Com o susto que tomou, o cavalo *pererecou* de tal sorte que não foi possível montá-lo. Logo que o puzeram no tanque, o peixe entrou a pererecar a procura de uma saida. As andorinhas *pererecam* em torno da casa. || Cair e revirar (Couto de Magalhães). || Diz-se também que *perêréca* aquêle que, vencido na argumentação, continúa a articular palavras a esmo, não se querendo dar por derrotado (B. Homem de Mello. || *Etim.* Terá talvez a mesma origem que *piriricar.* || Em

PER

português ha o verbo *saracotear,* de significação análoga, no hábito de não parar em um lugar, andar vagando, girando inquieto (Moraes).

PERÉVA, *s. f. (R. Gr. do S.)* o mesmo que *Peréba.*

PERÍ, *s. m.* o mesmo que *Piri.*

PERIANTÃN, *s. m. (Vale do Amaz.)* aglomeração de canarana, espécie de graminea, que se encosta á margem dos rios, ou desce por êles, como ilha flutuante arrastada pela correnteza. || *Etim.* De *Peri,* junco, e *antan,* duro, teso, resistente (J. Verissimo). || Ao *Periantan* dão no Paraguai o nome de *Camalote.* No vale do Amaz. lhe chamam também *Matupá.*

PERLENGA, *s. f.* disputa, controversia, rixa: Por ocasião daquêle casamento, houve tal *perlenga* no seio da família que ninguém mais se entendia. || *Etim.* Corruptela de *Perlongas.*

PERLENGÁDA, *s. f.* grande perlenga, disputa renhida: Daquela *perlengáda* resultou a inimizade dos dois irmãos.

PERLONGO, *s. m. (R. de Jan.)* telhado de um e outro lado da cumieira: Mandei retelhar minha casa: o *perlongo* da frente já está pronto.

PERNAMBUCANO, A, *s.* natural da província de Pernambuco: Os *Pernambucanos* zelam muito os interêsses de sua província. || *Adj.,* que é relativo a Pernambuco: A

PER

imprensa *pernambucâna* discutiu calorosamente as vantagens da extinção do elemento servil.

PERNEIRA, *s. f. (R. Gr. do S.)* espécie de bota de couro crú garroteado, de que os cavaleiros usam no campo, e que tiram inteiriço da perna do potro, pelo que também lhe chamam *botas de potro* (Coruja).

PERNEIRAS, *s. f. plur. (provs. do N.)* espécie de calças de couro cortido, de que usa o sertanejo, quando monta a cavalo, em serviço pecuário.

PERÓBA, *s. f.* nome comum a diversas árvores de construção do gênero *Aspiodsperma,* família das Apocyneas. || *Etim.* E' provavelmente a contração de *Ipé,* casca de pau, e *róba,* amargosa.

PERRENGUE, *adj. m.* e *f. (R. de Jan.)* encanzinado, raivoso, emperrado, birrento: Meu chefe é tão *perrengue* que a todos desgosta. || *Etim.* E' voc. castelhano (Moraes). || *(R. Gr. do S.)* frouxo, cobarde. Aplica-se ao cavalo mau, e nêste caso vem de *pé,* seguido do adj. *rengo* (Cesimbra).

PERŬ, *s. m. (R. de Jan.)* grande embarcação com a fórma de canôa e de boca aberta, tendo um mastro vertical enfurnado em uma bancada fixa no centro, e um grande redondo (Camara).

PESSÁ, *s. m. (Pará)* o mesmo que *Pussá.*

PET

PETÉCA, *s. f. (S. Paulo)* espécie de volante feito ordináriamente de palha de milho, e que os rapazes impelem com a palma da mão. || *Etim.* O voc. tupi *petéca* e guarani *peteg* significa pancada, golpe; e daí vem o nome dado ao volante, pela maneira por que é êle posto em movimento. || *Fig.* Joguete, ou alvo de mofa e zombaria: Não pensem que eu possa servir de *petéca* a quem quer que seja. Não façam de mim sua *petéca.*

PÉTÉMA, *s. f.* o mesmo que *Petúme.*

PETEQUEAR, *v. intr. (Minas-Gerais, S. Paulo)* jogar a petéca (Couto de Magalhães).

PETIÇO, *s. m. (R. Gr. do S.)* cavalo de pernas curtas (Coruja). || *Etim.* De *Petiso,* voc. da América meridional espanhola (Valdez). || Difere do *Piquira,* em ser êste um cavalo de pequena estatura, mas bem proporcionado.

PETŬME, *s. m.* nome tupi do Tabaco (G. Soares). O *Dicc. Port. Braz.* escreve *Pytigma,* Montoya *Petyma,* Léry *Petun;* e êste último voc. transmitido á França pelos companheiros de Villegagnon é ainda hoje usado na Bretanha sob a fórma *Bétun* (F. Denis), e dêle se serviam os botanistas para designar o gênero *Petunia,* da tribu Nicotianeas. Enganam-se Le Maout e Decaisne, dizendo que o voc. *Petun* é de origem caraíba. No dialeto tupi do Amazonas lhe chamam *Pêtêma* (Seixas).

PET

PÉTÚN, *s. m.* o mesmo que *Pe-túme.*

PETIMA, *s. f.* o mesmo que *Pe-túme.*

PEZÉTA, *s. m.* o mesmo que *Pecêta.*

PIÁ, *s. m. (provs. merid.)* caboclinho (1.º) de quatorze anos para baixo. A's caboclinhas chamam no R. Gr. do S. *Chininha.* || *Etim.* E' termo tanto tupi como guarani; significa coração. e era o título amoroso dos pais para com seus filhinhos (Anchieta, Montoya). || Nessas províncias o *Piá* serve ordináriamente de criadinho.

PIÁBA, *s. f.* nome de uma ou mais espécies de peixe d'água doce.

PIÁGA. Nome que, por ignorância absoluta da língua tupi, tem sido empregado por alguns literatos nossos, e que entretanto não é mais do que o resultado de erro tipográfico, como se observa em certas crônicas a respeito das coisas do Brasil. Baptista Caetano, depois de ter censurado o êrro que se cometia com o uso da palavra *inubia,* que não é mais do que o estropiamento de *mimbi,* exprime-se do seguinte modo a respeito de *piága:* "No mesmo caso está o celebrado *piága,* que peca pelo mesmo motivo, e que procurado nos escritores antigos não se acha. O feiticeiro, o curandeiro, o médico, ás vezes com certas funções sacerdotais, pelo que consta tanto de escritos acerca do Paraguai como

PIA

das crônicas dos brasis, era *paijé (qui dicet finem,* literalmente). Êste nome aparece escrito *paye, piaye* e até *piache* e de outros modos; no segundo modo de escrever *piaye,* bastou que por êrro de impressão se mudasse o *y* em *g* para tornar-se *piage,* donde o *piaga,* cujos cantos que fazer têm dado aos literatos e romancistas".

PIALADÒR, *s. m. (R. Gr. do S.)* nome que dão ao *peão* que é encarregado de *pialar.*

PIALAR, *v. tr. (R. Gr. do S.)* laçar um animal pelas mãos indo êle a correr, do que lhe resulta cair. || *Fig.* Enganar. || *Etim.* E' termo provincial americano, e sem dúvida o recebemos das repúblicas do Rio da Prata.

PIÁLO, *s. m. (R. Gr. do S.)* ação de *pialar,* tiro de laço dirigido ás mãos do animal que se quer prender: *Armar o piálo* é preparar o laço para a operação; *deitar o piálo* é atirar o laço. No *piálo de cucharra,* que é o mais fácil, atira-se o laço por baixo; no *piálo de sobrecostilhar,* vai o laço sobre a costela do animal, estendendo-se para diante até prender as mãos; no *piálo de sobrelombo,* que é mais engenhoso, atira-se sôbre o lombo do cavalo o laço aberto, o qual cai a prender as mãos pelo lado oposto (Coruja). Ha ainda mais o *Piálo de retorquiáda.* Nêste caso, tem o laço armadilha maior, e é arremessado pela cabeça do animal, corre-lhe pelo corpo, e quando está nas patas é que se lhe dá o *tirão*

PIA

(Lima e Silva). || *Fig.* engano: Levar um *piálo,* deixar-se enganar (Cesimbra). || *Etim.* De *piále,* voc. da América Merid. espanhola (Valdez).

PIÂN, *s. m.* nome que os Tupinambás e Guaranis davam a essa moléstia a que os Portuguêses chamam *Boubas* e os Espanhóis *Bubas.* Êste voc., completamente esquecido na linguagem vulgar do Brasil, nacionalizou-se em França, pelo intermédio do livro de Jean de Léry, que a descreveu minuciosamente. || Os aborigenes, tanto do Brasil, como do Paraguai, lhe chamavam indiferentemente *Piân* ou *Miân.*

PIASSÁBA, *s. f. (Bahia)* palmeira do gênero *Attalea (A. funifera,* Mart.) || *(Vale do Amaz.)* palmeira do gênero *Leopoldinia (L. Piaçaba).* || *Etim.* Do tupi *pigassaba,* que significa teçume *(Voc. Braz.),* nome dado certamente a estas árvores por causa de suas fibrs, de que se fazem cordas, amarras, vassouras e outras cousas. No Vale do Amaz. há também uma palmeira do gen. *Orbignia (O. racemosa)* com o nome vulgar de *Piaçaba verdadeira (Fl. Bras.).* No Piauí dão o nome de *Piassaba* a uma palmeira do gen. *Orbignia (O. Eichleri),* a que em Goiás chamam *Pindóba (Fl. Bras.).*

PIAUIENSE, *s. m.* e *f.* natural da prov. do Piauí. || *Adj.* relativo á prov. do Piauí.

PICÁÇO, *adj. (R. Gr. do S.)* diz-se do cavalo de côr escura com a

PIC

fronte e pés brancos (Coruja). || *Etim.* Segundo Aulete, é corruptela de pigarço = picarso, significando côr grisalha, côr de sal e pimenta: Cavalo *picarso.*

PICÁDA, *s. m.* caminho estreito aberto em mata e sempre em linha reta, tanto quanto o permitem os acidentes do terreno, tendo por fim facilitar os trabalhos de exploração para a construção de estradas, colocação de marcos divisórios entre propriedades diversas, e finalmente para encurtar a distância itinerária que vai de um a outro sítio. || Moraes e Lacerda mencionam êste voc. como perfeitamente português; mas Aulete, no seu artigo *Picáda,* não o compreende nas suas definições com a significação que lhe damos no Brasil, o que me faz pensar que não é vulgar em Portugal.

PICÁDO, *s. m. (R. de Jan.)* o mesmo que *cacundê.*

PICADÔR, *s. m.* o que trabalha na abertura de uma *picada,* segundo o rumo que lhe foi marcado. || Em linguagem portuguêsa, *Picador* é o que ensina e amestra cavalos e ensina equitação. Êste homonimo é também usual no Brasil.

PICANHA, *s. f. (R. Gr. do S.)* parte posterior da região lombar do boi, onde ha acumulação de substância gordurosa. *A picanha* é o melhor assado de couro (Coruja). || Valdez menciona *Picaña,* como têrmo antiquado sinonimo de *Picardia.*

PIC

PICUMAN, s. m. fuligem. Também dizem *Pucumân* e no Pará *Taticumân*. || Todos êsses vocábulos são mui usados na linguagem popular; mas nas relações oficiais prevalece o têrmo português *fuligem*. || *Etim.* Do tupi *Apepocumân (Voc. Braz.)* Os Guaranis diziam *Cumân* e *Apécumán;* mas parece que no Paraguai cairam ,em desuso, e estão hoje substituidos pelo *hollin* dos Espanhóis.

PIGUANCHA, s. f. (R. Gr. do S.) o mesmo que *Chininha*.

PIJERECUM, s. m. nome vulgar da *Xylopia oetiópica* planta africana da família das Anonaceas, cuja fruta é empregada como condimento. || Também se escreve *Pejerecum*.

PILÃO, s. m. gral de pau rijo, onde se descasca e tritura café, arroz, milho, etc. || A' mão do gral chamamos *mão do pilão*. Em Portugal *Pilão* é a mão do gral.

PILÉQUE, s. m. camoéca, ligeira embriaguês: De vez em quando, meu criado toma o seu *piléque*. || *Etim.* Não sei se esta palavra nos veiu de Portugal; o que é certo é que a não tenho encontrado em dicionários da língua portuguêsa. E' mui usada no Brasil.

PILÓIA, s. f. (Ceará) o mesmo que *manduréba*.

PIMENTA-DA-COSTA, s. f. (Bahia) espécie de fruta africana, cujas sementes são empregadas como condimento ,e têm o ardor da pimenta.

PIN

PINDAÍBA (1.º), s. f. caniço ou vara a que se prende o fio do anzol. || *Etim.* E' voc. tupi, significando literalmente *braço do anzol*. || *Obs.* Moraes e Aulete definem mal a *pindaíba,* dizendo que é a corda que prende o anzol. A essa corda chamavam os Guaranis e Tupinambás *Pindaçâma*. || Figuradamente se diz que *está na Pindaíba* aquêle que se acha em apuros de dinheiro.

PINDAÍBA (2.º), s. f. árvore de construção do gênero *Xylopia*, família das Anonaceas, de que há várias ,especies. || Em certos lugares também lhe chamam *Pindaúba*. || *Etim.* Provêm-lhe o nome da natureza de sua ramificação, que consiste em varas idoneas para servir de caniço na pesca ao anzol.

PINDAÚBA, s. f. o mesmo que *Pindaíba* (2.º).

PINDÓBA, s. f. palmeiras do gênero *Atalea (A. compta* e *A. humilis)*. || *Etim.* E' vocábulo tupi. || Também lhe chamam *Pindóva*. || No Rio de Jan. dão igualmente á *A. humilis* o nome de *Catolé* (Glaziou).

PINDÓVA, s. f. o mesmo que *Pindóba*.

PINGAÇO, s. m. (R. Gr. do S.) aumentativo do *Pingo* (Cesimbra).

PINGO, s. m. (R. Gr. do S.) nome com que se designa um bom cavalo. Nas repúblicas platinas, tem a mesma significação; entretanto que no Chile, segundo Zorob. Rodriguez, é o inverso.

DICIONÁRIO DE VOCÁBULOS BRASILEIROS

PIN

PINHA, *s. f. (Bahia, Pern)* o mesmo que *Ata*.

PINTAR A MANTA, *loc. pop.* fazer diabruras: Meus filhos, quando se pilham sós, *pintam a manta*.

PIPÓCA, *s. f.* grão de milho arrebentado ao calor do fogo, e que se come á guisa de biscoutos. No Pará dão a isso o nome de *Póróróca* (2.º). || Milho de *Pipóca* é uma espécie ou variedade desta graminea mais apropriada à feitura da *Pipóca*. Também chamam *pipócas* ás pustulas cutaneas: Estou com o corpo coberto de *Pipócas*. || *Etim*. Do verbo tupi *Apoc* ou *Poc,* arrebentar, estourar, estalar.

PIPOCÁDO, *adj.* e *par. pas. de pipocar;* arrebentado, estalado. Serve para designar certas molestias de pele, como bolhas, pústulas: Estou com o corpo todo *pipocádo*. || Couro *pipocádo* é aquêle que, sendo cortido, apresenta rachaduras (Meira).

PIPOCAR, *v tr.* e *intr.* arrebentar, estalar: o boi conseguiu *pipocar* a corda que o prendia. Tanto esticaram a corda que afinal *pipocou*. || No Ceará também dizem *papocar* e no Pará *popocar*. Em outras províncias *espocar* e *espipocar*.

PIPÓCO, *s. m. (Pern., e Rio Gr. do N.)* estalada, contenda veemente, desordem: Foram prender os criminosos; mas êles resistiram, o que deu lugar a um terrível *pi-*

PIQ

pôco. || Homem de *pipôco,* homem valente e áudaz (Meira). || Também dizem *papôco* (Araripe Junior).

PIQUÁ, *s. m.* espécie de mala de pano de algodão ou linho, com abertura no meio e serve para conduzir roupa ou mantimentos em viagem. Também lhe chamam *Sapiquá*. || No Pará, o *Piquá* é um balaio, cesto ou saco para guardar roupas e outros objetos. Por extensão, dão o mesmo nome aos cacarécos (J. Verissimo), e outro tanto se observa em Pern. e R. Gr. do N. (Valle Cabral).

PIQUE, *s. m.* ação de *picar* o mato para assinalar a direção da *picada*, que se pretende abrir. || Em português ha o homonimo *Pique* com diversas significações, igualmente correntes no Brasil.

PIQUÊTE, *s. m. (Minas-Gerais)* o mesmo que *Potreiro*.

PIQUÍ, *s. m.* fruta de diversas espécies de plantas do gênero *Caryocar,* representado por árvores e arbustos. No Pará lhe chamam *Piquiá* (2.º).

PIQUIÁ (1.º), *s. m.* nome comum a diversas espécies de madeiras de construção, e entre elas uma do gênero *Aspidosperma*.

PIQUIÁ (2.º), *s. m. (Pará)* o mesmo que *Piquí*.

PIQUIÁ (3.º), *s. m. (Bahia)* nome da fruta de uma árvore, cuja classificação não me é conhecida.

PIQUIRA (1.º), *s. m. (Rio de*

PIQ

Jan.) cavalo de raça anã, natural de Campos dos Goitacazes, e mui apropriado ao exercício das crianças.

PIQUÍRA (2.º), *s. f. (Mato Grosso)* peixe de pequena espécie, que habita as águas do Paraguai e seus afluentes.

PÍRA, *s. f. (Vale do Amaz.)* doença de pele nos animais, como cães e gatos (J. Verissimo). || *Etim.* E' voc. comum a todos os dialetos da língua tupí, significando *pele.* E' por metonimia que dêle se servem os incolas para designar a molestia de que se trata.

PIRÁ, *s. m.* nome genérico do peixe, em todos os dialetos da língua tupi. Atualmente só usamos dêle em nomes compostos para designar certas espécies ou coisas que tenham relação com o peixe: *Piraúna,* peixe-preto; *Pirapucú,* peixe comprido; *Pirapitanga,* peixe vermelho; *Piraí,* rio do *peixe; Pirapóra,* saltada do peixe; *Piracêma,* saida do peixe; *Piracui,* farinha de peixe.

PIRACÉMA, *s. f. (S. Paulo, Pará)* nome que dão á estação do ano em que se manifesta a arribação do peixe fluvial em numerosos cardumes, o que proporciona abundante pesca || *Etim.* E' voc. tupi composto de *Pirá,* peixe, e *acem,* sair (J. Verissimo).

PIRACUÍ, *s. m. (Pará)* nome de uma preparação de peixe, a qual consiste em reduzi-lo a pó, depois de seco, e nêste estado serve de

PIR

alimento. || *Etim.* E' voc. tupi, também mencionado por Montoya em relação ao Paraguai. Compõe-se de *Pirá,* peixe, e *cui,* pó ou farinha; significando portanto farinha ou pó de peixe.

PIRAÍ, *s. m. (Minas-Gerais)* azorrague de couro crú; o mesmo que *Bacalhau.* || *Etim.* Do radical *Pira,* significando pele.

PIRAJÁ, *s. m.* aguaceiro acompanhado de vento, que se manifesta frequentemente na parte da costa do Brasil compreendida entre os Abrolhos e o cabo de Santo-Agostinho. Em geral, os aguaceiros se anunciam por nuvens densas de côr escura, que sobem rapidamente do horizonte. Na costa do Brasil, porém, o *Pirajá* é apenas precedido por uma nuvem de singela aparência, que ilude o marinheiro o mais experimentado, e torna-se por isso perigoso *(Dicc. Mar. Braz.).*

PIRANGA, *adj.* o mesmo que *Pitanga* (1.º).

PIRANHA, *s. f.* nome de uma ou mais espécies de peixes, notáveis pela sua voracidade, e são o terror dos nadadores. Habita os rios e lagos de algumas provincias do Brasil.

PIRÃO, *s. m.* espécie de massa feita de farinha de mandioca cozida em panela ao lume, e serve á guisa de pão, para se comer a carne, peixe e mariscos. Também lhe chamam *Angú.* O *Pirão* d'água é feito com água fria, do qual mais

DICIONÁRIO DE VOCÁBULOS BRASILEIROS

PIR

se usa com a carne ou peixe salgados. *Pirão escaldado,* ou simplesmente *Escaldado,* é aquêle que se faz lançando-se água ou caldo ferventes sôbre a farinha contida em uma vasilha. || *Etim.* Metaplasmo de *Mindypirõ,* nome que em tupi se dava ás papas grossas, em contraposição a *Mingáú,* que significa papas ralas (Figueira). Vasconcellos escreve *Mindipiró,* e Anchieta *Mindipirô* no mesmo sentido. O *Dicc. Port. Braz.* menciona *Marapirão* como termo português, e traduz em tupi por *Motapirôn,* sem contudo lhe dar a significação. Não sendo, porém, *Marapirão* vocábulo da língua poruguêsa, parece-me antes corruptela de *Mbaipirõ,* usual entre os guaranis. || Na África ocidental é usual o termo *Pirão* (Capello e Ivens); e sem a menor dúvida o houveram do Brasil.

PIRAQUARA, *s. m.* e *f. (S. Paulo)* alcunha com que se designam os moradores das margens do Paraíba do Sul, e cuja indústria consiste na pesca (B. Homem de Mello). || *Etim.* No dialeto guarani, *Piraquá* significa pele dura e figuradamente se aplica ao homem porfiado, pertinaz, obstinado, teimoso; qualidades estas que cabem perfeitamente aos que se dedicam á indústria da pesca.

PIRAQUÉRA, *s. f. (Pará)* certo meio de pescar, que consiste em ir de noite, com fachos, arpoar o peixe que dorme á beira do rio. Esta espécie de pesca é usual em outras partes do Brasil. Na Bahia lhe

PIR

chamam *pesca de farraxo.* || *Etim.* do tupi *pirá,* peixe, e *ker,* dormir.

PIRARUCÚ, *s. m. (Vale do Amazonas)* nome vulgar do *Vastris gigas,* espécie de peixe grande, de que se fazem salgas, e tem o sabor do bacalhau. || *Etim.* E' voc. tupi composto de *Pirá,* peixe, e *Urucú,* nome vulgar da *Bixa Orellana,* de cujas sementes se extrai uma tinta vermelha.

PIRATININGANO, *s .m.* nome com que se designava antigamente o natural de S. Paulo, por estar esta cidade situada nos campos de Piratininga.

PIRENTO, *adj. (Vale do Amazonas)* o que sofre da *pira,* molestia que ataca a pele dos animais (J. Verissimo).

PIRÍ *s. m. (Pará)* nome que dão a certos brejos em que se desenvolve a vegetação da herva *Pirí.* || No Maranhão usam deste vocábulo no plural: *Pirizes.* || *Etim. Pery,* como escreve o *Dicc. Port. Braz,* ou *Pirí,* como o faz Montoya, é o nome tupi de uma ou mais espécies de junco, que cresce nos alagadiços e é aproveitado para a fabricação de esteiras e outros misteres.

PIRIANTAN, *s. m. (Vale do Amaz.)* V. *Periantán.*

PIRIQUITÉTE, *adj. (Pará, Maranhão)* diz-se de qualquer homem ou senhora que, por gosto, se apresenta vestido sem luxo, mas com cuidado, de modo a ser elogiado:

PIR

Fulano compareceu *periquitête* ao baile (B. de Jary). || Em Pern. e outros lugares dizem *prêquêtê* (F. Tavora).

PIRIRICA, *adj. (Vale do Amazonas)* aspero como a lixa: Depois da febre o beiço fica *piririca.* || Ligeiro estremecimento provocado pelo peixe nadando no baixio, na superficie das águas. || *Etim.* do tupi *piriri,* tremer, estremecer, tiritar (J. Verissimo). Seixas menciona *Piri, v. tr.,* com a significação de arrepiar.

PIRIRICAR, *v. intr. (Vale do Amaz.)* causar um ligeiro estremecimento na água. Êste verbo é quasi geralmente usado no gerundio: Está *piriricando* (J. Verissimo). || *Etim.* Talvez tenha a mesma origem que *pererecar,* de que usam nas provs. meridionaes.

PIRIZES, *s. m. plur. (Maranhão)* o mesmo que *piri.*

PIRÓCA, *adj. (Vale do Amaz.)* pelado, careca: Cabeça *piróca,* calva. || *Etim.* E' voc. tupi.

PIROCAR, *v. tr.(Vale do Amazonas)* esfolar, descascar: Tratemos de *pirocar* a rês, e depois passaremos a *pirocar* as frutas. || *Etim.* E' a fórma vulgar do verbo tupi *piróca* (B. de Jary).

PIRRALHO, *s. m.* criança, criançola: Aquêle *pirralho* já pensa em se casar. || Também dão o nome de *pirralho* a um homem de pequena estatura. || *Etim.* Êste vocábulo será talvez de origem portuguêsa,

PIT

mas não o menciona dicionário algum da nossa língua.

PIRURÚCA, *s. f.* o mesmo que *Canjica* (4.º).

PISSANDÓ, *s. m. (Bahia)* palmeira do gênero *Diplothemium (D. campestris,* Mart.)

PITADA, *s. f.* dóse de rapé ou de outro qualquer tabaco em pó, que se toma entre as cabeças dos dois dedos polegar e indicador para o levar ao nariz, e que por isso tambem chamam narigada. || *Fig.* Dóse mínima de qualquer matéria pulverulenta. || *Etim.* Tem a mesma origem tupi e guarani do verbo *pitar;* e está perfeitamente naturalizado na língua portuguêsa.

PITANGA (1.º), *adj.* voc. tupí e guarani, significando vermelho. Só usamos dêle em palavras compostas: Pirá-*pitanga,* Acará-*pitanga.* E' sin. de *Piranga;* e dêste usamos nas mesmas condições: Y-*piranga,* rio vermelho; Cuí-*piranga,* areia vermelha, etc.

PITANGA (2.º), *s. f.* fruta da Pitangueira, planta de várias espécies e dimensões, pertencentes ao gênero *Stenocalyx,* da família das Myrtaceas. || *Etim.* E' contração de *Igbápitanga,* vocábulo tupi significando fruta vermelha.

PITANGA (3.º), *s. m.* e *f.* voc. tupi e guarani significando menino. Usamos dêle quando temos de desenganar a pessôa que nos pede algum favor: Nem que chores *pitanga,* não te posso servir. Mas o

PIT

que quer dizer *chorar pitanga?* E' fácil explica-lo, atendendo a que, nesta frase, está *pitanga* no vocativo, com a sua antiga e primitiva significação de *menino;* e portanto o sentido sintatico desta oração é o seguinte: Nem que chores, *pitanga, isto* é, nem que chores, menino, não alcançarás o que pedes. Esa sentença, que se aplica particularmente ás crianças teimosas, que choram para obter qualquer coisa, extende-se a pessoas de qualquer idade, que nos aborrecem com suas lamurias.

PITAR, *v. intr.* cachimbar, fumar charutos e cigarros. || *Etim.* Do verbo tupi *piter* e do guarani *pité,* significando chupar, sorver. || E' também usual em Bolivia, Chile, República Argentina e Estado Oriental do Uruguai.

PITIMBÓIA, *s. f. (Alagôas)* nome de certo aparêlho mui simples para auxiliar a pesca dos camarões, por meio do *Jereré.* Consiste em um mólho de folhas que o pescador lança na água, tendo-o preso por uma corda. Os camarões metem-se por entre a folhagem e ai ficam enredados de tal sorte que permitem ao pescador suspender êsse mólho, envolvendo-o no *Jereré.* E' um modo facilimo de realizar em pouco tempo uma ampla colheita desses crustáceos. || *Etim.* Do tupi *Pitiboâna (Voc. Braz.)* ou *Pytybonçára (Dicc. Port. Braz),* com a significação de ajudador, auxiliador.

PITANGA, *adj. (Vale do Amaz.)* o mesmo que *tinga.*

PIT

PITITINGA, *s. f. (Bahia)* espécie de peixe miudinho, semelhante ou talvez identico à *manjúba* do Rio de Janeiro e Pernambuco.

PITIÚ, *s. m.* mesmo que *Pitium.*

PITIUM, *s. m.* fartum, cheiro desagradável de qualquer coisa: Não ha nada tão repugnante como o *pitium* da sardinha. || No Pará, o *pitium* designa especialmente o mau cheiro do peixe crú (B. de Jary, J. Verissimo); e, no litoral do Rio de Jan., o do peixe podre (Macedo Soares). || Também dizem *pitiú* no Pará e no Maranhão e *pituim* no Rio de Janeiro (V. de Souza Fontes) e em Alagôas (B. de Maceió). || *Etim.* E' voc. de origem tupi, aplicado ao cheiro do peixe crú. O do peixe assado é *pixé.*

PITO, *s. m. (Goiás, Mato-Grosso)* cachimbo. || Ação de cachimbar, e, em geral, de fumar: O *pito* do ópio é usual entre os Chins. o *pito* do pango é proibido pelas posturas municipais do Rio de Jan. || *Etim.* A mesma que a de *pitar.*

PITOMBA, *s. f.* fruta da Pitombeira, árvore do gênero *Sapindus (S. edulis,* Saint-Hilaire), da família das Sapindaceas.

PITOMBO, *s. m. (Bahia)* fruta do Pitombeiro, árvore do gênero *Eugenia,* da família das Myrtaceas. Em Pern. lhe chamam *Ubáia.*

PITÚBA, *adj. (Pern.)* qualificativo da pessoa fraca, cobarde, preguiçosa. || *Etim.* E' voc. tupi *(Dicc. Port. Braz.).*

PIT

PITUIM, *s. m. (Alagôas, Rio de Jan.)* o mesmo que *Pitium*.

PIÚCA, *s. m. (S. Paulo)* pau seco a ponto de esfarelar-se, o que o torna mui combustivel (S. Villalva).

PIUM, *s. m. (Pará)* nome vulgar de uma espécie de mosquito. || *Etim.* E' vocábulo tupi *(Dicc. Port. Braz.)*.

PIXAIM, *adj. (De Pern. ao Pará)* que tem carapinha, como a gente de raça africana. || *Etim.* Do tupi *Iapixaim*, crespo *(Dicc. Port. Braz.)*, *pixaim*, crespina *(Voc. Barz.)*. Em guarani *apixaim*, coisa enrugada (Montoya).

PIXÉ, *adj. (S. Paulo, Pará)* enfumaçado: Esta comida está *pixé*. || *Etim.* E' voc. comum aos diversos dialetos da língua tupi, e era particularmente consagrado ao cheiro de peixe assado. || No Pará significa mau cheiro, fetido (J. Verissimo), e nêsse sentido é usual no dialeto amazoniense (Seixas).

PIXIRICA, *s. f. (Rio de Jan.)* nome de um pequeno arbusto do gênero *Clidonia (C. frutescens)*, da família das Melastomaceas. || No Pará lhe chamam *Catininga* (B. de Marajó).

PIXÚNA, *adj.* o mesmo que *una*.

PLANCHEAR-SE, *v. pron. (R. Gr. do S.)* cair o cavalo de lado com o cavaleiro (Coruja).

PÓ, *s. m.* espécie de esturrinho, a que também chamam *amostrinha, caco, tigela, etc.*

POM

POCÉMA, *s. f. (R. Gr. do N.)* brados de alegria em honra de pessoas a quem se quer obsequiar: Por ocasião de sua chegada, o povo ,reunido na praça, ergue-lhe *pocémas*, em homenagem aos bons serviços que o coronel acabava de prestar. || *Etim.* E' voc. de origem tupi.

POLVADEIRA, *s. f. (R. Gr. do S. e S. Paulo)* poeira. || *Etim.* Corruptela do castelhano *polvareda*.

POLVILHO, *s. m. (Rio de Jan. e outras provs.)* o mesmo que *Tapióca*.

POMBEAR, *v. intr.* exercer a profissão de pombeiro, como atravessador. || *v. tr.* espreitar, espionar, ir no encalço de alguém, para lhe conhecer os intentos. || Moraes escreve *pombeirar*.

POMBEIRO, *s. m.* nome que, na África portuguêsa, davam dantes a qualquer agente encarregado de explorar os sertões, no intuito de efetuar a compra de escravos, mediante trapos, ferramenta e bugiarias que levavam comsigo. Essas emprêsas eram sempre confiadas a homens ladinos, de cuja sagacidade havia tudo a esperar *(Arte de furtar)*. Com sua odiosa significação, êste voc. passou da África para o Brasil, no tempo em que eram também condenados ao cativeiro nossos infelizes aborigenes. || *Etim.* Deriva-se do radical *pombe*, voc. da língua bunda significando *mensageiro* (Cannecatim) || Atualmente, tanto na África como no Brasil, são õutros os encargos do *Pombeiro*.

DICIONÁRIO DE VOCÁBULOS BRASILEIROS

197

PON

Ali dão êsse nome aos chefes do grupo de carregadores, com a obrigação de vigiar a sua gente e responder por ela ante o chefe da coravana (Serpa Pinto). No Brasil são varias as funções do *Pombeiro*. Em algumas das nossas provincias setentrionais, Pern., Par. e Rio Gr. do N., o *Pombeiro* é verdadeiramente um espião. Quando se trata, por exemplo, de prender um criminoso sagás e oculto, a polícia bota-lhe *pombeiros,* que lhe vão no encalço (Meira). No Rio-Gr. do S., por um desses metaplasmos mui frequentes, em que as letras *P* e *B* se substituem mutuamente, o vocábulo *Pombeiro* se transformou em *Bombeiro,* sem quebra da significação de espião. No Rio de Jan. o *Pombeiro* é o atravessador dos gêneros alimentícios, produtos da pequena cultura: aves, ovos, frutas, hortaliças, peixe, etc. No litoral de Pernambuco e de outras provincias do norte, é êle especialmente o monopolista do pescado, para o que vai á praia espreitar a ocasião em que regressam as jangadas, que se empregam nessa indústria, compra-lhes o peixe, e o vende a retalho.

PONCHADA, *s. f. (Rio-Gr. do S.)* grande porção de qualquer coisa, que poderia encher um poncho: Uma *ponchada* de dinheiro (Coruja).

PONCHO, *s. m. (provs. merid.)* espécie de capa de pano de lã, de forma mais ou menos quadrada, com uma abertura no meio, por onde se enfia a cabeça. Como vesti-

PON

dura exerior para resguardar da chuva ou do frio, é muito mais comoda que o capote, mormente para quem anda a cavalo. || *Etim.* Do araucano *Pontho?* (Zorob. Rodriguez).

PONGA, *s. f. (provs. do N.)* espécie de jogo, o qual consiste em um quadrilatero de madeira, cartão ou papel, no qual se traçam duas diagonais e duas perpendiculares, que se cruzam em um centro comum. São dois os jogadores e cada um se serve de três tentos que se distinguem, pela côr, ou pela fórma, dos do adversário. Aquêle que primeiro consegue pôr em linha reta os seus três tentos ganha a partida. E' um jogo muito do gosto dos meninos.

PONTA, *s. f. (R. Gr. do S.)* pequena porção de quaisquer objetos: Uma *ponta* de gado. Uma *ponta* de patacões. || Quanto ao gado, se a porção é grande, toma o nome de *tropa.*

PONTAÇO, *s. m. (R. Gr. do S.)* pontoada, golpe dado com a ponta de qualquer arma ou instrumento, e do qual resulte apenas contusão. Se o golpe produz ferida, dizem que o paciente ficou *lastimado* (Per. de Carvalho).

PONTAS, *s. f. plur. (R. Gr. do S.)* extremidades superiores de um rio: As *pontas* do Guassupy. As *pontas* do Arroio-Grande. Passei as *pontas* do Guassupy, próximo ás nascentes. O general Canabarro tomou posição nas *pontas* do Nhanduhy (B. Homem de Mello).

POP

POPOCAR, *v. tr. e intr. (Pará)* o mesmo que *pipocar.*

POQUÉCA, *s. f. (Pará)* o mesmo que *Moquéca.*

PORACA, *s. m. (Rio de Jan.)* espécie de cesto grande, com destino a pescaria. || *Etim?* Cumpre fazer observar que êste voc. faz recordar o *Pacará* do Pará e Goias, que é também uma espécie de cesto.

PORANDÚBA, *s. f.* vocábulo tupi significando história, notícia, relação, etc. Fr. Francisco dos Prazeres, escrevendo uma obra histórica sôbre o Maranhão, lhe deu o título de *Porandúba Maranhense.* Os Tupinambás diziam indiferentemente *Porandúba* ou *Morandúba,* e os Guaranis *Porandú* ou *Morandú.* No Maranhão é usual o termo corrupto *Marandúva.*

PORAQUÊ, *s. m. (Pará)* nome vulgar do *Gymnotus electricus,* peixe d'água doce, cujo contacto entorpece, como acontece com o da Tremelga ou Torpedo. || *Etim.* Pertence, sem dúvida, ao dialeto tupi do Amazonas, mas não lhe conheço a significação gramatical.

PORCELANA, *s. f. (Bahia)* tigela. || No Minho tem êste voc. a mesma significação (J. L. de Vasconcelos). Moraes lhe dá a significação de almofia ou vaso de porcelana semelhante a uma grande tigela.

PORCO-ESPINHO, *s. m.* V. *Quandú.*

PORONGO, *s. m. (R. Gr. do S.)* nome vulgar de certa Cucurbitacea

POS

de pequena espécie, de que se fazem as cuias para mate. || *Etim.* No Chile e no Perú chamam *Porongo* a um cantaro de barro de gargalo comprido, nome derivado do quichua *Puruncca.* E' essa sem dúvida a origem do nosso vocábulo.

PÓRÓRÓCA (1.º), *s. f.* macaréu, fenomeno que se observa em alguns rios do Pará e Maranhão. || *Etim.* E' voc. de origem tupi no sentido de arrebentar, estourar. Em guarani, *pororog* significa estrondo, ruido de coisa que arrebenta (Montoya).

PÓRÓRÓCA (2.º), *s. f. (Pará)* o mesmo que *Pipóca.*

PÓRÓRÓCA (3.º), *s. f. (Paraná)* árvore de construção do gênero *Clusia (C. volubilis),* da família das Clusiaceas (Rebouças), a que também chamam vulgarmente *Capóróróca,* e cujas folhas, lançadas ao fogo, produzem uma crepitação semelhante á das bichas da China (Monteiro Tourinho).

POROROM, *s. m. e adj. (provs. do N.)* fruta acanhada, mal desenvolvida, de má qualidade: Melancia *pororom.* Equivale a *Tambuêra* (F. Tavora).

POSSÁ, *s. m. (Pará)* o mesmo que *Pussá.*

POSSANGA, *s. f. (Vale do Amazonas)* remédio, mesinha, medicamento caseiro (J. Verissimo) || *Etim.* E' voc. tupi. || Seixas escreve *possanga;* e o *Dicc. Port. Braz. poçanga.* Em guarani *mohanga, pohanga* (Montoya).

POS

POSSÓCA, *s. f. (Bahia)* o mesmo que *Marandúva*.

POSSÚCA, *s. m. e f. (R. Gr. do S.)* o mesmo que *Filante*.

POSTEIRO, *s. m. (R. Gr. do S.)* homem que guarda o *Posto* de uma fazenda (Coruja).

POSTO, *s. m. (R. Gr. do S.)* casa situada nos fundos de uma fazenda ou estância, e onde moram homens para vigiá-la. Uma estância pode ter mais de um *Pôsto*. E' o que chamam *Retiro* em Mato-Grosso e Minas-Gerais.

POTABA, *s. f. (Pern.)* dadiva, presente, dóte, legado: O padrinho legou-lhe uma boa *potába*. || *Etim.* E' voc. tupi.

POTIROM, *s. m. (Pará)* o mesmo que *Muxirom*.

POTRANCO, *s. m. (R. Gr. do S.)* potro de um a três anos de idade. Se é femea chamam-lhe *Potranca* (Coruja).

POTREIRO, *s. m. (provs. merid.)* campo cercado com pasto e aguada, destinado a animais cavalares e muares. Em Minas-Gerais dão também a isso o nome de *Piquete*.

POTRILHO, *s. m. (R. Gr. do S.)* potro de menos de um ano de idade. Se é femea, chamam-lhe *Potrilha* (Coruja).

PRACISTA, *adj. (R. Gr. do S.)* o que vivendo no campo mostra mais alguma civilização, por ter feito viagens ás cidades e ter nelas praticado com pessoas de educa-

PUB

ção. || *Etim.* Do radical *praça* (Coruja).

PRÁGA, *s. f. (Maranhão)* nome aplicado aos mosquitos: A *prága*, dia e noite, atormenta os que viajam no rio Mearim.

PRAJÁ, *s. m. (S. Paulo)* espécie de doce feito com melaço a ferver, sôbre o qual se lançam e se misturam ovos batidos. || *Etim.* E' sinalefa de *para já,* em alusão a rapidez com que é feito.

PRANCHA, *s. f.* o mesmo que *Chalana*.

PREÁ, *s. f.* o mesmo que *Apereá.*

PRÉQUÊTÊ, *adj. (Pern.)* o mesmo que *piriquitête.*

PRESÉPE, *s. m. (Bahia)* o mesmo que *Mamulengos.*

PUAVA, *adj. (R. Gr. do S., Paraná)* o mesmo que *aruá.*

PÚBA, *adj.* mole. E' voc. tupi de que nos servimos geralmente para designar a mandioca que se pôs a cortir na lama ou na água, durante alguns dias, perdendo, desta sorte, suas qualidades venenosas. A mandioca *púba* torna-se comestivel, já assada nas brazas, já convertida em bolos doces, quais o *manaué* e a *pamonha,* e já desfeita em *carimân,* depois de seca ao sol ou ao lume. Com ela se fabrica também a espécie de farinha a que no Maranhão e Pará, chamam farinha d'água, a *uí-puba* dos Tupinambás. || No presidio do Morro de S. Paulo, ouviu o Sr. Valle Cabral aplicar o vco. *púba* á

PUB

pessoa que sente grande abatimento de forças: De doente e de cançado fiquei *puba*. || Em S. Paulo dizem da pessoa vestida com primor, que está na *púba*. Não sei qual possa ser nêste caso a origem desta significação.

PUBAR, *v. tr.* pôr a curtir a mandióca na lama ou na água: Mandei *pubar* um cesto de mandióca.

PUCUMÂN, *s. m.* o mesmo que *Picumân.*

PUÉRA, *s. f. (Pará)* o mesmo que *Ypueira.*

PUITA, *s. f. (Rio de Jan.)* espécie de instrumento musical dos negros. || Em Sergipe dão-lhe o nome de *Vú* (João Ribeiro).

PUNARÉ, *adj. (Serg.)* amarelado: Cavalo de cara branca *punaré,* significa que o animal tem a cara branca amarelada (S. Roméro).

PUNGA, *adj. (Minas-Gerais, R. Gr. do S.)* ruim, sem prestimo: Um homem *punga*. Um cavalo *punga* (Silva Pontes).

PUPUNHA, *s. f.* palmeira do gênero *Guilielma (G. speciosa)* cuja fruta cozida é mui apreciada, e é cultivada em todo o vale do Amaz., e em princípio de cultura no Rio de Janeiro.

PURACÉ, *s. m. (Vale do Amaz.)* espécie de baile em que folgam os Índios, depois da festa que celebram, por ocasião da admissão dos mancebos ás filas dos guerreiros,

PUS

festa que consiste em se açoutarem alternadamente com duros azorragues, por espaço de oito dias, durante os quais as mulheres preparam os licôres e comidas (L. Amazonas). || *Etim.* E' voc. de origem tupi. No dialeto amazoniense *puraçai* significa dansa.

PURURÚCA (1.º), *adj.* friavel, quebradiço, fácil de esmigalhar-se ou de ser reduzido a pó: Milho *pururúca* é aquêle cujo grão se tritura com pouco esforço. Côco *pururúca* é aquêle cuja amendoa tem adquirido bastante consistência para ser ralado, antes do que lhe chamam *côco de colhér*. || *Etim.* Parece ser uma diferença prosodica de *póróróca*.

PURURÚCA (2.º), *s. f. (Minas Gerais)* o mesmo que *Canjica* (4.º).

PURURÚCA (3.º), *s. f. (Mato-Grosso, S. Paulo)* nome de uma espécie de árvore de construção. || Será talvez a mesma que no Paraná chamam *Póróróca* ou *Capóróróca.*

PUSSA (1.º), *s. m.* como instrumento de pescar camarões, é o mesmo que *Jêrêré*. Na Bahia ouvi dar o nome de *Pussá* a um pequeno *Jêrêré* destinado á pesca do siri. || *Etim.* E' o nome tupi da rêde de pescaria. || No Pará lhe chamam *Possá*. Baena escreve *Pessá*. || Em S. Paulo, o *Pussá* é uma renda larga que serve de guarnição a certas roupas. No Rio de Jan., a renda de *Pussá* é a de malhas largas.

PUSSA (2.º), *s. m. (Piaui, Ceará)* fruta do Pussazeiro, planta do gê-

DICIONÁRIO DE VOCÁBULOS BRASILEIROS

201

PUT

nero *Mouriria (M. Puçá)*, da família das Melastomaceas.

PUTIRÃO, *s. m. (S. Paulo)* o mesmo que *Muxirom.*

PUTIROM, *s. m. (Pará)* o mesmo que *Muxirom.*

PUTIRUM, *s. m. (Pará)* o mesmo que *Muxirom.*

PUXA, *s. m. (Sergipe)* o mesmo que *Puxado* (2.º).

PUXÁDO (1.º), *s. m.* nome que dão ao acrescimo de uma casa para o lado do quintal, e onde ordinariamente se estabelece a cozinha, dormitório para criados, etc.

PUXÁDO (2.º), *s. m. (provs. do N.)* asma. || Em Serg. dizem tam-

PYT

bém *Puxá* (João Ribeiro); e no Maranhão *Puxamento* (E. de Souza).

PUXAMENTO, *s. m. (Maranhão)* o mesmo que *Puxádo* (2.º).

PÚXA-PÚXA, *s. f.* melaço grosso a ponto de ficar em pasta, e poder ser manipulado como a alféloa, em cuja operação alveja, ainda que seja de côr escura.

PUXEIRA, *s. f. (Bahia)* defluxo (E. de Souza).

PUXIRÃO, *s. m. (R. Gr. do S.)* o mesmo que *Muxirom.*

PUXIRUM, *s. m. (Paraná, S. Paulo, Pará)* o mesmo que *Muxirom.*

PYTIGMA, *s. f.* o mesmo que *Petume.*

Q

QUA

QUADRA, *s. f. (R. Gr. do S.)* extensão de 132 metros. A distância das corridas se mede por quadras. Diz-se: cavalo de duas *quadras,* de quatro, etc. conforme o número delas em que êle pode ganhar, ou que está acostumado a correr com vantagem (Coruja).

QUADRILIIA, *s. f. (R. Gr. do S.)* porção de cavalos mansos e amadrinhados de diferentes pêlos. Sendo de um só pêlo se chama *tropilha;* e se não são amadrinhados se chama simplesmente *cavalhada* (Coruja). || Em todas as mais acepções, é o voc. *Quadrilha*

QUA

usual tanto em Portugal como no Brasil.

QUANDÚ, *s. m.* pequeno mamifero de gênero *Hystrix (H. prehensilis),* da ordem dos Roedores, e cujo corpo é coberto de espinhos de envoltta com o pêlo. || *Etim.* E' voc. tupi. || Também lhe chamam erroneamente *Porco-espinho* e *Ouriço-cacheiro,* nomes estes de outros animais do Antigo Continente. Quanto à ortografia, tem-se escrito também *Coandú* e *Cuandú.*

QUARTA, *s. f. (R. Gr. do S.)* nos carros puxados por mais de duas juntas de bois, chamam-se

QUA

bois da *quarta* os que vão entre os da ponta e os do couce. Quando são mais de uma *quarta,* a junta que vai perto da ponta se chama *quarta* da ponta, e a que vai imediata à do couce se chama *quarta* do couce (Coruja).

QUARTINHA, *s. f.* espécie de bilha de barro para conter e refrescar a água. || *Etim.* Diminuitivo de quarta, que é em Portugal um vaso análogo.

QUARTO, *s. m. (Mato Grosso)* quantia igual a $0,30 centavos, a que também chamam *pataca-aberta.* || *Etim.* Provém de ser a quarta parte de $1,20 (um cruzeiro e vinte centavos), que era antigamente o preço da oitava de ouro.

QUATÁ, *s. m. (Pará)* espécie de quadrumano do gênero *Ateles (A. paniscus).* || *Etim.* E' voc. tupi.

QUATÍ, *s. m.* nome comum a duas espécies de mamiferos carniceiros do gênero *Nasua.* Ha o *Quatimundé (N. solitaria)* e o *Quati de bando (N. socialis).* || *Etim.* E' voc. tupi.

QUATI-AHIPE, *s. m. (S. Paulo, Paraná)* o mesmo que *Caxinguelê.*

QUATÍ-MIRIM, *s. m. (Pern.)* o mesmo que *Caxinguelê.*

QUATÍ-PURÚ, *s. m. (Pará, Maranhão)* o mesmo que *Caxinguelê.*

QUÉBRA, *adj.* e *s. m. (R. Gr. do S.)* mau, de má condição; e se aplica tanto ao cavalo como ao homem: Meu cavalo é um *québra* in-

QUE

suportavel. Fulano é um *québra.* || *Québra* abarbarado, valentão, malvado.

QUEBRA-BUNDA, *s. m.* epizotia que ataca os cavalos nas regiões paludosas e que os inutilisa para sempre. Consiste em ficarem descadeirados. No Maranhão, dão também a esta moléstia o nome de *Mal d'escancha.*

QUÉCÉ, *s. m. (Pern., Par. do N., R. Gr. do N.)* o mesmo que *Caxirenguengue.*

QUEIJADINHA, *s. f. (provs. do N.)* o mesmo que *Luminaria.*

QUEIMÁDO (1.º), *s. m. (Bahia)* o mesmo que *Bala.*

QUEIMÁDO, A (2.º), *adj.* zangado, um tanto encolerisado (Aulete). Estou *queimádo* com meu vizinho, por deixar que seus animais devastem minhas plantações.

QUENGA (1.º), *s. f. (sertão da Bahia)* guisado de galinha com quiabos.

QUENGA (2.º), *s. f. (Pern. e outras provs. do N.)* endocarpo de Côco da Índia *(Cocos nucifera),* o qual cortado pelo meio produz dois vasos, cada um dos quais conserva o mesmo nome de *Quenga,* e presta o mesmo serviço que a cuia. || Aulete a define mal, dizendo que é uma espécie de gamela.

QUENGO, *s. m. (Pern., Par. do N., R. Gr. do N.)* espécie de vaso com cabo, feito da metade do endocarpo do côco *(Cocos nucifera),* e serve para tirar caldo da panela.

DICIONÁRIO DE VOCÁBULOS BRASILEIROS 203

QUE

QUERENCIA, *s. f. (R. Gr. do S.)* paragem onde o animal assiste ou foi criado e lhe toma afeição, tanto que nunca dela se afasta, ou a ela volta instintivamente se dali o haviam retirado. || *Etim.* E' voc. castelhano. Entretanto, ha em português *Querença,* com a mesma significação.

QUERENDÃO, *s. m. (R. Gr. do S.)* namorador, amante (Cesimbra).

QUÊRÉQUÊXÉ, *s. m. (Serg.)* o mesmo que *Canzá.*

QUÉRO-MÂNA, *s. m. (R. Gr. do S.)* uma das variedades dêsses bailes campestres, a que chamam geralmente *Fandango* (Cesimbra).

QUIÁBO, *s. m.* fruta do Quiabeiro, planta hortense do gênero *Hibiscus (H. esculenus)* da família das Malvaceas, de que ha diversas variedades. || *Etim.* Sendo êste produto de origem africana, é provavel que seu nome tenha também vindo de alguma região daquêle continente. || Também lhe chamam *Quingombô,* nome que tem sua origem na língua bunda.

QUIBA, *adj. (Serg)* diz-se do animal corpulento e forte: Um cavalo *quiba.* Um touro *quiba* (S. Roméro).

QUIBÁCA, *s. f. (Alagôas)* o mesmo que *tibáca.*

QUIBANDAR, *v. tr.* agitar o *Quibando,* para separar as alimpaduras dos grãos descascados, como se pratica com o arroz, o café e outras coisas.

QUI

QUIBANDO, *s. m.* disco de palha tecido em zonas paralelas como o balaio, e serve para sengar ou cessar (V. de Souza Fontes). No Rio de Jan. também lhe chamam *Pá* (Souza). || *Etim.* Parece-me termo pertencente á língua bunda.

QUIBÊBE, *s. m.* espécie de iguaria feita de abóbora amarela reduzida á consistência de papas. || Em Pern. lhe misturam leite; no Piaui preparam-na de abóbora, folhas de vinagreira e outras ervas, temperadas com pimenta (J. A. de Freitas). Em outras partes, a temperam com qualquer gordura, ajuntando-lhe, às vezes, pimenta.

QUICÊ, *s. m. (Pern., Par. do N. R. Gr. do N., Ceará, Pará)* o mesmo que *Caxirenguengue.*

QUICÉ-ACÍCA, *s. m. (Pará)* o mesmo que *Caxirenguengue.*

QUILOMBO, *s. m.* habitação clandestina nas matas e desertos, que servia de refúgio a escravos fugidos. Também lhe chamam *Mocambo.* || *Etim.* E' vocábulo da língua bunda, significando acampamento (Capello e Ivens). || Na Bolivia, República Argentina e Estado-Oriental do Uruguai, tem o vocábulo *Quilombo* a significação de bordel (Velarde, Moreno, Sagastu me).

QUILOMBÓLA, *s. m. e f.* escravo refugiado em *Quilombo.*

QUIMANGA, *s. f. (provs. do N.)* cabaça convenientemente aparelhada para certos usos, como seja arrecadar pequenos objetos, e de

QUI

que se servem, sobretudo os jangadeiros, para guardar a comida.

QUIMBEMBE, *s. m. (Pern.* e
outras provs. do N.) habitaculo
rustico de família pobre; chóça, ca-
bana. || *Etim.* Parece ser de origem
africana. || No pl. *Quimbembes*
significa cacaréos, badulaques,
trastes de pouco valor (F. Távo-
ra).

QUIMBEMBÉ, *s. m. (Pern)* nome que dão os Africanos a certa
bebida preparada com milho (J. A.
de Freitas). E' congenere do *Aluá.*
|| *Etim.* E' certamente de origem
africana, e tanto mais o creio que
Capello e Ivens mencionam *Quimbombo* como o nome de uma bebida analoga usada na província de
Angóla. *Quimbembé* e *Quimbombo,*
variando na forma, pertencem evi-
dentemente ao mesmo radical.

QUIMBEMBÉQUES, *s. m. plur.
(Pern.)* o conjunto de pendurica-
lhos, como figas e outros pequenos
objetos de ouro, que as crianças
trazem ao pescoço (J. A. de Freitas).

QUIMBÉTE, *s. m. (Minas Gerais),* o mesmo que *Candombe* (2.º),
espécie de batuque de escravos, ao
qual chamam também *Caxambú,*
quando é exercido nas fazendas. ||
Etim. E' provavelmente de origem
africana.

QUINCHA, *s. f. (R. Gr. do S.)* a
coberta da casa ou carreta, feita
de palha; ou antes pequenos pedaços da coberta de palha, que se
unem uns aos outros sobre o teto

da casa ou tolda da carreta (Coru-
ja). || *Etim.* Valdez o menciona
como voc. americano, com a significação de barreira feita de ramos de árvores colocados perpen-
dicularmente. Sem dúvida o recebemos das repúblicas platinas, bem
que alterado na significação.

QUINCHAR, *v. tr. (R. Gr. do S.)*
cobrir com quinchas, isto é, com as
diversas partes da coberta (Coruja).

QUINGOMBÔ, *s. m. (Rio de
Jan.)* o mesmo que *Quiabo.*

QUINGUINGÚ, *s. m. (Pern.)* nome que dão ao serviço extraordiná-
rio a que muitos fazendeiros obri-
gavam seus escravos durante uma
parte da noite. Koster escreveu á
ingleza *Quingingoo.* || *Etim.* Pare-
ce-me vocábulo de origem africana.

QUIRANA, *s. f. (Vale do Amaz.)*
espécie de grânulo que se fórma no
cabelo da gente que, usando de po-
madas e outras substâncias gordu-
rosas, lava a cabeça em água fria.
|| *Etim.* E' voc. tupi significando
semelhante ao piolho. || Dão o mes-
mo nome ao piolho ladro. || Segun-
do J. Verissimo *quirana* se traduz
em lêndea.

QUIRÉRA, *s. f. (S. Paulo, Mato-
Grosso)* nome que dão á parte mais
grosseira de qualquer substância
pulverizada, que não passa pelas
malhas da peneira: *Quiréra* do mi-
lho, do arroz pisado, etc. || A *Qui-
réra* da mandioca é o mesmo que
a *Crueira* das outras provincias. ||
Etim. Corruptela de *Curuéra,* que,

DICIONÁRIO DE VOCÁBULOS BRASILEIROS

QUI

em língua tupi, significa *alimpaduras do joeirado;* ou talvez de *Curé,* que, no dialeto guarani tem a mesma significação.

QUIRIRÍ, *s. m. (Vale do Amaz.)* silêncio, calada, socego noturno; mudez aparentemente absoluta da natureza em calma á noite (J. Verissimo). || *Etim.* E' voc. tupi, também usual entre os Guaranis do Paraguai. || No dialeto do Amazonas *quiri* significa dormir (Seixaıs). || *Obs.* J. Verissimo escreve *kiriri.*

QUITAMBUÊRA, *s. f.* e *adj. (Rio de Jan.)* o mesmo que *Catambuêra.*

QUITANDA, *s. f.* mercado de frutas, hortaliças, aves, pescados e outros produtos similares. || *Fig.* Indústria qualquer: A clínica é a minha *quitanda.* Aquêle vadio faz do jogo a sua *quitanda.* || *Etim.* E' voc. bunda.

QUITANDAR, *v. intr.* exercer a profissão de quitandeiro.

QUITANDÊ, *s. m. (Bahia)* nome que dão ao feijão miudo, do qual, ainda verde, se extrai á unha a pelicula, e se dispõe desta sorte para sopas e outras iguarias.

QUI

QUITANDEIRA, *s. f.* de *Quitandeiro;* regateira. || *Fig.* Mulher sem educação, que usa de termos e modos grosseiros.

QUITANDEIRO, *s. m.* pessoa da plebe, cuja indústria consiste em comprar para revender frutas, hortaliças, aves, pescados e outros gêneros alimentícios.

QUITUNGO, *s. m. (Rio de Jan.)* o mesmo que *gongá.*

QUITÚTE, *s. m.* iguaria delicada. || *Obs.* Aulete menciona êste voc. como sin. de ıparicho; mas entende erradamente que *paparicho* é termo peculiar ao Brasil. Moraes o dá como voc. português, significando a mesma coisa que *Quitute* no Brasil.

QUITUTEIRO, A, *s.* pessoa hábil em preparar *quitutes.*

QUIXÓ, *s. m. (Pern. até o Ceará)* espécie de *mundé* (J. Galeno, F. Tavora). || Difere da *Arapúca* em ser esta armada no chão, com destino á caça de aves, e ser o *Quixó* armado em buraco, para tomar pequenos mamiferos (P. Nogueira).

R

RAN

RANA, *adj.* voc. tupi significando *semelhante,* e do qual nos servimos como sufixo nos mesmos casos em que nas línguas européas empregamos o *oide* de origem gre-

RAN

ga; ıpor exemplo: *Urucurana,* semelhante ao urucú; *Cajarana,* semelhante ao cajá; *Quirana,* semelhante ao piolho, etc.

RANCHEIRO, *adj. (R. Gr. do S.)*

RAN

nome que dão ao cavalo que em viagem tem a balda de se dirigir a todas as casas que ficam proximas á estrada, como se fosse á procura de um rancho (Coruja).

RANCHO *s. m.* espécie de edifício mui simples construido ao lado das estradas, para dar abrigo aos viajantes que percorrem o interior do Brasil. Ora é o rancho uma palhoça assentada sobre esteios, ora um telheiro sem muros, ou com muros que o põe ao abrigo dos ventos. Nesses ranchos não tem o viajante de pagar o lugar que ocupa; mas ha sempre na proximidade uma venda em que compra o milho, necessário para seus animais, o que indenisa amplamente o proprietário da despeza que fez com aquela construção (Saint-Hilaire). || *Fig.* Choupana, choça, habitação humilde.

RAPADOURO, *s. m.* nome que dão a um campo tão destituido de ervas alimentares que já não serve para pasto do gado.

RAPADÚRA, *s. f.* açúcar mascavo coagulado, a que se dá ordinariamente a fórma de pequenos tijolos quadrados, e são mui uteis aos viajantes e habitantes do interior, para adoçar o café e outras bebidas. Também as ha de açúcar branco entremeado de côco ralado, mendubi torrado e outras coisas, e nêste caso servem de sobremesa.

RAPOSA, *s. f. (S. Paulo, Paraná)* o mesmo que *Saruê.* || E' também nome vulgar de uma espécie de mamifero do gênero *Canis.*

REB

RASGADO, *adj. m.* toque de viola que se executa arrastando as unhas pelas cordas, sem as pontear. Chamam-lhe toque *rasgado* (Coruja).

RASPAS, *s. f. plur. (R. de Jan.)* lascas finas de mandioca, que, depois de secas ao sol, se pisam em gral até ficarem reduzidas a pó, com o qual se fazem bolos, pudins, etc. A esta espécie de farinha, chamavam os Tupinambás e Guaranis *Tigpigratig,* nome hoje desconhecido no Brasil. || Nas provs. do N. dão ás *Raspas* de mandioca o nome de *Apáras* (Meira).

REBENCAÇO, *s. m. (R. Gr. do S.)* golpe dado com o rebenque. || *Etim.* E' voc. de origem castelhana. || Tambem dizem *rebencada* (Coruja).

REBENCADA, *s. f. (R. Gr. do S.)* o mesmo que *rebencaço.*

REBENQUE, *s. m. (R. Gr. do S.)* pequeno chicote de que se serve o cavaleiro para tocar o animal. || E' voc. castelhano, cuja tradução em português é *rebêm* (Coruja).

REBENQUEAR, *v. tr. (R. Gr. do S.)* açoitar com o rebenque (Coruja).

REBENTÓNA, *s. f. (R. Gr. do S.)* negócio grave e duvidoso, que está prestes a se decidir. Diz-se que é uma *rebentona,* ou está para haver *rebentona,* (Coruja). || *Etim.* Deriva-se do castelhano *reventon,* significando arrebentamento, ato de rebentar; e que, além de outras acepções, tem a de apêrto grave,

DICIONÁRIO DE VOCÁBULOS BRASILEIROS

REB

circunstância difícil em que alguem se vê.

REBÔJO, *s. m.* repercussão, desvio ou mesmo redemoinho de vento, por efeito de um corpo que encontra e lhe altera a primitiva direção. Dá-se o mesmo nome, na costa do Sul do Brasil, a certos e determinados ventos esperados nas conjunções de lua. Também ha *rebojos* d'água produzindo os mesmos efeitos *(Dicc. Mar. Braz.)*. || Em Goiás dão o nome de *Rebôjo* aos sorvedouros que se formam nos rios, pelo encontro das águas vivas com as águas mortas, e são acidentes perigosissimos para a navegação fluvial, porque a embarcação que nêle cae desaparece na voragem (Correia de Moraes). || Em língua tupi, o *rebôjo* nos rios tinha o nome de *jupiá.* || *Etim.* Parece ser voc. português, mas não o vejo mencionado em dicionário algum da língua.

REBORDÔSA, *s. f.* repreensão: Passei-lhe uma *rebordosa,* por ter chegado á hora em que sua presença já não era necessária. || *Etim.* Êste vocábulo parece ser de origem portuguêsa; mas não o encontro em dicionário algum, e por isso o admito nesta obra.

REBORQUIADA, *s. f. (R. Gr. do S.)* V. *Piálo.*

RECORTADA, *s. f. (R. Gr. do S.)* uma das variedades dêsses bailes campestres, a que chamam geralmente *Fandango.*

REDOMÃO, *s. m. (R. Gr. do S., S. Paulo e Paraná)* cavalo novo

REJ

que já tem tido alguns *repasses,* isto é, que já foi montado algumas vezes pelo domador (Coruja). || *Etim.* De *Redomon* termo da América espanhola (Valdez).

REDUTO, *s. m. (Mato-Grosso)* porção de terreno que, por ocasião dos transbordamentos dos rios, fica acima do nível das águas, e póde oferecer pouso aos viajantes. || *Etim.* E' voc. português tomado em sentido figurado.

REGEIRA, *s. f. (R. Gr. do S.)* corda de couro que na junta de bois lavradores se ata, por suas extremidades, no orelho de cada um dêles do lado de fóra, ficando o seio na mão do lavrador, para guia-los (Coruja) || *Etim.* E' voc. português com outras significações e todas elas relativas à náutica.

REGÔ, *s. m. (Serg.)* pano enrolado que trazem na cabeça como ornato as negras africanas (João Ribeiro).

REIUNAR, *v. tr. (R. Gr. do S.)* cortar ao cavalo a ponta de uma das orelhas, de ordinário a da orelha direita. Êste sinal indica que o cavalo pertence ao Estado (Coruja).

REIÚNO, A, *adj. (R. Gr. do S. e Pará)* nome que se aplica a tudo aquilo que pertence ao Estado, antigamente ao rei. Equivale a realengo: Campo *reiuno.*

REJEITAR, *v. tr. (R. Gr. do S.)* cortar o rejeito ao boi, para o fazer cair, e poder ser morto com mais facilidade (Coruja).

REJ

REJEITO, *s. m. (R. Gr. do S. e Par)* nervo ou tendão da perna do boi. Cortado, êle não póde mais caminhar. Quando se trata do cavalo, o *rejeito* toma o nome de *garrão* (Coruja). || *Etim.* Pensa o Sr. Coruja que *rejeito* e *rejeitar* são corruptelas do português *jarrete* e *jarretar* ou *desjarretar.* Não duvido que assim seja.

RELANCINA, *s. f. (R. Gr. do S.)* relance: De *relancina,* de relance, de repente (Cesimbra).

RENDENGUE, *s. m. (Pará)* parte do corpo humano compreendida entre a cintura e as virilhas (C. de Albuquerque).

RENGO (1.º), *adj.* nome que se aplica indiferentemente ao homem ou ao animal manco da perna, e que a arrasta quando caminha. || *Etim.* E' vocábulo castelhano (Coruja).

RENGO (2.º), *s. m. (R. Gr. do S.)* arrastar a perna quando se anda (Coruja).

RENHIDEIRO, *s. m. (R. Gr. do S.)* espécie de circo, com destino a briga de galos. || *Etim* Do verbo *renhir.*

REPASSE, *s. m. (R. Gr. do S.)* nome com que se designa o número de vezes que um cavalo ou potro tem sido montado com o fim de o domar. Quando se diz que um cavalo tem quatro ou seis *repasses,* quer isto dizer que já tem sido montado pelo domador quatro ou seis vezes. Também dizem *repasso* (Coruja).

RES

REPASSO, *s. m. (R. Gr. do S.)* o mesmo que *repasse.*

REPÊCHO, *s. m. (R. Gr. do S.)* ladeira, subida íngreme. || *Etim.* E' vocábulo puramente castelhano (Valdez).

REPONTAR, *v. tr. (R. Gr. do S.)* enxotar os animais para um lado, ou também para a estrada quando, em viagem, dela se desviam (Coruja). Em outros sentidos o verbo *repontar* é português, por exemplo, quando se diz *repontar* a maré. Aulete define assim: "fazer conduzir ou refluir para um certo ponto".

RESMELENGO, A, *adj.* rabugento, impertinente, teimoso, frenetico. Tem a mesma significação que *resmungão,* e não duvido que seja essa a origem do nosso vocábulo.

RESSÓCA, *s. f.* segundo brotamento da cana de açucar, depois de cortado o primeiro a que chamam *sóca.* || *Etim.* E' palavra hibrida formada do prefixo português *re* e do tupi *sóca.*

RESTINGA, *s. f.* baixio de areia ou de pedra que, a partir da costa, se prolonga para o mar, quer seja constantemente visivel, quer só se manifeste na baixa-mar. No Brasil meridional se extende essa denominação não só á porção de terra arenosa compreendida entre uma lagôa e o mar, como a qualquer planicie arenosa do litoral. No R. Gr. do S. dão o nome de *restinga* á mata mais ou menos estreita que oria as margens de um rio; e no

DICIONÁRIO DE VOCÁBULOS BRASILEIROS

RET

Paraná, além dessa significação, tem também a de mata estreita e comprida separando dois campos de pastagem. || *Etim.* E' vocábulo de origem portuguêsa.

RETALHADO, *adj. m. (R. Gr. do S.)* diz-se *retalhado* o cavalo pastor de eguas destinadas a propagação das mulas, por causa de uma operação que sofre a que chamam *retalhar;* mas que, não obstante, conserva reunidas as eguas e as prepara para o hechor ou garanhão efeituar a fecundação (Coruja).

RETALHAR, *v. tr. (R. Gr. do S.)* praticar certa operação no cavalo pastor de eguas, de sorte a inutiliza-lo para a fecundação. || *Etim.* Do castelhano *retajar,* significando cercear, diminuir, cortar ao redor alguma coisa (Valdez).

RETIRADA, *s. f. (Ceará)* ato de efetuar a mudança de gados nas secas rigorosas, para lugares melhores. Uma *retirada* é sempre motivo de grande incomodo para o proprietário; mas é o único recurso, de que póde lançar mão, para evitar maiores prejuizos.

RETIRO, *s. m. (Minas-Gerais e outras provs.)* o mesmo que *Pôsto.*

RETOBAR, *v. tr. (R. Gr. do S.)* o mesmo que *retovar.*

RETORCIDA, *s. f. (R. Gr. do S.)* nome de uma das variedades dêsses bailes campestres, a que chamam geralmente *fandango.*

RÉTOS, *s. m. pl. (Alagôas)* parolagem, ditos agudos: Um homem

REV

cheio de *rétos.* Fale-me sério e deixe-se de *rétos.* || *Etim.* Vem talvez do grego rhétos , significando dito, palavra, sentença (J. S. da Fonseca).

RETOVAR, *v. tr. (R. Gr. do S.)* forrar de couro qualquer coisa, como, por exemplo, as bolas de que se usa no campo como arma de apreensão. *Retovar* o burro é, depois de morta a cria recem-nascida de uma egua, tirar-se-lhe o couro e cobrir com éle, por alguns dias, um burrinho do mesmo tamanho, para que o possa criar a egua sem extranhar, e êle, assim acostumado entre elas, poder oportunamente servir de garanhão. Diz-se indiferentemente *retovar* e *retobar* (Coruja) || *Etim.* E' expressão de origem americana (Valdez) e sem dúvida a recebemos das repúblicas platinas.

RETRANCA, *s. f. (litoral de algumas provs. do N.)* vara que serve para abrir a vela da jangada (J. Galeno). || No Pará presta o mesmo serviço nas canôas á vela (B. de Jary). || Também dizem *Tranca* (Meira). || Em linguagem náutica, a *Retranca* é a antena com boca de lobo que apoia no mastro de ré, descançando em uma forqueta colocada sobre a grinalda da pôpa, e serve para nela se caçar a vela ré *(Dicc. Mar. Braz.).*

REVIRA, *s. m. (provs. do N.)* espécie de bailado de negros e de gente da plebe.

REVIRADO, *s. m. (S. Paulo)* o mesmo que *Pamonan.*

RIA

RIAMBA, *s. f.* o mesmo que *Pango.* || Nêste voc. a lêtra *R* é de pronúncia branda, como se estivesse compreendida ,entre duas vogais. Também dizem *Liamba.*

RIBA, *s. f. (Rio de Jan., S. Paulo)* espécie de galga para descascar o café, a qual é posta em movimento por um animal (V. de S. Christovão).

RIBEIRA, *s. f. (provs. do N.)* distrito rural que compreende um certo número de fazendas de criar gados. Cada *ribeira* se distingue das outras pelo nome do rio que a banha; e tem, além, um ferro comum a todas as fazendas do distrito, afóra aquêle que pertence a cada proprietário (Souza Rangel).

RIBEIRAR, *v. tr. (provs. do N.)* marcar o lado esquerdo dos animais vacuns e cavalares com um ferro comum a todas as fazendas de uma *Ribeira* (Souza Rangel).

RINCÃO, *s. m. (R. Gr. do S.)* campo cercado de matos ou outros acidentes naturais, e onde se poem a pastar os animais com a certeza de não poderem fugir. || *Etim.* Do castelhano *Rincon,* correspondente ao português *Recanto.* Em outras acepções *Rincão* é termo português (Aulete).

RINCONISTA, *s. m. (R. Gr. do S.)* o que habita um *Rincão,* com o encargo de o guardar.

RIO-GRANDENSE DO NORTE, *s. m. e f.* natural da prov. do Rio-Grande do Norte. || *adj.* que é relativo a essa província.

ROC

RIO-GRANDENSE DO SUL, *s. m. e f.* natural da prov. do Rio-Grande do Sul. || *Adj.* que é relativo á mesma província.

RIPAR, *v. tr. (Bahia)* cortar rente as crinas do cavalo, tanto da cauda como do pescoço. || Em português, o verbo *ripar* tem várias significações e entre elas a de raspar. Será por analogia que na Bahia usam do verbo *ripar?*

RÓÇA (1.º), *s. f.* o campo em contraposição á cidade: Gosto de passar as ferias na *roça.* O médico me aconselha os ares da *roça.* José casou-se com uma rapariga da *roça.* || Em Pernambuco e outras provincias do norte empregam, no mesmo sentido, a palavra *mato:* Com poucos mêses de residência no *mato,* readquiri a minha saúde.

RÓÇA (2.º), *s. f.* granja onde se cultiva indiferentemente milho, feijão, mandioca e outros gêneros alimentícios. || Em Pern. e outras provincias do N., o termo *roça* refere-se exclusivamente á cultura da mandioca: Êste ano não plantei *roça,* isto é, não plantei mandióca.

RÓÇA (3.º), *s. f. (Bahia)* o mesmo que *Chácara.*

ROÇADA, *s. f.* primeira operação a`que se procede, quando se trata de derribar uma mata, e consiste em cortar á fouce todos os pequenos arbustos, cipós e outras plantas que possam impedir o manejo do machado. || Em Alagôas, Ceará e provavelmente em outras provs. do N. dão á *Roçáda* o nome de *Bróca* (2.º).

DICIONÁRIO DE VOCÁBULOS BRASILEIROS

211

ROC

ROCEIRO, A, *s.* o mesmo que *Caipira.*

ROCINHA, *s. f. (Pará)* o mesmo que *Chácara.*

RODAR (1.º), *v. intr. (R. Gr. do S.)* cair o cavaleiro com o cavalo indo a galope. Êste incidente tem lugar quando o cavalo falsêa das mãos e cái sôbre elas virando todo o corpo. || Figuradamente se diz que *rodou* aquêle que se deixou cair em algum engano, ou que, por causa de más especulações, perdeu a sua fortuna.

RODAR (2.º), *v. tr. (Mato-Grosso, Goiás)* navegar no sentido da corrente de um rio: Para chegar oportunamente a Nova-Coimbra tivemos de *rodar* o Paraguai dia e noite. || Também se usa do pleonasmo *rodar* aguas abaixo.

RODEIO, *s. m. (R. Gr. do S.)* lugar no campo de uma estância onde fazem reunir o gado em dias determinados, de ordinário uma vez por semana. *Parar rodeio* é cada fazendeiro faze-lo como de costume. *Dar rodeio* é quando algum vizinho o pede, para nêle separar o seu gado (Coruja). || Em Espanha dão o nome de *Rodêo* ao lugar, nas feiras e mercados, onde se põe o gado grosso reunido para venda. Na América espanhola é o ato de

ROS

encerrar os gados em um campo donde não possa sair (Valdez). || *Parar rodeio* tem por fim marcar o gado, castrar os touros e potros, tosar as eguas, apartar novilhas e vacas para as tropas que vão para as charqueadas e açougues, curar os animais e conta-los. Nos campos de Cima-da-Serra, serve ainda mais o *rodeio* para dar sal aos gados (Cesimbra).

ROJÃO, *s. m. (S. Paulo)* foguete do ar. || No Pará é o ronco que faz o foguete do ar, no ato de subir (B. de Jary). || Em português, a palavra *rojão* tem outras significações, sem relação alguma com o termo brasileiro.

RÔLO, *s. m.* fazer *rôlo* é brigar corpo a corpo.

ROSETA, *s. f. (R. Gr. do S.)* nome que dão ás pontas do capim seco, depois de muito catado pelos animais (Coruja).

ROSETEIRO, *s. m. (R. Gr. do S.)* nome que os estancieiros dão aos proprietarios de chácaras, porque tendo pouco pasto no seu campo, êste fica em pouco tempo reduzido a *roseta* (Coruja). || Também chamam *Roseteiro* ao habitante da parte norte da mesma provincia (Cesimbra).

S

SAB

SABERECAR, *v. tr. (Vale do Amaz.)* o mesmo que *sapecar.*

SAB

SABIÁ, *s. m.* nome comum a diversas espécies de pássaros do gê-

SAB

nero *Turdus,* todos notáveis pelo seu canto aflautado.

SABITÚ, *s. m. (S. Paulo)* V. *Saúba.*

SABRECAR, *v. tr. (Vale do Amaz.)* o mesmo que *sapecar.*

SACAÏ, *s. m. (Vale do Amaz.)* o mesmo que *sacanga.*

SACANGA, *s. f. (R. de Jan.)* graveto, chamiço, lenha miuda formada de raminhos secos próprios para acendalhas. || Em S. Paulo, dizem *sancan* (F. Chagas) e no Pará *Sacaı* (J. Verissimo). || *Etim.* São vocábulos de origem tupi e guarani.

SACAR A ORELHA, *loc. pop. (R. Gr. do S.)* é chegar o parelheiro á raia com a orelha livre, isto é, adiantado do outro parelheiro apenas o espaço da orelha, ou tanto quanto se possa distinguir que a adiantou á do companheiro (Coruja).

SACI, *s. m. (São Paulo)* espécie de ente fantástico, representado por um negrinho, que, tendo na cabeça um barrete vermelho, frequenta á noite os brejos. Se acontece passar na vizinhança algum cavaleiro, faz-lhe o *Saci* tôda a sorte de diabruras, com o fim, aliás mui inocente, de se divertir á custa alheia. Puxa-lhe a cauda do cavalo, para lhe impedir a marcha; põe-se na garupa do cavaleiro; e outras travessuras pratica, até que o cavaleiro, reconhecendo-o, o enxota, e neste caso foge o *Saci* sol-

SAI

tando uma grande gargalhada. São inimagináveis as proezas que se contam dêste ente imaginário; e entretanto, cumpre dize-lo em homenagem á verdade, ha muita gente que lhe dá crédito. || Também lhe chamam *Saci-sêrêrê;* e no R. Gr. do S. *Saci-pêrê,* e êste é unipede (Cesimbra).

SACÍ-PÊRÊ, *s. m. (R. Gr. do S.)* o mesmo que *Saci.*

SACÍ-SÊRÊRÊ, *s. m. (S. Paulo)* o mesmo que *Saci.*

SAGUÏ, *s. m.* o mesmo que *Saguim.*

SAGUÏM, *s. m.* nome comum a diversas espécies de pequenos quadrumanos, pertencentes aos gêneros *Hapale, Chrysotrix, Callithrix* e outros. Também lhe chamam *Saguï* e *Saui.* || *Etim.* Todos êstes sinonimos são de origem tupi.

SAIR COM LUZ, *loc. pop. (R. Gr. do S.)* se diz quando, em ato de corrida, sai um cavaló do ponto de partida adiantado do outro mais de meio corpo, ou com tanta vantagem que, mesmo de longe, se possa apreciar êsse avanço sôbre o outro (Coruja).

SAIRÉ, *s. m. (Vale do Amazonas)* nome de um certo aparêlho feito de cipó, do qual usam os Índios mansos nas suas festas religiosas, em honra de S. Thomé. Também lhe chamam *Turiúa.* Consiste êste aparêlho em um semicirculo construido de cipó e cujas extremidades são presas ás da vara

SAL

que serve de diâmetro com 1m,32 de extensão. Nesse semicirculo figuram-se os respectivos ráios e cordas, e tudo forrado de algodão ou arminho, enfeitado de fitas e coroado de uma cruz igualmente forrada e enfeitada. Tres mulheres a carregam e a levam dançando e cantando (L. Amazonas).

SALA, *s. f. (Par. do N.)* o primeiro dos tres compartimentos de um curral de pescaria (Souza Rangel). No Rio de Janeiro lhe chamam *varanda,* e também *coração.*

SALINO, *adj. (R. Gr. do S.)* pêlo de gado um tanto parecido com o *jaguané* (Cesimbra).

SAMANGÃO, *s. m. (Serg.)* aumentativo de *samango.*

SAMANGO, *s. m. (Serg.)* indivíduo preguiçoso, ou que ·anda mal trajado (João Ribeiro). || Também dizem *Sulamba* (S. Roméro).

SAMANGUAIÁ, *s. m. (R. de Janeiro)* molusco acéfalo do gênero *Cryptógama* (Göldi).

SAMBA, *s. m.* espécie de bailado popular.

SAMBAQUÍ, *s. m. (Paraná, S. Catarina)* nome de certos depósitos antigos de cascas de ostras e outras conchas, formando monticulos mais ou menos elevados no litoral, e nos quais se encontram esqueletos humanos e instrumentos de pedra. São o resultado de acumulações feitas pelos primitivos habitantes do país. Êstes depósitos fornecem atualmente material para a

SAN

fabricação da cal, e tendem portanto a desaparecer. No litoral de S. Paulo chamam-lhe *Casqueiro* ou *Ostreira,* e êste último nome é também usual no Espírito-Sano. No Pará dão o nome de *Sernambi* (2.º) a depósitos análogos, muitos dos quais se acham a longas distâncias do mar, e nêste caso são provavelmente formados de conchas fluviais.

SAMBAR, *v. intr.* frequentar a *Samba;* dançar a *samba.*

SAMBISTA, *s. m.* e *f.* frequentador de *sambas.*

SAMBONGO, *s. m. (Pern.)* espécie de doce feito de côco ralado e mel de furo. Também lhe chamam *Currumbá,* e em Alagôas *Bazulaque* (B. de Maceió).

SAMBURÁ, *s. m.* espécie de cesto de cipó, pequeno, de fundo largo e boca afunilada. Nêle levam a isca os pescadores de miudo e recolhem o que pescam. O pobre guarda nêle a carne seca e o peixe de sua provisão (Moraes). || *Etim.* E' termo tupi (G. Soares); mas êste autor escreve ora *Samurá* e ora *Samburá.* || Êste cesto é o mesmo ou quasi o mesmo que o *Côfo,* pelo menos quanto á serventia.

SAMPAR, *v. tr. (R. Gr. do S.)* atirar, lançar (Cesimbra).

SANCÃN, *s. m. (S. Paulo)* o mesmo que *Sacanga.*

SANGA (1.º), *s. f. (R. Gr. do S.)* excavação funda produzida no terreno pelas chuvas ou por correntes

SAN

subterraneas de água, que, depois de terem minado as terras, fazemnas esborrondar. O leito da *Sanga* é sempre humido e nêle se produzem certos lamaçais a que chamam *Caldeirões*. || *Etim.* E' evidentemente a alteração do castelhano *Zanja,* que tem seu equivalente no português *Sanja,* significando em ambas as línguas abertura entre valado e valado para dar escoamento á água. Ha, portanto, toda a analogia entre a *Zanja* castelhana, a *sanja* portuguêsa e a *sanga* rio-grandense, porque, afinal de contas, tudo isso se refere a uma obra quer natural, quer artificial que dá saida ás águas. Os habitantes daquela província, adotando o vocábulo castelhano, substituiram pelo *g* o gutural *j* dos espanhois.

SANGA (2.º), *s. f. (Pern., Par., R. Gr. do N., Ceará)* algirão, boca afunilada de qualquer armadilha de caça ou de pesca, por onde entra o animal sem mais poder sair: *Sanga* da ratoeira, do Cóvo, do Munzuá, do Jiqui, etc.

SANGADO, *adj. (Pern. e outras provs. do N.)* preso na sanga (2.º).

SANGRADOURO, *s. m. (R. Gr. do S.)* lugar onde se dá a primeira punhalada nos animais para os matar; é no pescoço junto do peito direito (Coruja). || Na acepção portuguêsa, o sangradouro é a parte interior do braço (oposta ao cotovelo) onde se pica a veia (Moraes).

SANZÁLA, *s. f.* o mesmo que *Senzála.*

SAP

SÃO-GONÇALO, *s. m. (Piauí)* espécie de baile no qual os festeiros dançam, cantam e se embriagam, e tudo isso á noite, ao ar livre e em frente de um altar com a efige de S. Gonçalo. Êste baile tem muitas vezes por objeto o cumprimento de uma promessa feita áquêle santo pelo curativo de algum enfermo, ou por outro qualquer motivo de regosijo.

SAPÉ, *s. m.* espécie de graminea do gen. *Saccharum (S. Sapé,* Saint-Hilaire) cuja palha serve tanto para cobrir choças, como para chamuscar os animais que se matam para o consumo, sem se lhes extrair a pele, como se faz com os porcos, aves e algumas caças.

SAPÉCA, *s. f.* chamuscadura: Uma das operações necessárias na fabricação do mate é a *Sapéca* da Congonha. || *Etim.* E' de origem tupi.

SAPECAR, *v. tr.* chamuscar, crestar. || *Etim.* Do tupi *sapec, açapec,* equivalentes a *hapeg* do guarani. || No vale do Amazonas, dizem *saberecar, saperecar, saprecar* e *sabrecar,* e esta *última* fórma tende a suplantar ás outras (J. Verissimo). || *Etim.* Do dialeto tupi no Amazonas *saberec (Dicc. Port. Braz.)* ou *saueréca* (Seixas).

SAPÉRÉ, *adj., (S. Paulo)* qualificativo da cana de açúcar sem préstimo para a moagem ou replantação, por ter a palha aderente ao colmo, de tal sorte que não é possível limpa-la. A cana *sapêrê* é sempre refugada (B. Marcondes).

DICIONÁRIO DE VOCÁBULOS BRASILEIROS

215

SAP

SAPERECAR, *v. tr. (Vale do Amaz.)* o mesmo que *sapecar.*

SAPEZAL, *s. m.* terreno onde cresce essa espécie de graminea a que chamam *Sapé.*

SAPIQUÁ, *s. m. (provs. merid.)* o mesmo que *Piquá.*

SAPIRANGA, *s. f.* nome vulgar da *Blepharite ciliar,* inflamação das palpebras produzida pela presença de um parasita que ataca e faz cair as pestanas (V. de Souza Fontes), || *Etim.* E' voc. tupi, significando *Olhos vermelhos.* || No R. de Jan. e S. Paulo dão a essa moléstia o nome de *Sapiróca,* outro vocábulo tupi que se traduz em *Olhos esfolados.*

SAPIRÓCA, *s. f. (R. de Jan., S. Paulo)* o mesmo que *Sapiranga.*

SAPÓPÉMA, *s. f.* raizes que se desenvolvem no *collum* de muitas árvores e que vão crescendo com o trônco, formando em redor dêle altas divisões achatadas (Glaziou). Também dizem *Sapópêmba.* || *Etim.* E' voc. tupi, significando *raiz chata.*

SAPÓPÊMBA, *s. f.* o mesmo que *Sapópêma.*

SAPRECAR, *v. tr. (Vale do Amazonas)* o mesmo que *sapecar.*

SAPUCÁIA, *s .f.* fruta da *Sapucaeira,* grande árvore pertencente ao gênero *Lacythis* da família das Myrtaceas, e de que ha varias espécies. Também dão o nome de *Sa-*

SAR

pucaia á própria árvore, a qual fornece uma excelente madeira de construção. || *Etim.* Alteração de *Sabucai,* nome que lhe davam antigamente em língua tupi (G. Soares). Léry, ortografando á francêsa, escreveu *Sabaucaië*

SAPUTÁ, *s. m. (S. Paulo)* fruta do Saputazeiro, planta do gênero *Tontelea,* da família das Hippocrateaceas, e da qual ha várias espécies (Martius).

SAPUTÍ, *s. m.* fruta do Saputizeiro, árvore do gênero *Sapota (S. Acras)* da família das Sapotaceas, geralmente cultivada no Brasil, desde o Pará até o Rio de Janeiro, além de ser comum a todos os países da América situados na zona intertropical. || *Etim.* E' vocábulo de qualquer das línguas indigenas da América, donde é natural êste produto.

SARACÚRA, *s. f.* nome comum a diversas espécies de aves do gênero *Gallinula,* da ordem dos Pernaltos. || *Etim.* E' voc. tupi.

SARAMBA, *s. f. (R. Gr. do S.)* espécie de fandango. || *Etim.* Virá de *Sarambéque,* dança alegre e buliçosa usada pelos pretos?

SARANDEAR, *v. intr. (R. Gr. do S.)* saracotear, menear o corpo na dança (Cesimbra). || *Etim.* E' vocábulo mexicano.

SARAPÓ, *s. m. (Serg.)* o mesmo que *Beijú de côco* (João Ribeiro). V. *Beijú.*

SARAQUÁ, *s. m. (Paraná)* espécie de cavadeira de pau, usada no

SAR

encestamento da herva-mate, depois de preparada no *carijo*.

SARARÁCA, *s. f. (Vale do Amazonas)* espécie de flecha de que usam os selvagens para matar a tartaruga, e assim também o pirarucú e outros peixes grandes. A farpa desta flecha é frouxamente embebida na extremidade da haste, tanto que, no ato de ferir o animal, separam-se as duas peças, ficando entretanto ligadas entre si por meio de uma comprida linha de tucum, enrolada na haste. Flutuando a haste, por ser de cana, mostra a direção que segue o animal no fundo da água, e quando reaparece para respirar, é novamente flechado, e assim por diante, até exaurirem-se-lhe as fôrças. Então acaba o pescado de o matar, por meio do harpão, ou a cacetadas (Couto de Magalhães).

SARIGUÊ, *s. m. (Bahia)* o mesmo que *Saruê*.

SARRABALHO, *s. m. (R. Gr. do S.)* nome de uma das variedades desses bailes campestres a que chamam geralmente *Fandango*.

SARUÊ, *s. m. (Bahia)* nome comum a diversas especies de mamiferos do gênero *Didelphys,* da ordem dos Marsupiaes. || Também lhe chamam *Sarigüê* (E. de Souza); no Pará e Maranhão *Macúra;* no Rio de Jan. *Gambá;* em São Paulo e Paraná *Raposa;* em Pern. e daí até o Ceará *Cassaco* e *Timbú.* || *Etim.* Tanto *Saruê,* como *Sarigüê* e *Mucúra* são de origem tupi. *Gambá* me parece termo afri-

SAU

cano. Desconheço a origem de *Cassaco* e *Timbú.* O nome de *Raposa* que lhe impuzeram em S. Paulo e Paraná é devido aos hábitos daninhos dêstes animais para com as galinhas. Seu nome guarani é *Mbigcurê.* Sob a fórma *Sarigue,* adotaram os francêses o primitivo nome tupi.

SAÚBA, *s. f.* nome vulgar da *Œcodoma sefalotes,* espécie de formiga notável pelos estragos que faz nos pomares, nos mandiocais e outras plantações. Em Pernambuco, lhe chamam *Formiga de roça,* e no Rio de Janeiro *Formiga carregadeira.* Bem que o termo *Saúba* compreenda, na sua generalidade, o conjunto dos gêneros masculino feminino e neutro da espécie, todavia êle cabe mais particularmente ás neutras, que formam essa classe de operarias devastadoras. A's do gênero masculino davam os Tupinambás o nome de *Sabitú,* e ás do gênero feminino o de *Issá,* e êsses dois nomes são ainda usuais em S. Paulo, bem que, na parte setentrional desta província, o de *Sabitú* esteja ligeiramente alterada em *Savitú.* Em Minas-Gerais, Espírito-Santo e outras províncias, o nome de *Issá* foi substituido pelo de *Tanajura,* cuja etimologia me é desconhecida. O *Sabitú* e a *Issá* são alados e sua única missão é a propagação da espécie (B. Homem de Mello, S. Villalva).

SAUÍ, *s. m.* o mesmo que *Saguim*.

SAUÍA, *s. m. (Pará)* cutia pequena como arganaz e com cauda

DICIONÁRIO DE VOCÁBULOS BRASILEIROS

SAV

(Baena). G. Soares fala do *saviá,* e diz que são tamanhos como laparos, de rabo comprido e cabelo como lebre. Segundo o *Voc. Braz.* é o nome do Rato do Mato, de que ha muitas espécies. || Dêste *saviá,* que dantes se escrevia *Çaviá,* nasceu a palavra *Cavia,* distintiva de um genêro de mamiferos da ordem dos Roedores.

SAVEIRO, *s. m. (R. de Jan.)* embarcação de forte construção coberta ou descoberta, que se emprega no movimento da carga ou descarga de gêneros *(Dicc. Mar. Braz.).* Corresponde áquilo a que, desde a Bahia até ao Pará, chamam *Alvarenga.* || Na Bahia é o *Saveiro* um bote que serve para o transporte de passageiros, e é quasi sempre tripulado por um só homem, que maneja dois remos. || *Etim.* E' o nome português de um barco pequeno, ordináriamente de fundo chato, que serve para a travessia dos rios, ou para a pesca á linha (Aulete).

SAVIÁ, *s. m.* V. *Sauiá.*

SAVITÚ, *s. m.* V. *Saúba.*

SEBRUNO, *adj. (R. Gr. do S.)* diz-se do cavalo de côr meio escura (Coruja).

SEGUILHOTE, *s. m. (Bahia)* filhote de baleia, de mais de seis mêses de idade ainda mamão (Aragão, Valle Cabral).

SÊLO, *s. m. (Bahia e Pern.)* quantia de dinheiro igual a 480 rs.

SENGA, *s. f. (R. de Jan.)* con-

SEN

junto de fragmentos: A *senga* do café, a *senga* de arroz, isto é, os grãos fraturados desses produtos. ||A mesma denominação se aplica á moinha das cascas de ostras e outros mariscos, de que se tira proveito para a fabricação da cal.

SENGAR, *v. tr. (R. de Jan.)* separar, por meio da peneira convenientemente agitada, diversos corpos de maneira que fiquem de um lado os mais pesados e de outro os mais leves. Isto se faz, por exemplo, com o café e o arroz, depois de pisado em pilão. *Sengando-os,* separa-se o grão da casca. Tanto na Bahia como no Rio de Janeiro e Ceará, dizem no mesmo sentido *sessar.*

SENHOR-DE-ENGENHO, *s. m.* proprietário de um engenho de açúcar. Em S. Paulo, Goiás e Mato-Grosso, chamam-lhe impropriamente *engenheiro.*

SENZALA, *s. f.* conjunto dos alojamentos destinados á escravatura das fazendas. Consiste ordináriamente em choupanas formando um arraial proporcional ao número de escravos. Ha, porém, *senzalas* mais bem ordenadas em forma de aquartelamento. Êste termo é de origem africana, e pertence a lingua bunda, significando povoação (Serpa Pinto) ou aldeola (Capello e Ivens). Cumpre advertir entretanto que não o encontro no *Vocabulário* apresentado por Capello e Ivens. Nêsse vocabulário traduzem povoação por *sanza,* que parece ser o radical de *sanzala,* segundo a

SER

pronuncia que sempre ouvi dos negros da Angola. Moraes, Lacerda e Aulete escrevem indiferentemente *Cenzala* e *Senzala*. Prefiro a segunda ortografia, por ser a mais geralmente adotada. Creio, salvo melhor juizo, que a minha definição de *Senzala*, é mais aceitável que a destes lexicografos.

SÉRÉLÊPE, *s. m. (Paraná, S. Paulo)* o mesmo que *Caxinguelê*.

SERGIPANO, A, *s.* natural da prov. de Sergipe. || *adj.* que é relativo a essa província.

SERIGÓTE, *s. m. (R. Gr. do S.)* lombilho mais curto que o lombilho ordinário.

SERINGA, *s. f. (Vale do Amaz.)* nome vulgar da goma elástica produzida pelas diversas espécies de *sifonia,* de que é mui abundante toda a região amazonica, e faz objeto de um importante comércio de exportação. Com a goma elástica, fabricam ali diversos objetos e entre êles seringas com destino aos clisteres, e é dai que lhe vem o nome.

SERINGAL, *s. m. (Vale do Amazonas)* mata onde abunda a seringueira.

SERINGUEIRA, *s. f. (Vale do Amaz.)* nome vulgar da *Siphonia elastica*.

SERINGUEIRO, *s. m. (Vale do Amaz.)* industrial que se ocupa da extração da goma elástica, quer seja o proprietário, quer o locatário, do seringal.

SEV

SERNAMBÍ (1.°). *s. m.* molusco do gênero *Lucina (L. braziliana,* D'Orbigni) || *Etim.* E' voc. tupi. || No litoral de S. Paulo e Paraná lhe dão hoje o nome de português de *Ameijoa*.

SERNAMBÍ (2.°), *s. m. (Pará)* o mesmo que *Sambaqui*.

SERNAMBÍ (3.°), *s. m. (Pará)* goma elástica de qualidade inferior, residuo da bacia, dos baldes, dos restos apanhados em toda a parte, mais ou menos cheios de impurezas (Autran).

SERPENTINA, *s. f.* palanquim com cortinas usado no Brasil; o leito é de rede (Moraes). || Aulete cita êste vocábulo, e lhe dá a mesma significação. || *Obs.* Nunca ouvi semelhante palavra, no sentido em que a empregam os lexicografos citados.

SERRANA, *s. f. (R. Gr. do S.)* nome de uma das variedades desses bailes campestres a que chamam geralmente *Fandango*.

SESSAR, *v. tr. (Rio de Jan., Bahia, Ceará)* o mesmo que *sengar*. || *Etim.* Do verbo bunda *cu-sessa,* peneirar (Capello e Ivens). || *Obs.* Os Francesês usam no mesmo sentido do verbo *sasser*. Será êste vocábulo da mesma origem que o nosso? Terá passado, como tantos outros, das colônias para a metropole?

SÉVA (1.°), *s. f.* ato de *sevar* a mandìoca, isto é, de a ralar para a reduzir a massa.

DICIONÁRIO DE VOCÁBULOS BRASILEIROS

SEV

SÉVA (2.º), *s. f. (Bahia)* cipó ou corda estendida horizontalmente tanto nas paredes interiores e exteriores das casas, como de parede a parede, para pendurar as folhas verdes do tabaco e faze-las secar (Aragão).

SEVADEIRA, *s. f. (Ceará, Bahia)* mulher que *seva* a mandioca, isto é, que a aplica ao ralo do rodete (J. Galeno). || *(R. de Jan.)* roda com ralo para *sevar* a mandioca.

SEVAR, *v. tr.* ralar a mandioca para reduzi-la à massa, com a qual se faz a farinha. || *Etim.* Parece-me que não é mais do que a alteração prosodica de *sovar*. Com efeito, se, na língua portuguêsa, o verbo *sovar* tem a significação de revolver a farinha de trigo com água e bate-la até ficar bem amassada, no Brasil o verbo *sevar* se emprega em sentido analogo quanto á farinha de mandioca, e tudo se reduz a executar certas operações peculiares com o fim de converter em massa êste produto da nossa lavoura. Não vejo que o nosso vocábulo possa ter outra origem.

SINHÁ, *s. f.* forma popular da palavra *Senhora*. V. *Nhanhan*.

SINHÁRA, *s. f.* o mesmo que *Sinhá*. V. *Nhanhan*.

SINHARINHA, *s. f. dim.* de *Sinhára*. V. *Nhanhan*.

SINHAZINHA, *s. f. dim.* de *Sinhá*. V. *Nhanhan*.

SINHÔ, *s. m.* forma popular da palavra *senhor*. V. *Nhonhô*.

SIR

SINHOZINHO, *s. m. dim.* de *Sinhô*. V. *Nhonhô*.

SINIMBÚ, *s. m. (Mato-Grosso)* espécie de sáurio de côr verde, pertencente talvez ao gênero *Iguana*, e cuja carne é, segundo dizem, muito boa. No Pará lhe chamam *Camaleão*. || *Etim.* E' vocábulo tupi.

SINUÉLO, *s. m. (R. Gr. do S., Paraná, S. Paulo)* animais mansos que se ajuntam ao gado bravio, para o conservar arrebanhado e lhe servir de guia. || *Etim.* Do castelhano *Señuelo*. || Em Portugal, relativamente ao gado bovino, lhe chamam *Cabresto* (Aulete).

SIRÍ, *s. m.* nome comum a diversas espécies de Crustaceos do gen. *Lupea*, da ordem dos Decapodos; tais são o *L. dicantha*, o *L cribaria*, o *L. spinimana*, e outros mais, entre os quais se distinguem o *L. Sebae*, a que dão vulgarmente o nome de *Siri-candêa* (Göldi) || *Etim.* E' voc. tupi. V. *Candêa*.

SIRIÊMA, *s. f.* nome vulgar do *Dicolophus cristatus*, ave da ordem dos Pernaltos, notável pela guerra assidua que faz a tôda a sorte de ofidios. Marcgraf lhe chama *Sariama;* e é provavel que seja êsse o nome primitivo desta ave.

SÍRIO, *s. m. (Bahia e outras províncias)* espécie de saco feito de palha de palmeira, para guardar farinha de mandioca, feijão e cereais.

SIRÍTO, *s. m. (Maranhão)* o mesmo que *matame*.

SIT

SÍTIO, *s. m. (Pern.)* o mesmo que *chácara.* Também dizem *situação.* Habitação rustica com uma pequena granja (Aulete).

SITUAÇÃO, *s. f.* o mesmo que sitio: Na minha *situação* só cultivo cereais. Em uma *situação* que comprei em Maricá, ocupo-me principalmente da cultura das frutas.

SOBRECINCHA, *s. f. (R. Gr. do S.)* tira de sola comprida, que aperta os arreios por cima do *coxinilho* ou da *badana.* Sendo de lã ou de algodão, é mais larga e se chama *cinchão* (Coruja). || *Etim.* E' termo castelhano que Valdez traduz por *sobresilha.*

SOBRECOSTELHAR, *s. m. (R. Gr. do S.)* manta de carne, que se tira de cima da costela (Coruja).

SOBRELÁTEGO, *s. m. (R. Gr. do S.)* tira de couro crú como o latego que une o travessão á barrigueira, por meio das duas argolas de um e outra; e serve para apertar ou alargar a cincha, conforme é o cavalo mais gordo ou mais magro (Coruja).

SOCA, *s. f.* brotamento que se segue ao primeiro córte da cana de açúcar. || *Etim.* Do verbo tupi *Aioçoc,* cortar. || Ao segundo brotamento chamam *Resóca.*

SOCADO, *s. m. (R. Gr. do S.)* lombilho de cabeça alta, feito ordináriamente de couro crú, mais curto que o lombilho comum, e serve aos domadores, por oferecer mais segurança (Coruja).

SOQ

SOCAR, *v. tr.* pisar no gral qualquer produto. || *Etim.* Do verbo tupi *Çoçoc,* que penténce á classe dos verbos repetidos, e cujo radical é *Çoc,* quebrar. O verbo português *socar,* com a significação de dar murros, sovar, amassar muito alguma coisa, de sorte que de mui sovada fique endurecida, não é senão um homonimo, cuja raiz, segundo Aulete, é *socalcar.*

SÔCO! *int. (Pará)* usa-se como expressão de reprovação: Ora *Sôco!* deixa-me, não bulas comigo, não me importunes.

SÓCÓ, *s. m.* nome vulgar da *Ardea brasiliensis,* ave da ordem dos Pernaltos, congenere da garça, mas de côr escura.

SÓLA, *s. f. (R. de Jan.)* espécie de beijú espesso feito de tapióca ainda humida, que se coloca entre folhas de bananeira e se faz tostar no forno da farinha de mandióca (V. de Souza Fontes). A êste beijú dão o nome de *Tapioca* em Pernambuco, Alagôas e Paraíba do Norte, com a diferença de lhe misturarem côco ralado (B. de Maceió), pelo que lhe chamam na Bahia *Beijú de côco.* || *Etim.* Talvez lhe provenha o nome de uma comparação burlesca com o couro de boi cortido.

SÓQUE, *s. m.* ato de *socar,* isto é, de pisar no gral qualquer produto: O *sóque* do café. O *sóque* do milho. || *Etim.* A mesma que a de *socar.*

SOQUEIRA, *s. f.* rizoma de cana de açúcar, depois de cortado o col-

SUC

mo. Dão o mesmo nome ao do arroz. || *Etim.* A mesma que a de *Sóca*.

SUCURÍ, *s. m.* espécie de ofidio do gênero *Boa*, que chega a ter mais de oito metros de comprimento; vive nos rios e lagos do interior, é temivel por sua voracidade. No Pará lhe chamam *Sucurijú* (Baena); no Maranhão *Sucurujú* (C. A. Marques); na Bahia *Sacuriúba;* e em outras partes *Sucurijúba, Sucuriú, Sucurujúba* e *Sucuruyù*. || Os Índios do litoral davam o mesmo nome de *Sucuri* a essa espécie de *Squalus*, a que chamamos *Cação*, e êsse nome sob a forma *Securi*, é ainda usado na Paraiba do Norte.

SUCURIJÚ, *s. m. (Pará)* o mesmo que *Sucuri*.

SUCURIJÚBA, *s. m.* o mesmo que *Sucuri*.

SUCURIÚ, *s. m.* o mesmo que *Sucuri*.

SUCURIÚBA, *s. m. (Bahia)* o mesmo que *Sucuri*.

SUCURUJÚ, *s. m. (Maranhão)* o mesmo que *Sucuri*.

SUCURUJÚBA, *s. m.* o mesmo que *Sucuri*.

SUCURUIÚ, *s. m.* o mesmo que *Sucuri*.

SÚLA, *s. f. (Par. do N.)* ação de manejarem alternadamente duas pessoas outras tantas mãos do gral, para ativar a trituração de

SUS

qualquer gênero: João e José vão dar uma *súla* no milho (Santiago).

SULAMBA, *s. e adj. m e f. (Sergipe)* o mesmo que *Samango*.

SUNGAR, *v. tr.* puxar para cima qualquer objeto: *Sungar* a ancora do navio. *Sungar* alguém que esteja dentro de uma cóva, donde não póde sair sem auxílio alheio. *Sungar* um saco de milho, etc. || *Etim.* Do verbo bunda *cusunga*, puxar (Capello e Ivens).

SURUCUCÚ, *s. m.* espécie de serpente venenosissima do gênero *Lachesis*. || *Etim.* E' voc. tupi. (G. Soares).

SURUQUÁ, *s. m.* nome comum a diversas aves do gênero *Trogon*, da ordem dos Trepadores, notáveis por sua linda plumagem. || *Etim.* E' voc. tupi usual também entre os guaranis do Paraguai. || Os francêses adotaram para ela o nome estropiado de *Couroucou*.

SURURÚ, *s. m. (Bahia e outras prov. do N.)* espécie de molusco do gênero *Modiola (M. brasiliensis)*. || No Rio de Jan. e dai para o Sul lhe dão o nome português de *Mexilhão*. || *Etim.* E' vocábulo tupi.

SURURÚCA, *s. f. (S. Paulo)* espécie de peneira grossa. || *Etim.* Do verbo tupi *sururú*, que significa vasar, derramar.

SUSSUARÂNA, *s. f.* mamifero do gênero *Felis (F. concolor)* da ordem dos carniceiros, ao qual chamam também *Onça parda*, e é pro-

SUS

vavelmente o *Leão* das províncias do Paraná e Rio Gr. do S. || *Etim.* Do tupi *Suassu-rana,* que significa

SUS

semelhante ao veado, e isso porque tem o pêlo pardo, sem malhas, como o daquêles ruminantes.

T

TAB

TÁBA, *s. f.* nome que, em todos os dialetos da língua tupi, significa *Aldeia.* Hoje só usam dêle os nossos poetas, quando, no seu lirismo patriotico, se referem aos antigos arraiais da quasi extinta raça dos Tupinambás.

TABAQUE, *s. m.* espécie de tambor feito de um tronco ôco, guarnecido de couro em uma de suas extremidades, no qual, em lugar de baquetas, batem os negros e índios com as mãos, e dêle se servem como instrumento musical em seus batuques. Em S. Paulo o chamam *Tambaque,* e no Pará *Curimbó.* || Moraes menciona, como sinonimos, *Tabaque* e *Atabaque* com a significação de instrumento usado na Ásia e Costa d'África, sem nos dar, entretanto, a origem do nome. Aulete não o menciona.

TABARÉO, *s. m. (Bahia e outras prov.)* o mesmo que *caipira.* || *Etim.* E' voc. português, significando, d'antes, soldado de ordenança mal exercitado.

TABARÔA, *s. f.* de *Tabaréo.*

TABATINGA, *s. f.* nome vulgar da argila branca, da qual em certas localidades se servem os inco-

TAB

las para caiar as paredes, em falta de cal. || *Etim.* Corruptela do tupi *Tobatinga,* barro branco. No dialeto guarani *Tobatin.*

TABÍCA, *s. f. (Pern.)* vara de cipó de que se servem os almocraves para tanger as bestas. || Moraes diz que a *Tabíca* é um cipó grosso, quando pelo contrário não tem mais grossura que a de uma vareta de espingarda (Meira). || Em língua portuguêsa, *Tabíca* é um termo náutico, sem relação alguma com o vocábulo brasileiro.

TABÓCA (1.º), *s. f. (provs. do N.)* o mesmo que *Taquára.*

TABÓCA (2.º), *s. f.* logro, decepção, desapontamento. Levar *tabóca* é sofrer um desengano: Esperava que o ministro me desse o emprêgo que lhe pedi, e afinal levei *tabóca.* || Esta locução corresponde á portuguêsa *levar com uma taboa,* de que também nos servimos no Brasil; e não duvido que seja ela o resultado da mera substituição de um voc. pelo outro. Entretanto, veja-se o artigo *taboquear.*

TABOCAL, *s. m. (provs. do N.)* o mesmo que *aquaral.*

TABOLEIRO, *s. m. (da Bahia até o Ceará)* extensa planicie ge-

DICIONÁRIO DE VOCÁBULOS BRASILEIROS

TAB

ralmente arenosa e de vegetação acanhada. || *(Minas Gerais)* planalto de monticulos pouco elevados e separados entre si por meio de vales estreitos (Saint-Hilaire). || *Etim.* E' voc. português, e em tudo mais tem entre nós as mesmas acepções que lhe dão em Portugal.

TABOQUEAR, *v. tr.* lograr, despontar, desiludir: Cheguei a ter a esperança de obter aquêle emprego; mas afinal o ministro *taboqueou-me.* || *Etim.* Talvez seja corruptela de *atabucar, v. tr. ant.* da língua portuguêsa com a significação de *iludir, engodar, entreter.* Moraes, que o menciona, cita, como exemplo, a seguinte frase do *Cancioneiro:* "Cuidais que, por serdes grifo, que por hi m'*atabucais!*" Como se vê, o sentido é o mesmo que o de *taboquear,* e a isso me atenho até melhor interpretação.

TABÚ, *s. m. (Pern.)* açúcar que não coalhou bem na fôrma, nem entesta para se lhe botar barro e purga-lo, por ser queimado ao apurar, ou mal limpo. *Fazer tabú,* frase brasileira dos engenhos (Moraes).

TÁCA, *s. f. (Bahia)* o mesmo que *Manguá.*

TACACÁ, *s. m. (Pará)* espécie de mingáu feito de tapióca, e temperado com *tucupí.* Seixas o menciona como vocábulo da língua tupi, significando *goma.*

TÁCO, *s. m. (Bahia, Pern., R. Gr. do N.)* fanéco, pedaço, bocado: Um *táco* de pão. || *Etim.* Ha na

TAM

língua portuguêsa a palavra *taco,* também usual no Brasil, com diversas significações, sem relação alguma com o nosso vocábulo, do qual é apenas homonimo. No Rio de Janeiro dizem *tico,* para exprimir a mínima parte de qualquer coisa. *Taco* e *tico* terão talvez a mesma origem, mas eu não a conheço. Em Português a palavra *naco* significa pedaço grande de pão, de queijo, de presunto.

TACURÚ (1.º), *s. m. (Mato-Grosso)* o mesmo que *Tacuruba.*

TACURÚ (2.º), *s. m. (R. Gr. do S.)* monticulo de terra no meio dos banhados (Cesimbra).

TACURÚBA, *s. m. (S. Paulo, Pará)* trempe formada de tres pedras soltas, sôbre as quais se assenta a panela. || *Etim.* Aferese de *Itacurúba,* significando em língua tupi pedaço de pedra. Em guarani, *Itacurú.* || Em Mato-Grosso dizem *Tacurú* (Ces. C. da Costa).

TAGUÁ, *s. m.* o mesmo que *Tauá.*

TAIMBÉ, *s. m. (R. Gr. do S., Paraná, Maranhão)* o mesmo que *Itaimbé.*

TAITITÚ, *s. m. (Pará)* o mesmo que *Caititú* (1.º).

TAJÁ, *s. m. (Pará)* o mesmo que *Taiá.*

TAMANDUÁ (1.º), *s. m.* nome comum a diversas espécies de mamiferos do gênero *Myrmecofaga,* da ordem dos Desdentados. Ao de

TAM

maior espécie chamam *Tamanduá-bandeira (M. jubata);* aos menores dão o nome de *Tamanduá-mirim.* || *Etim.* E' voc. tupi.

TAMANDUÁ (2.º), *s. m.* questão moral de difícil solução. A minha demanda tem-se tornado um *tamanduá.* || Etim. Dizem que nasceu esta expressão de uma questão renhida na câmara dos deputados a respeito de certos interêsses locais da vila do Tamanduá (B. de Jary).

TAMARANA, *s. m. (Vale do Amaz.)* espécie de clava de que usam na guerra certas hordas de selvagens, e é semelhante ao *Cuidarú* || *Etim.* Aferese de *Itamarâna* que significa acha d'armas, instrumento de guerra *(Voc. Braz).*

TAMBAQUE, *s. m. (S. Paulo)* o mesmo que *Tabaque.*

TAMBEIRO, *adj. (R. Gr. do S.)* nome que dão geralmente ao gado manso, principalmente o que vive aquerenciado perto da casa. Novilho *tambeiro* é aquêle que nasceu de vaca mansa, isto é, daquela de que se tira leite (Coruja).

TAMBUÉRA, *adj. (provs. do N.)* o mesmo que *Catambuéra.*

TAMBUEIRA (1.º), *adj. (provs. do N.)* o mesmo que *Catambuéra.*

TAMBUEIRA (2.º), *s. f. (Maranhão)* o mesmo que *Batuéra.*

TAMETARA, *s. f.* o mesmo que *Metára.*

TAMINA, *s. f.* ração diária de farinha de mandióca que se distribuia

TAP

a cada escravo. || *Etim.* Do bunda *Ritamina,* tigela, porque, em verdade, servia geralmente de medida para isso uma tigela ou vaso semelhante. || Nas fazendas davam também o nome de *tamina* ao fornecimento periódico de roupa aos escravos. Na cidade do Rio de Janeiro, aplica-se o mesmo nome á quantidade de água que póde cada pessôa haurir nas fontes públicas, por ocasião das grandes secas.

TAMUATA, *s. m. (R. Gr. do S.)* o mesmo que *Cambuatá* (1.º).

TANAJURA, *s f. V. Saúba.*

TANGA, *s. f.* pedaço de pano das dimensões de um lençol, que servia de vestuário aos negros novamente chegados ao Brasil. || *Etim.* Da língua bunda *ntanga* (S. Luiz). || Corresponde ao que, em relação aos índios, chamam *Julata* em Mato-Grosso.

TANTANGUE, *s. m. (Sergipe)* espécie de brinquedo de crianças (S. Roméro).

TÁPA, *s. f. (S. Paulo)* pedaço de pano, com que se venda o burro pouco manso, enquanto o arreiam e carregam, para que se não assuste.

TAPEJARA, *s. m. (provs. meridionis)* o mesmo que *vaqueano.* || *Etim.* E' voc. tupi composto de *tapé,* caminho, e *jara,* senhor, significando literalmente senhor dos caminhos, isto é, pessoa idonea para servir de guia. Com êste voc. se designava também o·morador ántigo da localidade *(Voc. Braz.)* e isto certamente porque êsse indi-

DICIONÁRIO DE VOCÁBULOS BRASILEIROS

TAP

viduo devia ter conhecimento amplo das vias de comunicação respectivas. Como *pé* e *tapé* são sinonimos póde-se igualmente dizer *pejára*, e assim o faz o *Dicc. Port. Braz.* no artigo *Guia do caminho*, que êle traduz também por *pecuapára*, sabedor dos caminhos. || No R .Gr. do S., liga-se é idéia de *tapejára*, a de homem valente, destemido (Vianna).

TAPÉRA, *s. f.* estabelecimento rural completamente abandonado e em ruinas. || *Fig.* povoação em decadência. || *Etim.* E' contração de *taba-puêra*, que, em língua tupi, significa aldeia abandonada. || Êste voc. é não só usual no Brasil, como também no Paraguai, Bolivia, República Argentina e Estado Oriental do Uruguai (Moreno, Velarde, Sagastume).

TAPERÁ, *s. m. (S. Paulo)* nome vulgar de uma espécie de andorinha *(Hirundo Taperá,* L.). || E' voc. tupi *(Voc. Braz.).*

TAPEREBA, *s. m. (Pará)* o mesmo que *cajá.*

TAPERÚ, *s. m. (provs. do N.)* larva de certos insetos, sobretudo uma pequena larva branca, que ataca as chagas dos animais, e ocasiona a moléstia a que chamam *bicheira.* || *Etim.* E' voc. tupi *(Dicc. Port. Braz.)* || No vale do Amazonas, também dizem *tapurú* (Seixas). || Nas provs. merid. ninguém mais usa dêste termo.

TAPETIÍ, *s. m.* nome tupi do *Lepus brasiliensis,* hoje inteiramente desusado no Brasil, e substituido

TAP

pelos de coelho e lebre. Em 1846, estando eu no Paraguai, ainda se serviam dêle os incolas.

TAPIÍRA, *s. f.* nome tupi do *Tapirus americanus,* a que os espanhois e portuguêses impuzeram o de *anta.* Os francêses lhe conservaram o nome primitivo sob a fórma *tapir,* e os zoologistas o latinisaram para distinguir o gênero a que pertencem as diversas espécies, tanto americanas como indiaticas, dêsse paquiderme. Na linguagem vulgar do Brasil é nome completamente desusado.

TAPINAMBABA, *s. f. (Ceará)* massame de linhas com anzois, nas jangadas destinadas á pescaria (J. Galeno).

TAPIÓCA, *s. f.* fecula da mandioca. E' esta a acepção a mais geral do vocábulo. No Rio de Janeiro lhe chamam *polvilho,* e na Bahia e outras províncias do Norte *goma.* Verdadeiramente, a *tapioca* do R. de Jan. é a *farinha de tapioca* da Bahia, do Pará e de outras províncias, a qual não é sinão a fécula que, ainda úmida, se lança no forno especial, e se mexe com um mólho de penas grandes até tomar a fôrma granulosa; e nêste estado serve para fazer papas, sopas e pudins. || Em Pern. e Alagôas chamam *tapióca* a espécie de beijú a que no R. de Jan. dão o nome de *sola;* e é nêste sentido que a menciona G. Soares. || *Etim.* E' voc. de origem tupi. O *Dicc. Port. Braz.* traduz polme ou sedimento da farinha por *tipióca;* o *Voc. Braz.* coisa coalhada por *tipiaca,*

TAP

tipióca, e ainda mais por *apiçanga;* Montoya, coisa coalhada por *tipiaca;* Seixas, goma da mandióca, por *têpeáca.* São vocábulos nascidos do mesmo radical.

TAPIOCÁNO, *s. m. (R. de Jan.)* o mesmo que *caipira.* || *Etim.* Alusão á fabricação da tapioca, de que se ocupam os pequenos lavradores.

TAPIOCUÍ, *s. m.* nome que os aborigenes do vale do Amazonas dão á farinha da tapióca (C. de Magalhães). || *Etim.* E' voc. tupi, significando literalmente *farinha de tapióca.*

TAPITÍ, *s. m. (Bahia)* o mesmo que *tipiti.*

TAPURÚ, *s. m. (Vale do Amaz.)* o mesmo que *taperú.*

TAPUIO, A *s.* nome genérico aplicado aos selvagens bravios do Brasil, e como tal sin. de *Bugre.* No vale do Amaz., conservam ainda essa denominação os aborigenes já mansos, e a estendem também á generalidade dos mestiços, e neste caso corresponde ao termo *Cabôclo,* de que se usa nas demais províncias do Império. || *Etim.* E' voc. de origem tupi, e dêle se serviam, como alcunha injuriosa, tanto os Tupinambás do Brasil, como os Guaranis do Paraguai, para designarem as nações selvagens que habitavam os sertões. Erram, portanto, os escritores que o consideram como designando exclusivamene certa e determinada nação. Segundo Figueira, tem a significação de barbaro; e segundo Mon-

TAR

toya, a de escravo. || Moraes escreve *tapuya,* tanto no masculino, como no feminino, e muita gente ha que assim o faz.

TAQUARA, *s. f. (provs. merid.)* nome vulgar das especies indigenas de *Bambuseas.* Nas provincias do Norte lhe chamam *taboca* (1.°). || *Etim.* São ambos os vocábulos de origem tupi.

TAQUARAL, *s. m. (provs. meridionais)* mata de taquaras. Nas provincias do Norte dizem *tabocal.*

TARÉFA, *s. f. (Bahia)* medida agraria igual a 900 braças quadradas (4.356 m. q.) com destino á cultura da cana de açúcar. Ha *tarefas de rego* (cana novamente plantada) e *tarefas de sóca* (cana já cortada uma e mais vezes, e cujos brotos se vão sucedendo anualmente). A produção de um engenho se avalia pelo número de *tarefas* cultivadas. Segundo Moraes, a moagem de cada tarefa de cana, em um bom engenho movido por água, póde ser executada em 24 horas, produzindo pelo menos oito *meladuras,* o que se chama *tarefa redonda.*

TARIÓBA, *s. f.* molusco do gênero *Tellina (T. constricta,* Brug.). || *Etim.* E' voc. tupi. || G. Soares menciona êste molusco com o nome errôneo de *Tarcoba,* o que é devido, sem dúvida, a êrro de tipografia.

TARÓQUE, *s. m. (Alag. e Serg.)* o mesmo que *Cornimbóque.*

TARUBÁ, *s. m. (Pará)* espécie de bebida mui usada entre os Ta-

DICIONÁRIO DE VOCÁBULOS BRASILEIROS

TAR

puios, os quais a preparam do modo seguinte: ralam a mandioca, expremem-lhe o suco, côam a massa, com a qual fazem uma espécie do beijú grande, a que por isso chamam *beijú-assú*. Ao depois reduzem a pó folhas da árvore Curumim, e com ela polvilham o *beijú-assú*, e em seguida abafam com folhas e guardam por espaço de oito dias, no fim dos quais dissolvem-o em água, côam e bebem (F. Bernardino).

TARUMÁN, *s. m.* nome comum a diversas árvores frutiferas do gênero *Vitex*, da família das Verbenaceas. No Rio de Jan. pertence a gênero e familia diversa uma certa árvore a que chamam também *Taruman*.

TATAMBA, *s. m.* e *f.* toleirão que fala mal; homem tosco do campo.

TATAPÓRAS, *s. f. pl.* o mesmo que *Catapóras*.

TATÉTO, *s. m. (R. Gr. do S.)* o mesmo que *Caititú* (1.).

TATICUMÁN, *s. m. (Pará)* o mesmo que *Picumán*.

TATÚ (1.º), *s. m.* nome comum a diversas especies de mamiferos pertencentes ao gênero *Dasypus*, da ordem dos Desdentados; tais são: *Tatú canastra, T. êtê* ou *T. verdadeiro, T. aíva* ou *T de rabo mole, T. peba, T. bóla, Tatuí;* e talvez outros.

TATÚ (2.º), *s. m.* árvore de construção do gênero *Vazea (V. indu-*

TAI

rata, F. Alemão) da família das *Olacineas*.

TATÚ (3.º), *s. m. (R. Gr. do S.)* nome de uma das variedades dêsses bailes campestres, a que chamam geralmente *Fandango* (Coruja).

TATURÁNA, *s. f. (S. Paulo)* nome que dão ás larvas ou lagartas ouriçadas de uma felpa que produz uma sensação dolorosa a quem a toca. || *Etim.* Talvez seja corruptela de *Tatarâna* composta de *Tatá* fogo, e *rana*, semelhante. Moraes menciona êste animal com o nome de *Tataurana* e o descreve bem. Montoya traz *Tatãurã,* com a significação de *gusano colorado*.

TAUÁ, *s. m.* peroxido de ferro. E' nome comum a todas as pedras argilosas, que têm a côr daquêle composto químico. || *Etim.* E' voc. tupi significando também *amarelo* e como tal é sin. de *juba*. || Também dizem *Taguá*. || Empregam-no para colorir a louça de barro.

TAUASSÚ, *s. m. (provs. do norte)* pedra furada presa a uma corda, e serve de âncora ás jangadas (J. Galeno). || *Etim.* E' contração de *itá-guassú,* termo tupi significando pedra grande.

TAVA, *s. f. (R. Gr. do S.)* jogo de que usam os gaúchos atirando com o ganiz ao ar até cair em pé, ganhando ou perdendo, segundo cai pela parte côncava ou pela convexa. || *Etim.* Do castelhano *Taba*.

TAIÁ, *s. m.* nome tupi de diversas espécies de Aroideas. No Pará lhes chamam *Tajá*.

TAI

TAIÓBA, *s. f.* Aroidea do gênero *Colocasia (C. esculenta)*, cujas folhas se comem á guisa de espinafres, e cuja raiz tuberosa é também comestivel em algumas variedades. || *Etim.* Do tupi *Taiá-óba*, a roupagem do *Taiá*.

TÉBAS, *s. m.* valentão.

TEIMÓSA, *s. f.* (*Ceará*) o mesmo que *Manduréba*.

TEITÉ!, *int.* (*Pará*) expressão de compadecimento, equivalente a *Coitado!* || *Etim.* E' voc. tupi (*Dicc. Port. Braz.*).

TÉJO, *s. m.* (*R. Gr. do S.*) espécie de jogo que consiste em atirarem-se moedas de cobre sôbre uma faca fincada no chão dentro de um pequeno quadro. Se o jogador não acerta, passa a atirar o adversário (Cesimbra). || *Etim.* E' voc. castelhano, e como tal se pronuncia.

TÉJÚ, *s. m.* o mesmo que *Têiu*.

TEMBETÁRA, *s. f.* o mesmo que *Metára*.

TEMÉRO, *adj.* (*Ceará*) temerario (J. Galeno).

TEMPO-SERÁ, *s. m.* folguedo de crianças, que consiste em correr, saltar e cantar, repetindo as lavras *tempo-será é de mitiocó*. No Ceará tem a mesma significação que *Manja* (J. Galeno). Em S. Paulo, a criança corre a esconder-se e diz ao camarada: *tempo-será, se puder me pegar.* || *Etim.* Talvez ´seja corruptela do tupi *Jemoçardi*, brincar (*Dicc. Port. Braz.*), ou *Anhemaçarai*, folgar com crianças (*Voc. Braz.*).

TEI

TENTOS, *s. m. plur.* (*R. Gr. do S.*) pequenas tiras de couro crú presas na parte posterior do lombilho de um e outro lado, onde se prende o laço, ou outra qualquer coisa que se queira trazer presa á garupa (Coruja).

TERNEIRO, *s. m.* (*R. Gr. do S.*) a cria da vaca até a idade de um ano; é o mesmo que Bezerro (Coruja). || *Etim.* Do castelhano *Ternero.* || Antigamente se dizia em Portugal *Tenreiro* (Aulete).

TÉSO, *s. m.* porção de terreno que fazendo parte das vastas planicies sujeitas ás inundações do inverno, fica entretanto acima do nível das águas e oferece abrigo ao gado. || Em Portugal, tem a significação de monte ou serro alcantilado (Aulete).

TÉTÉCUÉRA, *s. f.* (*S. Paulo*) nome de certas depressões de terreno, que serviram de leito ao rio Paraiba do Sul, e estão hoje cobertas de vegetação (B. Marcondes).

TETÉIA, *s. f.* nome infantil dos brincos de meninos. Também por gracejo o empregam em outras acepções; v. g. dizem das pessoas condecoradas que tem o peito coberto de *tetéias.* || *Eim.* Moraes o menciona como oriundo do Brasil.

TÉIÚ, *s. m.* (*provs. do N.*) nome de uma ou mais espécies de *Lagartos* do gênero *Teiús*, aos quais chamam também *Tejú*, e são havidos por primorosa caça. || *Etim.* E' voc. tupi.

TEA

TEATÍNO, A, *adj.* /*R. Gr. do S.*) coisa de que se não conhece dono. Aplica-se êste termo mais especialmente aos cavalos; mas também se diz de outras coisas sem dono. || *Etim.* Chamavam-se Teatinos aos clérigos regulares da ordem de S. Caetano de Theato, os quais também eram conhecidos pelo nome de padres da Divina Providência. Dizer coisa *teatina* não será o mesmo que dizer coisa da Divina Providência? Talvez êste termo dai tenha origem trazida pelos antigos jesuitas (Coruja).

TIBÁCA, *s. f. (Alag.)* nome vulgar da espata ou bractea floral das palmeiras (J. S. da Fonseca). || Também lhe chamam *quibáca*. || Serve de vasilha aos pescadores, para esgotar a água nas canôas.

TÍBI, *int.* /*Pern.)* expressão de espanto. No mesmo sentido dizem *Vote!* (S. Roméro).

TICO, *s. m.* cigalho, mínima parte de alguma coisa, um quase nada: Um *tico* de pão. O médico permitiu que tomasse um *tico* de vinho. || Também se emprega muito o diminuitivo *tiquinho*. Como expressão portuguêsa, o homonimo *tico* se refere a molestia: Tico doloroso, tico convulsivo (Moraes). Aulete não menciona *tico* em sentido algum; mas ao *tico* de Moraes chama êle *tique*.

TICUM, *s. m.* o mesmo que *Tucum*.

TIÊTÊ, *s. m. (S. Paulo)* ave do gênero *Euphone (E. violacea)* da ordem dos Passeres (Martius).

TIJ

TIGÉLA (Tabaco de) V. *Pó.*

TIGÜÉRA, *s. f. (S. Paulo, Paraná)* roça de milho, ou de outras quaisquer plantações anuais, depois de efetuar a colheita, e onde se põem os animais a pastar. Em Minas Gerais, dão a isso o nome de *Palhada* e também o de *Palha.* || *Etim. Tigüéra* é voc. de origem tupi; e, quanto a mim, contração de *Abatigüéra* com a significação de milharal extinto.

TIJÔLO (fazer), *loc. popular,* namôrar: Fulano só se emprega agora em *fazer tijôlo*. De manhã estudo, á tarde *faço tijôlo.*

TIJUCAL, *s. m. (Vale do Amaz.)* lameiro, lodaçal. Também dizem *Tujucal* (J. Verissimo).

TIJÚCO, *s. m.* lama e particularmente a lama de côr escura. Também se diz *Tujuco.* || *Etim.* De origem tupi: *Tijúca (Dicc. Port. Braz.); Tujúca (Voc. Braz.)* como ainda se diz no dialeto amazoniense (Seixas); em guarani *Tujú* (Montoya).

TIJUCOPÁUA, *s. m. (Vale do Amaz.)* lamaçal, tremedal (J. Verissimo). || *Etim.* E' termo do dialeto tupi do Amazonas. O *Dicc. Port. Braz.* traduz lamaçal por *Tijucopáo.* O Sr. José Verissimo decompõe *Tijucopáua* em *Tyyug,* lôdo, lama, e *páua,* lugar, esteiro, espaço.

TIJUPÁ, *s. m. (Bahia e outras provs. do N.)* palhoça de duas águas, que tocam no chão, e servem nas roças para abrigar os

TIM

trabalhadores, em tudo semelhante ao que em Pern. chamam *mocambo* (3.º). Na Bahia o *tijupá* é igualmente o toldo de certas lanchas costeiras. || No Pará também dizem *tujupar* (Baena) e assim o escrevem Moraes e Aulete. || *Etim.* E' voc. de origem tupi. O *Dicc. Port. Bras.* traduz cabana por *tejupába;* o *Voc. Braz.* choupana por *Teigyupába.*

TIMBÓ, *s. m.* nome comum a diversas espécies de vegetais, que por suas propriedades tóxicas, são empregadas para matar o peixe, produzindo desta sorte o mesmo efeito que o *Tingui* do Brasil e o *Trovisco* de Portugal. || No Pará designam com o nome de *Timbó,* não só êsses vegetais como também toda e qualquer substância que lhe possa servir de sucedaneo nêste sistema de pesca (B. de Jary). Em Pernambuco ha um certo cipó branco, de que se fazem chapéus, aos quais chamam por isso *chapéus de Timbó* (B. de Jary).

TIMBÚ, *s. m. (Pern., Par. do N.)* o mesmo que *Saruê.*

TINGA, *adj.* voc. tupi e guaraní significando *branco.* Só usamos dêle em nomes compostos: Urubú *tinga,* Jacaré *tinga,* e outros. || No vale do Amazonas, dizem também *pitinga:* Cuia-*pitinga* (J. Verissimo); e os Tupinambás usavam indiferentemente de *tinga* ou *morotinga (Voc. Braz.).*

TINGUI, *s. m.* nome comum a diversas espécies de vegetais dos ge-

TIP

neros *Phaecarpus, Magonia* e *Jacquinia,* os quais, lançados ao rio, têm a propriedade de matar o peixe (Martius). Corresponde pelo efeito ao nosso *Timbó* e ao *Trovisco* de Portugal. || *Etim.* E' vocábulo tupi.

TINQUIJÁDA, *s. f.* ação de lançar ao rio o *Tingui,* com o fim de matar peixe. Corresponde ao que em Portugal chamam *troviscada.*

TINGUIJAR, *v. tr.* envenenar com o *Tingui,* lançando-o á água para matar o peixe. Também se emprega êste verbo em relação a qualquer planta, que, sem ser o próprio *Tingui,* produz o mesmo efeito, tanto sôbre o peixe, como sobre outro qualquer animal: Dizem que a folha do cajueiro *tinguija* os cavalos.

TIPITÍ, *s. m.* espécie de cesto cilindrico, feito de taquara e também de folhas de palmas com boca estreita, o qual se enche de mandioca ralada, para ser espremida na prensa e ficar bem enxuta, depois do que é levada ao forno e reduzida a farinha (V. de Souza Fontes). No Rio de Janeiro, costumam dar o nome de *côfo* a um *Tipiti* mais extenso com cerca de dois metros de comprimento. Montoya escreve *Tepiti,* com a definição de *instrumento de hojas de palmas, como manga, para espremer mandioca.* || *Etim.* E' voc. tupi. || Na Bahia lhe chamam *Tapiti.*

TIPÓIA, *s .f. (provs. do N.)* pequena rêde para dormitório de crianças. || Rêde destinada ao trans-

DICIONÁRIO DE VOCÁBULOS BRASILEIROS

TIP

porte de pessoas. Neste sentido, é termo também usual em Angola (Capello e Ivens). || Charpa para sustar um braço doente. || Nas roças do Rio de Janeiro, é um aparêlho grosseiro no qual se coloca a perna ou braço fraturado e ali fica em repouso até que chegue o operador. || E' voc. do origem tupi *(Voc. Braz.).*

TIPÚCA, *s. f. (Vale do Amaz.)* último leite mais grosso e mais rico em *serum* que se tira da vaca; aquêle leite que se extrai quando já se está a esgotar a têta. Nas fazendas aconselham aos doentes que não bebam o primeiro leite, mas sim a *tipúca* (J. Verissimo).

TIQUÁRA, *s. f. (Pará)* o mesmo que *jacúba*. || *(Maranhão)*. Nome de qualquer bebida refrigerante. Nêste sentido é o mesmo que a *garapa* de outras províncias. || *Etim.* Tanto em tupi, como em guarani, *ticú* significa líquido *(Dicc. Port. Braz.,* Montoya). || E' êsse certamente o radical de *tiquára*.

TIQUINHO, *s. m.* diminutivo de *tico.*

TIQUIRA, *s. m. (Maranhão)* aguardente de mandioca (B. de Mattoso). || No Pará esta espécie de aguardente é produzida pela fermentação do Beiju-assú (J. Verissimo).

TIRADEIRAS, *s. f. plur. (Pern.)* cordas, correntes e até cipós fortíssimos, tiras de sola ou couro cru, entre as quais vão presas bestas que puxam as almanjarras,

TIT

pegam nos peitorais e atraz nos cambões presos ás almanjarras (Moraes).

TIRADOR, *s. m. (R. Gr. do S.)* pedaço de couro cru sovado, que os laçadores poem em redor da cintura, quando laçam a pé; serve para amparar as ilhargas quando esticam o laço (Coruja).

TIRANA, *s. f. (R. Gr. do S.)* variedade desses bailes campestres a que chamam geralmente *Fandango* (Coruja).

TIRIRÍCA, *s. f.* nome comum ás diversas espécies de Cyperaceas que se encontram no Brasil. || *Etim.* E' provavelmente voc. de origem tupi.

TIRIÚMA, *adj. (S. Paulo)* só, desacompanhado: Carne ou peixe *tiriuma*, sem pão. Pão *tiriúma*, sem carne ou peixe. Durante a minha viagem ao sertão, não tive ás vezes para meu sustento senão caça *tiriúma*. || *Etim.* Deriva-se do tupi *Ityrama.*

TIRO-DE-LAÇO, *s. m. (R. Gr. do S.)* V. *Laço.*

TITARA, *s. f. (Bahia)* palmeira do gênero *Desmoncus (D. lophacanthos)*. A's diversas espécies dêste gênero dão, no vale do Amazonas, o nome de *Jacitára;* e em Mato-Grosso o de *Urumbamba (Flora Bras.).*

TITIA, *s. f.* designação infantil de tia. || Em Portugal dizem *titi.*

TITINGA, *s. f. (Pará)* manchas brancas que aparecem, como panos,

TIT

no rosto e outras partes do corpo. || E' termo tupi.

TITÍO, *s. m.* designação infantil de tio.

TOBATINHA, *s. f.* nome primitivo da *Tabatinga.* || *Etim.* Composição do substantivo *Toba,* barro e do adj. *tinga,* branco.

TOBIÂNO, *s. m.* e *adj. (S. Paulo)* cavalo de certa raça.

TOCADÔR, *s. m. (Minas-Gerais)* almocreve encarregado de tanger um lote de animais de carga. Em São Paulo lhe chamam *Camarada de lote.*

TOCAIA (1.º), *s. f.* emboscada em que se oculta alguém, com o designio de matar a outrem. || No Pará dão também êsse nome ao poleiro das galinhas (B. de Jary). || E' vocábulo tupi com a significação de choça, e tem por sin. *tapigia (Voc. Braz.).* || Em guarani, *tocaí* tem a dupla significação de curral e de cêrca que faz o caçador, para não ser sentido da caça, e o andaime que faz para laçar aves. Esta segunda acepção cabe bem á de emboscada.

TOCAIA (2.º), *s. f.* de *Tocáio.*

TOCAIAR, *v. tr.* fazer espera a alguém com o fim de o matar traiçoeiramente. || Em bom sentido se usa deste verbo na acepção de espreitar alguém, por quem se espera em certo e determinado lugar.

TOCAIO, A. *s. (R. Gr. do S.)* o mesmo que *xará.*

TÔLDO, *s. m. (Paraná)* o mesmo que *Aldêa* ou *Malóca.* || *Etim.* E'

TOR

termo da América Meridional espanhola, significando barraca, choça ambulante, que serve de habitação aos índios. Tanto basta para reconhecer-se que o vocábulo *Tôldo,* com a significação de *aldêa,* nos veiu das repúblicas platinas.

TOMBADÔR, *s. m. (Bahia)* encosta ingreme de uma montanha; e também ladeira empinada (Aragão). || *Etim.* Do verbo português *tombar,* no sentido de cair pela montanha abaixo.

TOMBADÔRES, *s. m. pl. (Ceará e outras provs. do N.)* terrenos desiguais escarpados, cheios de barrocas (J. Galeno): O outro lado do rio é composto de serras, *tombadores* e vales, todos cobertos de matas, e mais ou menos frescos, mui produtivos, e que vão sendo cultivados (T. Pompêo).

TOMBA-LAS-AGUAS, *s. m. (Maranhão)* o mesmo que *Tramba-las águas.*

TOPETÙDO, *adj.* valente, destemido. || *Etim.* Tem provavelmente a mesma origem que a de *Cabra-topetudo.*

TORÇAL, *s. m. (R. Gr. do S.)* espécie de cabresto, de que se serve o cavaleiro, conjuntamente com as redeas, para melhor conter os animais ariscos (Coruja). || Em Portugal, *Torçal* significa cordão de vários fios de seda, ouro, etc., servindo de adorno nos vestidos antigos, e hoje de açasear vestidos (Moraes).

TORDILHO, *adj. (R. Gr. do S. e S. Paulo)* diz-se do cavalo cujo

DICIONÁRIO DE VOCÁBULOS BRASILEIROS

TOR

pêlo é salpicado de branco e preto. *Tordilho negro* é aquêle em que sobresai a côr escura; e *Tordilho sabino* quando é salpicado de branco e vermelho (Coruja). Em Portugal, o vocábulo *Tordilho* tem a mesma significação que entre nós.

TORÊNA, *s. m. (R. Gr. do S.)* homem sacudido, guapo.

TORÓ, *adj. (Maranhão)* diz-se da pessôa que perdeu a falange de algum dedo da mão: Antônio é *toró* da mão direita (B. de Matoso). || *Etim.* Parece nascer do verbo *torar.*

TORROADA, *s. f. (Maranhão)* nome que dão ás fendas que aparecem nos terrenos argilosos e alagadiços depois de secos, e que tornam difíceis e perigosos os caminhos. || Em português, *Torroáda* significa multidão de torrões, pancada com torrões (Aulete).

TOSSE-COMPRIDA, *s. f. (São Paulo)* coqueluche. || No Pará lhe chamam *Tosse-de-guariba* por lhe acharem uma certa semelhança com as vozerias dêste quadrumano (B. de Jary).

TOSSE-DE-GUARÍBA, *s. f. (Pará)* o mesmo que *Tosse-comprida.*

TOUREAR, *v. tr. burlesco (R. Gr. do S.)* namorar (Coruja).

TOURÚNO, *adj. m. (R. Gr. do S.)* roncolho; boi que por mal castrado ainda procura as vacas. Outro tanto dizem do cavalo que se acha nas mesmas circunstâncias. (Coruja).

TRACAJÁ, *s. m. (Vale do Ama-*

TRA

zonas) espécie de Chelonio do gênero *Emys* || *Etim.* E' oriundo do dialeto tupi do Amazonas.

TRAMBA-LAS-AGUAS, *s. m. (litoral de S. Paulo)* lugar de encontro de duas marés, em um canal que tenha duas saídas para o mar. (Rebouças). || No Maranhão lhe chamam *Tomba-las-águas* (C. A. Marques).

TRANCA, *s. f. (litoral de algumas provs. do N.)* o mesmo que *Retrancu.*

TRANCO, *s. m. (R. Gr. do S.)* marcha natural do cavalo em viagem ou passeio, sem que seja preciso ativa-lo (Coruja). || Em Portugal significa salto largo que o cavalo dá e pára logo, e neste sentido é termo oriundo de Espanha.

TRANCÚCHO, *s. m. (R. Gr. do S.)* bebado (Cesimbra). || *Etim.* No México o vocábulo *tranca* significa borracheira (Valdez). Talvez seja êsse o radical do termo riograndense.

TRANQUÍTO, *s. m. (R. Gr. do S.)* dim. de *Tranco.*

TRAPOERÁBA, *s. f.* erva medicinal e forrageira do gen. *Tradescantia (T. diuretica)* da fam. das *Commelineas.* Na Bahia, no Maranhão e no Pará lhe chamam *Marianinha;* em Pernambuco, *Andaca.*

TRAQUEJADO, A, *adj.* pratico em qualquer coisa: E' homem mui traquejado no comércio, na agricultura, na política. || *Etim.* E' sem dúvida oriundo do verbo antiquado português *traquejar,* com a signi-

TRA

ficação de exercitar, tornar apto para algum fim pela experiência.

TRAQUÊJO, *s. m.* muita prática e experiência em qualquer serviço: O *traquejo* do comércio; o *traquejo* da arte militar. Aquêle rapaz é mui inteligente; mas falta-lhe o *traquêjo* da vida. || *Etim.* A mesma que a de *Traquejado.*

TRAVESSÃO (1.º), *s. m. (Par. do N.)* cêrca que separa os terrenos de criação dos de lavoura, para impedir a invasão dos gados.

TRAVESSÃO (2.º), *s. m. (Maranhão)* banco de areia que vai de uma a outra margem do rio, e oferece vau aos passageiros (Aranha). || Em Goiás, dão êsse nome ao recife que atravessa os rios e sempre com solução de continuidade, apresentando desta sorte canais mais ou menos profundos e navegaveis (Corrêa de Moraes).

TRAVESSÃO (3.º). *s. m. (R. Gr. do S.)* a parte mais larga da cincha, que fica sôbre o lombilho, quando se ensilha o cavalo (Coruja).

TRELENTE, *s m.* e *f.* tagarela.

TRELER, *v. intr.* tagarelar. || *Etim.* De tréla: Dar *tréla,* puxar alguém á conversa (Aulete).

TROMBA, *s. f. (Mato-Grosso)* o mesmo que *Itaimbé.*

TROMBOMBÓ, *s. m. (R. de Jan.)* certo modo de pescar tainhas, o qual consiste em guarnecer um dos bordos da canôa com esteiras seguras por fueiros. Na estação em

TRO

que costumam as tainhas subir os rios, entram por êles as canôas armadas do *Trombombó,* e procuram apertar o peixe para uma das margens apresentando-lhe a borda não guarnecida. O peixe intenta fugir saltando por cima da canôa, e dando de encontro á esteira cai no fundo dela.

TRONCO-DE-LAÇO, *s. m. (R. Gr. do S.)* aparêlho empregado para prender um homem com toda a segurança, o qual consiste em tomar uma corda, amarra-la pelo meio ao pescoço do paciente, esticando-a o mais possível e amarrar-lhe as extremidades em duas estacas ou coisa equivalente (Coruja).

TRONQUEIRA, *s. f. (R. Gr. do S.)* nome que dão a cada um dos dois grossos esteios em cujos buracos se introduzem as varas da porteira (Coruja).

TRÓPA, *s. f.* espécie de caravana composta de bestas de carga. Nas províncias do Norte lhe chamam *Combôio.* || Também dão o nome de *trópa* a uma grande porção de animais muares que seguem para as feiras ou outro qualquer destino. No Rio-Gr. do S., é uma grande porção de gado vacum que se conduz para as charqueadas. Em todos as mais sentidos, a palavra *tropa* tem no Brasil a mesma significação que em Portugal.

TROPEIRO, *s. m. (S. Paulo, Minas-Gerais, Paraná)* negociante cuja indústria consiste em comprar e vender tropas de animais cavalares e muares. || Condutor de tropa.

DICIONÁRIO DE VOCÁBULOS BRASILEIROS

TRO

TROPILHA, *s. f. (R. Gr. do S.)* porção de cavalos amadrinhados. Mais propriamente se diz de cavalos do mesmo pêlo: *Tropilha* de baios; *tropilha* de escuros, etc. Sendo de diferentes pêlos se chama *Quadrilha* (Coruja). || *Etim.* Do castelhano *Tropilla*, diminuitivo de tropa (Valdez).

TÚBA, o mesmo que *Tigba*.

TUCÂNO, *s. m.* nome comum a diversas aves do gênero *Rhampastos* da ordem dos Trepadores, notáveis por seu enorme bico. || *Etim.* E' vocábulo de origem tupi.

TUCUM, *s. m.* nome vulgar de diversas palmeiras pertencentes ao gênero *Bactris* e *Astrocaryum*. || Também se diz *ticum*. || *Etim.* E' vocábulo tupi.

TUCUMÂN, *s. m. (Pará)* nome comum a diversas Palmeiras do gen. *Astrocaryum*. || *Etim.* E' voc. tupi.

TUCUPÍ, *s. m. (Pará e Amaz.)* espécie de môlho feito da manipuera, ou suco da raiz da mandióca, o qual, depois de exposto ao calôr do sol ou do fogo, além de perder, pela evaporação, suas qualidades venenosas, e sendo convenientemente temperado com pimenta e outros condimentos, se torna inofensivo, e é mui usado em tôdas as mesas. || *Etim.* Do tupi *tycupy* *(Dicc. Port. Braz.).* || A êste molho engrossado com farinha, cará ou outro tuberculo dão o nome de *Caissuma* (J. Verissimo).

TUÍRA, *adj. (Vale do Amaz.)* pardo, cinzento, côr preta desbotada, russo. || *Etim.* E' voc. tupi (J. Verissimo). || Seixas traduz *Tuer* em pardo, cinzento, e o *Dicc. Port. Braz., tuguir* em parda côr.

TUR

TUJUCÁL, *s. m.* o mesmo que *tijucal*.

TUJÚCO, *s. m.* o mesmo que *Tijuco*.

TUJUPÁR, *s. m.* o mesmo que *Tijupá*.

TUMBANSA, *s. f. (Ceará)* espécie de comida feita de castanha de cajú torrada e pisada, sumo da mesma fruta e açúcar.

TUNCO, *s. m. (Serg.)* o mesmo que *Muxôxo* (S. Roméro).

TUPÉ, *s. m. (Pará)* grande esteira grossa, onde se deita a secar ao sol o arroz e outros produtos da lavoúra. Em guarani, *Tupé* é um cestinho de canas a modo de um prato grande (Montoya). || *Etim.* E' voc. do dialeto tupi do Amaz. (Couto de Magalhães).

TURÉBA, *s. m. (Bahia)* valentão (Aragão).

TURIÚA, *s. f. (Pará)* o mesmo que *Sairé*.

TURUMBAMBA, *s. m. (provs. do N.)* balburdia, alteração, disputa, desordem, conflagração, confusão, estralada: Por ocasião das partilhas, houve n'aquela casa tamanho *turumbamba* que obrigou a intervir a polícia.

TURURÍ (1.º), *s. m. (Pará)* grande árvore da região amazonica pertencente ao gênero *Couratari* da família das Myrtaceas (Martius).

TUR

Sua tona oferece dilatados panos de que se servem os indigenas para seus vestidos e são de uma só peça e sem costura; quando muito lhes adaptam mangas. Serve-lhes ainda êste tecido natural para fazer coberores, mosquiteiros, esteiras e chapéus mui finos (F. Bernardino).

TURURÍ (2.º), *s. m. (Pará)* espatha fibrosa do Bussú, espécie de palmeira do gênero *Manicaria*, e da qual fazem carapuças (Baena).

TUTÚ (1.º), *s. m.* ente imaginário com que se mete medo as crianças: Se choras, ai vem o *Tutú*. || *Etim.* E' voz infantil.

TUTÚ (2.º), *s. m. (R. de Jan.)* espécie de comida que consiste em feijão cozido misturado com farinha de mandióca ou de milho. Em S. Paulo chamam a isso *Pamonân, Virado* e *Revirado.* || E' certamente o que Aulete chama erroneamente *Tuto, Urgui* ou *Passóca.* A *Passóca* é coisa diferente; e quanto a *Tuto* e *Urgui* são palavras que não conheço.

TUTURUBÁ, *s. m.* o mesmo que *Cutitiribá.*

TUXÁUA, *s. m. (Vale do Amazonas)* chefe de uma tribu de aborigenes. || *Etim.* E' voc. tupi, metaplasmo de *Tubixába.* || Algumas tribus dão aos seus chefes o nome de *Muruxáua* (Seixas), *Murumuxauá,* alteração prosódica de *Morobixába;* e no Rio-Negro e proximidades de Orenoco o de *Cacique*

TIG

(L. Amazonas). || Figuradamente dão o nome de *Tuxáua* ao indivíduo influente no lugar que habita: O comendador F. e o *Taxáua* do município.

TUIUIÚ, *s. m.* grande ave ribeirinha do gênero *Mycteria (M. americana).* || No Pará lhe chamam *Tujujú* (Baena).

TIGBA, vocábulo tupi significando lugar ou sítio onde ha abundância ou reunião de muitos indíviduos ou coisas da mesma espécie. Serve de sufixo à denominação de localidades, nos mesmos casos em que empregamos em português o sufixo *al*: *Guaratigba,* Guarazal, ou lugar de muito Guará; *Mangaratigba,* Mangarazal ou lugar de muito Mangará; etc. Nêste vocábulo a letra *ig* representa um som gutural de dificilima pronuncia para aquêles que não praticam a língua tupi; e dai vem que êsse *ig* na linguagem vulgar, ora se se converta em *i* e ora em *u*. Temos, por exemplo, no município da Côrte a freguezia de Guaratiba, e na província do Paraná a vila de Guaratuba, tendo ambos êstes nomes a mesma origem e a mesma significação.

TIGPIGRATIG, *s. m.* nome que os Tupinambas e Guaranis davam á farinha feita das *raspas* da mandióca. E' pena que êste nome, aliás tão útil pela sua especialidade, tenha caido em desuso.

DICIONÁRIO DE VOCÁBULOS BRASILEIROS

U

UAC

UACUMÃ, *s. m.* */Goias, Mato-Grosso)* nome comum a duas espécies de Palmeiras do gênero *Cocos (C. campestris* e *C. patroea,* Martius). || *Etim.* E' voc. tupi.

UAJURÚ, *s. m. (Pará)* o mesmo que *Guajerú.*

UAMIRÍ, *s. m. (Vale do Amaz.)* nome da pequena flexa da Zarabatana. || *Etim.* Variação dialetica de *Uibamirim,* significando *frecha pequena,* em língua tupi.

UARUBÉ, *s. m. (Pará)* massa de mandióca puba misturada com sal, alho e pimenta da terra, a qual é desfeita no molho do peixe ou carne. Também lhe chamam *Arubé* (Baena).

UASSAÍ, *s. m.* o mesmo que *Assaí.*

UASSASSÚ, *s. m. (Pará)* palmeira do gênero *Altalea* (Martius).

UASSÚ, *adj.* o mesmo que *guassú.*

UATAPÚ, *s. m. (Pará)* buzina de que se servem os índios pescadores com a pretenção de atrair o peixe. || No Ceará dão o nome de *Atapú* a um buzio grande, que serve de buzina. O jangadeiro toca o buzio para chamar os companheiros, ou os freguezes ao mercado do peixe (J. Galeno). || *Etim.* São vocábulos de origem tupi. O segundo não é senão a corruptela do primeiro. Em guarani *Guatapig* designa uma espécie de caracol mui grande do mar. (Montoya).

UBI

UATURÁ, *s. m. (Pará)* o mesmo que *Aturá.*

UAUASSÚ, *s. m. (Pará)* palmeira do gênero *Attalea (A. speciosa,* Martius). Existe em Mato-Grosso uma espécie de Palmeira com o mesmo nome. Será identica à do Pará? || *Etim.* E' voc. tupi.

UBÁ (1.º), *s. m.* graminea do gênero *Gynerium (G. saccharoides),* de cujos pedunculos, fazem os selvagens suas frechas, e os fogueteiros as canas dos seus foguetes. Tem o porte da cana de açúcar e por isso lhe chamam também *Cana-brava,* tanto no Rio de Jan. como em outras partes. A esta ou espécie semelhante dão em Mato-Grosso o nome de *Candiubá.* || *Etim.* E' voc. tupi.

UBÁ (2.º), *s. m. (Vale do Amazonas)* espécie de canôa feita de casca inteiriça de árvore. || No dialeto tupi do Sul chamavam-lhe *igpéigára (Voc. Braz.),* cuja tradução literal é *canôa de casca de pau.*

UBAIA, *s. f. (Pern.)* o mesmo que *Pitombo.* || *Etim.* E' voc. de origem tupi composto de *igbá,* fruta, e *aya,* azeda.

UBIM-MIRIM, *s .m. (Pará)* palmeira do gênero *Geonoma (G. acaulis,* Martius).

UBIM-UASSÚ, *s. m. (Pará)* palmeira do gênero *Calyptronoma (C. robusta),* cujas folhas servem para cobrir casas *(Flora Bras.).*

UIR

UIRARÍ, *s. m. (Vale do Amaz.)* espécie de veneno com que ervam suas flexas os selvagens.

UMBÚ (1.º), *s. m.* o mesmo que *Imbú.*

UMBÚ (2.º), *s. m. (Paraná, S. Catarina e R. Gr. do S.)* grande árvore do gênero *Pircunia (P. dioica,* Moq.) da família das Phytollacceas (Glaziou). Esta árvore vive também no Paraguai e na República Argentina; e, imprópria para qualquer obra, dá todavia cinza mui carregada de potassa. No Paraná, lhe chamam também *Maria-mole.*

UMBUZÁDA, *s. f.* o mesmo que *Imbuzada.*

UNA, *adj.* voc. tupi significando preto, escuro. E só usado de combinação com substantivos daquela língua: *Itaúra,* pedra preta; *Piraúna,* peixe preto; *Caúna,* herva preta ou escura. Os Índios diziam indiferentemente *una* ou *pixuna.*

UNHEIRA, *s. f. (R. Gr. do S.)* matadura incurável ao lado do fio do lombo dos cavalos, proveniente do mau uso dos lombilhos. Na campanha chamam-lhe *Cuéra,* e ao que a tem *Cuerúdo* (Coruja). || *Etim.* Em lingua portuguêsa, *Unheiro,* *s. m.,* é uma apostema na raiz da unha, e nêste sentido é geralmente usado no Brasil. Não me parece que possa ser essa a origem do vocábulo rio-grandense.

URA, *s. f. (Pará)* nome do verme que se cria nas feridas dos animais, larva de uma espécie de mosca. || *Etim.* E' vocábulo tupi.

URU

URAPÚCA, *s. f. (Vale do Amaz.)* o mesmo que *Arapúca.*

URCA, *adj. (Serg.)* grande, enorme: Um indivíduo *urca.* Uma igreja *urca* (João Ribeiro).

URICÂNA, *s. f. (Bahia)* palmeira do gênero *Geonoma.*

URSO, *s. m. (Bahia).* mandatário de assassinatos.

URÚ (1.º), *s. m.* ave do gênero *Odontophoros,* família das Perdiceas, e ordem das Galinaceas, de que ha mais de uma espécie. No Rio de Janeiro lhe chamam *Capueira* (2.º). || *Etim.* E' vocábulo tupi.

URÚ (2.º), *s. m. (algumas provs. do N.)* espécie de cabaz, cesto ou bolsa com tampa. Fazem-na de folhas de palmeira ou cipó fino, e serve de mala de viagem. Algumas são grandes e podem conter tanto como um *Cassuá* (Meira). No vale do Amazonas, trazem-nas como as patronas dos soldados. São também usuais no Ceará. || *Etim.* E' voc. tupi O *Dicc. Port.-Braz.* o traduz em *Côfo.*

URUBÚ, *s. m.* ave de rapina do gênero *Cathartes,* que se alimenta de carnes podres. Há também no mesmo gênero o *Urubu-tinga,* mais geralmente chamado *Urubú-rei,* notável pela sua formosura.

URUCÚ, *s. m.* substancia tintorial que reveste as sementes do Urucuzeiro, arbusto do gênero *Bixa (B. Orellana)* da família das Flacourtiaceas. || *Etim.* E' voc. tupi.

URUCURÍ, *s. m. (Vale do Amazonas)* palmeira do gênero *Attalea*

DICIONÁRIO DE VOCÁBULOS BRASILEIROS

URU

(A. excelsa). || Ha também na Bahia e Pernambuco, com o mesmo nome vulgar, outra espécie pertencente ao gênero *Cocos (C. coronata).* || *Etim.* E' voc. tupi.

URUMBAMBA, *s. f. (Mato-Grosso)* palmeira do gênero *Desmoncus (D. rudentum),* de que se extrai palhinha para as cadeiras. A's diversas espécies dêste gênero dão, no vale do Amazonas, o nome de *Jacitára* e na Bahia o de *Titára.*

URUMUTUM, *s. m. (Vale do Amaz.)* ave do gênero *Crax (C. Urumutum)* da ordem das Galinaceas. || *Etim.* Do dialeto tupi do Amazonas.

URUPÊMA, *s. f.* espécie de peneira grosseira feita de taquara ou de cana brava. || *Etim.* E' voc. tupi *(Voc. Braz.).* Na mesma língua, também diziam *Gurupêma (Dicc. Port. Braz.)* e assim lhe chama o conego F. Bernardino. Também se ouve *Urupemba* e *Arupemba,* e êste segundo não é mais do que a corruptela do primeiro. || Além do serviço que podem prestar como peneiras, também as emprega a gente pobre á guisa de portas e janelas, como o vi em Oeiras do Piaui; e outro tanto faziam em S. Paulo antigamente nas proximidades das cidades e vilas.

URUPEMBA, *s. f.* o mesmo que *Urupêma.*

URURAU, *s. m.* espécie de gran-

UIA

de saurio mui voraz, que vive nos rios e lagos, e são mui conhecidos na província do Rio de Janeiro, onde também lhe chamam *Jacaré de papo amarelo.* || *Etim.* Alteração do tupi *Ururá.*

URUSSACANGA, *s. m. (Vale do Amaz.)* o mesmo que *Aturá.* || *Etim.* De *Urussacân* do dialeto amazoniense.

URUTÁU, *s. m.* ave de rapina noturna do gênero *Nyctibius,* de que ha mais de uma espécie. || *Etim.* E' nome tupi usado também pelos Guaranis do Paraguai.

URUTÚ, *s. m. (Paraná)* espécie de cobra venenosissima.

USSÚ, *adj* o mesmo que *guassú.*

UVÁIA, *s. f. (Rio de Jan., S. Paulo e outras prov.)* fruta da Uvaieira, planta do gênero *Eugenia,* da família das Myrtaceas, de que ha diferentes espécies. || *Etim.* E' de origem tupi, e tem a mesma significação que *Ubáia,* isto é, fruta azeda.

UIARA, *s. f. /Pará)* nome de certo ente fantástico representado por uma mulher que reside no fundo dos rios, e causa assombro aos viajantes durante a noite. Também lhe chamam *Ayuára* e *Mãe d'agua* e êste último sinonimo é geral a tôdo o Brasil. || *Etim.* E' vocábulo tupi, significando *senhora da água.*

V

VAQ

VAQUEANÁÇO, *s. m. (R. Gr. do S.)* superlativo de vaqueano (Cesimbra).

VAQUEÂNO, *s. m.* indivíduo que conhece bem o território, seus caminhos e atalhos, e serve de guia nas viagens. Também se diz *Baqueano,* e esta é a pronuncia mais comum em algumas provincias do norte. E' voc. usual em todos os Estados americanos de origem espanhola. || *Etim.* Vem do radical *Baquia,* termo com que os Espanhois designaram, depois da conquista do México, os soldados velhos que haviam tomado parte nela. Tem o sentido de habilidade, destreza; e quer seja oriundo da Espanha, quer da América, é melhor dizer *Baquiano* (Zorob. Rodriguez). || No sentido figurado, aplica-se á pessoa mui entendida em qualquer ramo de indústria: Fulano é mui *Vaqueano* no comércio dos gados. || Em S. Paulo e outros províncias do Sul, corresponde a *Vaqueano* o termo *Tapejára,* de origem tupi.

VAQUEJÁDA, *s. f. (provs. do N.)* o mesmo que *Costeio.*

VAQUEJAR, *v. tr. (provs. do N.)* o mesmo que *Costear.*

VARANDA, *s. f. (R. de Jan.)* o primeiro dos treis compartimentos em que se divide um curral de pescaria, e a que também dão o nome de *Coração.* Na Par. do N. lhe chamam *Sala.*

VARANDAS, *s. f. pl. (provs. do N.)* guarnições laterais das rêdes

VÉL

de dormir ou de transporte, as quais são rendadas e ás vezes ornadas de flores de penas.

VARIAR, *v. tr. (R. Gr. do S.)* ensinar o cavalo a correr parelhas com outro. Quando êsse ato tem por fim compara-lo com outro, chama-se a isso *Cotejar* (Coruja).

VASANTE, *s. f. (Piaui, Par., R. Gr. do N., Ceará e Pern.)* orta que se cultiva nos leitos torrenciais, durante a estação seca, e consiste em diversas espécies de cucurbitaceas, feijão, milho e outras plantas anuais.

VATAPÁ, *s. m. (Bahia)* espécie de iguaria, que consiste em uma papa rala de farinha de mandióca, adubada com azeite de dendê e pimenta, e tudo isso misturado com carne ou peixe. || *Etim.* E' vocábulo da língua ioruba (Colonia).

VELÁDO, *adj. (Pern.)* chamam côco *veládo* aquêle cuja amendoa, inteiramente seca, se desprende do endocarpo.

VELHAQUEADÔR, *adj. (R. Gr. do S.)* diz-se do cavalo que tem o mau costume de corcovear, quando o montam (Coruja).

VELHAQUEADOURO, *s. m. (R. Gr. do S.)* virilha do cavalo, onde, sendo esporeado, corcoveia (Coruja).

VELHAQUEAR, *v. intr. (R. Gr. od S.)* corcovear, dar corcovos o cavalo (Coruja).

DICIONÁRIO DE VOCÁBULOS BRASILEIROS

241

VER

VERDE, *s. m.* *(Piaui e outras provs. do N.)* estação das chuvas, em que reaparece a folhagem das árvores, e os campos se cobrem de relva, o que dá á paisagem o mais gracioso aspecto: Empreenderei a minha viagem durante o *Verde.*

VIDA DE UM LOPES, expressão geral do Brasil, para dar idéia da abastança e regalo com que vive certa e determinada pessoa: Fulano passa a *vida de um Lopes.* Durante o tempo que estive naquela cidade levei a *vida de um Lopes.* || Não sei qual é a origem desta expressão. Equivale a dizer *a vida de um lord, vida fidalga.*

VIGILÊNGA, *s. f.* *(Pará)* espécie de embarcação de rodela avante e a ré, armada a hiate. || *Etim.* Provém-lhe o nome da cidade da Vigia, onde são construidas (H. Barbosa).

VINÁGRE, *adj. (R. de Jan. e outras provs.)* o mesmo que *cauíla.*

VIRÁDO, *s. m. (S. Paulo)* o mesmo que *Pamonân.*

VIÚVA, *s. f. (Rio de Jan.)* o mesmo que *Luminaria.*

VIVEIRO, *s. m. (Rio de Jan.)* o mesmo que *Gré.*

VIZINDARIO *s. m. (R. Gr. do S.)* o número de vizinhos que ha-

VUN

bitam algum lugar. E' expressão usual na campanha desta província, e se aplica ao chefe da casa ou ao que se supõe estar nesta posição. (Coruja).

VOLTEADA, *s. f. (R. Gr. do S.)* operação pecuaria que tem por fim apanhar o gado alçado. Acontecendo ordináriamente que semelhante gado se misture com o das estâncias próximas, não podem os criadores fazer *volteadas,* sem convidarem os vizinhos oito dias antes (Lei provincial n. 203 de 12 de dezembro de 1850.) || *Obs.* A respeito do termo *volteáda,* diz o Sr. Coruja: Este vocábulo exprime o mesmo que volta. Quando se presume que um animal tem de passar por um certo ponto, e ai o esperam, usa-se da frase — Esperar na *volteada,* a qual tem aplicação a outros casos semelhantes.

VOTE! *int. (Pern.)* o mesmo que *Tibi.*

VÓVÓ, *s. m.* nome infantil de avô.

VÓVÓ, *s. f.* nome infantil de avó.

VU, *s. m. (Serg.)* o mesmo que *Puíta.*

VUNGE, *s. m. (Pern.)* nome com que se qualifica o homem mui sabido, esperto, atilado.

X

XAR

XARÁ ( ), *s. m. e f.* tratamento famili que usam entre si as

XAR

pessoas que têm o mesmo nome de batismo: José da Silva *é xará* de

XAR

José da Costa. Meu *xará*, minha *xará*. Ha muito que te não vejo, *xará*. Como tens passado, meu *xará* ou minha *xará?* || Também se diz, no mesmo sentido, *xarapim* e *xêra*. || *Etim.* Todos êstes vocábulos se derivam do tupi. Entre os Tupinambás *Apixára* significava parceiro no nome, na feição natural, no oficio, etc., o que precedido do pronome *xê*, meu, se transformava em *xerapixára (Voc. Braz.).* Em guarani, *xerapí*, composto de *xê* e *tapi*, era o tratamento que a mulher dava a seu irmão e filho (Montoya). Como bem o faz observar J. Verissimo, *xêra* não é mais do que a contração de *xêrêra*, cuja tradução literal é *meu nome.* || No R. Gr. do S., em lugar dêsses vocábulos de origem tupi, usam mais geralmente do termo *Tocaio*, que é de procedência espanhola.

XARA (2.º), *s. m. (R. Gr. do Sul)* uma das variedades dêsses bailes campestres a que chamam geralmente *Fandango.*

XARAPIM, *s. m. e fem..* o mesmo que *Xará.*

XARQUE *e seus derivados.* V. *Charque.*

XEMXÊM, *s. m.* nome com que se conhecia a moeda de cobre falsa que ha meio século circulou no país. Segundo Moraes ha na Índia uma moeda de 0,30 ctvs. chamada *Xem.* Duvido, porém, que seja essa a etimologia do nosso vocábulo.

XÊRA, *s. m. e fem. (Pará)* o mesmo que *Xará.*

XÊRGA, *s. f. (R. Gr. do S.)* te-

XUR

cido de lã com lavores nas beiradas, que se põe por baixo da carona (Coruja). || *Etim.* Do castelhano *Jerga*, nome que dão a qualquer pano grosseiro.

XÊRIMBÁBO, *s. m. (Vale do Amaz.)* qualquer animal de criação domestica, como aves, pequenos mamiferos, e sobretudo os animais curiosos e de estimação. || *Etim.* E' vocábulo tupi, que significa literalmente *minha criação.* || No Paraná dizem *Mumbavo.*

XÊXÉU, *s. m.* o mesmo que *Guaxe.*

XIBA, *s. m. (R. de Jan.)* espécie de batuque.

XIBÉ, *s. m. (Pará, Maranhão)* o mesmo que *jacúba.*

XICÁCA, *s. f. (S. Paulo)* pequeno cesto ou balaio com tampa.

XIÉU, *s. m.* o mesmo que *Guaxe.*

XILINDRÓ, *s. m.* nome burlesco da cadeia ou calabouço.

XINGAMENTO, *s. m.* ação de xingar; injuria verbal: Póde aquêle indivíduo dizer de mim o que quizer; não dou importância aos seus *xingamentos.*

XINGAR, *v. tr* insultar com palavras: Por ter *xingado* o seu camarada, foi preso o soldado. || *Etim.* Tem a sua origem no verbo *Cu-rit'xinga*, da língua bunda

XIQUEXÍQUE, *s. m.* espécie de *Cactus* mui abundante nos sertões da Bahia e outras provincias do norte.

XURUMBAMBOS, *s. m. pl. (S. Paulo, R. de Jan.)* cacaréos, badulaques (Villaça).

DICIONÁRIO DE VOCÁBULOS BRASILEIROS

243

Y

YAY

YAYA, *s. f. (provs. do N.)* o mesmo que *Nhanhân.*

YAYAZINHA, *s. f.* dim. de *Yayá.*

YAZINHA, *s. f.* dim. de *Yayá.*

ŸGARA, *s. f.* V. *Igára.*

YOYO, *s. m. (provs. do N.)* o mesmo que *Nhonhô.*

ŸGPÚ, *s. m. /Ceará)* terreno umido adjacente ás montanhas, formando varzeas ou vales por onde correm as águas que delas se derivam. São êstes terrenos compostos de barro preto, espécie de massapé, rico de umus, formado de decomposições orgânicas, e mui

ŸPUEIRA, *s. f. (Sertão da Bahia e outras provs. do N.)* lagoeiro

YUS

apropriados á cultura da cana (T. Pompêo). Também se escreve *Ipú.* formado pelo transbordamento dos rios nos lugares baixos, onde as águas se conservam durante mêses, e são geralmente piscosas. Por extensão, dão o mesmo nome aos depositos naturais de águas pluviais; mas a estes designam mais geralmente por lagoas. || *Etim.* E' voc. tupi. || No Pará dão o nome de *Puêra, s. f.* à lagoa lamosa, mas enxuta, que a cheia dos rios deixa no meio dos campos, quando chega a vasante; pequeno palude sêco pelo sol nos campos (J. Verissimo).

YUSSÁ, *s. m. (S. Paulo)* comichão, coceira. || *Etim.* E' derivado do tupi *Jussára.*

Z

ZAB

ZABÉLÉ, *s. m. (Bahia e outras provs. do N.)* o mesmo que *Johó.*

ZAMBÉTA, *adj.* zambro, cambaio.

ZANGABURRINHA, *s. f. (Minas Gerais)* o mesmo que *Gangorra* (1.º).

ZÉRÉ, *adj. (Serg.)* zarolho (S. Roméro).

ZINGA, *s. f. (Mato-Grosso)* espécie de varejão, de que, na navegação fluvial, se servem os canoeiros para vencer a correnteza

ZOR

do rio, quando é nula a ação dos remos.

ZINGADOR, *s. m. (Mato-Grosso)* tripulante que maneja a *Zinga.*

ZINGAR, *v. intr. (Mato-Grosso)* manejar a *Zinga.* || No litoral do Brasil, *zingar,* é imprimir a um remo colocado na pôpa do escaler ou bote, na direção da quilha, um movimento analogo ao da helice, dando desta sorte impulso à embarcação (E. Barbosa).

ZORÓ, *s. m. (R. de Jan.)* iguaria feita de camarões e quiabo.

ZOR

ZORRILHO, s. m. (R. Gr. do S.) o mesmo que Maritacáca. || Etim. E' vocábulo que recebemos dos nossos vizinhos platinos e paraguaios, e é o diminuitivo Zorro.

ZUMBI, s. m. ente fantastico, que, segundo a crendice vulgar, vagueia no interior das casas em horas mortas, pelo que se recomenda muito a quem tiver de percorrer os aposentos ás escuras que esteja sempre de olhos fechados, para não encarar com êle. || Etim. E' vocábulo da lingua bunda, significando duende, alma do outro mundo (Capello e Ivens). || Fig. na Bahia, chamam zumbi áquêle que tem por

ZUN

costume não sair de casa senão á noite: Tu és um zumbi. || Em outras províncias do norte, dão o nome de zimbi a qualquer lugar ermo, tristonho, sem meios de comunicação (Meira).

ZUNGÚ, s. m. casa dividida em pequenos compartimentos, que se alugam, mediante diminuta paga, não só para dormida da gente da mais baixa relé, como para a pratica de imoralidades, e serve de coito a vagabundos, capoeiras, desordeiros e ébrios de ambos os sexos (D. Braz). || Em Pernambuco e no Pará chamam a isso Caloji.

DICIONÁRIO DE VOCÁBULOS BRASILEIROS de Beaurepaire-Rohan é o número 19 da coleção Dicionários Garnier. Impresso na Sografe Editora e Gráfica Ltda., à rua Alcobaça, 745 - Belo Horizonte, para a Editora Livraria Garnier, à Rua São Geraldo, 67 - Belo Horizonte - MG. No catálogo geral leva o número 03144/4E. ISBN: 978-85-7175-104-0.

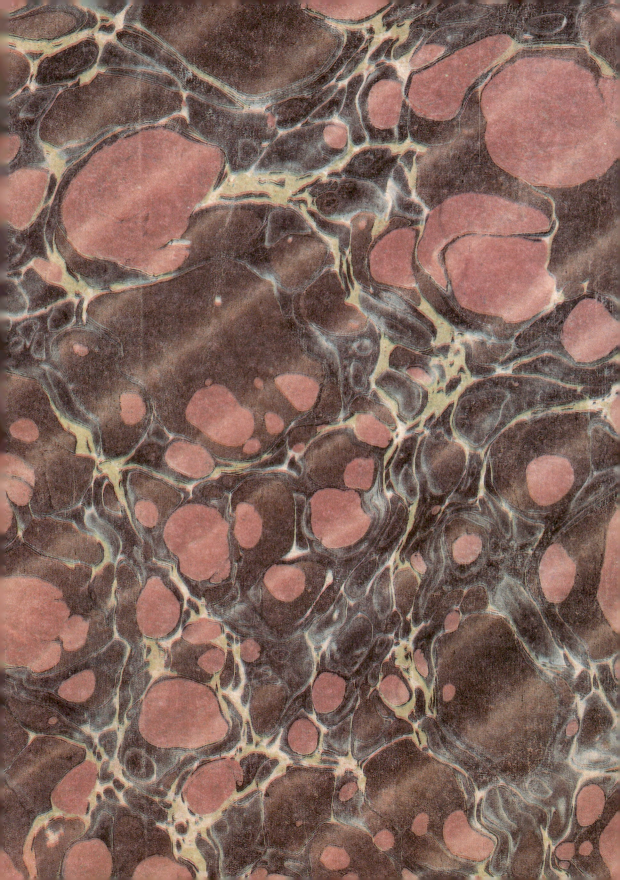